rororo

ro
ro
ro

Alexandra Kui, geboren 1973, lebt in Buxtehude, ihrer Heimatstadt. Nach dem Abitur arbeitete sie zunächst für Tageszeitungen, unter anderem als Volontärin für die Goslarsche Zeitung. Seit vielen Jahren schreibt sie Romane wie den für das ZDF verfilmten Krimi «Blaufeuer» oder «Die Welt ist eine Scheibe». Die besten Ideen hat sie beim Singen – oder beim Wandern, gern mit Hund im Harz, wo sie nie den Stempelpass vergisst und die Goldene Wandernadel längst ergattert hat.

Peter Godazgar, geboren 1967, aufgewachsen in Hückelhoven, lebt in Halle (Saale). Nach Studium, Volontariat, Besuch der Henri-Nannen-Schule und vielen Jahren als Tageszeitungs-Redakteur arbeitet er nun als stellvertretender Pressesprecher der Saalestadt. Nebenher schreibt er Romane und Short Storys, von denen drei für den Friedrich-Glauser-Preis in der Sparte Kurzkrimi nominiert wurden. Längst hätte er die Harzer Wandernadel in Gold verdient, aber leider vergisst er bei seinen Touren jedes Mal den Stempelpass.

Über den Weg gelaufen sind sich Kui und Godazgar nicht im Gebirge, sondern in den Nordseedünen beim Krimifestival «Tatort Töwerland». Nach dem ersten nasskalten Strandkorbgespräch war klar: Diese Komplizenschaft hat Zukunft. Heute morden sie zu zweit.

ALEXANDRA **KUI**
PETER **GODAZGAR**

Harz aber herzlich

KRIMINAL
ROMAN

Rowohlt
Taschenbuch Verlag

Originalausgabe
Veröffentlicht im Rowohlt Taschenbuch Verlag,
Hamburg, September 2024

Redaktion Susann Rehlein

Covergestaltung bürosüd, München
Coverabbildung www.buerosued.de
Satz aus der Minion Pro
bei hanseatenSatz-bremen, Bremen
Druck und Bindung GGP Media GmbH, Pößneck
ISBN 978-3-499-01290-7

MIX
Papier | Fördert gute Waldnutzung
FSC® C014496

Für unsere Frauen

PROLOG

Heute früh habe ich mein Testament gemacht. Draußen war es noch dunkel.

Ich denke jetzt oft, dass die Dinge schlecht stehen. Schlecht für uns, schlecht für den Rest der Welt, der mir egal ist, gut für einige wenige. Nachts liege ich wach und lausche dem Wind auf den Gipfeln und den Stimmen meiner inneren Dämonen. So laut, wie sie reden, kann ein Testament nicht schaden.

Ganz langsam wird es hell. Ich ziehe mir die Laufsachen an und renne los. Zum Grauen Berg, der sich in tiefen Nebel hüllt. Vor langer Zeit soll es hier fast immer neblig gewesen sein, daher der Name. Als wir Kinder waren, lag im Frühjahr noch Schnee.

Ich nehme den steilen Weg nach oben. Das Laufen fällt mir leicht, meine Schritte klingen dumpf auf dem weichen Boden. Es duftet nach Moos und Laub, Schneeglöckchen blühen.

Wenn jemand sein Testament verfasst, will er dann sterben?

Ich weiß ehrlich nicht, was ich will, als ich den Aussichtspunkt erreiche, meine Schritte sind wie ferngesteuert, einer folgt auf den anderen, immer weiter Richtung Abgrund. Um das Panorama kann es ja kaum gehen, nicht bei dem Nebel.

Deswegen ist es auch so verblüffend, dass da vorn am Geländer schon einer steht, jemand, den ich kenne. Sein Umriss schält sich vertraut, nein, verhasst aus dem diesigen Grau.

Heiko, der Arsch.

Was zum Teufel hat der hier zu suchen?

Die Silhouette eines Menschen kann verräterisch sein. Mir

verrät sie, dass da jemand steht, dessen Testament auch schon auf den Vollstrecker wartet.

Suizidale in der Warteschlange.

Heiko, wenn du wirklich sterben willst, dann mach hinne!

Ich balle die Hand zur Faust. Presse sie gegen meinen Mund, damit ich nicht schreie, während ich warte, dass es passiert.

Die Spannung wird unerträglich. Ich kann nicht länger hinsehen, schaue in den Himmel, wo der Nebel sich langsam lichtet. Darüber ist der Morgen klar, die letzten Sterne blitzen. Da oben, wo Leute mit Testament landen, wenn sie Glück haben, ist nichts. Kein Gott, keine Liebe. Nichts.

Als ich mich schließlich zwinge, wieder in Heikos Richtung zu schauen, ist die Entscheidung schon gefallen. Ich merke es sofort, seine ganze Haltung hat sich verändert, wirkt plötzlich heiter. Das macht mich wütend, denn es ist klar, dass er nicht springen wird.

Stattdessen zückt er doch tatsächlich sein Handy, sogar einen Selfie-Stick hat er dabei. Typisch. Eitel war der Kerl schon immer.

Eine neue Nebelschwade taucht das, was dann passiert, in mystisches Licht.

Heiko nimmt eine bescheuerte Pose ein, lehnt sich ans Geländer, das instabil ist und gefährlich schwankt. Von Gleichgewicht kann da schon keine Rede mehr sein, es braucht nur noch ein fröhliches «Glück Auf» und einen Stein, der in Heikos Richtung fliegt, um das Taumeln in einen Absturz zu verwandeln.

Der Aufprall klingt unschön.

Zu Hause zerreiße ich mein Testament, denn ich brauche es nicht mehr, ich weiß, ich will leben. Die Hölle sind immer die anderen.

Bei Gelegenheit – und plötzlich ahne ich, dass es reichlich davon gibt, man muss sie nur erkennen – werde ich mein Himmelreich auf Erden von ihnen befreien.

Die nächste Nacht schlafe ich gut.

Morgens beim Bäcker ist die Schlange noch länger als sonst, es wird getuschelt, weil es am Berg einen Toten gibt.

Als nach mir ein Paar den Laden betritt, bleibt mir der Atem weg. Es sind Kerstin und ihr Mann.

Es sind Kerstin und Heiko!

1

Schrecklicher Verdacht – Vermisste Schülerin ermordet?

Die Soko Elbufer rechnet mit dem Schlimmsten: Nachdem in den vergangenen neun Monaten bereits zwei Schülerinnen gewaltsam zu Tode gekommen sind, geht die Polizei im Fall der vermissten Gymnasiastin Jana B. von einem weiteren Verbrechen aus. Suchtrupps durchkämmen Parks und Uferflächen der Elbe …

AUS DER MAGDEBURGER VOLKSSTIMME

ARIANE SPRINGT IN DEN ARSCH DER WELT

«Du musst da nicht hin», sagt Katja. Woodward bellt, und der Schaffner pfeift. «Noch kannst du aussteigen.»

Ariane zögert. Rein praktisch betrachtet stimmt das natürlich. Solange die Zugtüren geöffnet sind, trennt sie nur ein Schritt von ihrem lieb gewonnenen Alltag mit Frau und Hund in Hamburg-Eimsbüttel. Drei Zimmer, Altbau, unsaniert. Allein der Stuck: zum Schwärmen schön. Im Winter blöderweise feuchtkalt und schwer zu heizen.

«Wir brauchen Geld», sagt Ariane.

«Wir können meine Eltern fragen», erwidert Katja und begeht damit den entscheidenden taktischen Fehler.

Denn vor Arianes innerem Auge taucht das Bild des Rittergutes von Holten auf, Katjas Elternhaus, und sie weiß, dass sie diese Reise in den Harz antreten wird. Antreten muss. Ihre Schwiegereltern sind großzügige Leute, die sie oft und gern unterstützen, aber irgendwann muss auch mal Schluss sein. Diese Abhängigkeit tut weder ihrer Ehe gut noch Arianes Selbstbewusstsein.

Das sagt sie Katja allerdings nicht direkt, sie sagt: «Erinnerst du dich an den Bungee-Sprung, den ich auf unserer Hochzeitsreise unbedingt machen wollte? Wie frustriert ich war, weil ich im letzten Moment gekniffen habe?»

«Klar, du warst wochenlang unerträglich danach.»

«Eben. Und jetzt gerade stehe ich wieder auf dieser Plattform. Das Seil hängt schon an meinen Füßen. Siehst du es?»

«Nein.»

Typisch Katja. Für Metaphern hat sie in etwa so viel übrig wie für Männer und Mettbrötchen. Männer außer Papi, versteht sich. Okay, das war gemein. Ariane ist eben traurig.

Sie fragt sich, warum die Türen nicht endlich schließen und der leidigen Debatte ein Ende setzen. Ariane hasst Abschiede. Der Schaffner hat doch längst gepfiffen, diese Pfeife. Worauf wartet der noch?

«Ich liebe dich», sagt sie.

«Dann bleib hier. Du willst doch nicht ernsthaft in ein Kaff ziehen, das Düsterode heißt. Sorge, Elend und Grauen gibt es da in der Nähe übrigens auch, kein Witz.»

«Ich hab Google Maps auch studiert, Katja.»

Endlich: Ein warnender Piepton, von Katjas wütender Stimme mühelos übertönt: «Der Unterschied zum Bungee-Jumping ist, dass, wenn du jetzt springst, unten nicht *ich* auf dich warte, sondern der Arsch der Welt.»

Die Tür gleitet mit einem melancholischen Seufzer zu und schließt sich unwiderruflich. Katja und Woodie bleiben draußen zurück.

Das war's also. Sie gehen allen Ernstes im Streit auseinander, und wie so oft behält Katja das letzte Wort. Eine echte von Holten eben, wohingegen Ariane, geborene Höft, seit fünf Jahren verheiratete Höft von Holten, sich das Rechthaben immer wieder neu erkämpfen muss.

Besser, sie fängt sofort damit an. Ihr neuer Job als Sensitivity Managerin im größten Harzer Tourismusverband verzeiht keine Schwäche, davon ist sie überzeugt. Wer antritt, um gegen Klischees und Diskriminierungen in Sprache und Alltagskultur zu kämpfen, muss mit Gegenwind rechnen. Es ist ihre erste feste Stelle seit dem Volontariat, und das mit fast fünfundvierzig. Ein Glücksfall. Eine echte Chance. Ariane will das gut machen.

Sie hat vor, die Oberharzer Provinz mit ihren düsteren Ortsnamen im Sturm zu erobern, um dann in einem Jahr wie Phönix aus der Asche nach Hamburg zurückzukehren.

Der Zug rollt an.

Ariane ist gesprungen.

ANDREAS **SCHLÄGT SICH MIT EINEM ENGEL HERUM**

«Echt jetzt, Finn?»

Andreas Anton starrt den Jungen an, der vor ihm steht. Mit der geballten Kraft von knapp zwei Metern uniformierter Autorität fixiert der Polizist, der offiziell den Titel Regionalbereichsbeamter trägt, den anderthalb Köpfe kleineren Kerl. Hier, im engen Zeitungskiosk des Bahnhofs von Düsterode kommt Andreas' massige Figur noch mal so gut zur Geltung. Denkt Andreas.

Finn ist damit nicht zu beeindrucken. Er guckt auf den Boden, die Arme verschränkt.

«Drei Snickers?», fragt Andreas.

Finn stiert hartnäckig weiter nach unten, null Bewegung.

Andreas hält Finn die ausgestreckte Handfläche entgegen, auf der die Schokoriegel liegen. «Finn? Hallo?»

Finn hebt den Kopf und blitzt Andreas an, bleibt aber stumm. Andreas staunt, wie viel Wut, wie viel Verachtung in dreizehn Jahre alten Augen liegen können.

Andreas runzelt die Stirn. «Kannste mir mal verraten, wieso du *mich* jetzt so sauer anguckst?»

Finn Engel verharrt gleichermaßen tapfer wie bockig in seiner Rolle als großer Schweiger. Warum auch nicht? Andreas Anton mag hier und jetzt die staatliche Exekutive repräsentieren und den starken Max markieren. Aber das nützt nichts, Andreas kann Finn nämlich gar nichts. Paragraf 19 Strafgesetzbuch: «Schuldunfähig ist, wer bei Begehung der Tat noch nicht vierzehn Jahre alt ist.» Andreas weiß das, Finn weiß es auch.

«Drei Snickers, was kosten die?»

Weil Finn weiter schweigt, antwortet Hannah: «Drei sechzig.» Die Kiosk-Chefin, die Finn beim Klauen erwischt hat, steht mit zusammengezogenen Augenbrauen da, die Hände in die Hüften gestemmt.

«Drei sechzig», wiederholt Andreas und schaut durch den Laden. Ein paar Kunden streifen durch die Regalreihen mit den Zeitschriften, Süßwaren und Getränken, ein Mann steht mit halb offenem Mund und drei Metern Abstand da und glotzt auf die Szene, die sich ihm bietet.

«Ihr Zug fährt gleich los», sagt Andreas.

Der Gaffer trollt sich wortlos.

Andreas wendet sich wieder Finn zu: «Wieso bist du eigentlich nicht in der Schule?»

«Freistunde», sagt Finn.

«Freistunde», wiederholt Andreas und legt maximalen Sarkasmus in das Wort. «So, so, dann ist es bestimmt okay, wenn ich mal in der Schule anrufe und frage, ob das stimmt, ja?»

Finn schweigt.

«Du hast ab sofort Hausverbot», sagt Hannah.

«O nein», sagt Finn knochentrocken. «Mein Leben bricht zusammen. Wie soll es jetzt bloß weitergehen? Es hat alles keinen Sinn mehr.»

Andreas muss grinsen, hat sich aber nach einer Sekunde wieder unter Kontrolle.

«Du kleines Arschloch», sagt Hannah.

Finn guckt zu Andreas hoch. «Darf die das?»

«Übertreib's nicht, Finn», sagt Andreas und drückt Hannah die Schokoriegel in die Hand. «Okay, dann bring ich das Engelchen mal nach Hause.»

«Muss das sein?», murrt Finn.

«Nein, ich könnt's auch lassen», sagt Andreas. «Aber wenn ich dich bringe, muss ich mir wenigstens keine Sorgen machen, dass du heute noch mal Scheiße baust. Sondern erst morgen.»

Sie treten aus dem Laden. Andreas packt Finn an der Jacke, bleibt einen Moment stehen und schaut sich das Durcheinander an, das gerade auf dem Bahnsteig herrscht. Zwei Züge sind nahezu gleichzeitig angekommen, und die Passagiere hasten zu jeweils anderen Zügen oder streben zum Ausgang: die Einheimischen im selbstsicheren Stechschritt derjenigen, die ihr Ziel kennen und allen anderen zu verstehen geben, dass sie gerade total im Weg stehen; und die bestens aufgelegten Touristen, die sich auf einen Wandertag freuen und vermutlich schon den einen oder anderen *Schierker Feuerstein* intus haben.

«Was'n jetzt?», mault Finn und versucht vergeblich, seine Jacke aus Andreas' Griff zu lösen.

Als sie im Dienstwagen, einem Landrover Freelander, sitzen, sagt Andreas: «Finn, Mann! Ich hab's dir schon ein paar Mal gesagt. Wenn du vierzehn bist, war's das. Dann kann ich es nicht mehr bei einem Du-du-du belassen.»

Finn starrt geradeaus und schweigt.

Na gut, denkt Andreas, schweigen wir halt. Muss eh meine Kräfte sammeln für die Begegnung mit der Mutter des kleinen Engels.

Da sagt Finn: «Ich hatte Hunger.»

ARIANE **KOMMT (NICHT GUT) AN**

Das Herz klopft, die Lok stampft. Als das Stampfen sich verlangsamt, beschleunigt Arianes Herzschlag, und dann fährt der Zug auch schon in den Bahnhof von Düsterode ein, stilecht pfeifend, wie es sich gehört. Ein altmodischer Schriftzug, ein lang gestrecktes Holzhaus in Grün, dahinter turmhohe Tannen in derselben Farbe. *Gleis 2* liest Ariane und springt von ihrem Sitz auf, weil das gerade alle machen.

«Muss das sein?», herrscht die Schaffnerin ausgerechnet Ariane an, als wären die vielen anderen Reisenden ringsum nicht ebenso undiszipliniert. «Bloß keine Hektik, hier wird niemand zurückgelassen.»

«Das haben Sie jetzt aber schön gesagt», entfährt es Ariane.

Die Schaffnerin guckt irritiert. «Häh?»

«Niemand wird zurückgelassen. Das ist doch ein toller Gedanke.»

«Na, wenn Sie meinen.» Die Schaffnerin rollt die Augen. «Hey, Sie da vorn, hinsetzen! Abwarten, bis Sie an der Reihe sind.» Die Schaffnerin wirft Ariane einen letzten halb feindseligen, halb mitleidigen Blick zu, bevor sie ihre kirschrote Schirmmütze richtet und sich kopfschüttelnd abwendet, um für Ordnung im Abteil zu sorgen.

Ariane kennt das schon, Freundlichkeit wird gern mit Beschränktheit verwechselt und ruft oft ungeahnte Aggressionen hervor: Die wurzeln in einer Art Misstrauen, sie wolle den Leuten nur einen fiesen Streich spielen. Ariane ist dennoch entschlossen, ihre neue Aufgabe ohne Schaum vorm Mund anzutreten, denn sie will ja sensibilisieren, nicht erziehen. Und Sensitivity, davon ist sie überzeugt, sollte keine Einbahnstraße sein. Auch wenn es manchmal schwerfällt, andere zu verstehen, die nicht so denken und fühlen wie man selbst.

Wie schwer, das wird ihr einmal mehr bewusst, als das Gedränge und Geschubse auch im Freien kein Ende nimmt. Der Bahnsteig ist überfüllt mit erlebnishungrigen Menschen in fröhlich-bunter Freizeitbekleidung, die von zwei Schmalspurbahnen zeitgleich abgeladen wurden. Anscheinend wollen die aus der einen jeweils in die andere Bahn, sodass es zu einem kuriosen Stellungskampf kommt, Ariane mittendrin. Da niemand außer ihr so viel Gepäck dabeihat und nur sie den Bahnhof Richtung Ortsmitte Düsterode verlassen will, hat sie das Nachsehen. Sie ist so eingezwängt, dass sie Angst bekommt und beim Anblick des Schriftzugs «Polizei» auf einem breiten Rücken erwägt, um Hilfe zu rufen, doch der Beamte ist zu weit weg und bewegt sich leider auch noch in die falsche Richtung. Verdammt. Schließlich schiebt Ariane sich aus eigener Kraft aus dem Gewimmel. Selbst ist die Frau.

Eine kurze, schweigsame Taxifahrt später hat Ariane lustigerweise das genau entgegengesetzte Problem: Jetzt sind es nicht zu viele, sondern zu wenige Menschen um sie herum, genauer gesagt: überhaupt keine mehr. Obwohl Ariane ihre Ankunftszeit per Mail durchgegeben hat, ist in der Düsteroder Zweigstelle von Harz-Touristik niemand vor Ort, um sie in Empfang zu nehmen.

Ratlos steht Ariane in einem leeren Büroraum. Sechs aufgeräumte Schreibtische, dunkle Bildschirme, in einer Ecke blinken Drucker und ein Faxgerät vor sich hin. Fax – allen Ernstes!

«Hallo, sind Sie die Neue?»

Ariane wirbelt herum.

Die Räumlichkeiten, die sich im ersten Stock eines Fachwerkhauses gleich am Marktplatz befinden, sind verwinkelt. Einzelne Bereiche sind durch offenes Gebälk voneinander getrennt. Sie muss eine Weile suchen, bis sie am anderen Ende des Raums im Halbdunkel den Mann entdeckt, zu dem die Stimme gehört.

«Hier ist ja doch jemand», ruft sie erfreut.

«Nicht wirklich. Ich bin nur der Hausmeister. Kommen Sie mal mit.»

«Guten Tag, ich bin …»

«Weiß schon!»

Der Mann verschwindet hinter einer Tür, Dielen knarzen unter schweren Schritten und Ariane bleibt nichts anderes übrig, als den Geräuschen zu folgen.

Dann endlich steht sie vor ihrem neuen Büro. Nicht nur dessen Abgelegenheit am Ende eines Korridors, sondern auch das Türschild irritiert.

«Was soll das denn heißen: HvD?», fragt sie, und der Hausmeister kichert. Wirklich, dieser Schrank von einem Mann – Wacken-T-Shirt, Stiernacken, Stahlbizeps mit Totenkopftattoo – kichert wie ein Schulmädchen. Unwillkürlich kichert Ariane mit. Das bringt ihn zum Schweigen.

«Wofür steht HvD?» Sie deutet mit dem Finger auf die rätselhafte Buchstabenkombination gleich unter ihrem Namen.

Irgendetwas daran macht sie misstrauisch, obwohl es durchaus ein erhebendes Gefühl ist, nach Jahren als mäßig gebuchte Freiberuflerin überhaupt ein eigenes Büro mit einem Plexiglastürschild vorzufinden. Und ihr Name ist sogar korrekt geschrieben: Ariane Höft von Holten. Toll. Wenn nur diese drei Buchstaben nicht wären, in Verbindung mit dem irritierenden Schulmädchenkichern des Hausmeisters, der sie konsequent ignoriert, während er sich vergeblich mit der verschlossenen Bürotür abmüht.

Doch Ariane lässt nicht locker. «Hallo, ich hab Sie was gefragt.»

«Hab ich gehört. Aber das fragen Sie am besten den Chef», sagt der Hausmeister.

«Okay, und wo ist der Chef?»

«Termine.»

«Und alle anderen, die hier arbeiten?»

Der Mann schnauft. «Hören Sie, ich bin hier nur der Hausmeister, nicht das Empfangskomitee und auch nicht die Auskunft. Ich soll Ihnen die Tür aufsperren und fertig.»

«Dann tun Sie das doch endlich!»

«Klemmt.»

Ariane deutet mit einem Nicken auf seine Schulter. «Vielleicht mit Gewalt?», schlägt sie vor, und nach kurzem Zögern wirft sich der Hausmeister tatsächlich mit voller Wucht und sichtlichem Vergnügen gegen die Furnierholztür, womit er sie nicht nur öffnet, sondern auch gleich komplett aus den Angeln reißt.

Nicht ohne Stolz begutachtet er den Schaden, was Ariane immerhin die Chance gibt, den ersten Schock über den Anblick ihres «Büros» unbemerkt zu verdauen. Ja, es gibt einen Schreibtisch und einen Computer, aber ansonsten handelt es sich eindeutig um eine Abstellkammer – einen langen Schlauch ohne Tageslicht, vollgestopft mit Bergen von Krimskrams, wie er sich eben in einer Fremdenverkehrszentrale über Jahre so angesammelt haben muss: alte Plakatwände, Werbebanner und anderes Reklamematerial, von der Kugelschreiberschachtel bis hin zum überlebensgroßen Pappaufsteller der berühmten Brockenhexe, dazu zerkratzte Stehtische, Stapel von Plastikstühlen und vieles mehr.

«Es gibt nicht mal ein Fenster», sagt Ariane schwach.

«Sie können ja die Tür offen lassen», witzelt der Hausmeister und geht.

Ariane sieht ihm nach, wie er gemächlich den langen Flur entlangschreitet, jeder Schritt eine klare Botschaft: Das hier ist sein Revier, und sie ist der Eindringling, bestenfalls geduldet, keinesfalls willkommen. Wäre er ein Rüde, hätte er wahrscheinlich noch sein Bein an ihrem demolierten Türpfosten gehoben.

Als hätte er ihre Blicke auf seinem Rücken gespürt, dreht der Hausmeister sich plötzlich um, ein Grinsen im Gesicht.

«Hexe vom Dienst», ruft er.

«Wie bitte?»

«HvD heißt Hexe vom Dienst.»

Andreas Anton und Finn Engel laufen schweigend auf einen vierstöckigen DDR-Plattenbau zu, der die Aussicht auf den sattgrünen Waldhang stört; Andreas geht vorneweg, Finn schlurft anderthalb Meter hinter dem Polizisten her, mit hochgezogenen Schultern, die Hände in den Hosentaschen vergraben.

Andreas wüsste nicht zu sagen, wie oft er den Jungen schon nach Hause chauffiert hat – nicht nur tagsüber, wenn Finn die Schule geschwänzt hat, sondern manchmal auch mitten in der Nacht.

Melina Engel nimmt ihren Sohn wie immer ohne größere Gefühlsregung in Empfang. «Was macht der denn hier? Wieso ist der nicht in der Schule?»

Die schmale Frau steht im Türrahmen ihrer Wohnung in der zweiten Etage, bekleidet mit einer verwaschenen, ehemals petrolfarbenen Jogginghose und einem kurzärmeligen Sport-Shirt mit weitem Ausschnitt, Kapuze und der Aufschrift *Beauty grows everywhere.* Um den Hals trägt sie zwei Ketten mit bunten Anhängern, einem Herzen und einem … Schmetterling?

«Finn wurde beim Klauen erwischt.»

«Beim Klauen?»

«Ja.» Andreas schweigt, um Melina Engel die Gelegenheit zu geben nachzufragen. *Beim Klauen erwischt? Wo denn? Was denn?* Aber sie schweigt.

Finn drängt sich an seiner Mutter vorbei und verschwindet in der Wohnung. Sekunden später knallt eine Tür.

Melina Engel dreht den Kopf und schreit: «Finn!» Sie schüttelt genervt den Kopf, dann wendet sie sich wieder Andreas zu.

«Frau Engel», sagt Andreas. «Das geht so nicht. Sie müssen mit Finn reden. Wenn er vierzehn ist …»

«Wieso ist er nicht in der Schule?», unterbricht sie ihn. «Wieso lassen die ihn denn einfach gehen?»

«Wie? Was meinen ...»

«Was soll ich denn von hier aus machen, wenn er aus der Schule abhaut? Das krieg ich doch gar nicht mit. Da müssen doch die Lehrer drauf achten. Wie kann das sein, dass er einfach verschwinden kann? Was ist denn das für eine Scheißschule?»

«Es ist halt eine *Schule.* Und kein Gefängnis», sagt Andreas.

«Was ist denn, wenn Finn was passiert?»

«Wie?»

«Wenn ihm unterwegs was passiert. Wenn er von irgendeinem Idioten angefahren wird. Was ist denn dann?»

Andreas schwirrt der Kopf angesichts dieser kompletten Verdrehung von Verantwortlichkeiten. Er holt Luft. «Frau Engel, Sie müssen als Mutter darauf einwirken ...» Er spricht nicht weiter. *Darauf einwirken*, genau, Andreas! Genau so überzeugst du Melina Engel.

Melina schraubt sich weiter hoch: «Und überhaupt! Wieso bringen Sie ihn zu mir und nicht in die Schule?»

Komplett sinnlos, dieses Gespräch, denkt er. Ich scheitere schon daran, Melina das Problem verständlich zu machen. Andreas starrt auf die drei englischen Wörter auf dem T-Shirt. *Beauty grows everywhere.* Tatsächlich findet Andreas, dass Melina Engel ein ausgesprochen hübsches Gesicht hat, geradezu klassisch: große Augen, schmale Nase, volle Lippen.

Er murmelt nur noch eine Verabschiedung und geht.

«Hey!», ruft Melina.

Andreas bleibt auf der halben Treppe stehen und dreht sich um.

Melina Engel funkelt ihn wütend an. «Muss ich ihn denn jetzt wieder in die Schule schicken? Muss er da heute noch mal hin?»

«Machen Sie ihm was zu essen», sagt er und geht.

Andreas fährt aufs Revier und versucht auf der kurzen Strecke, seinen Frust wegzuatmen. Etwas besser wird seine Laune aber erst, als er das Büro betritt: Frau Krause war keine zwei Stunden allein, aber die Schafpudeldame empfängt ihn mit hundetypischer Begeisterung: *Hurra! Du bist wieder da! Endlich! Ich dachte, wir sehen uns nie wieder! ICH! FLIPPE! AUS!*

Andreas hockt sich hin, um das Tier ausgiebig zu kraulen, und genießt die positive Wirkung, die das auf ihn selbst hat.

Nachdem Frau Krause sich beruhigt und wieder auf ihrer Decke niedergelassen hat, macht Andreas ein paar Yogaübungen. Die Begegnung mit seinem Vierbeiner hat ihm zum Runterkommen noch nicht ganz gereicht. Er beginnt ganz klassisch mit dem Berg, macht weiter mit dem Stuhl, dem Hund und dem Baum.

In Gedanken hört er immer noch Finns Mutter durch den Flur rufen. Jetzt steht er auf dem linken Bein, sein rechtes Knie ist gebeugt, und mit der rechten Hand umfasst er das Fußgelenk. Er streckt das angewinkelte Bein nach hinten und den linken Arm waagerecht nach vorn, wobei er die Handfläche senkrecht hält. Für die Entschlusskraft, wie es in der Übungsbeschreibung heißt.

Als Andreas den Tänzer vor sechs Jahren zum ersten Mal in Angriff genommen hat, geriet er bereits beim Griff ans Fußgelenk ins Wanken und stürzte über das Tischchen neben dem Fernsehsessel. Mit ihm stürzte damals eine halb volle Flasche Hasseröder Pils. Anders als sonst gab Andreas nicht sofort wieder auf, sondern hängte sich richtig rein. Er merkte schlicht, wie gut ihm das tat. Yoga, Meditation … kurz davor hätte er sich noch bestenfalls lustig gemacht über jeden, der ihm mit so einem Vorschlag gekommen wäre.

Vielleicht ist das auch der Grund, warum es bis heute sein Geheimnis ist. Nun steht er also im Raum, sicher und stolz, mit winzigen, ausbalancierenden Bewegungen. Frau Krause hat sich inzwischen auf ihrer Decke eingerollt und schläft.

Die Tür zu seinem Büro hat er abgeschlossen. Zwar ist es mehr als unwahrscheinlich, dass jemand einfach so hereinkommt an einem Montagmittag, aber man kann nie wissen. Sein Kollege Klaus fällt aus, der hat sich am Vortag krankgemeldet – Rücken –, doch auch sonst soll ihn niemand so erwischen, obwohl derjenige mit Sicherheit einigermaßen staunen würde. Man sieht Andreas seine bemerkenswerte Beweglichkeit nämlich nicht an, weder auf den ersten noch auf den zweiten und auch nicht auf den fünften Blick.

Seine 124 Kilo hingegen sieht man Andreas sehr gut an.

Langsam löst er die Hand vom Knöchel, senkt den Fuß, kommt in einer fließenden Bewegung in die Ausgangsposition zurück und wiederholt die Figur mit der anderen Körperhälfte. Den nun vorgereckten rechten Arm hebt er diesmal höher, die Handfläche hält er flach nach vorn, was die Schulter stärker fordert.

Aber was ist das? Die Gardine ist offen! Jeder kann ihn sehen.

Andreas kämpft gegen den Reflex an, sofort zum Fenster zu stürzen. Er atmet weiter ruhig ein und aus und hält die Position. Ohne Hektik beendet er die Übung, geht dann erst zum Fenster und zieht die Gardine zu.

Er begibt sich wieder in die Figur, doch kaum hat er sie eingenommen, klingelt das Telefon.

Andreas seufzt und nimmt den Anruf entgegen.

ARIANE STEIGT AUF EINEN BERG UND GUCKT RUNTER – LEIDER

Am Nachmittag hat sich Ariane nicht nur mit ihrem gehässigen neuen Spitznamen arrangiert, sie hat ihn regelrecht angenommen, wild entschlossen, eine Kampfansage daraus zu machen.

Hexe vom Dienst, warum eigentlich nicht? Die obligatorische rote Mähne dazu hat sie, wie um das Klischee zu adeln, ja schon mitgebracht, alles Natur wohlgemerkt, nicht gefärbt. Vielleicht sollte sie das Türschild um ein Foto von sich ergänzen, sie könnte sich sogar Visitenkarten drucken lassen, mit der Bezeichnung HvD drauf, damit alle sofort wissen, mit wem sie es zu tun haben. Ab sofort wird zurückgekichert!

Während sie sich ihren kämpferischen Gedanken hingibt, steigt Ariane im Düsteroder Nachbarort Grauen einen Berg hinauf, um die Wanderschilder eines Aussichtspunkts zu kontrollieren. Damit folgt sie ihrer allerersten Dienstanweisung. Ihr neuer Chef, Büroleiter Mario Köhler, hat sich Ariane zwar noch immer nicht persönlich vorgestellt, ihr aber immerhin eine Mail der *Naturerlebnisgruppe Mindful Moments* aus Hannover weitergeleitet. Die Gruppe, die sich nach eigenem Bekunden auf *achtsames Waldbaden* spezialisiert hat, klagt darin über *sexistische Entgleisungen der übelsten Sorte*, und das ausgerechnet an einem ihrer wichtigsten *Trost-Orte*. Untröstlich wie sie nun waren, hatten die Waldbadenden leider vergessen, ihren Ausführungen ein Foto beizufügen, also soll sich Ariane selbst ein Bild machen, befiehlt Mario Köhler in barschen Worten. Nach der langen Anreise und dem feindseligen Empfang ist der Ausflug dennoch eine willkommene Gelegenheit, frische Luft zu schnappen. So dachte Ariane zumindest anfangs.

Inzwischen fragt sie sich, ob es sich bei dem Auftrag um eine weitere Schikane handelt. Die Wanderung ist viel anstrengender als gedacht – und sie nicht in Topform.

Es ist, als hätte sich alles gegen sie verschworen. Erst der hämische Hausmeister, dann die Abstellkammer, selbst der deprimierende Name dieses Kaffs hier, das sie mit einer Dreckschleuder von Dienstwagen-Oldtimer ohne Navi erst umständlich suchen musste, nachdem Hausmeister Wilfried ihr die Schlüssel überreicht und dann kichernd zugeschaut hat, wie sie umständlich ausparkte. Nichts ist so, wie Ariane es sich in ihren geheimen Träumen vom Harzer Landleben erhofft hat: idyllisch, zugewandt, ein kleines Stück heile Welt. Okay, das war echt naiv.

Aber anfangs hatte ja auch alles so vielversprechend gewirkt. Das Vorstellungsgespräch in der Zentrale von Harz-Touristik in Goslar war überaus angenehm gewesen. Die leitende Geschäftsführerin Jeanette Hackenberg hatte erfolgreich den Eindruck erweckt, sich auf der Höhe der Zeit zu befinden. Was Ariane nicht versteht: Warum hat der Vorstand von Harz-Touristik sie dann in die Nebenstelle nach Düsterode verbannt, wo ganz offensichtlich irgendwelche harten Harzer Kerle wie Hausmeister Wilfried und dieser unfreundliche Mario Köhler dafür sorgen wollen, dass sie gleich wieder abreist? Lauter alte Säcke wahrscheinlich, denen die Vorstellung, mit einer Sensitivity Managerin zusammenzuarbeiten, vor Angst das Testosteron in den Adern gefrieren lässt.

Mal ehrlich: Was ist eigentlich so verdammt unzumutbar daran, sich gelegentlich zu fragen, ob die eigene Art zu sprechen und zu handeln andere Leute verletzt oder ihnen sogar das Herz bricht? Und genau darum geht es ja bei ihrem Job und beim Thema Sensitivity: Mitgefühl schärfen. Nicht mehr und nicht weniger. Wenn sie das rüberbringen kann, ist sie fast schon am Ziel.

Apropos: Ob es noch weit ist? Ariane keucht. Dieser verfluchte

Aufstieg hat es so dermaßen in sich. Sicher, der Harz ist nicht mit den Alpen zu vergleichen. Bewaldete Hügel mit sichtbaren Klimaschäden, ein typisches Mittelgebirge eben. Doch so richtig mittel findet sie die Grauener Steigung nun nicht. Inmitten eines dichten grünen Wirrwarrs aus Fichten und Laubbäumen verbergen sich schroffe Klippen wie hinterrücks gezückte Messer und ein steiniger Wanderweg, der so steil bergan führt, dass ihr fast die Luft wegbleibt. Eigentlich schade, dass sie Katja nicht hat überreden können, im Vorfeld ein paar gemeinsame Tage hier zu verbringen, dann wäre sie besser auf das hier vorbereitet gewesen.

Keuchend wischt sie sich mit dem Ärmel ihres verwaschenen Fairtrade-Shirts den Schweiß von der Stirn. Sie muss aufhören, sich etwas vorzumachen: Dass sie keineswegs so sportlich ist, wie sie aussieht und wie sie gern vorgibt zu sein. Damit zieht Katja sie gern auf. Ariane weiß, ihre drahtige Figur ist eher auf gnädige Gene zurückzuführen als auf Training, denn das findet nur sehr selten statt. Genau genommen ist sie von Natur aus eine typische Couch-Potato, das rächt sich jetzt. Und ein stechender Fersenschmerz links deutet darauf hin, dass Chucks nicht unbedingt das optimale Schuhwerk sind, um es mit freiliegenden Wurzeln, Geröll und Steigungen aufzunehmen. Hätte sie sich denken können. Jetzt muss sie da durch.

Wenigstens ist das Wetter herrlich, ein perfekter Frühlingstag, nicht zu warm, nicht zu kalt, am Himmel Schönwetterwolken wie von Kindern gemalt.

Ariane kämpft sich bergan, und irgendwann ist sie zwar nicht oben, aber immerhin hat sie ihr Ziel erreicht, den in der E-Mail erwähnten Aussichtspunkt am Federberg. Dort gibt es in Sachen Sexismus tatsächlich eine Beanstandung zu machen.

Sie erkennt das Wanderschild, um das es geht, sofort: Jemand hat die Warnung *Steiler Anstieg* mit einem Edding redigiert. *Stei-*

ler Zahn steht da jetzt, daneben hat der zeichnerisch nicht unbegabte Witzbold die Karikatur einer dümmlich dreinblickenden Frau mit sehr großen Brüsten hinterlassen.

Ariane kann nicht anders: Sie muss lachen, laut lachen. Dafür hat sie sich nun also den ganzen Weg hier raufgeschleppt? Ist doch wahr: Manchmal ist das ganze Leben ein Witz. Und diese kleine fiese Zeichnung ist zwar schlecht, aber dafür ziemlich gut gemacht.

Wie alt mag jemand sein, der heute noch die Formulierung «steiler Zahn» benutzt? Sechzig? Siebzig? Hundertzehn?

Ein weißer alter Mann mit einem schwarzen Edding im Rucksack und Pubertätsfantasien im Kopf.

Das Schild kann so nicht bleiben, das ist klar, da haben sich die achtsamen Waldbadenden völlig zu Recht bei Harz-Touristik beschwert.

Als Ariane versucht, die Schmiererei mit einem Taschentuch und etwas Spucke zu eliminieren, wofür sie sich auf einer armdicken Wurzel auf die Zehenspitzen stellt, verliert sie das Gleichgewicht und strauchelt. Dass sie sich auf einem Plateau hoch über dem Grauen Tal befindet, macht die Sache nicht besser, denn sie taumelt geradewegs auf den Abgrund zu. Erst in letzter Sekunde findet sie Halt an einem Ast.

«Was ist das denn hier für eine verfickte Ossi-Scheiße?», schreit sie geschockt und schämt sich sofort dafür. «Gehört da nicht ein Geländer hin?»

Kaum ausgesprochen, sieht sie es. An mehreren Stellen durchgebrochen und absturzgefährdet, so wie sie selbst kurz zuvor.

«Das geht ja gar nicht», murmelt Ariane. «Da kann ja sonst was passieren.»

Oder ist vielleicht schon was passiert?

Arianes Herz beginnt zu rasen. Eine düstere Vorahnung peinigt sie, als sie sich Schritt für Schritt vortastet, um einen Blick ins Tal zu werfen.

Felsen, Baumwipfel und etwas Rotes, eine Jacke.

Eine Jacke, die zu einem leblosen Körper gehört, die Gliedmaßen seltsam verdreht.

Da unten liegt ein Mensch.

Ariane greift nach ihrem Handy und wählt den Notruf.

ANDREAS **ERFÄHRT DRAMATISCHE NEUIGKEITEN**

«Revierstation Düsterode, Polizeihauptmeister Anton, guten Tag.»

«Endlich. Sie müssen mir jetzt zuhören. Ich werde hier von einem zum anderen vertröstet. Ich möchte einen Leichenfund melden.»

Andreas verspürt ein unangenehmes Ziehen in der Magengrube. «Eine Leiche», sagt er tonlos. «Sind Sie sicher?»

«Ja. Das habe ich der Frau auch schon gesagt, ich wusste die ganze Zeit, dass der Mann tot ist, dafür hätte ich nicht erst da runterklettern müssen und mir fast den Hals brechen, das hat man von oben schon gesehen, aber die wollte ja nicht zuhören, keiner hört mir zu, der Mann ist tot, daran besteht überhaupt nicht der geringste Zweifel, die Augen sind offen, der Hinterkopf ist Matsch, bitte entschuldigen Sie meine Wortwahl. Die Frau sagt, sie ist nicht zuständig ...»

Andreas kratzt sich am Hinterkopf. «Welche Frau und welcher Mann?»

«Die Frau von Eins-eins-zwei – und der Mann, woher soll ich das wissen? Der ist ja tot, den kenne ich nicht, deswegen war sie ja nicht zuständig, sondern Eins-eins-null, aber da gibt es eine

Störung und man muss die Polizei über Amt anrufen, das sind Sie, also hören Sie mir jetzt bitte endlich zu. BITTE.»

«Gut. Ich höre Ihnen zu. Wo befindet sich der Fundort der Leiche?»

Die Anruferin stöhnt. «Bitte kommen Sie her. Ich bin hier ganz allein.»

«Brauchen Sie einen Arzt?»

«Nein. Der Mann ist ja tot!»

Andreas seufzt. «Ich meinte, für Sie.»

«Nein, nicht nötig. Ich will nur, dass Sie herkommen.»

«Dann müssen Sie sich jetzt bitte beruhigen und mir sagen, wo Sie sind.»

«Ich bin ganz ruhig! Wenn ich noch ruhiger werde, kann ich mich gleich neben den Mann hier legen.»

«Wo genau liegt der denn?»

Andreas kann hören, wie die Anruferin am anderen Ende der Leitung tief durchatmet.

«Unter dem Aussichtspunkt am Federberg in Grauen. Wenn Sie mir Ihre Handynummer verraten, kann ich meinen Standort mit Ihnen teilen», sagt sie.

«Gut, danke. So gefallen Sie mir schon besser. Ich bin unterwegs.»

Nachdem Andreas den Hörer aufgelegt hat, bleibt er noch einen Moment sitzen. Was war denn das für eine Diplom-Hektologin? Aber gut, auf eine Leiche zu stoßen, kann einen natürlich schon mal ein bisschen aus der Fassung bringen.

Sein Handy vibriert. Die Anruferin hat ihren Standort geschickt. Oje, mit dem Auto würde er da nicht richtig rankommen. Na ja, zumindest Frau Krause würde sich über den Ausflug freuen. Andreas tippt eine Nachricht: *Werde wohl eine knappe Stunde brauchen, um bei Ihnen zu sein. Gruß PHM Anton.*

Mit einem Ruck stemmt er sich aus dem Bürostuhl. Der Schafpudel reagiert sofort und springt ebenfalls hoch. «Na, Mensch, Frau Krause, dann schauen wir uns das mal an, was?»

Als Andreas im Auto sitzt und das Handy in die Halterung klemmt, sieht er, dass eine weitere Nachricht angekommen ist. *Beeilen Sie sich bitte, AHvH.*

AHvH, was soll das denn heißen? Eine Namensabkürzung ja wohl kaum. Irgendwas mit Harz? Hilfe vom Harz? Unfug.

Andreas schaukelt mit dem Landrover durch den Wald, bis es nicht mehr geht, dann marschiert er zu Fuß weiter. Frau Krause läuft vorneweg und macht immer wieder einen Abstecher ins Unterholz. Vögel zwitschern. Nur einmal kommt ihm ein älteres Ehepaar entgegen, das seinen Gruß stirnrunzelnd erwidert. Streifendienst im Wald?, denken die beiden vermutlich.

Alle paar Minuten vergleicht Andreas den Standort der Anruferin mit seinem eigenen. Als die beiden Punkte fast übereinanderliegen, bleibt er stehen und ruft: «Hallo! Hier spricht die Polizei! Ist hier die Frau, die angerufen hat?» Er muss lachen. Total bescheuert, dass er sich nicht den Namen der Frau hat geben lassen. «Hallo! Anton hier!»

Eine weibliche Stimme antwortet: «Hallo! Hallo, Anton! Hier bin ich.»

Ah, okay, sie wird direkt am Aussichtspunkt sein. Und tatsächlich steht sie auf dem kleinen Plateau. Eine schlanke Frau in Jeans und blauem Shirt. Als Andreas näher kommt, registriert er die Turnschuhe an den Füßen der Frau. Mit Turnschuhen auf den Berg – immer eine gute Idee. Das gibt schon mal einen Minuspunkt.

Frau Krause tänzelt interessiert auf die Anruferin zu. Andreas nimmt zur Kenntnis, dass die Frau nicht, wie so viele andere es tun, aufgeregt loskreischt, er solle «das Vieh» an die Leine nehmen. Das gibt auf jeden Fall einen Pluspunkt.

Er ruft: «Frau Krause, hierher!» Und sagt zu der Frau: «Die macht nichts. Ist nur verspielt.»

«Frau Krause?» Die Frau streichelt den Hund, und Andreas erkennt sofort, dass sie das nicht zum ersten Mal macht. Noch ein Pluspunkt. «Ich nehme an, wir haben telefoniert?»

«Ja. Da unten.»

«Was?»

«Da unten liegt die Leiche.»

Andreas tritt an das umgerissene Geländer. «Oha. Und Sie waren schon unten?»

«Musste ich ja. Die dämli…, die Frau am Notruf hat mir ja nicht geglaubt.»

«Darf ich Sie erst mal nach Ihrem Namen fragen?»

«Höft von Holten.»

«Höftfen …?»

«… *von* Holten, Ariane Höft von Holten.»

Ah! AHvH! Bei Andreas fällt der Groschen. Eine Adlige, denkt er. Wobei, ist das immer noch so, dass man automatisch adlig ist, wenn man ein *von* im Namen trägt?

«Gut, Frau … Holz … Holt … Höft …»

«Gerne auch Ariane», sagt sie.

«Ariane. Na, dann schauen wir uns den Toten mal an, was?»

«Das machen Sie mal schön alleine. Ich habe mir den Toten schon ganz genau angeschaut. Ich klettere da nicht noch mal runter.» Genervt. Schnippisch. Minuspunkt.

Andreas mustert Ariane. Sie ist nicht unattraktiv, denkt er. Tolle Figur. Das Gesicht weniger ebenmäßig als das von Melina Engel, die Augenbrauen leicht asymmetrisch. Vom Alter her schwer einzuschätzen. «Okay, dann warten Sie bitte hier.»

«Wofür brauchen Sie mich denn noch? Ich würde eigentlich ganz gerne wieder gehen.»

«Dauert nicht lange. Bitte.» Er sieht sich um: «Welchen Weg haben Sie nach unten genommen?»

«Bin einfach gesprungen.» Sie grinst nicht. Dann gestikuliert sie vage. «Ich bin den Weg ein Stück runter und irgendwie rein.»

Andreas nickt und spaziert los, Frau Krause bleibt bei der Adligen stehen und lässt sich von ihr streicheln.

Als er den Toten erreicht, denkt er, kein Wunder, dass Arielle Holt von Dingens das nicht kaltgelassen hat. Besonders der Hinterkopf ist wirklich kein schöner Anblick.

Andreas schaut die Klippe hinauf. Keine Frage, ein Sturz von da oben kann nicht glimpflich enden. Er stellt sich vor, wie der Unbekannte den Halt verloren hat. Die Folge war bestimmt zehn Meter freier Fall, schätzt Andreas.

Er ruft die Bergwacht in Düsterode an. Dann macht er mit dem Handy ein paar Fotos von der Leiche und der Umgebung.

«Hallo? Was machen Sie denn?»

Er legt den Kopf in den Nacken und sieht den Kopf der Adligen, daneben Frau Krause, die zweimal bellt.

«Ich komme wieder hoch!», ruft er. «Frau Krause, bleib fein da.»

Er sieht sich noch ein bisschen um, sucht einen Rucksack oder irgendwas anderes, das der Tote bei sich geführt haben könnte, findet tatsächlich einen Edding. Hatte die Adlige nicht so was erwähnt? Langsam stakst er durchs Unterholz. Sein Blick fällt auf einen Ast, er beugt sich vor, ein extrem gerade gewachsener Ast ist das. Nein, Moment, das ist gar kein Ast, sondern eine dünne Stange. Er fischt Plastikhandschuhe aus der Tasche und streift sie über, dann hebt er die Stange hoch und betrachtet sie.

«Das ist doch so ’n …», murmelt er. «So ’n … Ding. Wo man

das Handy dranklemmen kann. So 'ne Vollpfostenantenne. Wie heißt das offiziell?»

Das Handy fehlt. Andreas sucht eine Weile, bis wieder die Stimme der Adligen ertönt.

«Haaallooo!»

«Ich komme ja!», ruft er und macht sich auf den Rückweg.

Als er wieder am Aussichtspunkt ankommt, wirft die Turnschuhträgerin mit dem unaussprechlichen Namen gerade einen Stock, dem Frau Krause begeistert hinterherhechtet.

«Schönes Tier», sagt sie.

«Ja, finde ich auch.»

«Was ist das für eine Rasse?»

«Ein Schafpudel.»

«Aha. Kenn' ich gar nicht.»

«Alte ostdeutsche Hütehundrasse.»

«Und der Tote?»

Andreas ist kurz irritiert über den plötzlichen Themenwechsel. «Ja ... Also, Sie haben recht. Der ist tot.»

Sie deutet auf die Vollpfostenantenne. «Haben Sie den Selfie-Stick da unten gefunden?»

Selfie-Stick, genau. Er nickt. «Aber leider nicht das dazugehörige Handy.»

Sie runzelt die Stirn. «Und nun?»

«Ich habe die Bergwacht gerufen. Die werden die Leich...» Er hebt den Zeigefinger: «Pscht! Hören Sie!»

«Was denn?» Sie blickt sich ängstlich um.

«Eine Ringdrossel.»

«Wie bitte?»

«Eine Ringdrossel. Ziemlich selten ... Da! Schon wieder!»

Sie atmet tief ein und aus. Sieht sie etwa genervt aus? «Okay, schön. Und was meinen Sie?»

«Was meinen Sie mit ‹was meinen Sie›?»

«War es ein Unfall?»

Andreas lauscht noch einen Moment, dann sagt er: «Tja, sieht so aus. Die Verletzungen deuten jedenfalls darauf hin. Dass Wanderer im Harz verunglücken, kommt nicht so selten vor. Mit dem Tod endet das aber glücklicherweise nur in den allerwenigsten Fällen.» Er überlegt. «Das Geländer ist schon eine Weile kaputt.» Er hebt den Selfie-Stick. «Er wollte sich knipsen, hat das Gleichgewicht verloren, und dann ...» Er macht mit dem Daumen eine schnelle Abwärtsbewegung. «Waren Sie mal in England?»

«Was?» Sie schüttelt ungeduldig den Kopf. «Wieso?»

«Oder in Irland? Kennen Sie die Steilufer dort? Da finden Sie alles, nur keine Geländer. Höchstens ein Warnschild. Der Deutsche braucht ein Geländer, sonst latscht er immer weiter.»

«Hm. Aber wenn's schon mal da ist, das Geländer, könnte man es auch reparieren.»

Frau Krause hat sich hingelegt, den Stock zwischen ihre Pfoten geklemmt und kaut engagiert darauf herum.

«Haben Sie auch einen Hund?», fragt Andreas.

«Ja.»

«Merkt man. Und was für einen?»

«Einen Doodle.»

«Doodle? Kenne ich nur als Suchmaschine.»

«Was?»

«Scherz, 'tschuldigung. Doodle – Google.»

«Ach so.» Sie lächelt nicht.

Sie stehen unschlüssig da.

«Hören Sie, ich würde dann jetzt wirklich gerne wieder gehen.»

«Ja, natürlich, aber ich bräuchte bitte noch Ihre Kontaktdaten.» Er zückt einen Block und einen Stift. «Also, ähm, Arielle … und wie weiter?»

«Ariane!»

«'tschuldigung. Ariane … Und weiter?»

«Höft. Von. Holten. Drei Wörter.»

«Höft. Ganz normal, ja?»

Sie seufzt und buchstabiert Höft. «Dann von. Wie von und zu. Dann Holten.» Sie spricht mit ihm wie mit einem begriffsstutzigen Schüler. Andreas nimmt sich fest vor, den Namen auf die Kette zu kriegen.

«Und Sie heißen Anton? Und weiter?»

«Andreas.»

«Anton Andreas?»

«Nein, umgekehrt. Anton ist der Nachname, Andreas der Vorname. Andreas Anton.»

«Okay, Herr Anton. Dann würde ich mich mal an den Abstieg machen, wenn Sie nichts dagegen haben.»

«Klar.» Er zögert. «Brauchen Sie, ähm, Hilfe?»

«Nee, ich finde den Weg schon.»

«Ich dachte eher mental oder so. Ist ja jetzt kein schönes Erlebnis für Sie gewesen.»

«Da haben Sie allerdings recht. Danke, aber ich komme schon zurecht. Auf Wiedersehen.»

Sie setzt sich in Bewegung, Frau Krause folgt ihr ein paar Schritte, dann bleibt sie stehen.

Andreas macht ein schnalzendes Geräusch und sagt leise: «Komm her, Frau Krause, die gehört nicht zur Herde. Wir warten hier noch auf die Bergwacht.»

Er setzt sich auf eine Bank und schaut in die Landschaft, die er liebt, aber er kann die Aussicht schon länger nicht mehr uneingeschränkt genießen, denn die Landschaft hat sich verändert.

Der Blick auf die vielen grauen klimageschädigten Baumgerippe, die zwischen dem Grün emporragen, deprimiert Andreas. Frau Krause gesellt sich zu ihm, springt ebenfalls auf die Bank.

Andreas krault den Hund hinterm Ohr. «Na, Frau Krause, die hat dir gefallen, die Anneliese Hoch von Wichtig, was?»

Ihm fällt ein, dass er ... Anneliese? Amelie? Er blickt in seinen Notizblock, ah, nein, *Ariane*, ihm fällt ein, dass er Ariane gar nicht gefragt hat, was sie hier oben eigentlich gemacht hat.

«Ariane Höft von Holten», murmelt er und wiederholt den Namen ein paarmal in einem betont vornehmen Tonfall.

Er stutzt, als sein Blick auf ein Wanderschild fällt. Er steht auf und geht hin. Was steht da? Steiler Zahn? Was für ein Kindskopf war denn hier am Werk? Er denkt an den Stift. Womöglich der Tote.

Eine Weile starrt er mit leerem Kopf auf die Atombusen-Kritzelei, dann geht er zurück zur Bank, setzt sich hin und schließt die Augen für eine Kurzmeditation. Eine Leiche sieht man schließlich nicht alle Tage, er ist ja nicht bei der Mordkommission, und genau das gefällt ihm am Job des Regionalbereichsbeamten: Die völlige Abwesenheit von Leichen. Bis heute hat das auch geklappt.

Andreas konzentriert sich auf seinen Atem, atmet tief ein, atmet tief aus, atmet tief ein, atmet tief aus. Dann lenkt er seine Konzentration auf den Gehörsinn: Er nimmt den leichten Luftzug wahr, das leise Rascheln von Blättern, das Gezwitscher der Vögel. Er horcht auf und muss lächeln, als sich die Ringdrossel wieder meldet.

ARIANE HAT HUNGER UND LERNT EINE BÖSE HEXE KENNEN. ZUM GLÜCK AUCH EINE GUTE

Bergab ist auch nicht besser. Ariane bekommt leichter Luft in die Lungen, das schon, aber dafür geht jeder Schritt auf die Knie, und sie muss noch vorsichtiger sein, um nicht auszurutschen. Ihren Füßen gibt das den Rest, besonders dem linken. Die Chucks scheuern und haben zu wenig Profil. Hinfallen will sie unter keinen Umständen, das wollte sie beim Aufstieg schon nicht, und jetzt will sie es noch weniger, nachdem sie gesehen hat, wie das enden kann.

Falls der Tote wirklich nur so *gefallen* ist.

Ariane hat so ihre Zweifel, ob Polizeihauptmeister Anton wirklich die Kompetenz besitzt, das vollumfänglich zu beurteilen. Nicht, dass sie ihrerseits die Kompetenz besäße, die Kompetenz eines Polizeihauptmeisters vollumfänglich zu beurteilen. Aber sie stellt Beobachtungen an. Zum Beispiel die, dass Herr Anton mindestens genauso viel Zeit damit verbracht hat, sich ihren Namen zu merken, wie den Fundort – oder Tatort? – zu inspizieren. Sollte das zügige Aufnehmen von Personalien nicht eigentlich zu den Basisfertigkeiten in seinem Metier gehören? Und sollten, nachdem das uniformierte Dickerchen sich nun mit eigenen Augen davon überzeugt hat, dass da tatsächlich eine Leiche am Fuß des Felsens liegt, nicht eigentlich die echten Profis anrücken, Leute in weißen Overalls, die zur Spurensicherung gehören oder so? Wo bleibt die Kripo?

Stattdessen war von der Bergwacht die Rede, und genau die kommt Ariane jetzt entgegen, ein Mann und eine Frau in rotblauen Uniformen, ausgestattet mit Helmen, Seilen und einer Trage.

Ariane, von Schmerzen durchdrungen, hält sie auf. «Können Sie mir bitte helfen?»

«Das ist leider gerade schlecht. Wir müssen zu einem dringenden Einsatz», sagt die Frau. Sie ist jung, könnte fast noch eine Schülerin sein, und wirkt im Gegensatz zu ihrem deutlich älteren Mitstreiter äußerst angespannt.

«Das weiß ich, es geht um eine Leiche. Ich habe sie gefunden. Da die aber wahrscheinlich noch etwas länger tot sein wird, könnten Sie mir ja trotzdem schnell ein Pflaster für meinen Fuß geben, oder? Es müsste aber ein sehr großes Pflaster sein, vielleicht sogar ein richtiger Verband. Sie haben da doch bestimmt Verbandszeug in Ihrem Rucksack?»

Der Mann rollt die Augen. «Sie wissen schon, dass wir als Bergwacht dafür eigentlich nicht zuständig sind? Verbandszeug für leichte Schürfwunden gehört in jedes Wandergepäck.»

«Sehe ich aus, als hätte ich irgendeine Art von Wandergepäck dabei? Ich wandere nämlich gar nicht», erwidert sie verzweifelt, und als sie merkt, dass das zickiger rüberkam, als beabsichtigt, fügt sie erklärend hinzu. «Ich bin hier nur so reingeraten.»

Ihr bleibt nicht verborgen, dass die beiden daraufhin Blicke austauschen, die bestenfalls als süffisant durchgehen. Wahrscheinlich ist sogar aufrichtige Verachtung im Spiel. Immerhin erbarmt sich die Frau, ihren nicht besonders handlichen Rucksack von den Schultern zu heben und ein Pflaster hervorzukramen, worauf Ariane sich erst höflich bedankt und dann um ein zweites bittet. Als Ersatz.

Der Mann verdreht die Augen. «Sonst noch was?»

«Wunddesinfektion vielleicht?»

Sie bekommt ein weiteres Pflaster und ein Desinfektionstuch in die Hand gedrückt.

«Das ist ganz lieb von Ihnen, vielen, vielen Dank. Sie beide sind meine Rettung.» Ariane lächelt auf eine leicht unterwürfige Weise, mit geneigtem Kopf. Manipulativ, aber wirkungsvoll. Katja nennt es den Lady-Di-Trick.

Der Mann lächelt zurück. «Gern geschehen», sagt er versöhnlich, obwohl es ja die Frau war, die Ariane die Sachen überreicht hat. «Beim nächsten Mal denken Sie aber an vernünftige Ausrüstung, wenn Sie in die Berge gehen, und damit meine ich auch ...»

«Meine Turnschuhe, ich weiß. Ich gelobe Besserung.»

«Na sehen Sie. Geht doch.» Der Mann hört jetzt gar nicht mehr auf zu lächeln, und Ariane fühlt sich ein bisschen mies, weil sie ein jahrhundertealtes Muster, das sie ablehnt, gnadenlos ausnutzt. Ganz dem guten alten Beschützerinstinkt verfallen, bietet der Bergretter Ariane nun sogar noch Wasser zum Trinken an, was ihr die Gelegenheit gibt, ihren Durst zu stillen und einen kleinen Plausch über Unglücksfälle in den Harzer Bergen zu halten, um die Aussage von Andreas Anton zu verifizieren.

«Klar, Tote gibt es hier jedes Jahr», bestätigt der Mann von der Bergwacht. «So im niedrigen zweistelligen Bereich. Meistens trifft es Wanderer und Kletterer, neuerdings auch immer öfter die Jungs mit ihren Mountainbikes.»

«Und Mädchen.»

«Was?»

«Es fahren doch sicherlich auch Mädchen, also Frauen, hier mit Mountainbikes durch die Gegend.»

Der Mann zuckt mit den Schultern. «Mag sein. Ist aber eigentlich kein Frauensport.»

Jetzt sind es Ariane und die Frau von der Bergwacht, die sich süffisante Blicke zuwerfen.

«Können wir dann, Dani?», fragt sie. «Ich als Frau möchte diesen Männerjob gern so schnell wie möglich hinter mich bringen.»

«Ja natürlich, verstehe ich. Tja, wir müssen. Oder soll ich Ihren Fuß noch schnell versorgen?»

«Das bekomme ich schon allein hin. Danke vielmals. Polizeihauptmeister Anton wartet oben bestimmt schon sehnsüchtig auf Sie.»

«Ach? Andreas!», frohlockt die Frau von der Bergwacht. «Super!»

Weg sind sie. Ariane sieht ihnen nach. Ist er also beliebt, der Herr Anton, die hilfsbereite Bergwächterin kam ja bei seiner Erwähnung aus dem Strahlen gar nicht mehr raus. Ein Freund und Helfer alter Schule, der Greise über die Straße führt und abends nach Dienstschluss für Familie und Nachbarn den Grill anschmeißt, um in geselliger Runde lustige Anekdoten aus dem Polizeialltag zum Besten zu geben. Der gemütliche Dicke, ein Typ zum Pferdestehlen.

Ariane – stopp! Merkste selber, ruft sie sich in Gedanken zur Ordnung. Zugegeben, bei Dicken kommt sie an ihre Grenzen, das war gerade Body-Shaming der plattesten Sorte. So leicht es ihr fällt, auf People of Color oder Angehörige der LGBTQ+ Community Rücksicht zu nehmen, so sehr gehen bei Übergewichtigen die Klischees mit ihr durch. Wenn sie ehrlich ist, hält sie sie meistens spontan mindestens für willensschwach und unsportlich – dabei ist Herr Anton vorhin eigentlich recht behände den Abgrund am Federberg runter- und wieder raufgeklettert.

Seufzend kümmert sich Ariane um ihren verletzten Fuß, bemüht, so wenig wie möglich hinzuschauen, denn eigentlich kann sie kein Blut sehen. Außer beim Steak. Das genießt sie – zum Unmut von Katja, die vegan lebt – am liebsten medium rare.

Verdammt, seit sie sich Andreas Anton am heimischen Grill vorgestellt hat, muss sie die ganze Zeit an Fleisch denken, gegrillt, gebraten, roh, egal, Hauptsache, viel. Ariane kommt beim besten Willen nicht davon los. Auch wenn es großer Mist ist, für die Tiere, fürs Klima, für die Darmflora und für Katjas Laune.

Toll, jetzt hat sie so richtig Hunger, ihre letzte Mahlzeit, hundertfünfzigprozentig fleischlos, hat sie im Speisewagen zu sich genommen, ein Apfel-Zimt-Porridge. Das ist fast neun Stunden her. Was soll's, sie braucht jetzt einfach tierisches Protein. Mit flauem Magen setzt sie den Abstieg fort. Der Weg kommt ihr endlos vor.

Zurück im Tal macht sie sich auf die Suche nach einer Einkehr, doch die gestaltet sich schwierig. Grauen besteht nur aus einem riesigen Parkplatz für Wanderer und einer hübschen roten Holzkirche, um die sich eine kleine Ansammlung von Fachwerkhäusern gruppiert. Restaurants gibt es keine, ein kleines Hotel, das ein wenig außerhalb auf einer Anhöhe liegt, hat anscheinend schon vor Jahren dichtgemacht und rottet mit vernagelten Fenstern vor sich hin.

Immerhin hat unweit des Parkplatzes ein Kiosk namens Harzer Hexentrio geöffnet, der stilecht in einer Art Knusperhäuschen untergebracht ist, aus Holz, nicht aus Keksen, versteht sich. Klingt passabel für eine inzwischen gar nicht mehr so kämpferisch aufgelegte HvD. Schwestern im Geiste womöglich?

Das Innere des Ladens präsentiert sich genauso rustikal, wie Ariane erwartet hat, im Angebot ein schräges Sammelsurium aus Andenken und Alltagsbedarf. Was zu essen gibt es auch. Hinterm Verkaufstresen sind nur zwei der drei versprochenen Hexen am Start, unauffällige Frauen mittleren Alters mit ungeschminkten Gesichtern und praktischen Kurzhaarfrisuren. Patent versorgt die eine Ariane mit Bockwurst und Brot, während die andere ihr Kaffee einschenkt. Abgesehen davon ignorieren beide mit Hingabe ihre einzige Kundin, kein Lächeln, kein Small Talk. In einem

Hundekörbchen neben der Tür döst eine schwarz-weiß gefleckte Katze, daneben steht ein kleiner Napf mit der Aufschrift Hexe 3. Ach so, da haben wir ja die dritte im Bunde, denkt Ariane. Witzig. Konsequenterweise nimmt auch die Katze keine Notiz von ihr.

«Ruhe», sagt eine der Frauen überflüssigerweise, als im leise dahinplärrenden Radio die Regionalnachrichten beginnen. Sie dreht den Ton lauter.

Direkt nach der Begrüßung vermeldet die Sprecherin mit tiefem Ernst, dass eine offenbar seit Tagen vermisste Schülerin in der Landeshauptstadt Magdeburg ermordet aufgefunden wurde. Beide Frauen stöhnen auf, wirken aber nicht überrascht.

«Schrecklich», sagt Hexe eins. «Die armen Eltern.»

Hexe zwei nickt betroffen: «Schlimm, ganz schlimm ... Übrigens, Elke, sag mal. Was ist denn jetzt mit deiner Sandra?»

«Na ja, die lebt noch», sagt Hexe eins, sichtlich konsterniert über den abrupten Themenwechsel. «Und wie. Lässt sich scheiden.»

«O Gott. Nein, wie furchtbar. Du Ärmste, dir bleibt auch nichts erspart. Was ist bloß los mit der Welt? Alles aus den Fugen. Alles. Das fängt ja schon beim Wetter an. Ich hab das vorhin mal ausgependelt. Du, ich sag dir, der Sommer wird ganz übel. Total verregnet. Dann können wir auch gleich dichtmachen, wenn keiner mehr kommt. Schon wieder ein Jahr ohne Umsatz, wie soll das gehen?»

«Ach, Renate, jetzt mal doch nicht gleich wieder den Teufel an die Wand. Warum sollte denn keiner kommen? Die Leute machen doch immer noch am liebsten Urlaub in Deutschland, erst recht, wenn alles immer teurer wird. Und wieso verregnet? Dein Pendel in allen Ehren, aber ich weiß ja nicht, es ist doch eher viel zu trocken. Wenn wir da mal keine Waldbrände kriegen.»

«Sag ich ja. Die ganze Welt ist aus den Fugen! Alles wird immer schlimmer! Überall Krieg und Chaos und Mord und Totschlag.»

Ariane denkt wieder an die Leiche am Berg, den zerschmetterten Hinterkopf, sagt aber nichts.

«Kann ich noch ein Mettbrötchen zum Mitnehmen haben?», fragt sie stattdessen.

«Mit oder ohne Zwiebeln?», fragt Hexe zwei, also Renate.

«Mit.»

«Na, dann wird Ihr Liebster aber heute Abend wenig Freude an einem Gutenachtkuss haben.»

«Es könnte sich natürlich auch – wie in meinem Fall – um eine *Liebste* handeln», erwidert Ariane freundlich. «Keine Sorge, die ist in Hamburg geblieben.»

Anders als Katja trägt Ariane ihre Queerness zwar nicht ständig wie ein Banner vor sich her, aber manchmal, wenn Leute automatisch davon ausgehen, dass eine Beziehung heterosexueller Natur sein muss, verspürt sie schon den Wunsch, Flagge zu zeigen. Außerdem, und da kickt wieder ihr Job als Sensitivity Managerin ein, gibt es ja auch noch Paare, die sich überhaupt nicht mehr küssen, nicht zu vergessen Alleinstehende, freiwillig oder unfreiwillig, die mit so einer leichthin gesagten Zwiebel-Kuss-Bemerkung ebenfalls nicht abgeholt werden.

«Mein Sohn lebt auch in Hamburg», sagt Hexe eins, also Elke. Anders als ihre Kollegin Renate, die eindeutig schmollt, wirkt sie plötzlich aufgeschlossener. «Er ist auch ...» Sie lässt den Satz eine Weile in der Luft hängen, als würde er sich so von selbst erklären, wobei sie Ariane zum ersten Mal direkt ansieht. Ein warmherziger Blick.

«Ja ... also, er mag auch gern Zwiebeln, mein Sohn.»

«Die sind ja auch lecker.» Ariane lächelt Elke verschwörerisch an.

Zurück hinterm Steuer ihres Dienstkombis denkt Ariane daran, wie schön es ist, wenn die eigene Offenheit auch das Gegenüber offen werden lässt. Es war ja klar, dass Elke etwas völlig anderes über ihren Sohn sagen wollte. Etwas Wichtiges. Wahrscheinlich ist er schwul. Und wahrscheinlich ist das nichts, worüber sie gern mit Renate, die Ariane in Gedanken ab sofort die böse Hexe nennt, sprechen würde. Denn die findet ja schon eine Scheidung ähnlich schlimm wie einen Mädchenmord.

Arianes Handy zeigt zwei Eingänge in der Mailbox an, anscheinend hatte sie im Wald nicht durchgehend Empfang.

Leider keine Nachricht von Katja, nur von einer gemeinsamen Freundin, die sich nach Arianes erstem Tag erkundigt. Lieb von ihr. Die zweite Nachricht ist weniger freundlich und stammt von ihrem Chef Mario Köhler, der sie anpöbelt, weil sie sich noch nicht gemeldet hat und der Dienstwagen noch nicht wieder an seinem Platz steht. Was für ein unhöflicher Arsch!

Als sie den Wagen auf dem Rückweg nach Düsterode vorsichtig durch die ungewohnten Serpentinen lenkt, wird Ariane dreimal überholt und zweimal angehupt. Ziemlich viel Feindseligkeit für einen Tag. Sie fühlt sich auf eine fast kindliche Weise verängstigt – und sehr einsam.

Wo ist sie hier bloß hingeraten?

Schade eigentlich, denkt sie, dass Frau Krause ihr nicht tatsächlich gefolgt ist. Sie hätte jetzt gern Gesellschaft, und Hunde sind die besten Gefährten, lustig, liebevoll und angenehm kritiklos. Vielleicht kann sie Katja überzeugen, ihr am Wochenende Woodie vorbeizubringen, der würde sich hier bestimmt wohlfühlen. Und er könnte mit Frau Krause spielen, die ist ja wirklich hinreißend. Obwohl, warum sollte Polizeihauptmeister Andreas Anton erneut ihren Weg kreuzen? Dazu wird hoffentlich kein Anlass bestehen.

ANDREAS **KOCHT UND TELEFONIERT UND DENKT NACH**

Er schält zwei Schalotten und schneidet sie in winzige Würfel, anschließend macht er dasselbe mit fünf dicken Knoblauchzehen. Sollen sie morgen doch alle durch den Mund atmen.

Er hört einen Podcast über René Magritte, ist mit seinen Gedanken aber am Grauen Berg, bei der Leiche und bei der attraktiven und leicht widerspenstigen Frau, die sie gefunden hat. Er drückt auf Pause, setzt die Knochenschall-Kopfhörer aber nicht ab. Er stellt eine große, tiefe Pfanne auf den Induktionsherd und hat gerade zur Olivenölflasche gegriffen, als sein Diensthandy klingelt.

Oje, ein Anruf zu so fortgeschrittener Zeit verheißt nichts Gutes. Er schaut aufs Display und verzieht das Gesicht. Elke, seine Ex! Was will die denn?

Er nimmt den Anruf entgegen und schaltet auf den Handy-Lautsprecher um, damit er weiterarbeiten kann. Elkes Stimme ist atemlos, sogar mit einem Anflug von Panik: «Andreas!»

«Mensch, Elke, ruf doch nicht immer auf der Dienstnummer an! Hab ich doch schon tausendmal gesagt. Nimm meine private Handynummer. Mann!»

«Jetzt mach dir nicht ins Hemd. Ruft doch eh nie einer an bei dir.»

Er schnappt nach Luft. Sie hat zwar recht, so ganz grundsätzlich, aber er mimt trotzdem den Empörten. «Das stimmt überhaupt nicht! Das ist eine Frechheit! Hier rufen jeden Tag …»

Sie unterbricht ihn: «Außerdem ist es ein Notfall.»

Andreas seufzt und lässt eine ordentliche Portion Olivenöl in die Pfanne gluckern. «Na, dann schieß mal los.»

«Wir sind gestern vom Bodensee zurückgekommen.»

Er horcht auf. Vom Bodensee? Da wohnt ihre gemeinsame Tochter. «Ist was mit Sandra?»

Andreas lauscht. Weint Elke? Auf einmal wird er richtig nervös. «Elke! Ist was mit Sandra?»

«Sie haben sich getrennt.»

«Was?»

«Sie haben sich getrennt.»

«Was? Wer?»

Elkes Stimme ist jetzt nicht mehr panisch und auch nicht mehr traurig, sondern ungeduldig: «Wer? Na, wer wohl? Sandra und Michael!»

Erleichterung durchströmt ihn. «O Mann, Elke! Du hast mir einen Riesenschreck eingejagt!»

«Ist dir das etwa egal?» Pure Empörung jetzt.

«Natürlich nicht! Ich habe nur gedacht, es ist was passiert.»

«Es *ist* ja auch was passiert! Andreas? Hallo? Sie trennen sich!»

«Ja, das ist Mist ... Aber sei mal ehrlich: Das kommt jetzt auch nicht völlig überraschend.» Er schaltet das Kochfeld auf die höchste Stufe und schiebt die Würfel vom Schneidebrett in die Pfanne. Als die Schalotten und der Knoblauch ein paar Sekunden später zischend anfangen zu schwitzen, regelt er die Temperatur auf halbe Kraft herunter. Ist doch wahr: Seit Jahren hat ihm Elke eine Horrorgeschichte nach der anderen erzählt, wenn sie vom Bodensee zurückgekommen ist. Seiner Meinung nach war Sandras Ehe von Anfang an zum Scheitern verurteilt gewesen.

Elke schnappt nach Luft. «Andreas, sie haben zwei Kinder!»

Auch Andreas wechselt die Tonlage. Er schaltet auf zynisch: «Ehrlich? Wusste ich gar nicht.»

«Du bist echt ein Idiot.»

«Elke, erinnerst du dich zufällig daran, wie alt Sandra und Sebastian waren, als wir uns getrennt haben?»

«Darum sind sie ja jetzt auch beziehungsunfähig. Wir sind schuld.»

Am liebsten würde er sofort auflegen. Er kann es nicht mehr hören. Das ist etwas, was man der untergegangenen DDR viel zu selten übel nimmt: dass sie Generationen von Achtzehn-, Neunzehn-, Zwanzigjährigen mit der Aussicht auf eine eigene Wohnung und einem lächerlichen Kredit in Höhe von zuletzt siebentausend DDR-Mark in die Ehe getrieben und dazu gebracht hat, Kinder in die Welt zu setzen. Klar, er kennt Paare, die immer noch zusammen sind, aber das sind in seinen Augen die berühmten Ausnahmen, die die Regel bestätigen. Die Ehe mit Elke hatte knappe vier Jahre gehalten (die komplette zweite Hälfte bereits in Agonie). Und dann hatte seine Tochter denselben Fehler gemacht, mit dem Unterschied, dass ihr Mann zehn Jahre älter war als sie selbst. Nein, Andreas wundert sich nicht über das Ehe-Aus. Und vielleicht hat Elke ja sogar recht. Vielleicht hat Sandra gesucht, was er und Elke ihr in ihrer Kindheit und Jugend nicht haben bieten können. So gesehen macht Sebastian, sein Sohn, alles richtig, denkt Andreas und verdrängt den Gedanken an dessen mutmaßlich promiskes Leben. «Wie geht es Sandra damit?», fragt er versöhnlich.

«Eigentlich ganz gut.»

Er ist verwirrt. «Gut?»

«Sie sagt, sie ist so verliebt wie noch nie.»

Seine Verwirrung nimmt zu. «Was? Wie, verliebt?»

«Verliebt halt. Sie hat einen Neuen.»

«Ach so?» Er holt einen großen Topf aus dem Schrank, füllt ihn mit Wasser, stellt ihn auf den Herd und schaltet ein weiteres Kochfeld ein. Das Summen des Herds wird lauter. «Dann hat Sandra …» Er zögert. Schluss gemacht, wollte er sagen, aber das klingt irgendwie komisch. «Ich hätte gedacht, *Micha* hat eine Neue.»

«Traust du Sandra nicht zu, sich von ihrem Mann zu trennen?»

«Doch, natürlich.»

Elke echauffiert sich wieder: «Du hast doch überhaupt keine Ahnung. Wann hast du die beiden das letzte Mal besucht?»

Die Frage ist nicht ernst gemeint, sondern nur ein Vorwurf, aber er fängt tatsächlich an nachzudenken. Wann war das? Er kann sich nicht erinnern. Sandras Kinder – seine Enkelkinder, Emma und Emil – waren noch ganz klein, sie konnten nicht mal laufen. Und er, Opa Andi, konnte nicht viel mit ihnen anfangen. Michael hingegen ist ihm eigentlich von Anfang an ganz sympathisch gewesen. Er ist weder ein Unsympath noch blöde, und eine Lusche ist er auch nicht. Andreas mag Michael.

«Der Arme», sagt Andreas und provoziert Elke damit zu einem weiteren Monolog, den er dazu nutzt, eine kleine Zucchini aus dem Gemüsefach des Kühlschranks zu holen und sie grob mit der Küchenreibe zu raspeln. Elke findet es *einfach nur schlimm*, dass Andreas nun Mitleid mit Michael hat. *Sooo typisch*, dass er nicht Partei für seine Tochter ergreift, er ist übrigens bereits ausgezogen, also Michael, sie haben eigentlich schon alles geklärt, auch die Frage, wer wann die Kinder sieht.

Andreas wirft das Gemüse in die Pfanne und rührt sorgfältig um. Er muss daran denken, wie jung sie beide damals waren, er und Elke, in der Neubauwohnung mit der frisch geborenen Sandra in diesem untergehenden Land, das dann wirklich unterging. Und auf einmal schien so vieles möglich, aber Elke war schon wieder schwanger, und Andreas wollte bloß raus aus seinem bescheuerten Job als Maschinen- und Anlagenmonteur und endlich das werden, was für ihn zu DDR-Zeiten auf gar keinen Fall infrage kam: nämlich Polizist – der klassische Jungstraumberuf.

«Andreas?»

Wie vertraut Elke ihm ist. Er sieht sie mehr als nervtötende

Schwester denn als verfeindete Ex-Ehefrau. Auch wenn sie zwei gemeinsame Kinder haben, so hatten sie bis zu ihrer Trennung doch glücklicherweise zu wenig Zeit gehabt, um sich unheilbare Verletzungen zuzufügen. Manchmal fragt er sich, ob er sich in sie verlieben könnte, wenn er sie heute kennenlernen würde.

«Andreas!»

Oha, sie hat eine Frage gestellt.

«Hörst du überhaupt zu?»

«Sorry … ich koche mir gerade was … Entschuldige bitte, was hast du gesagt?»

«Ob du was von Sebastian gehört hast!»

War ja klar, das kann sie sich nicht verkneifen. Sie weiß natürlich genau, dass er seinen Sohn seit mehr als zwei Jahren nicht mehr gesehen hat – und sie weiß auch, dass Andreas, während er seine Tochter immerhin alle paar Monate anruft, mit seinem Sohn in dieser Zeit kein einziges Wort gewechselt hat. Und sie weiß außerdem sehr genau, dass die Funkstille von Andreas ausgeht und nicht von Sebastian.

Sie erzählt ihm, dass sein Sohn umgezogen ist.

«Aha. Und wohin?»

«Nur innerhalb von Hamburg. Wohnt jetzt im, ähm, Schranzviertel. Oder Schanzviertel.»

«Schanzenviertel, meinst du wohl.»

«Oder so.» Ansatzlos wechselt Elke das Thema: «Hast du das von den toten Mädchen gehört?»

«Ja, na klar. Schrecklich.»

«Jetzt sind's schon drei.»

«Furchtbar.»

«Grauenhaft.»

Andreas ist versucht, Elke vom Leichenfund am Grauen Berg zu berichten, lässt es dann aber. Stattdessen sagt er: «Okay. Elke, ich muss jetzt auch mal Schluss machen, sonst brennt mir hier alles an.»

«Wir haben doch schon vor Jahren Schluss gemacht.»

Jetzt muss er lachen. Sie auch. In diesen Momenten liebt er seine Ex-Frau fast schon wieder. Er verspricht ihr, Sandra bald anzurufen, dann verabschieden sie sich.

Das Nudelwasser kocht. Andreas schüttet großzügig Salz in den Topf, dann wiegt er mit der Küchenwaage exakt 125 Gramm Spaghetti ab und lässt sie ins sprudelnde Wasser gleiten. Er stellt die Uhr am Backofen auf sieben Minuten.

Seine Gedanken kehren zu den Ereignissen am Berg zurück.

Kurioserweise hat Bergwacht-Anna das Handy des Toten gleich beim ersten Blick auf den Waldboden gefunden. Das Display war gesplittert, das Gerät aber noch funktionstüchtig, allerdings mit einem Code gesperrt. Na ja, das würde für die IT-Experten kein Problem sein. Wer der Tote war, hatten sie anhand des Personalausweises herausgefunden, den sie in dem kleinen Wanderrucksack gefunden hatten. Den wiederum hatten sie erst nach längerer Suche erstaunlich weit vom Toten entfernt entdeckt. Bei dem Opfer handelte es sich um einen gewissen Hans Horn, Jahrgang 1954, wohnhaft in einem Kaff bei Hannover. Dank der Registrierungsdaten für die Kurtaxe stellte sich außerdem heraus: Horn war vor drei Tagen in einem Hotel in Düsterode abgestiegen. Nicht zum ersten Mal übrigens. Nach Auskunft des Hotels kam Hans Horn seit Langem mindestens einmal im Jahr in den Harz, für jeweils eine Woche, zunächst mit seiner Ehefrau, später, nachdem diese gestorben war, allein. Ein freundlicher, unauffälliger Herr. Keine weiteren direkten Verwandten.

Jetzt ist er tot. Traurig.

Andreas nimmt Parmesan aus dem Kühlschrank und reibt eine Portion ab.

«Tja, klassischer Absturz, würde ich meinen», hatte Bergwacht-Daniel gesagt, nachdem er sich den Toten angesehen hatte. «Die Verletzungen sehen für mich nicht aus wie Spuren eines Kampfs.»

«Völlig ausgeschlossen?», hatte Andreas gefragt, aber nur ein Achselzucken von Daniel geerntet.

«Was ist schon völlig ausgeschlossen? Vielleicht ist er geschubst worden. Weißt du, ob jemand in der Nähe war?»

Nur die Adlige, denkt Andreas jetzt, während er eine Handvoll Basilikumblätter grob hackt. Aber wenn *sie* ihn geschubst hat, dann muss sie wirklich eine verdammt gute Schauspielerin sein. Nein, ausgeschlossen, die war doch völlig durch den Wind. Obwohl – Daniel hat natürlich recht: Was ist schon völlig ausgeschlossen?

Sein Handy brummt, das private diesmal. Andreas entsperrt das Gerät.

Oha, eine Nachricht von Mario Köhler, geschrieben offenbar ohne das nötige Mindestmaß an Konzentration:

Breaking News! Kurzfristig grillaktion bei mit! Lust? Laune?

Los, komm vorbeigekommen alte schnüffler.

Dahinter ein einfaches Lach-Emoji, ein Lach-Emoji mit geneigtem Kopf und Lachtränen, ein Emoji, das sich die Lippen leckt, ein Emoji mit Heiligenschein, ein Daumen-hoch-Emoji, ein Victory-Handzeichen-Emoji, drei Feuer-Emojis, ein Hot-Dog- und ein Hühnerschenkel-Emoji, zwei Bier-Emojis, ein Rotwein-Emoji, ein Feuerwehrmann-Emoji und zum Schluss ein weiteres Feuer-Emoji.

Super-Mario! Was für ein Spinner! Andreas verzieht den Mund. Nicht wegen der Biere, sondern wegen der Hähnchenschenkel. Warum nimmt Mario Andreas nicht ab, dass er Vegetarier ist?

Wie kann das sein? Aber Andreas weiß natürlich, wie das sein kann: Er ist dick, und Dicke fressen nun mal kein Gemüse, sondern tote Tiere.

Kurz zieht er in Erwägung, Mario zu verwirren. Er könnte nur ein E-Gitarren-Emoji zurückschicken. Oder die beiden gekreuzten Schwerter. Oder die Regenbogenflagge.

Er beschließt, die Nachricht erst einmal zu ignorieren.

Die Uhr am Backofen piept. Er fischt eine Nudel heraus, probiert, stellt eine weitere Minute am Ofen ein. Die Prozedur wiederholt er vier Mal, anschließend schüttet er die Spaghetti erst in ein Sieb und zuletzt ebenfalls in die Pfanne.

Während er alles sorgfältig vermischt, kommt ihm ein neuer Gedanke, und er wundert sich, dass ihm das erst jetzt einfällt: Hans Horn kann sich natürlich auch willentlich die Klippe hinuntergestürzt haben. Jahrelang war er mit der Gattin gewandert, plötzlich ist er allein; möglicherweise war die Frau nach langer Krankheit qualvoll gestorben. Er hat es eine Weile versucht, hat versucht zu überleben, aber irgendwann hat er die Segel gestrichen, Kinder gibt es auch nicht, was soll er noch auf der Welt? Ein letzter Gang zu dem Ort, an dem sie als Paar so gerne waren. Wie tragisch.

Ja, auch das ist möglich, denkt Andreas, und dass die Fotos, die man auf dem Handy finden wird, sicher ein klareres Bild zeichnen werden. Immerhin hatte er einen Selfie-Stick dabei, vielleicht war ihm also doch nicht alles egal. Zumindest war er eitel genug, um sich selbst in Szene setzen zu wollen.

Nein, das passt irgendwie nicht zusammen.

Er schüttet die Nudeln in einen tiefen Teller und streut das Basilikum, den Parmesan und noch drei, vier Gewürzmühlenumdrehungen frischen Pfeffer über das Ganze.

Er setzt sich an den Küchentisch und betrachtet das Ergebnis zufrieden. Dann macht er ein Handyfoto der Mahlzeit und schickt sie mit einer Nachricht an Mario:

Sorry, zu spät gesehen. Hab mir gerade was gemacht.

Er skippt an den Anfang des Podcasts zurück und hat gleich wieder was gelernt. Guck an, Magritte war gar kein Franzose, sondern Belgier.

2

Traurige Gewissheit: Vermisste Schülerin wurde ermordet

Nach dem Fund einer Mädchenleiche steht nun fest: Bei der Toten handelt es sich um die vermisste Schülerin Jana B. aus Magdeburg. Spaziergänger hatten die Leiche der Sechzehnjährigen am vergangenen Sonntag im Naturschutzgebiet Waldfrieden und Vogelherd im Hohen Holz gefunden, knapp 40 Kilometer westlich von Magdeburg. Zur Frage, ob es einen Zusammenhang zu den beiden getöteten Mädchen gibt, wollte sich die Polizei nicht äußern. Details zum Fundort wolle man aus ermittlungstaktischen Gründen ebenfalls nicht nennen.

AUS DER MAGDEBURGER VOLKSSTIMME

ARIANE **WILL ALLES POSITIV SEHEN. IST ABER SCHWIERIG**

Wie still es ist. Ariane blinzelt und macht die Augen noch mal zu, sie hat tiefer als sonst geschlafen, das muss an der Stille liegen. Wenn Hamburg aufwacht, formiert sich die Vielzahl der Lärmquellen zu einem konstanten Brausen, hier zwitschern Vögel, das gefällt ihr. Vielleicht ist ja sogar eine Ringdrossel dabei. Wie kommt sie denn darauf? Was hat sie plötzlich mit Drosseln am Hut?

Ach ja, der Polizist.

Der Berg.

Die Leiche.

Mist, jetzt ist sie wach. Was nützt die schönste Stille, wenn die Bilder im Kopf wie ein Horrorfilm daherkommen?

Eine Kirchturmuhr schlägt, Arianes Handy brummt auf dem Nachttisch. Katja schickt ein Foto von Woodie und sich im Bett, zuckersüß die zwei, der Text dazu lautet: «Du fehlst».

Schon besser.

«Ihr mir auch», schreibt sie zurück und knipst noch ein Selfie mit Kussmund.

Zwiebelkuss.

Böse Hexe.

Ach, egal. Schwamm drüber. Ariane beschließt, positiv zu denken. Gestern war zum Abgewöhnen, heute kann es nur besser werden. Es muss.

Als sie auf dem Balkon des Ferienapartments, das sie fürs Erste in Düsterode gemietet hat, mit Blick auf Berge und frisches Waldgrün einen Becher Kaffee trinkt, heiß, schwarz und stark, fühlt sie sich zum ersten Mal ein klein wenig angekommen.

Das Gefühl hält vor, als sie beim Bäcker gegenüber ein Laugenbrötchen mit Kartoffel-Lauch-Kruste verspeist, das wunderbar schmeckt. Ein ganz moderner Laden, hell und clean, die Verkäuferin duzt Ariane mit derselben Lässigkeit wie eine x-beliebige Barfrau auf dem Kiez.

«Alles klar bei dir?», fragt sie. «Brauchst du noch Butterkuchen? Die machen wir immer mit Zimtbutterstreuseln.»

«Mmmh. Brauch ich. Für später.»

«Alles altes Handwerk bei uns. Neu erzählt. Wir verwenden nur heimische Produkte.»

Die Verkäuferin strahlt vor Stolz, ihr Augenbrauenpiercing blitzt in der Sonne, zwei winzige Perlen.

«Klasse, merk ich mir. Ich komme bestimmt wieder.»

Wieder draußen schaut Ariane aufs Ladenschild: *Heimatbäcker Bode*. Kalte Bode – so heißt doch dieser romantische Fluss, den sie gestern auf ihrer Wanderung überqueren musste, ganz am Anfang, als sie noch nicht völlig fertig war. Felsen im Flussbett, tanzende Strudel. Heimat, schwieriges Wort, na ja, aber kann man im Kontext mit regionalen Produkten schon machen. Apropos: Wo im Harz wächst eigentlich Zimt? Stammt der nicht aus Sri Lanka? Geschenkt. Sie will sich nicht schon wieder die Laune verderben lassen, zumal Düsterode an diesem klaren Morgen wirklich nichts Düsteres hat. Die Fachwerkhäuser in dem nur aus zwei Straßen bestehenden Ortskern sind nach allen Regeln der Kunst herausgeputzt und mit Blumen geschmückt, und der Marktbrunnen plätschert putzig vor sich hin. Ariane beobachtet, wie eine Gruppe der angeblich so unfallgefährdeten Mountainbiker putzmunter zu einer Tour aufbricht (zugegebenermaßen alles Jungs). Jugendliche tragen ein Kanu in Richtung Fluss, und ein Geschäft namens *Grünzeug*, das *Fair & Organic-Fashion* im Angebot hat, sperrt gerade auf. In Ariane entsteht das wohlige Gefühl, als Sensitivity Managerin nicht bei null anfangen zu müssen.

Die Wohligkeit verschwindet, als sie inmitten der ganzen Postkartenherrlichkeit zufällig das Polizeirevier entdeckt und spontan beschließt, Andreas Anton einen Besuch abzustatten. Sie will erfragen, wie es mit der Leiche weitergegangen ist. Ob sie schon wissen, um wen es sich handelt. Zugegeben, es geht sie eigentlich nichts an, aber irgendwie auch doch. Schließlich ist sie ja Augenzeugin, und wer weiß, womöglich braucht der Herr Polizeihauptmeister ihre Unterschrift unter der Zeugenaussage, irgendeinen Papierkram wird es schon geben. Vielleicht sollte sie ihn direkt darauf ansprechen, besonders diensteifrig ist der Mann ja allem Anschein nach nicht.

Ariane steht bereits vor der Tür, da sieht sie ihn durchs Fenster – und erstarrt.

Der bei den Damen von der Bergwacht und sicher auch sonst allseits beliebte Polizeihauptmeister Andreas Anton steht in seinem Büro in der Revierstation Düsterode und zeigt – wem auch immer – den Hitlergruß.

«Nicht dein Ernst», murmelt Ariane.

Instinktiv greift sie zum Handy, öffnet die Kamera und hält drauf.

Der Polizist senkt den Arm.

Zu spät, Freundchen, hab dich!

Da sie nicht weiß, wie sie dem Mann unter diesen Umständen direkt gegenübertreten soll, ergreift sie die Flucht, ihr Handy fest umklammert.

Im Treppenhaus von Harz-Touristik stößt sie wenige Minuten später mit einem Mann zusammen, den sie zunächst für die Kichererbse von Hausmeister hält. Er ist es aber nicht, er sieht ihm bloß ähnlich.

«Ach, da sind Sie ja! Ariane Höft von Holten, nicht wahr? Hab ich Sie doch gleich erkannt, Sie sehen genauso toll aus wie auf Ihrem Bewerbungsfoto, nein, gelogen, besser natürlich, viel besser, gut, dass ich Sie noch erwische. Hallo! Ich bin Mario Köhler.» Er ergreift ihre Hand und schüttelt sie ausdauernd. «Haaarzlich willkommen.»

«Danke vielmals.» Ariane ist platt. Nach den cholerischen

Aussetzern in ihrer Sprachbox hätte sie von der ersten persönlichen Begegnung mit ihrem neuen Chef alles erwartet, nur keine ausufernde Freundlichkeit. Die überflüssige Bemerkung über ihr Aussehen passt allerdings zu dem wenig schmeichelhaften Bild, das sie sich bereits von ihrem Chef gemacht hat.

«Sie hatten ja Pech gestern, das muss ein Schock für Sie gewesen sein mit dem verunglückten Wanderer. Und dann auch noch mein ruppiger Tonfall. Ich hoffe, Sie nehmen mir das nicht übel, ich war total gestresst, war nicht so gemeint. So sind wir hier: Harz, aber herzlich, sag ich immer. So, ich muss los, wir sprechen uns später, Antenne Brocken macht ein Interview mit mir. Glück Auf!»

Dass der traditionelle Bergmannsgruß im Harz immer noch beliebt ist, hat Ariane im Vorfeld gelesen. Der Klang gefällt ihr.

«Moment!», ruft sie, als sich ihr Chef schon umgedreht hat.

«Was denn?» In seiner Stimme liegt eine gehörige Spur Unwilligkeit.

«Ich würde gerne das ganze Team kennenlernen.»

Mario Köhler runzelt die Stirn, macht eine vage Geste. «Klar, machen Sie das. Sind ja alle da.»

«Nein, ich meine, so als Gruppe. Ich würde mich gerne dem Team vorstellen. Und vor allem würde ich gerne erläutern, was ich hier vorhabe.»

Mario Köhler starrt Ariane einige Sekunden ausdruckslos an. «Was meinen Sie?»

«Ich habe einen kleinen Vortrag vorbereitet. Zum Thema Sensitivity. Dauert auch nicht lang.»

«Aha … ja, dann … meinetwegen. Machen Sie einen Terminvorschlag. Schicken Sie 'ne Mail rum. Sorry, aber ich muss jetzt echt los.»

Weg ist er.

Ariane bleibt noch einen Moment im Treppenhaus stehen, das Handy mit dem Hitlergrußbeweisfoto glüht wie eine heiße deutsche Pellkartoffel in ihrer Hand. Die Aussicht auf ein Stück Butterkuchen von Heimatbäcker Bode erscheint ihr plötzlich nicht mehr ganz so verlockend.

Was zum Teufel geht hier eigentlich ab? Irgendwo hat bekanntlich jedes Stereotyp seinen Ursprung. Ist Düsterode etwa doch bloß ein anderes Wort für Dunkeldeutschland?

ANDREAS **HÖRT RADIO**

Nein, klappt nicht. Yogaübungen und Radiohören sind nicht kompatibel. Zumindest nicht für Andreas. Gut möglich, dass es Zen-Meister gibt, die die Kontemplation aufrechterhalten können, wenn Tom Wunderlich sich durch den Antenne Brocken Gutelaunevormittag moderiert, Andreas hat diesen Zustand noch nicht erreicht. Also bricht er die Figur des Tänzers ab, wendet sich dem kleinen Radio zu, das auf dem Schreibtisch steht, und lauscht mit einer Mischung aus Faszination und Fassungslosigkeit, wie Steve scheitert. Steve soll drei Erhebungen im Harz nennen, und wenn er es schafft, bekommt er den tollen! Den sensationellen!! Den MEEEGAAA Antennebrockengutelaunevormittagskaffeepott!!! Fassungsvermögen: zweieinhalb Liter, für den perfekten Start in den Morgen, haha, nein Spässeken, es passt nur ein Liter rein, nein, noch mal Spässeken.

«Erhebungen?», hat Steve gefragt.

«Berge», hat Tom geantwortet. «Berge im Harz.»

«Oh», hat Steve gesagt. «Brocken.»

Dreißig Sekunden später ist ihm immerhin noch eine weitere Erhebung eingefallen, nämlich der Wurmberg, aber jetzt kommt der Quizzer ins Schwitzen. Was man natürlich nicht sieht, aber doch ahnt.

«Na komm, Steve», sagt Tom aufmunternd. «Gib alles.»

«Macht er schon», murmelt Andreas und starrt auf das Radio, ein Digitalgerät im Retro-Look. Er weiß, Tom wird Steve zum Sieg verhelfen.

Er lässt sich auf den Drehstuhl fallen und zieht einen kleinen Teller mit ungeschälten Erdnüssen zu sich heran. Als er die Schale der ersten Nuss aufbricht, springt Frau Krause hoch, läuft zu Andreas, setzt sich neben ihn und guckt erwartungsvoll hoch. Er knackt eine weitere Nuss. Einen Kern steckt er in den Mund, den zweiten wirft er Frau Krause zu, die ihn in der Luft aufschnappt.

«Steve, wir schaffen das!», animiert Tom seinen Rätselgast. «Nenn ein Tier, das im Harz vorkommt.»

«Pff, keine Ahnung. Bär?»

«Ein anderes. Kleiner. Süßer. Nicht so gefährlich.»

«Murmeltier.»

«Größer!»

«Größer?»

«Reh», murmelt Andreas. «Rehberg.»

«Nicht so groß wie ein Hirsch!», ruft Tom.

«Katze», sagt Steve.

Andreas muss lachen. Verrückt, dass Steve nicht einfach auflegt, aber das ist Toms Gabe: Er kann die Menschen hopsnehmen, ohne dass sie sich veralbert fühlen.

«Nein!», ruft Tom. «Verwandter vom Hirsch!»

«Verwandt? … Elch.»

Andreas muss wieder lachen. Diesmal lauter.

«Gibt's Elche im Harz?», fragt Tom.

«Keine Ahnung.»

«Nein!»

«Reh?»

«JAAAAAA! Reh. Und wie heißt jetzt der Berg?»

«Was? Reh? ... Berg?»

«Ja! Das. Heißt. Du. Gewinnst. Einen! Megatollen!! Antenne-Brocken-Gutelaunevormittagskaffeepott!!!»

«Geil.»

«Steve, danke, dass du dabei warst. Viel Spaß mit dem Kaffeepott ... So! Na, ihr Lieben, das war ja ganz schön spannend, was? Gleich kommen die Nachrichten, und in der nächsten Stunde habe ich dann wieder einen Gast, nämlich, Tusch! Trommelwirbel!» – Tom wechselt nun in eine irre Mischung aus gedehnter Boxkampf-Ansage und Scratching-Simulation – «... deeen Ma-Ma-Ma-Ma-Mariooo Kö-Kö-Kö-Kö-Köööhler! Genau, Mario Köhler, den Chef von Harz-Touristik. Und mit dem spreche ich über die Frage, wie viel Tourismus sich der Harz in Zukunft überhaupt noch leisten kann. Und will. Und soll. Und muss. Und darf.»

Andreas weiß, das wird kein Dreieinhalb-Minuten-Gespräch. Vielmehr wird Tom Wunderlich die gesamte nächste Stunde oder auch länger mit Super-Mario sprechen.

Musik setzt ein, ein ruhiger Song, den Andreas nicht kennt, der ihm aber gefällt.

Der Teller mit den Erdnüssen ist nun auch leer, Andreas hebt den Plastikpapierkorb an die Schreibtischkante und schiebt die Schalen hinein. «Fertig!», sagt er zu Frau Krause, die prompt wieder auf ihre Decke trottet.

Andreas dreht das Radio leiser. Er war in den zurückliegenden Jahren zweimal Studiogast bei Tom Wunderlich. Beide Male ging es vordergründig um Polizeiarbeit in der Provinz, um die kleinen und ganz kleinen Verbrechen, um Kuriositäten und ein paar Tipps, aber das war nur der Anlass. Eigentlich lenkte Tom die Gespräche jedes Mal geschickt in Richtung Liebeserklärung an die Heimat. Tom ist ein Menschenflüsterer, zumindest, wenn er auf Sendung ist, privat kommt er ziemlich eitel rüber. Beim ersten Besuch im Studio hatte Andreas ihm viel mehr von sich erzählt, als er eigentlich wollte, seine gescheiterte Ehe, seine beiden Kinder, die nicht mehr hier leben. Elke war natürlich stinksauer, aber auf seinen Job wirkte sich die herausgekitzelte Offenheit überwiegend positiv aus. Klar, sein Kollege Kurt hat ihn ein bisschen aufgezogen – mehr freundschaftlich als gehässig –, aber die meisten Leute im Ort begegneten Andreas danach … er wusste selbst nicht genau, wie er es ausdrücken sollte. Zugewandter? Vertrauensvoller?

Die Musik hört auf, die Nachrichten beginnen, und in der ersten Meldung geht es um die Magdeburger Mordserie und um die dritte Tote. Andreas schüttelt unwillkürlich den Kopf. Drei tote Frauen, nein, drei Schülerinnen, zwischen sechzehn und achtzehn Jahren alt, aufgefunden im Abstand von neun Wochen. Die Soko ist schon beim zweiten Mordfall aufgestockt worden, und wird es nun erneut, sagt der Nachrichtensprecher. Zig Kriminalbeamte aus Sachsen-Anhalt und Niedersachsen werden hinzugezogen. Keine Neuigkeit für Andreas. Die Medien werden in den kommenden Tagen hyperventilieren, in den asozialen Medien ist ohnehin längst die Hölle los: Die ganzen Checker, die Menschenhasser, die Trolle und Arschgeigen dort beschimpfen Ausländer, die Polizei und sich gegenseitig aufs Übelste.

«Was für ein Scheiß», sagt er in Richtung Frau Krause, die aber schon wieder eingerollt in ihrer Ecke schläft.

Andreas nimmt verspätet wahr, dass sein Handy vibriert. Sein Kollege Kurt ruft an. Der, der Rücken hat. Ob er auch gerade Radio hört?

«Störe ich?», fragt Kurt zur Begrüßung.

«Nee, höre gerade die Nachrichten aus Magdeburg.»

«Ja, schlimm.»

«Jetzt sind's schon drei Mädchen. Wahnsinn.»

«Hat's das überhaupt schon mal gegeben bei uns?»

«Keine Ahnung … Aber erzähl, Kurt: Wie geht's dir?»

«Ich rufe aus dem Krankenhaus an. Bin gestern operiert worden.»

«Was?»

«Ja, ich hatte auf einmal Lähmungserscheinungen.»

«Ach du Scheiße. Und nu?»

«Keine Ahnung. Bin noch vollgepumpt mit Schmerzmitteln. Also, du siehst mich erst mal 'ne Weile nicht wieder.»

Blöd, denkt Andreas, doch er sagt: «Egal, guck, dass du wieder auf die Beine kommst.»

«Wird schon, aber du bist jetzt quasi Einzelkämpfer.»

«Meine liebste Rolle.»

Sie reden noch zwei Minuten. Zwei Kollegen, die sich schätzen und die sich mögen. Nachdem das Gespräch beendet ist, dreht Andreas das Radio wieder lauter.

Tom Wunderlich plappert in die letzten Töne von Cat Stevens hinein: «Aaaaah, sehr schön. The man formerly known as Cat Stevens mit seiner Harz-Hymne *Morning has … Brocken.* Toller Song, oder?»

Marios Stimme ist zu hören. «In der Tat! Wir sollten ihm dafür die Harzer Wandernadel verleihen!»

Die beiden lachen.

Andreas verzieht das Gesicht.

Dann klingelt das Diensttelefon.

ARIANE **BEKOMMT EIN NEUES BÜRO UND EINE ANSAGE**

Ariane betritt ihr Kabuff. Immerhin hat es den Vorteil, dass sie vom Treppenhaus direkt dorthin gelangen kann, ohne die regulären Büroräume von Harz-Touristik durchqueren zu müssen. Diese uralten Häuser sind wirklich wunderbar verwinkelt. Den Nebeneingang hatte sie gestern zufällig entdeckt, das kommt ihr nun zugute, denn sie will die E-Mail schreiben und sich noch kurz sammeln, bevor sie ihre neuen Kolleginnen und Kollegen kennenlernt. Falls sie sie kennenlernt. Hoffentlich sind nicht schon wieder alle ausgeflogen. Das wäre wirklich seltsam.

Wie erwartet hat der Hausmeister die Schäden an der Bürotür noch nicht beseitigt – dafür fehlt Arianes Namensschild. Nur die dazugehörigen Bohrlöcher sind noch da. Nanu? Ist sie etwa schon wieder gefeuert? Das wär's noch. Aber dann wäre Mario Köhler eben wohl kaum so freundlich gewesen.

Mit einem Seufzer betritt Ariane den muffigen Raum. Heute empfindet sie das Schummerlicht der Deckenbeleuchtung als angenehm.

Na super, auch der Computer ist nicht mehr da. Wie soll sie denn jetzt eine E-Mail ans Team schicken? Ratlos setzt sie sich an den Schreibtisch, auf dem immer noch die alten Flyer liegen, und googelt auf dem Handy *Hitlergruß*, um sicherzugehen, dass sie ihre verstörende Beobachtung im Polizeirevier auch wirklich korrekt einsortiert. Sie will niemanden falsch verdächtigen.

Eingehend nimmt sie die Schwarz-Weiß-Aufnahmen, die die Suchmaschine ausspuckt, unter die Lupe, dann öffnet sie den Nachrichten-Chatverlauf mit Katja, tippt die Frage «Was siehst du da?» in das Textfeld und schickt ihr das Foto, das sie von Andreas Anton geknipst hat.

Hinterher hat sie Zweifel, ob das eine gute Idee war, immerhin handelt es sich um eine ziemlich heikle Datei, die sie da mit einem Fingertipp ins World Wide Web entlassen hat, vielleicht hätte sie ihre Frau lieber kurz anrufen sollen.

Bevor sie dazu kommt, die Nachricht zurückzunehmen, klopft es am demolierten Türrahmen und eine helle weibliche Stimme sagt: «Klopf, Klopf.»

Ariane blickt auf. Sie erkennt Jeanette Hackenberg, die Geschäftsführerin von Harz-Touristik, also jene Frau, die sie eingestellt hat, erst bei genauerem Hinsehen, denn der größte Teil ihres Gesichts ist hinter einem prächtigen Frühlingsblumenstrauß verborgen. Darunter Blazer, Bluse, Markenjeans. An das starke Parfüm erinnert sie sich gut. Ein Statementduft für die toughe Trägerin, herb und üppig, fast schon eine Art Gewürz.

«Hier hat sie sich also verkrochen, unsere neue Geheimwaffe. Wo gibt's denn so was?»

«Na ja, das ist mein Büro, zumindest war es das bis gestern», sagt Ariane mit einem schwachen Grinsen und macht sich auf ein «haaarzlich willkommen» gefasst.

«Tja, also, das war ja wirklich ein ganz blödes Missverständnis. Das geht natürlich gar nicht. Da hat der liebe Wilfried etwas ganz furchtbar durcheinandergebracht. Peinlich. Ich sag es mal durch die Blume ...» Sie hebt den Strauß noch ein wenig höher und schnaubt. «Er ist nicht die hellste Kerze auf der Torte. Haben Sie ja bestimmt auch gleich gemerkt. Er ist nämlich der kleine Bruder von Super-Mario, ähm, von Herrn Köhler, der wollte ihm ein bisschen unter die Arme greifen und hat ihm die Stelle hier verschafft. Nur als Minijob, klar.»

«Nett von ihm», sagt Ariane.

Irgendwie war ihr die Chefin beim Vorstellungsgespräch sympathischer vorgekommen. In Abwesenheit auf Untergebenen rumhacken: ganz schlechter Stil.

«Nett von ihm? Was meinen Sie damit?»

«Es ist nett, dass Herr Köhler sich um seinen *kleinen* Bruder bemüht, indem er ihm einen *Mini*job anbietet.»

«Ja», sagt Jeanette Hackenberg desinteressiert und ohne auf Arianes Frotzelei bezüglich des schrankartigen Formats beider Männer einzugehen. «Dann kommen Sie mal schnell mit, Frau von Holten …»

«Höft von Holten.»

«Bitte?»

«Mein Name ist Höft von Holten.»

«Ja klar. Sorry. Na los, kommen Sie, ich zeige Ihnen jetzt Ihr richtiges Büro und wir reden ein paar Takte. Anschließend stelle ich Ihnen das Team hier in Düsterode vor. Super Leute, ganz junge Truppe. Es tut mir übrigens leid, dass ich gestern nicht herkommen konnte, um Sie persönlich in Empfang zu nehmen, aber ich hatte Auswärtstermine mit potenziellen Investoren. Sie wissen ja, wie das ist: busy, busy, busy.»

«Nein, da muss ich passen», entfährt es Ariane, die, abgesehen von ihren Schwiegereltern, noch nie irgendwelche potenziellen Investoren und Investorinnen getroffen hat, und allzu schwer beschäftigt war sie in letzter Zeit auch nicht. Zum Glück hört Jeanette Hackenberg ihr schon nicht mehr zu, sondern eilt mit zackigen Busy-Busy-Busy-Schritten den Flur entlang.

Ihr neues Büro ist top, keine Frage. Geräumig und hell, das Fenster geht nach vorn raus, Blick auf den Marktbrunnen, den Ariane sich gestern Abend nach Rückgabe des Dienstwagens in aller Ruhe angeschaut hat. Zu sehen sind ein Teufel mit Schwanz und

Hörnern und eine großnasige Hexe. Die ansonsten sehr menschlich dargestellten Fabelwesen sitzen sich nackt auf dem Rand eines großen Kessels gegenüber und scheinen über irgendetwas Wichtiges zu debattieren. Keiner von ihnen hat Idealmaße, beide wirken schon älter und reden offensichtlich auf Augenhöhe miteinander, insofern hat Ariane in ihrer Eigenschaft als Sensitivity Managerin erst mal keine Beanstandungen zu machen. Eher im Gegenteil, sie findet die Metallkunst zwar etwas kitschig, aber inhaltlich geradezu zeitgemäß. Dabei hat sie im Vorfeld gelesen, dass das Werk eines heimischen Bildhauers umstritten sein soll. Wahrscheinlich wegen der Nacktheit.

Abgesehen davon erfreut sich der Brunnen anscheinend allgemein großer Beliebtheit. Alle paar Minuten bleiben Leute davor stehen, um Selfies zu machen, allein oder grüppchenweise. Eine fröhlich-friedliche Szenerie.

«Furchtbar, oder?», fragt Jeanette Hackenberg.

«Was denn?»

«Na, diese Geschmacklosigkeit von Brunnen.»

«Och, die Welt hat schon Schlimmeres gesehen, oder?», sagt Ariane mit einem hoffentlich entwaffnenden Grinsen, amüsiert darüber, wie schnell die Meinungen auseinandergehen, wenn Kunst im Spiel ist.

Jeanette Hackenberg lacht laut. «Sie sind mir eine. Ich dachte, Sie sind angetreten, um für Political Correctness zu sorgen.»

«Ich mag das Wort nicht, weil's so verbrannt ist. Aber meinetwegen, wenn Sie so wollen. Nur sehe ich hier beim besten Willen nichts Diskriminierendes, aber ich kann das Kunstwerk gern noch mal etwas eingehender betrachten.»

«Ach, vergessen Sie es. Der Mist kommt eh bald weg, wir müssen schließlich alle Wasser sparen. Und die Harzpachen gehen ja jetzt, wo Sie da sind, auch in die ewigen Jagdgründe ein.»

«Wer?»

«Ich sag jetzt in Ihrer Gegenwart bestimmt nicht das I-Wort.» Sie hebt feixend den Zeigefinger. «Nur so viel: Das ist ein Verein, der unsere wunderschönen Oberharzer Bergwiesen mit der Nordamerikanischen Prärie verwechselt. Kulturelle Aneignung, Sie wissen ja. Harzpachen – wie Apachen, nur mit Harz. Kommen sich ganz schlau vor. Tolles Gelände haben die. Na ja, nicht mehr lange.»

«Aha.» Ariane schluckt. Sie hat schon jetzt genug von dieser Unterhaltung, dabei macht Jeanette Hackenberg den Eindruck, als würde sie sich gerade erst warmlaufen. Ariane stöhnt innerlich auf. Warum ist ihr nicht schon beim Vorstellungsgespräch aufgefallen, mit was für einer hämischen Person sie es hier zu tun hat? Ariane versucht, sich zu erinnern. Nein, kein Zweifel, die Chefin hat damals einen netten Eindruck auf sie gemacht. Das Gespräch war extrem kurz, maximal zehn Minuten, und ist ihr wie eine reine Formsache vorgekommen. Ein lockeres Kennenlernen, sie haben ein paar Worte über den Harz und ein paar mehr über Hamburg und die Elphi gewechselt, die Jeanette Hackenberg als begeisterte Konzertbesucherin regelmäßig ansteuert. Sie hat Ariane den Eindruck vermittelt, als erste Sensitivity Managerin bei Harz-Touristik ziemlich freie Hand zu bekommen. Doch daraus wird wohl nichts.

Sie setzen sich gegenüber an den Konferenztisch. Jeanette Hackenberg legt los. «Okay, Ariane, Sie merken, hier gibt es viel zu tun. Legen wir los. Ich darf doch Ariane sagen? Ist einfacher. Ich nehme an, Sie haben noch keine allzu konkrete Vorstellung davon, wie Sie Ihren Posten hier inhaltlich gestalten wollen?»

Ariane spürt, wie ihr das Blut in die Wangen schießt. Da hat Jeanette Hackenberg einen wunden Punkt getroffen. Sie ist nicht so der Mensch, der Pläne schmiedet und To-Do-Listen anfertigt, sie lässt sich lieber treiben. Natürlich hat sie eine Vorstellung davon, wo sie am Ende hinwill, und meistens kommt sie auch genau dort an. Aber konkret, nun ja, das ist in der Tat nicht ihr zweiter Vorname. Auch nicht der dritte.

«Ein paar Gedanken habe ich mir schon gemacht», sagt Ariane und ärgert sich darüber, wie defensiv sie klingt. «Und die würde ich auch gerne dem Team vorstellen. Ich habe da einen kleinen Vortrag vorbereitet. Ich fänd's wichtig, die Kolleginnen und Kollegen für das Thema zu sensibilisieren. Habe ich eben auch schon dem Herrn Köhler …»

«So, so», unterbricht Jeanette Hackenberg spöttisch, und Ariane dämmert, dass ihre Chefin sich vorhin schon mit ihrer Busy-Bemerkung über sie lustig gemacht hat. Nein, die Geschäftsführerin von Harz-Touristik hält sie keineswegs für eine High Performerin, sie weiß genau, wen sie vor sich hat. Aber wieso hat sie sie dann eingestellt, warum das schöne Büro, die feste Stelle, das gute Gehalt? Ariane schwant Böses. Sie hätte im Vorstellungsgespräch mehr Fragen stellen sollen. Damals ist sie einfach nur froh gewesen, wie leicht es war, den Job zu bekommen. Fast zu schön, um wahr zu sein. Meistens ist es dann leider auch nicht wahr, denkt sie.

Jeanette Hackenberg holt tief Luft. «Ich sag Ihnen jetzt mal face to face, was ich von Ihnen erwarte: Sie sind dazu da, den Umbruch zu moderieren.»

«Was für einen Umbruch?»

«Den Umbruch! Sie sind doch gestern auf einen Berg gestiegen, hab ich gehört. Haben Sie die vielen toten Bäume nicht gesehen?»

«Ich habe vor allem einen toten Mann gesehen.»

«Ach ja, ich weiß, den vergessen Sie mal ganz schnell wieder. Der wäre eh bald gestorben, so alt wie der war. Die Leute überschätzen sich oder spielen mit ihren Handys rum und dann stürzen sie sich zu Tode, so was passiert hier schon mal, daran müssen Sie sich gewöhnen. Also: Der Harz verändert sich dramatisch, der Wald ist im Arsch. So gut wie. Wenn wir nicht wollen, dass uns die Umweltschützer, diese Öko-Taliban, hier komplett den Stecker ziehen und für den gesamten Nationalpark ein Betretungsverbot erlassen, brauchen wir dringend einen völlig anderen Tourismus.»

«Wie anders?»

«Sanft. Ganz sanft. So sanft, dass die verbliebene Natur überhaupt nicht merkt, dass mit ihr Geld verdient wird. Wir brauchen Leute, die tausend Euro und mehr am Tag dafür zahlen, dass sie barfuß auf Zehenspitzen über feuchtes Moos laufen dürfen und als Höhepunkt dieses Life-Changing-Events vielleicht mal einen Baum umarmen. Die abends keine Rehmedaillons auf dem Teller haben wollen, sondern Gurken-Wildkräuter-Parfait mit Radieschensalat …»

Rehmedaillon, lecker, denkt Ariane. Ihr Magen knurrt.

«… die sich auch mal durch den nächtlichen Schiss auf einer Ökotoilette geadelt fühlen, weil sie das Gefühl haben, damit ihren Heiligenschein zu polieren.»

Jetzt ist es Ariane, die lachen muss. Sie kennt diesen Heiligenschein, von dem Jeanette Hackenberg redet, genau und sie mag ihn nicht. Denn das Gefühl moralischer Überlegenheit wirkt automatisch abstoßend auf die, die man doch eigentlich überzeugen möchte, und schadet somit jeder guten Sache.

«Sie lachen?»

«Das mit dem Schiss auf der Ökotoilette fand ich witzig.»

«Also haben Sie Humor. Spitze! Wer hätte das gedacht? Ich war im Glauben, eine Sensitivity Managerin und Humor, das schließt sich aus.»

«Was beweist, dass Sie eine brauchen, um Ihre Vorurteile in den Griff zu bekommen.»

«Der Punkt geht an Sie, Ariane. Da bin ich jetzt doch froh, dass ich mich für Sie entschieden habe. Ich muss gestehen, ich war skeptisch. Ich hätte so gerne eine Person of Color gehabt, aber manchmal muss man nehmen, was man kriegt, und wird dann doch positiv überrascht. Ganz ehrlich, ich glaube, wir werden noch die besten Freundinnen.»

Jeanette Hackenberg mustert sie mit einem forschenden Blick, den Ariane kontert.

Die Chefin von Harz-Touristik hat ein ebenmäßiges Gesicht, das Katja, die als freie Make-Up-Artistin arbeitet, vermutlich als «gut gemacht» bezeichnen würde. Die blonden Haare fallen ihr in lässigen Beach Waves bis auf die Schultern, die schönen Lippen sind voll, aber nicht prall, das perfekte Gebiss ist weiß wie Schnee. Sie dürften in etwa im gleichen Alter sein. Ariane, die noch nichts hat machen lassen und das auch nicht plant, kommt sich in der Gegenwart solcher Frauen stets unscheinbar vor, doch damit kann sie leben. Meist gönnt sie ihnen ihren Auftritt, sie stellt es sich anstrengend vor, so viel Wert auf das eigene Äußere zu legen.

Dass sie und Jeanette Hackenberg Freundinnen werden, glaubt sie eher nicht.

Die Bürotür geht auf. Hausmeister Wilfried hatte den Auftrag, die Blumen in eine Vase zu stellen, was er auch getan hat. Ungefragt und mit mürrischer Miene platziert er den Strauß jetzt genau zwischen ihnen mitten auf dem Schreibtisch.

«Danke», sagt Ariane schmunzelnd.

«Anklopfen wäre schön gewesen!», sagt Jeanette Hackenberg und schiebt die Vase zur Seite, damit sie einander wieder sehen können.

Als der Hausmeister gegangen ist, will die Chefin von Ariane wissen, was sie von dem neuen sanften «Tourismus-Ansatz» hält.

«Hm.»

«Was heißt hm?»

«Sie haben mich geholt, um Klartext zu reden, was Dinge wie Diversity und Inklusion angeht. Und da muss ich sagen: Klingt eher hart als sanft.»

«Könnten Sie das präzisieren?»

«Ausgrenzend.»

Jeanette Hackenberg seufzt erleichtert. «Ach so. Ja, klar. Wir wollen mit viel weniger Gästen denselben oder besser noch mehr Umsatz machen und etwas für die Umwelt tun. Logisch ist das ausgrenzend. Dafür sind Sie ja jetzt da, Ariane. Sie müssen das alles in so wunderbare Worte verpacken, dass niemand merkt, dass in der schönen neuen Welt kein Platz mehr für ihn ist. Denn so tickt nun mal die junge, urbane Klientel, die wir ansprechen wollen: kein falsches Wort zu niemandem! Sprachlich werden alle mitgenommen, sogar die, die wir im Regen stehen lassen. Die ganz besonders.»

Jeanette Hackenberg strahlt. Jetzt muss Ariane doch den Blick abwenden, je länger sie ihr zuhört, desto grotesker wirken die makellosen Züge der Frau, zu groß ist der Kontrast zur Hässlichkeit des Gesagten.

Sie schaut wieder auf den Brunnen, wo gerade hochbetagte Männer und Frauen, teilweise mit Rollatoren ausgerüstet, Aufstellung für ein Gruppenfoto nehmen, ein mühsames Unterfangen, trotzdem oder gerade deshalb wird viel gelacht. Ihr Bus wartet mit laufendem Motor wenige Meter entfernt am Straßenrand. Bei der Vorstellung, diesen Leuten bald mit «wunderbaren Worten» mitzuteilen, dass sie sich zur Hölle scheren sollen, spürt Ariane Übelkeit in sich aufsteigen. Das ist genau das, was sie nicht will.

Leute wie Jeanette Hackenberg haben nichts verstanden. Erst machen sie mit ihrem Zynismus, ihrer Respektlosigkeit und ihrer Gier die Welt kaputt und dann beauftragen sie diejenigen, die sie heil machen wollen, mit dem Kehraus, damit sich in ihrer Luxusblase niemals irgendetwas ändern muss – sondern immer bloß für die anderen.

«Was ist, ist Ihnen schlecht? Sie sehen plötzlich so blass aus. Ich bitte Sie, Ariane, soziale Gerechtigkeit ist doch auch nur ein wissenschaftliches Konstrukt aus dem Elfenbeinturm. Eines, das sich längst als nicht haltbar erwiesen hat.»

Ariane kämpft mit sich. Kann sie ihrer Chefin so fundamental widersprechen, am ersten Tag, bei diesem Thema, bei dem sie so weit auseinanderliegen? Ja, das kann sie, denkt Ariane, das muss sie, alles andere wäre eine Lüge.

«Soziale Gerechtigkeit ist unsere einzige Chance», sagt Ariane, weil es das ist, woran sie glaubt.

«Ja, ja, meinetwegen.» Jeanette ignoriert Arianes Einwand einfach. «Kommen Sie mit, wir holen uns einen Kaffee und gesellen uns zu den anderen. Die hören bestimmt Antenne Brocken, da ist Mario Köhler heute Studiogast. Dieser miese Tom Wunderlich. Der lädt immer wieder nur Mario ein, ganz stur, dabei hab ich ihm schon zigmal meine Karte gegeben. Er weiß genau, dass ich hier die Geschäftsführerin bin und Mario nur mein Stellvertreter. Müssen wir als starke Frauen uns das bieten lassen?»

Jeanette Hackenberg zeigt ihre schneeweißen Zähne, ein plump vertraulicher Versuch, Ariane zurück auf ihre Seite zu ziehen.

«Solange Sie nur hier in meinem schönen neuen Büro auf Sendung sind und Herr Köhler im ganzen Harz, müssen wir das wohl», erwidert Ariane, steht auf und folgt seufzend der Busy-Busy-Hackenberg.

ANDREAS **STÖSST AUF EINEN FALL**

«Andreas! Glück Auf! Du musst sofort vorbeikommen.»

Frau Schreiber hält sich nie mit Nettigkeiten oder Begrüßungen auf.

«Glück Auf, Frau Schreiber, wie geht es Ihnen?», sagt Andreas.

«In meinem Garten ist was.»

Andreas seufzt. «So? Was denn, Frau Schreiber?»

«Ich weiß es nicht. Aber wir müssen davon ausgehen, dass es eine Bombe ist.»

«Eine Bombe?»

«Ja, aber nicht so eine lange. Eine runde.»

«Eine runde Bombe?»

«Ja, wie nennt man die?»

«Keine Ahnung? Rundbombe vielleicht? Gibt's überhaupt runde Bomb…»

«Eine Mine!», ruft Frau Schreiber. «In meinem Garten liegt eine Mine. Eine Tellermine. So nennt man das.»

«Eine Tellermine? Wie soll denn eine Tellermine in Ihren Garten kommen?»

«Dumme Frage, das ist ein Blindgänger aus dem Zweiten Weltkrieg. Evchen hat das Ding ausgegraben.»

«Evchen, so, so. Na, die macht Sachen. Also, Frau Schreiber, Sie bleiben schön im Haus und lassen auch Evchen nicht weiter im Garten buddeln. Ich mache mich auf den Weg.»

Eine Tellermine also, denkt Andreas auf dem Weg zum Landrover. Kann das sein? Frau Schreiber ist inzwischen 78 Jahre alt. Sie war Grundschullehrerin, Andreas verbrachte die ersten vier Jahre seiner Bildungskarriere in ihrer Klasse.

Seit ihr Mann vor zwölf Jahren gestorben ist, ruft sie einmal im

Monat an, weil irgendwas ist. Meist gibt sie an, Opfer eines Verbrechens geworden zu sein, manchmal ist sie auch nur Zeugin eines Verbrechens geworden. Andreas respektiert die resolute Frau und nimmt ihre Anrufe und Hinweise mit freundlicher Gelassenheit entgegen, auch wenn nie etwas Handfestes dahintersteckt.

Na ja, fast nie. Vor sieben Jahren wurde tatsächlich mal bei Frau Schreiber eingebrochen, davon hatte sie allerdings nichts mitbekommen.

Bevor er den Kampfmittelbeseitigungsdienst mit großem Besteck anrücken lässt, will sich Andreas die Sache darum erst mal selbst anschauen. Wie soll denn eine Tellermine in Monika Schreibers Garten kommen? Hinterlassenschaften der DDR-Grenztruppen? Klar, es könnte auch ein Relikt aus dem Krieg sein, Bomben werden ja bis zum heutigen Tag gefunden, aber das sind dann eben Bomben, also Fliegerbomben, fette Dinger, zweihundertfünfzig Kilo schwer, aber keine Tellerminen. Außerdem: Wenn Evchen das Ding ausgebuddelt hat, kann es so explosiv ja wohl nicht sein. Das Blaulicht bleibt also aus.

Die Fahrt wird eine Viertelstunde dauern, Frau Schreiber wohnt zwei Orte weiter. Andreas schaltet das Radio ein; Tom Wunderlich und Mario Köhler haben offenbar schon ordentlich Beef. Gerade ruft Mario: «Quatsch, Tom, das ist nun wirklich Blödsinn!»

«Wieso?», fragt Tom unschuldig. «Guck dich um, und dann stell dir vor, wie das hier in zehn Jahren aussieht.»

«Und wieso sollten wir Touristen den Zugang verbieten?»

«Ich sage nicht, dass wir Tourist-Innen den Zugang *verbieten* sollen. Ich sage, dass die Tourist-Innen gar nicht mehr kommen, wenn hier überall nur noch tote Bäume stehen.»

«Ihr Journalisten! Ihr seid alle Apokalyptiker. Pardon: Apokalyptiker-Innen! Das nervt an eurem Berufsstand.»

«Apokalyptiker? Ich hatte letzte Woche zwei Stunden mit einer Waldökologin gesprochen …»

Mario Köhler lacht höhnisch. «Waldökologin? Was ist denn ’ne Waldökologin?»

Tom ignoriert den Einwurf. «Das Interview solltest du mal nachhören. Und das ist keine Einzelstimme. Forschende sind sich doch völlig einig, dass es dem Wald schlecht geht. Natürlich nicht nur bei uns im Harz. Abgesehen davon kannst du es ja mit eigenen Augen sehen.»

Tourist-Innen? Forschende? Jetzt gendert also auch Tom Wunderlich, wundert sich Andreas, aber noch mehr freut er sich darüber, dass der Radiomann Mario in die Mangel nimmt. Die Fragen, da ist Andreas ganz bei Tom, liegen auf der Hand: Was zum Beispiel, wenn der erste Baum auf einen Wanderer gefallen ist? Was, wenn Waldbrände nicht die Ausnahme, sondern die Regel werden? Ist es inzwischen vielleicht sogar denkbar, dass die Bode und die Ilse austrocknen?

Andreas wird mulmig, als er nicht zum ersten Mal diese Gedanken im Kopf wälzt, darum ist er fast froh, als er Monika Schreibers Haus erreicht hat und das Radio ausschalten muss.

Er steigt aus dem Auto und winkt der alten Frau zu, die in der Tür wartet. Vermutlich steht sie da, seit sie ihn angerufen hat. Andreas lässt Frau Krause aus dem Kofferraum, und der Schafpudel trabt mit gesenktem Kopf und schwanzwedelnd auf die alte Frau zu, holt sich einen Seitentätschler von Frau Schreiber ab, um anschließend Evchen ausgiebig zu begrüßen und das nie langweilig werdende Fang-mich-doch-Spiel zu beginnen.

«Das hat aber lange gedauert», sagt Monika Schreiber statt einer Begrüßung. Andreas nimmt den ruppigen Empfang mit einem Lächeln hin. Er kennt Frau Schreiber nicht anders und weiß: Hinter der harten Schale verbirgt sich ein weicher Kern. Er folgt der alten Frau, die mit schnellen Schritten um den DDR-Bungalow – zufällig dasselbe Modell wie das, in dem Andreas wohnt – nach hinten in den Garten marschiert. Die beiden Hunde tollen hinterher.

Monika Schreiber bleibt stehen und streckt ihre Hand aus. «Da hinten, unter der Fichte.»

«Bleiben Sie hier», sagt Andreas und zögert einen Moment. Was, wenn da doch etwas Explosives liegt?

«Vorsicht!», ruft Frau Schreiber.

Die beiden Hunde stürmen im Spiel an Andreas vorbei und auf den Baum zu.

«Evchen!», ruft Frau Schreiber.

«Frau Krause!», ruft Andreas.

Die Hunde drehen ab und rennen in Richtung Haus.

«Siehst du was?», ruft Frau Schreiber.

Gute Frage. Da liegt tatsächlich was Rundes unter der Fichte. Schwarzgrau. «Ja.» Nun wird ihm doch ein bisschen mulmig. Er nähert sich dem Objekt bis auf zwei Meter, dann bleibt er stehen und geht in die Hocke. Er fixiert das Ding. Zwanzig, dreißig Zentimeter Durchmesser, schätzt er. Tja, jetzt müsste man wissen, wie so eine Tellermine aussieht, wie groß sie ist, aber vermutlich gibt es auch Tellerminen in verschiedenen Größen: die handliche Mini-Mine für die kleine Explosion zwischendurch und die XXL-Deluxe-Version mit dem durchschlagenden Wumms. Vielleicht doch lieber die Experten rufen?

Er hört hinter sich Frau Schreibers Stimme. «Evchen! Evchen, hierher.»

Da ist noch irgendwas dran, denkt Andreas. Ist das ein Griff?

«Evchen!»

Haben Tellerminen Griffe? Vermutlich schon, man muss sie

ja tragen. Ich könnte einfach mal googeln, überlegt er und zieht sein Handy aus der Tasche.

«Evchen! Vorsicht, Andreas!»

Andreas dreht sich um und sieht die beiden Hunde auf sich zustürmen, beide sind vollkommen auf das jeweils andere Tier fixiert, und dann hat Frau Krause Andreas schon erreicht und rammt ihn aus vollem Lauf. Er versucht, das Gleichgewicht zu halten, taumelt einen Schritt nach hinten, verliert die Balance. Die Hunde drehen wieder ab, Andreas macht ein schnaufendes Geräusch, dann kippt er endgültig um, und weil er das Handy in seiner Hand schützen will, stützt er sich nicht richtig ab, sein schwerer Körper plumpst auf den Boden, und sein Kopf knallt gegen etwas Hartes. Andreas schreit auf, weniger wegen des Schmerzes, sondern weil er sich erschrocken hat, denn ihm ist klargeworden, dass er mit dem Kopf auf die Mine gefallen ist; er rollt sich zur Seite.

«Alles okay?», ruft Frau Schreiber.

Andreas starrt auf die Tellermine, dann auf Frau Schreiber, anschließend auf die herumtollenden Hunde, die längst wieder in der anderen Ecke des Gartens sind, und schließlich erneut auf die Tellermine. «Ja.» Sein Herz hämmert.

Nur langsam beruhigt sich sein Puls. Explodiert ist das Ding ja schon mal nicht, dabei ist er mit voller Wucht draufgeknallt. Er starrt das Teil an und bekommt plötzlich eine Ahnung, was es sein könnte. Er sieht sich um, entdeckt einen Stock, nimmt ihn, schiebt ihn mit einem letzten Rest von Vorsicht unter den Griff und zieht ihn langsam hoch. Der Griff gehört zu einem Deckel, der sich anheben lässt. Unter dem Deckel kommt ein Muster zum Vorschein. Ein Wabenmuster. Andreas klappt den Deckel ganz hoch, dann atmet er tief ein und aus.

«Alles okay!», ruft er.

«Ist die Mine nicht mehr scharf?», ruft Frau Schreiber.

«Nein.»

«Hast du sie entschärft?»

«Nein! Die Mine ist keine Mine. Die Mine ist ein Waffeleisen.»

«Was?»

«Ein Waffeleisen!»

Andreas stemmt sich hoch, dann packt er das verrostete Gerät, zerrt es aus dem Boden und hält es in die Höhe.

Frau Schreiber kommt näher. «Wie kommt denn ein Waffeleisen in meinen Garten?»

«Das gilt es nun herauszufinden. Das übersteigt meine Kompetenzen aber. Das wird Aufgabe der Kriminalpolizei sein.»

«Meinst du?»

«Nein, Frau Schreiber. Das war ein Witz. Kommt Ihnen das Teil denn bekannt vor?»

Monika Schreiber nimmt Andreas das Waffeleisen aus der Hand und schaut es eine Weile an. «Nein.»

«Na ja, Fall geklärt», sagt Andreas und klopft sich Staub und Fichtennadeln von der Hose.

«Das ist mir ja jetzt peinlich.»

«Muss Ihnen nicht peinlich sein. Lieber einmal zu oft anrufen als einmal zu wenig. Dafür bin ich ja da.»

«Was mach ich denn damit?», fragt Frau Schreiber.

«Ich würde es ja wegwerfen.»

«In welchen Müll kommt so ein Teil denn?»

«Elektroschrott.»

«Elektroschrott?»

Andreas streckt die Hand aus. «Geben Sie es mir. Ich nehme es mit.»

«Danke, Andreas.»

Sie haben das Haus erreicht.

«Jetzt habe ich dich bestimmt von wichtigen Dingen abgehalten.»

«Ach was.»

«Bist du nicht mit diesen schrecklichen Mordfällen beschäftigt?»

«Nein, Frau Schreiber, zum Glück nicht.»

«Sie haben wieder ein Mädchen gefunden.»

«Ja, schlimm.»

«Furchtbar.»

Sie schweigen, dann sagt Andreas: «Sonst alles gut bei Ihnen?»

«Ja, ja, ich kann nicht klagen. Möchtest du noch einen Kaffee?»

«Nein, ich muss wieder ...»

«Ich hab auch ein paar Schnittchen geschmiert.»

«Oh. Na ja ... Echt nett. Aber eigent...»

«Papperlapapp», ruft Frau Schreiber und setzt sich in Bewegung. «Jetzt warte halt noch einen Moment, ich bin gleich wieder da.»

«Na gut.» Andreas sieht Monika Schreiber nach, die mit schnellen Schritten im Haus verschwindet, dann schaut er den Hunden zu und muss lächeln: Frau Krause hat sich gerade auf den Rücken geworfen, Evchen hängt über ihr, zwei Sekunden später springt Frau Krause hoch, und die Verfolgungsjagd beginnt erneut. Andreas lehnt sich an das Geländer der Außentreppe, die in den Keller führt, und blickt gedankenverloren durch den Garten. Der Rasen sieht nicht sehr gesund aus, aber die Sträucher und Blumen scheint Frau Schreiber regelmäßig zu wässern, richtig geregnet hat es ja schon wieder seit Wochen nicht mehr, und das im Frühling.

Andreas schaut die Außentreppe zum Keller hinab – und

stutzt. Die Kellertür steht einen Spalt offen. Na, so was. Er steigt die Stufen hinab. Als er unten angelangt ist, hört er Frau Schreibers Stimme.

«Andreas?»

«Hier!»

Frau Schreiber taucht mit einem Tablett am oberen Treppenabsatz auf. «Was machst du da?»

«Schließen Sie auch immer schön die Kellertür ab?»

«Selbstverständlich.»

«Waren Sie heute im Keller?»

«Nein. Wieso?»

«Weil die Tür offen ist.»

«Was? Das kann ja gar nicht sein.» Mit dem Tablett in den Händen steigt Frau Schreiber langsam zu ihm nach unten.

Andreas drückt die Holztür zu, aber sie schließt nicht richtig. Er drückt noch einmal, wieder macht es klick, und die Tür öffnet sich einen Spalt. Man muss sie also schon allein deshalb abschließen, damit sie geschlossen bleibt.

Er öffnet die Tür und stellt fest, dass der Schlüssel im Schloss steckt. Klassischer Kellergeruch empfängt ihn. Bisschen feucht, mit Noten von Staub und vergammeltem Papier, im Abgang Spuren von Schimmel und altem Teppich.

Irgendwie gar nicht mal komplett unangenehm.

Irgendwie fast ein bisschen vertraut.

Andreas findet einen Lichtschalter. Eine Neonröhre summt, beschränkt sich aber darauf, im Sekundenabstand aufzublitzen. Er schaltet die Lampe wieder aus. Durchs Kellerfenster und die Kellertür fällt genügend Licht.

«Na so was, wieso ist die Tür denn offen?», murmelt Frau Schreiber, die ihn inzwischen eingeholt hat.

Andreas nimmt ihr das Tablett ab, auf dem zwei Kaffeetassen

und ein großer Teller mit jeweils zwei Käse- und Leberwurstbroten stehen. Gemeinsam schauen sie sich im Raum um.

Im Keller hat sich Kram von mehr als einem halben Jahrhundert angesammelt. Eine Werkzeugbank und Werkzeug-Lochwand, an der alles schön in Reih und Glied hängt, ein Stahlregal, vollgestellt mit Kisten und Kartons, Aktenordnern und Zeitschriftenstapeln, ein ausgemusterter Sprelacart-Schrank aus tiefster DDR-Zeit, eine Kommode aus Kiefernholz, ein weißer Hängeschrank, der aber auf dem Boden steht, ein zweites Regal, in dem zahllose kleine, große und sehr große Steine liegen, eine alte Schaumstoffmatratze, die zusammengesunken an einer Wand lehnt, zwei alte Stühle, Koffer, Taschen …

Andreas grinst Frau Schreiber an: «Und? Fehlt was?»

«Ähm …»

«In dem Regal da: Sind das Mineralien?»

«Ja. Und Fossilien. Von meinem Mann.»

«Ganz schön viele.»

«Ja.»

Andreas stellt das Tablett auf einen Stuhl. Er reicht Frau Schreiber eine Tasse und nimmt sich selbst die zweite sowie eine Käseschnitte und tritt an die Sammlung heran.

«Schnecken», sagt er.

«Ammoniten», sagt Frau Schreiber.

«Aha.» Andreas trinkt einen Schluck Kaffee. «Und das da? Ist das ein versteinertes Fischskelett?»

«Ja, sieht so aus. Ich kenne mich mit dem Kram auch nicht aus.»

Andreas zeigt auf einen violett schillernden Stein. «Ha! Das ist ein Amethyst!»

«Richtig.»

«Das einzige Mineral, das ich erkenne.» Er beißt vom Käsebrot ab.

Frau Schreiber späht konzentriert auf die Regalbretter. «Irgendwo muss ein zweiter Amethyst sein. Ein richtig großer.»

«Sicher?» Andreas schaut ebenfalls. Und trinkt. Und kaut.

Frau Schreiber nickt und guckt und schweigt.

Inzwischen sind ihnen die beiden Hunde in den Keller gefolgt und schnüren schnüffelnd durch den Raum.

«Eine Geode», murmelt Frau Schreiber.

«Geode? Ich denke, ein Amethyst.»

«Ja, aber in einer Geode. Das ist ein Hohlraum. In diesem Fall mit einer Amethyst-Druse.»

«Drüse?»

«Druse.»

«Druse. Geode. Sie sind ja eine Expertin.»

«Na ja ... Nein. Eigentlich nicht ... Mein Mann hätte dir zu jedem Stein und zu jedem Fossil eine Geschichte erzählen können.»

Nach einer Pause sagt Frau Schreiber: «Der stand so hochkant. Also aufrecht.»

«Wer?»

«Der Amethyst. Der war bestimmt so hoch.» Sie hält ihre Hand sechzig, siebzig Zentimeter über dem Boden.

«Wow.»

«Meinst du, jemand ist hier eingebrochen und hat den Amethyst gestohlen?»

«Gute Frage. Sind Sie sicher, dass Ihr Mann den Stein nicht verschenkt hat? Oder dass er woanders in der Wohnung steht?»

«Ja ... Also, nein ... Ich glaube ...» Ihre Stimme wird immer leiser. «Tja ... Einige Stücke hat er ... Also ... Na ja ... Ich weiß es nicht.»

«Fällt Ihnen sonst irgendwas auf?»

«Ich bin ehrlich gesagt nicht mehr oft hier unten.»

Die Hunde haben genug gerochen und verschwinden wieder hinauf in den Garten.

Die alte Lehrerin seufzt. «Hier müsste man mal richtig aufräumen.»

«Und wie wertvoll ist so eine Geode?»

«Das … Also … Ich weiß es nicht.»

Andreas guckt auf die Uhr. «Okay, Frau Schreiber. Wir schließen jetzt schön die Tür ab, und Sie schauen sich heute oder in den nächsten Tagen noch mal in Ruhe hier um. Und wenn Ihnen doch noch etwas auffällt, dann rufen Sie mich an, ja?»

«Ja», sagt Frau Schreiber betroffen.

Andreas spürt, dass sie Angst hat. Er kann sie gut verstehen, denn bei einem Großteil der Delikte, um die er sich in seinem Berufsalltag kümmert, geht es darum, alte Leutchen übers Ohr zu hauen. Und er muss oft genug staunen über die Leichtgläubigkeit, mit der die Menschen auf falsche Enkel, falsche Polizisten, falsche Stromableser, falsche Krankenversicherungsvertreter oder falsche schwangere Frauen hereinfallen.

Frau Schreiber gehört seiner Meinung nach definitiv nicht in diese Gruppe. Aber gegen nächtliche Besuche in ihrem Keller ist auch sie natürlich nicht gefeit.

Monika Schreiber schließt die Kellertür ab, Andreas rüttelt noch mal an der Klinke, dann nimmt er das Tablett und sie gehen durch den Treppenflur nach oben und weiter über die Terrasse, raus in den Garten.

«Nimm dir die Brote bitte mit», sagt Frau Schreiber.

Andreas schaut betont begeistert auf die Käse- und die beiden Leberwurstschnitten, und er weiß, er wird seiner alten Lehrerin auf gar keinen Fall erklären, warum er die Fleischvarianten nicht essen möchte, denn er weiß auch, dass sie keinen Widerspruch dulden würde.

«Gerne», sagt er also, stapelt die Scheiben übereinander und hebt die Waffeleisen-Mine auf. «Vielen Dank.»

Die beiden verabschieden sich, Andreas pfeift Frau Krause heran. Sichtlich ermattet vom Spiel, mit hängender Zunge, springt sie in den Kofferraum.

Bevor er auf die Straße nach Düsterode abbiegt, hält er noch mal an, steigt aus dem Landrover und öffnet den Kofferraum, in dem Frau Krause hechelnd steht und ihn irritiert anschaut. Was denn, schon wieder aussteigen?

«Guck mal, Geschenk von Frau Schreiber», sagt Andreas und hält dem Schafpudel die erste Leberwurstschnitte vor die Nase und ein paar Sekunden später auch die zweite.

Wieder am Steuer, greift er zur verbliebenen Käseschnitte und denkt an den Amethyst in der ... Gonade? Und schon bevor er wieder das Ortsschild von Düsterode passiert, hat er eine Idee.

ARIANE **UND DER KÖNIG VON DEUTSCHLAND**

Ariane ist skeptisch. Mario Köhler hat sie zum Abendessen eingeladen. In ein Restaurant namens *Brockenhirsch*. Eigentlich eine nette Idee und hungrig ist sie sowieso, aber nach dem deprimierenden Gespräch mit Jeanette Hackenberg verspürt sie keinerlei Verlangen, sich noch von einem weiteren Vorgesetzten anzuhören, was von ihr erwartet wird.

Zumal Arianes nachmittäglicher PowerPoint-Vortrag mit dem Thema *Gendergerechtigkeit – Warum die gesamte Gesellschaft davon profitiert* auch nicht gerade das war, was man einen fulminanten Erfolg nennt. Zwar war außer der Hackenberg, die das Büro mit ungenanntem Ziel verlassen hatte, das komplette Team im Versammlungsraum angetreten – Mario Köhler, zwei Frauen, eine um die dreißig, die andere deutlich jünger, vier Männer, keiner über vierzig. Wirklich ein junges Team. Sogar Wilfried Köhler, der Hausmeister, saß in der letzten Reihe. Er reckte jedoch schon nach Arianes ersten Worten wie ein Schuljunge eine Hand in die Höhe, aber als er dann sprach, schaute er ostentativ nicht Ariane, sondern seinen Bruder an: «Mario, muss ich hier wirklich dabei sein? Um einen Nagel in die Wand zu hauen, brauch ich doch nicht wissen, ob er Männlein oder Weiblein ist.»

Mario Köhler grinste breit. «Stimmt. Mach dich los. Hast bestimmt genug zu tun.»

In Ariane brodelte es. Während sie stumm wartete, bis Wilfried den Raum verlassen und die Tür hinter sich geräuschvoll geschlossen hatte, entschied sie sich dafür, ihren Ärger herunterzuschlucken.

Der Rest des Vortrags verlief dann ohne Unterbrechung – was Ariane aber für einen zweifelhaften Erfolg hielt, denn Mario Köhler tippte fast pausenlos auf seinem Handy herum und die anderen starrten sie mehr oder weniger ausdruckslos an. Das führte dazu, dass Ariane zunehmend hastiger durch die Folien klickte. Sie sprach von *Inklusivität* und *Sichtbarkeit*, von *Gleichberechtigung* und *Respekt*, und sie nannte ein paar Beispiele, wo Sprache falsche Bilder im Kopf erzeugt: «Frage ich nach berühmten Schriftstellern, Musikern oder Erfindern, so werdet ihr mir ausschließlich Männer nennen. Frage ich nach Schriftsteller-Innen, Musiker-Innen und Erfinder-Innen, dann sieht es gleich ganz anders aus.» Doch schon während sie sprach, fand Ariane, dass das alles doch ziemlich akademisch klang in diesem pittoresken Fachwerk-Gemäuer. Handfeste Konsequenzen für die konkrete Arbeit hier vor Ort hatte sie in der Tat nicht parat. Die Hackenberg hatte wohl doch recht.

Einzig die jüngste Kollegin schien wirklich zuzuhören, sie schaute Ariane freundlich und offen an, schmunzelte an den richtigen Stellen und stellte am Ende sogar eine Frage, nämlich die, dass Umfragen zufolge der überwiegende Teil der Menschen eine gendergerechte Sprache rundweg ablehne und ob das nicht ein Problem sei. Ariane stimmte ihr zu: Das Ändern von Sprachgewohnheiten sei anstrengend und für viele Menschen irritierend; es nehme Zeit in Anspruch, und der Dialog müsse respektvoll geführt werden. Aber gesellschaftlicher Wandel beginne immer im Kleinen.

Die Veranstaltung endete nach einer halben Stunde. Ohne Applaus.

Jetzt ist es kurz vor acht, Mario Köhlers Einladung kam spätnachmittags, eine Stunde nach Arianes Vortrag, als Textnachricht aufs Handy und enthielt das wenig verheißungsvolle Wort *beschnuppern* sowie eine absurd lange Reihe von Emojis. Anscheinend hat der Mann, der von allen nur Super-Mario genannt wird, die gesamte Rubrik *Essen und Trinken* aufmarschieren lassen. Absagen war dennoch keine Option, Ariane weiß, was sich gehört.

Sie sind vor dem Lokal verabredet. Es liegt etwas außerhalb auf einer bewaldeten Anhöhe und wartet, wenig überraschend, mit einer dunklen Holzfassade und einem gewaltigen Hirschgeweih über dem Eingang auf. Ariane fühlt sich an ein Forsthaus erinnert. Den Weg dorthin muss sie laufen, sie ist immer noch auf schmerzenden Füßen unterwegs, immer noch in ihren geliebten Chucks, und schafft es nur mit Mühe und Not pünktlich.

Mario Köhler steht vor dem Eingang und erwartet sie bereits. Abgesehen davon, dass er statt eines Heavy-Metal-Shirts ein kariertes Hemd trägt und insgesamt einen gepflegteren Eindruck macht, ist die Ähnlichkeit zu seinem Bruder Wilfried wirklich frappierend. Als sie ihm die Hand gibt und nun so nah vor ihm steht, fallen ihr die Falten in seinem Gesicht auf. Er müsste kurz vor dem Rentenalter sein, aber vielleicht sieht er auch älter aus, als er ist.

«Ah, Frau Höft von Holten, die Sonne geht auf. Wie schön, dass Sie es einrichten konnten. Haben Sie gut hergefunden?»

Mario Köhler macht da weiter, wo er nachmittags aufgehört hat: das ausdauernde Händeschütteln, die unangepasste Lautstärke, überhaupt, diese völlige Distanzlosigkeit in Wort und Tat. Obwohl Ariane durchaus darauf hätte gefasst sein können, fühlt sie sich zum dritten Mal an diesem Tag wie von einer Lawine überrollt. Gibt es eigentlich Lawinen im Harz, fragt sie sich, während ihr Gastgeber beschließt, dass sie «wegen des schönen Wetters» draußen auf der Terrasse essen können, und sie mit einem lärmenden Wortschwall in die gewünschte Richtung vor sich hertreibt.

Der Brockenhirsch ist drinnen und draußen gut besucht, mindestens hundert Leute, schätzt Ariane. Sie ist überrascht über das moderne Ambiente vor allem im Gastraum, wo eine gewagte Kombination aus Birkenholzfronten, Sichtbeton und Möbeln im Industriedesign für eine leicht unterkühlte Atmosphäre sorgt. Das hat sie wirklich nicht erwartet und sie fühlt sich mal wieder ertappt: Auch ein banaler Restaurantname kann einen also in die eigene Stereotypenfalle tappen lassen.

Auf der Terrasse hingegen laden bequeme Sessel zum Verweilen ein, dampfende Speisen stehen auf stabilen Säulentischen in Anthrazit, Stimmengewirr brandet auf und ab, die Abendsonne taucht die Szenerie in warmes Licht. Gemütlich. Ariane ist froh, dass sie dort essen werden.

Doch zuvor genießt ihr Chef in aller Ruhe seinen Auftritt. Super-Mario in Action: Er klopft auf Tische, schüttelt weitere Hände, umarmt, stellt Ariane mal vor, mal nicht. Sie ist selbst immer noch zu überrumpelt von seiner Art, um abschätzen zu können, inwieweit ihr Chef bei den Leuten beliebt oder unbeliebt ist, bekannt wie der sprichwörtliche bunte Hund ist er jedenfalls.

Als sie an einem Tisch abseits des Trubels Andreas Anton vor einer großen Schüssel Salat entdeckt, freut sich Ariane, ein vertrautes Gesicht zu entdecken, doch das warme Gefühl hält nur kurz. Dann versinkt es in einem kalten braunen Morast, als sie an die Geste des Polizisten von heute Morgen denkt. Ariane fröstelt.

«Kommen Sie, ich stelle Ihnen noch schnell meinen guten Freund Andreas Anton vor, superwichtiger Mann hier im Ort, er vertritt das Gesetz, ach, ganz vergessen, ihr kennt euch ja schon. Hallo Andreas. Na, mein Bester, was macht das organisierte Verbrechen?» Rückenklopfer.

Der Polizist, der ohne Begleitung speist, legt in aller Ruhe die Gabel beiseite und steht auf, bevor er Ariane die Hand reicht. «Es organisiert sich noch. Hallo, Frau Höft von Holten. Mario. Ich wusste nicht, dass *ihr* euch kennt. Wollt ihr euch setzen?»

«Nein!», ruft Ariane erschrocken. «Ich meine, nein danke, das passt gerade nicht, es ist ein dienstliches Essen, nicht wahr, Herr Köhler?!»

Außerstande, Andreas Anton in die Augen zu schauen, beugt sie sich schnell zu Frau Krause hinunter, die schwanzwedelnd um ihre Beine streift, und streichelt sie ausgiebig.

Etwas konsterniert, wie ihr ein verstohlener Blick nach oben verrät, steht Mario Köhler da. «Frau Höft von Holten ist eine geschätzte neue Kollegin, und zwar nicht irgendeine, sondern unsere – Tusch! – Sensitivity Managerin! Habe ich das richtig ausgesprochen? Ich habe extra geübt. Sie wird uns allen beibringen, wie wir respektvoll miteinander umgehen, stimmt's Frau Höft von Holten?»

Ariane stimmt zu und richtet sich auf. «Dann haben Sie mir heute Nachmittag ja doch zugehört?», sagt sie und lächelt Mario entwaffnend an.

Andreas Anton hebt neugierig die Brauen, sagt aber kein Wort.

«Na ja, egal.» Super-Mario zeigt auf Andreas' Teller. «Schmeckt's? Gesunde Vorspeise?», fragt er seinen «guten Freund» schließlich mit Blick auf den Salat.

«Genau, danach bestelle ich die große Wildschweinplatte für zwei Personen.»

Mario Köhler guckt blöd. «Was? Für zwei Personen …»

Andreas Anton grinst ihn so lange breit an, bis er endlich merkt, dass er veralbert wird. Mario Köhler lacht gekünstelt, schaut zu Ariane, zu Andreas Anton, zu Ariane und wieder zu Andreas Anton. Dann droht er dem Polizisten ironisch mit dem Zeigefinger. «Ahaha! Der war gut! Okay. Verstehe. Haha. Hast recht, Kumpel, ein bisschen abspecken wäre angebracht, aber müssen wir unser Heil gleich im Kaninchenfutter suchen? Ich weiß ja nicht.» Er lacht wieder.

Polizeihauptmeister Andreas Anton tut ihm nicht den Gefallen, einzustimmen. Ariane schon gar nicht. Immer noch verunsichert, wen sie hier eigentlich vor sich hat, einen gutmütigen Dorfpolizisten oder einen überzeugten Nazi, geht sie in die Hocke, um noch näher bei der freundlichen Hündin zu sein, die sie nachdenklich ansieht.

Hat Mario Köhler gerade allen Ernstes Heil gesagt? Ist das ein Zeichen, ein Code unter Gesinnungsgenossen? Wieso heißt der Brockenhirsch Brockenhirsch? Ariane vergräbt das Gesicht in Frau Krauses Fell und würde am liebsten den Rest des Abends dort verbringen.

Alte ostdeutsche Hütehundrasse hat der Polizeihauptmeister betont. Das kann doch alles kein Zufall mehr sein. Oder aber sie ist einfach nur paranoid, Gefangene ihrer Vorurteile wie die meisten Menschen auf der Welt.

«Na, das war ja eine seltsame Begegnung», stellt Mario Köhler zu Recht fest, als sie draußen endlich an einem Zweiertisch mit Blick auf die Bode Platz genommen haben. «Aber Sie kommen ja aus Hamburg, da hat man in Ihren Kreisen wohl für die Staatsgewalt nicht viel übrig. Wie heißt es doch immer so schön beim schwarzen Block? *Ganz Hamburg hasst die Polizei.*» Er skandiert den Schlachtruf der autonomen Szene ohne jede Hemmung. «Stimmt's?»

«Wenn Sie es sagen. Ich war noch nie dabei. Und ich gehöre auch keiner linksextremen Gruppierung an.»

«Ist ja gut. War ein Scherz, weil Sie beim Anblick von Andreas gleich in Deckung gegangen sind. Schnaps?»

«Wie bitte?»

«Möchten Sie vielleicht ein alkoholisches Getränk als Aperitif? Dann könnten wir anstoßen und noch mal ganz von vorn anfangen.»

Schon wieder, denkt Ariane, aber sie verkneift sich eine Bemerkung und nickt, denn die Aussicht auf Alkohol hat gerade etwas ungemein Tröstliches. Da hätte sie auch selbst drauf kommen können.

Sie bestellen die Getränke bei einem jungen, braun gebrannten Kellner mit Männerdutt und Undercut, der, wie sollte es anders sein, ein guter Bekannter von Mario ist und mit Handschlag begrüßt wird. Er heißt Benno und wirkt zum Glück alles andere als rechts.

Wenig später beim Anstoßen – Ariane: Aperol Spritz, Mario Köhler: Martini – bekommt Ariane ohne Umschweife das Du angeboten, was sie als Friedensangebot versteht. Erfreulich.

«Super-Mario», sagt Super-Mario.

«HvD», sagt Ariane. «Das Türschild hab ich doch dir zu verdanken, oder?»

Mario Köhler grinst. «Ja, das stimmt. Asche auf mein Haupt. War vielleicht etwas drüber.»

«Och, mir hat's gefallen. Das kann der Wilfried gern an meinem neuen Büro wieder anschrauben, wenn er so nett ist.»

«Ist er bestimmt. Darf ich trotzdem Ariane sagen?»

«Du darfst. Wenn ich gelegentlich das Super weglassen darf.»

Mario Köhler lacht schallend. «Klingt fair. Freut mich, dich kennenzulernen, Ariane. Freut mich wirklich!»

Er hebt erneut das Glas und prostet ihr zu. Ariane erwidert die Geste und trinkt. Nach einer Weile merkt sie die Wirkung des Alkohols. Sofort fällt es ihr leichter zu entspannen. Mario scheint es ähnlich zu gehen.

Eine Weile dümpelt die Unterhaltung höflich dahin. Mario fragt Ariane nach ihrer Anreise, worauf sie von der Fahrt mit der dampfbetriebenen Schmalspurbahn schwärmt, mit der sie die letzte Etappe von Wernigerode nach Düsterode zurückgelegt hat. Sie bewundert die Aussicht auf hohe Bäume und den dahinrauschenden Gebirgsfluss und lässt ein paar freundliche Worte über die neuen Kolleginnen und Kollegen fallen, die sie am Nachmittag kennengelernt hat, und ein Extralob für Julia, die junge, zugewandte Frau, die im Anschluss an Arianes Vortrag als Einzige eine Frage gestellt hatte. Im Nachhinein denkt Ariane, die Zurückhaltung der anderen war wahrscheinlich gar nicht so verwunderlich: Erstens, weil sie Ariane ja noch nicht kennen. Zweitens wegen der Anwesenheit von Super-Mario.

Benno bringt die Speisekarten. Schon an der Art, wie er sie überreicht, nervös, als könnten sie bei einer falschen Bewegung explodieren, merkt Ariane, dass dem Kellner etwas auf der Seele liegt.

«Oh, alles neu macht der Mai», sagt Mario und starrt auf die schicke Bambushülle mit dezentem Hirsch-Logo. «Dabei haben wir doch noch April.»

«Ja, musste sein, wir haben ja renoviert und bei der Gelegenheit haben wir uns dann gleich neue Karten gegönnt. Nicht erschrecken: Das Angebot wurde ein bisschen ausgedünnt, mehr Klasse statt Masse.»

«Tja, man muss mit der Zeit gehen», sagt Mario säuerlich. «Hauptsache, ihr habt noch Schnitzel.»

«Natürlich.»

«Haben Sie auch Rehmedaillons?», fragt Ariane.

«Nein, tut mir leid, gerade nicht. Schonzeit. Wir verwenden keine Tiefkühlware mehr.»

«Nimm doch auch ein Schnitzel», ruft Mario. «Für Schweine gibt es keine Schonzeit.»

«Nur dreihunderttausend Jahre Menschheitsgeschichte», entfährt es Ariane.

«Häh?», macht Mario.

Benno schmunzelt.

«Scherz», sagt Ariane.

«Ach so, verstehe, du meinst im Sinne von *Männer sind Schweine*, ha, ha, sehr witzig.»

Benno zieht sich zurück, damit sie in Ruhe aussuchen können. Ariane studiert die Karte, eine Handvoll Seiten wertiges, wasserabweisendes Papier, das lose eingeheftet wurde, und ist angetan: Das Angebot präsentiert sich überschaubar, ohne gewollt minimalistisch zu wirken, und es ist sowohl für Vegetarier und Veganer als auch für konservative Geschmäcker was dabei. Letzteres hat sie erwartet, die Vielfältigkeit der fleischlosen Angebote überrascht sie hingegen positiv. Hier ist ja wirklich viel passiert in den letzten Jahren. Anscheinend ist die Küchen-Crew bemüht, traditionellen Gerichten einen modernen Twist zu verleihen. Beim *Veggie-Schnitzel Jäger:innen Art* haben sie einen gewissen Humor bewiesen, wie Ariane findet. Mario Köhler hat es ebenfalls entdeckt – und kann nicht darüber lachen. Im Gegenteil, er rastet aus.

«Merken die noch was? Jäger-Innen Art? Hallo?! Ich dreh hier gleich durch. Das ist doch Verarsche! Das hat doch nichts mehr mit Deutsch zu tun, das ist Sprach-Terror!!! Und wieso bitte schön muss jetzt auch noch ein Jägerschnitzel fleischlos sein? Ich schnitze den Körnerfressern ja auch keine Salatblätter aus Hackbraten. Den Körnerfresser-*Innen* von mir aus.»

Ariane schweigt. Das fällt ihr nicht leicht, weil alles, was er sagt, verletzend ist. Verletzend sein soll. Sie muss an Katja denken, die als Kind Leberwurstbrote geliebt hat und jetzt lieber «Körner frisst», als Tierleid zu tolerieren und Ressourcen zu verschwenden, Katja, die so viel konsequenter ist als sie. Sie würde Mario gern von ihr erzählen, ihrer Sorge um die Zukunft, ihren Diskussionen mit dem eigenen Vater, der Jäger ist. Aber sie weiß, dass es keinen Zweck hat, in einen Tobsuchtsanfall hineinzugrätschen. Sie muss Mario zu packen kriegen, wenn er wenigstens im Ansatz bereit ist, ihr zuzuhören. Jetzt will sie einfach nur, dass er sich beruhigt. Die Leute an den Tischen ringsum schauen schon her. Der Mann blamiert sich doch komplett, zum Fremdschämen ist das. Ariane leidet.

«Das finden Sie jetzt bestimmt total gelungen, oder, Frau von und zu Hochsensibel? Dafür sind Sie doch hier, damit alle gottverdammten Speisekarten im Harz irgendwann so aussehen!»

«Lass uns gern beim Du bleiben, Super-Mario, okay?», sagt sie mit betont ruhiger Stimme, als spräche sie mit einem trotzigen Kind. «Möchtest du von der Karte was bestellen? Es gibt ja durchaus auch Schweineschnitzel. Hier: vom Bunten Bentheimer Freilandhof, das klingt doch toll. Oder sollen wir lieber woanders essen?»

«Ich bezahl doch keine einundzwanzig Euro für ein Schnitzel …» Mario springt auf, das Gesicht hochrot, die Nasenflügel bebend. «Sie … Du … Dieser verfluchte …»

Ariane beobachtet kopfschüttelnd, wie ihr Gegenüber um Fassung ringt. Der Mann ist schlichtweg ein Choleriker, daran muss er dringend arbeiten, so ein Verhalten ist einfach nicht mehr zeitgemäß.

«Verzeihung», sagt Mario unvermittelt, als hätte er ihre Gedanken gelesen. «Jetzt muss ich mich schon wieder bei dir entschuldigen. Au weia. Harter Tag. Der Typ vom Radio hat mich vorhin schon so auf die Palme gebracht. Ich wollte dich nicht anschreien. Ich glaube, ich gehe mir vorm Essen besser mal drinnen die Hände waschen.»

Diesmal überquert er die Terrasse ohne Zwischenstopps an anderen Tischen.

Mit einem Anflug von Faszination sieht Ariane ihm nach. Von 180 auf 0, auch das muss man erst mal schaffen. Dieser Super-Mario ist wirklich eine Naturgewalt.

Kurz streift ihr Blick den mutmaßlichen Hitlerfan Andreas Anton, der inzwischen beim Nachtisch angekommen ist: eine Käseplatte und ein großes dunkles Bier. Frau Krause sitzt bettelnd daneben. Die Hündin hat Glück, dass sie ihr Herrchen immer bei der Arbeit begleiten kann, denkt Ariane. Unweigerlich fällt ihr bei der Gelegenheit die Leiche am Berg wieder ein, aber sie verdrängt den Gedanken. Da sich offenbar niemand hier dafür interessiert, muss sie sich auch nicht damit den Appetit verderben lassen.

Super-Mario lässt sich Zeit beim Händewaschen. Ariane ist froh über die Verschnaufpause. Als sie schon glaubt, er hätte sie sitzen lassen, taucht er wieder auf und präsentiert nach der haaarzlichen und der jähzornigen noch eine dritte Seite von sich: die geknickte. Still und mit gesenktem Kopf nimmt er seinen Platz wieder ein. Er tut ihr fast leid.

«Alles in Ordnung?», fragt Ariane.

Mario lächelt schwach. «Danke der Nachfrage. Ich bin nur müde. Drinnen sieht jetzt ja auch alles ganz anders aus als vorher. Mein lieber Schwan. Das war mir eben noch gar nicht aufgefallen. Da hingen mal jede Menge Jagdtrophäen und hervorragend gemachte Tierpräparate, die teilweise noch von Bennos Urgroßvater stammten, dem alten Benno. Richtig urig wars. Also, ich finde das respektlos, alles so rauszureißen, einfach weg damit.»

«Das kannst du doch gar nicht wissen, oder? Vielleicht hat er die Sachen ja aufbewahrt, einen Ehrenplatz dafür gefunden, nur eben nicht mehr im Lokal, wo sie nicht ins neue Konzept passten, sondern irgendwo privat. Vielleicht hat er sich bei der Familie das Okay für das Umstyling besorgt. Also auf mich macht Benno jedenfalls keinen respektlosen Eindruck. Echt nicht.»

Schulterzucken. «Mag sein. Ach, ist mir jetzt auch egal.»

Der Wirt kommt an den Tisch, um endlich die Bestellung aufzunehmen.

Mario verwirrt Ariane nun vollends mit seiner Entscheidung für den Superfood-Salat, der sie sich anschließt. Dazu ordert sie noch eine Käseplatte.

Das Essen ist dann zunächst eine sehr schweigsame Angelegenheit. Wenigstens schmeckt alles hervorragend. Der Salat ist knackig und kommt mit Preiselbeeren, Blüten und heimischen Kräutern daher. Lecker, wenn auch nicht gerade sättigend.

«Wollen wir einfach über irgendetwas Schönes reden?», schlägt Mario vor, als die Stille zwischen ihnen langsam, aber sicher unangenehm wird.

«Gern. Was ist denn für dich schön?»

«Alles Mögliche. Freundschaft. Der Harz. Familie … Musik.»

«Musik», sagt Ariane sofort, denn das Thema erscheint ihr am unverfänglichsten. Geschmäcker sind nun mal verschieden.

Dass Mario Köhler sich bald darauf als «weltgrößter Helene-Fischer-Fan» anpreist, war vorhersehbar, dass ihm die Namen der Indie-Bands, auf die Ariane steht, nichts sagen, ebenso.

«Meine Frau Lucy kennt die bestimmt alle. Die hat auch so abgehobene Vorlieben.»

«Lass mich raten. Das ist nicht deine erste Ehe. Und deine Frau ist deutlich jünger als du.»

«Ertappt. Na und? Ist das etwa auch verboten?»

«Nö. Ich bin auch mit einer jüngeren Frau verheiratet.»

Super-Mario verzieht das Gesicht zu einem breiten Grinsen. «Guck an, dann haben wir beiden Hübschen ja doch etwas gemeinsam. Sollen wir darauf noch einen trinken? Die machen hier einen hervorragenden Schlehengeist!»

«Unbedingt.»

Zwei Gläser Obstbrand später finden Ariane und Super-Mario nach langem Hin und Her doch noch einen Sänger, der ihnen beiden gefällt. Es ist Rio Reiser.

«Das glaube ich ja nicht!», ruft Ariane begeistert. «Du magst den?!»

«Na ja nicht alles. *König von Deutschland* fand ich immer toll.»

«Is klar.»

«Ist ja auch ’n super Hit, ne? Man fühlt sich dann immer so groß.»

«Ja, klar, super.»

Und dann singen sie. Ganz spontan.

Super-Mario fängt an und ist nicht mehr zu stoppen. Er erweist sich trotz des steigenden Alkoholspiegels als erstaunlich textsicher. Er ist in diesem Moment schlicht der König von Deutschland. Bei «ich hätt zweihundert Schlösser und wär nie mehr pleite, ich wär Rio, der Erste, Sissi, die Zweite», steigt Ariane ein, nachdem Mario sie mehrfach mit ausufernden Gesten dazu aufgefordert hat. Anfangs noch zögerlich, schmettert sie den letzten Refrain dann in schönster Eintracht mit ihrem neuen Chef gemeinsam, das Rauschen der Bode und die Gespräche ringsum, die sowieso weitgehend verstummt sind, weil alle hersehen, mühelos übertönend und sich selbst wie eine Königin fühlend: «Das alles und noch viel meeeeeeeeehr würd ich machen, wenn ich König von Deutschland wär.»

Anschließend bestellen sie Brote mit Harzer Wildschweinschinken und werden beide doch noch richtig satt. Erst während Super-Mario die Rechnung verlangt, ahnt sie, dass sie sich morgen weniger königlich fühlen wird, sondern so, als hätte sie auf der Weihnachtsfeier eines Dax-Konzerns vor der gesamten Belegschaft einen Striptease hingelegt.

ANDREAS **SUCHT WAS UND FINDET DANN ETWAS GANZ ANDERES**

An die neue Einrichtung muss Andreas sich noch gewöhnen. Wann, fragt er sich, ist eigentlich die klassische Gemütlichkeit in Verruf geraten? Was genau ist gegen den ganz normalen Holzstuhl zu sagen? Gegen den ganz normalen Tisch und die ganz normale Tischdecke? Warum muss jetzt auf einmal alles so anders sein, so … ja, wie beschreibt man das eigentlich? Klinisch?

Clean? Nüchtern? Wie nennt man diesen Einrichtungsstil überhaupt? Lounge? Oder ist das einfach nur modern?

Auch auf der Terrasse stehen nicht mehr die klassischen Biergarten-Garnituren, sondern breite Sessel mit Armlehnen. Die sind allerdings auch deutlich bequemer, das muss Andreas zugeben.

Und, klar, die ausgestopften Tiere und die Geweihe an den Wänden, die waren vielleicht ein bisschen aus der Zeit gefallen – aber musste man sie gleich komplett abräumen? Immerhin, das Riesengeweih draußen über dem Eingang, das hat Benno hängen gelassen, aber das hat auch den Rang eines Wahrzeichens.

Na ja, dafür ist das Essen toll. Die Lauch-Kartoffel-Suppe mit Romanesco und Sauerampferöl hat Andreas innerlich gewärmt. Benno hat ihm gesteckt, dass der Koch sie mit Sojamilch und Sojasahne zubereitet, und gemeinsam freuen sie sich, dass es offenbar noch keinem aufgefallen ist.

Schon vor Längerem hatte ihm der junge Brockenhirsch-Wirt von seinen Ideen und Plänen berichtet und davon, dass er sich fragt, ob man die Vergangenheit einfach so entsorgen kann, darf, soll oder sogar muss. Andreas hatte sich bedeckt gehalten. Während der Lockdowns hat der Wirt seine Pläne umgesetzt: Die Jagdtrophäen hat er ersetzt durch großformatige, schick gerahmte historische Fotografien der näheren Umgebung und des Lokals selbst. In gewisser Weise, überlegt Andreas, während er durch die Terrassentür ins Restaurant schaut, hat Benno dadurch die Vergangenheit ja sogar aufleben lassen. Das gefällt ihm wiederum.

An den Wänden im Restaurant ist keine Tapete mehr, sie sind farbig gestrichen, obwohl: Von Farben kann eigentlich nicht die Rede sein, es handelt sich um verschiedene Stufen von Grau. Plus eine Wand in Beton-Optik. So hatte Benno es genannt.

Jedenfalls auch grau. Andreas muss an die Szene aus der Komödie *Ödipussi* denken, in der Loriot als Geschäftsführer eines Stoff- und Möbelgeschäfts einem alten Ehepaar verschiedenste Grautöne schmackhaft zu machen versucht: Mausgrau, Staubgrau, Aschgrau, Bleigrau, Zementgrau – und natürlich das ganz frische Steingrau.

Na ja, man gewöhnt sich an alles.

Mit einer komplett vegetarischen Karte ins Rennen zu gehen, das hat sich Benno dann allerdings doch nicht getraut, und auch Andreas hatte ihm davon abgeraten.

Jetzt stellt Benno den Superfood-Salat vor Andreas ab. Der bedankt sich und sagt: «Veggie-Schnitzel Jäger-Innen Art ist schon ganz schön schräg.»

Der Brockenhirsch-Wirt zuckt mit den Schultern. «Läuft aber gut.»

«Hast du dich entschieden, ob du dir einen neuen Namen gibst?»

«Nein. Bin echt unsicher. Brockenhirsch ist ja total etabliert.»

«Ändere es doch in Brockenhirschkuh. Damit holst du schon mal die weibliche Kundschaft voll ab.»

Benno grinst. «Ich dachte ja eher an irgendein Herz-Harz-Wortspiel. Harzallerliebst zum Beispiel.»

Jetzt grinst Andreas. «Wie wäre es mit einem Hart-Harz-Wortspiel? Harz, aber herzlich.»

«Auch nicht schlecht. Harz an der Grenze.»

«Harz aus Gold.»

Benno lacht und klopft auf den Tisch. «Ich notiere alles und lasse die Gäste abstimmen. Bis später.» Mit schnellen Schritten läuft er zum Tresen.

«Harz am rechten Fleck», murmelt Andreas und macht sich über den Salat her.

Er hat sein Gericht zur Hälfte verspeist, als er sieht, dass Super-Mario die Gaststätte betritt. Andreas zieht erstaunt die Augenbrauen hoch. Ach, guck an, und im Schlepptau hat er die Leichenfinderin, die adlige Adriana. Nee, Ariane … Ariane Höft von … Holten – jup, inzwischen hat er es drauf. Mehr oder weniger.

Was haben die denn miteinander zu schaffen? Durchs Fenster beobachtet Andreas, wie Mario sich durch den Raum kumpelt. Endlich tritt er auf die Terrasse und, Mist, jetzt hat er auch Andreas entdeckt; er walzt heran, und natürlich macht er gleich eine Bemerkung über Andreas' Salat. Der Adligen scheint die Begegnung unangenehm zu sein, Frau Krause hingegen gar nicht. Die Hündin begrüßt Ariane Höft von Holten wie ein lange vermisstes Herdenmitglied und schmeißt sich sodann auf die Seite, um sich kraulen zu lassen.

Mario wirkt überdreht, obwohl: Eigentlich ist das ja quasi sein Normalzustand. Er stellt die Adlige als neue Kollegin vor, eingestellt als *Sensitivity Managerin*, und schwafelt irgendwas von gutem Benehmen.

Die Adlige indes weicht Andreas' Blicken aus. Was hat sie denn nur? Andreas ist froh, dass das Duo seine nur pro forma ausgesprochene Einladung, sich dazuzusetzen, ablehnt und weiterzieht.

Aus den Augenwinkeln beobachtet er, wie sich Mario und die Neue an ihrem Tisch niederlassen. Er stellt fest, dass er Ariane gerne anschaut, hier auf der Restaurantterrasse bewegt sie sich … ja, doch, regelrecht anmutig an den Tischen vorbei – ganz anders als tags zuvor im Nationalpark.

Er will *Sensitivity Manager* googeln und schon als er *Sensitivity* eingegeben hat, schlägt die Suchmaschine diverse Ergänzungen vor: *reading*, *reader*, *training*. Er scannt ein paar Seiten, offenbar geht es darum, Texte auf *missverständliche oder verlet-*

zende Ausdrucksweisen zu prüfen. Auf *unbeabsichtigte Mikroaggressionen* und darum, sie durch *sensible und authentische Sprache* zu ersetzen. Aha – und was macht die Adlige dann hier im Harz?, fragt Andreas sich. Sind wir also alle unsensible, unauthentische und mikroaggressive Hinterwäldler, die nicht mehr normal reden können?

Berufe gibt's inzwischen! Kopfschüttelnd schiebt er sich die letzte Gabel Salat in den Mund. Eigentlich seltsam, denkt er, dass Ariane sich überhaupt nicht mehr nach der Leiche erkundigt hat, gestern schien sie noch so betroffen. Ist wahrscheinlich die Macht der Verdrängung, schließlich hat die Frau gerade einen neuen Job angetreten. Hätte sie gefragt, hätte er ihr erzählt, dass der routinemäßig eingeschaltete Rechtsmediziner keinerlei Anzeichen für ein Fremdverschulden hat ausmachen können, der Leichnam ist inzwischen freigegeben. Was er natürlich für sich behalten hätte: Der Bericht, der ihn am Nachmittag per Mail erreicht hat, wirkte ziemlich dahingeschludert.

Benno kommt an den Tisch und ersetzt den leeren Salatteller durch eine kleine Käseplatte.

«Mir ist der ultimative Name eingefallen», sagt Andreas. «Harzer Tobak.»

«Nicht schlecht. Aber was hältste von: *Man sieht nur mit dem Harz gut*?»

Andreas kichert.

Nach ein paar Minuten stummen Genusses registriert Andreas, dass Mario mal wieder einen cholerischen Anfall hat; er ruft irgendwas, steht mit einem Ruck auf und marschiert mit rotem Kopf in Richtung Toilette. Wie peinlich. Was wird die Adlige wohl denken? Und wie hält Marios Frau Lucy das nur mit diesem Quartals-Irren aus? Andererseits sind es ja nun auch schwere Zeiten für einen Macho alter Schule. Andreas erinnert sich, wie Mario ihm neulich berichtet hat, dass nun auch noch die Harzpachen quasi vom Aussterben bedroht sind – Andreas hätte schwören können, dass Mario Tränen in den Augen hatte.

Und auch er selbst findet ja, dass viel – viel zu viel – in Bewegung ist. Dieser Gender-Neusprech ist da doch fast die kleinste Baustelle. Keine Frage, Bennos Idee mit dem *Schnitzel Jäger:innen Art* findet Andreas bescheuert. Neulich ist er fast vom Stuhl gefallen, als im Radio ein Moderator (es war nicht Tom Wunderlich) von Krankenschwester-Innen faselte. Mehrfach!

Alles – aber auch wirklich alles – ist total kompliziert geworden, und leider scheint es so, dass vieles eher schlechter wird, statt besser. Und gut schon gar nicht. Die Terminkalender voller, die Bürokratie immer umständlicher, die Auflagen absurder. Neulich hat er gelesen, dass es eine EU-Verordnung gibt, die auf acht Seiten reguliert, wie eine Pizza Napoletana auszusehen hat. Und auch im eigenen Job: immer mehr Papierkram. Und für jeden Quatsch gibt's jetzt eine App.

Total kompliziert. Alles. Und was sein Sohn Sebastian in Hamburg macht, will er sich überhaupt nicht ausmalen. Da kann man ihm noch so oft erzählen, wie normal das inzwischen ist. Aber sein Sohn ist ja noch nicht mal normal schwul, sondern … Wie hat Sebastian das genannt? Irgendwas Kompliziertes. Er hat's vergessen. Eigentlich will er's auch gar nicht wissen. Jedenfalls ist Sebastian gar nicht nur ein Mann. Oder will nicht nur Mann sein? Andreas steigt da einfach nicht durch.

Er schaut zur Adligen und hofft auf einen kurzen Blickkontakt, aber Ariane guckt in die Landschaft.

Vermutlich hasst sie mich, denkt Andreas.

Vermutlich hasst sie alles hier.

Abgesehen von Frau Krause.

Darf er auch keinem erzählen, dass er sein Diensthandy erst jetzt kurz nach 22 Uhr vermisst. Wo hat er das Ding bloß hingelegt? Andreas greift zum Privathandy und ruft das Diensttelefon an. Als die Verbindung hergestellt ist, steht er regungslos im Wohnzimmer und lauscht angestrengt. Jetzt rächt sich, dass er Funktelefone immer nur auf Vibrationsalarm stellt, selbst sein Diensthandy, obwohl er es immer hören sollte. Er eilt in die Küche und dann in den Flur, wo er sein Ohr sogar an die Jacke hält, die an der Garderobe hängt. Die Mailbox meldet sich, Andreas bricht den Anruf ab, wählt erneut, und als es wieder klingelt, eilt er erst ins Bad und schließlich ins Schlafzimmer.

Kein Brummen, nirgends.

Er verlässt die Wohnung und während er zum Landrover läuft, ruft er das Diensthandy ein drittes Mal an, er öffnet die Fahrertür und steckt den Kopf hinein. Nichts.

Er beendet den Anruf, aber eine Millisekunde, bevor er auf den roten Hörer gedrückt hat, kommt es ihm vor, als habe er eine Stimme gehört. Sofort wählt er erneut und tatsächlich: Am anderen Ende der Leitung meldet sich jemand.

«Hallo?»

Die Stimme kommt ihm bekannt vor. «Hallo? Wer ist denn da?»

«Andreas? Bist du das?»

«Ach, Benno! Ja, ich bin's. Benno?»

«Am Apparat.» Benno lacht. «Möchtest du einen Tisch bestellen?»

«Ich habe mein Diensthandy bei dir vergessen», sagt Andreas überflüssigerweise.

«Ja, hast du. Es lag auf dem Stuhl. Kannst froh sein, dass ich es gefunden habe. Ich hörte immer so einen komischen Brummton. Dachte schon, ich hab 'nen Tinnitus.»

«Bist du noch eine Weile im Restaurant?»

«Bestimmt noch ’ne halbe Stunde. Ich muss noch Zeug aus dem Transporter packen.»

«Ist es okay, wenn ich es schnell hole?»

«Klar, ich kann dir das Teil aber auch vorbeibringen.»

«Ist nett, aber du willst ja auch irgendwann Feierabend haben. Ich mache mich gleich auf den Weg.»

«Okay.»

«Aber ich helfe dir nicht beim Kistenschleppen!»

Benno lacht. «Bist ’n echter Freund. Hast du eigentlich noch die Gesangseinlage von Mario und seiner neuen Freundin mitbekommen?»

«Gesangseinlage? Nein. Was war denn?»

«Erzähl ich dir nachher. Bis gleich.»

«Okay. Mir ist übrigens noch ein schöner Name für den Brockenhirsch eingefallen.»

«Na?»

«Erzähl ich dir nachher.»

Eine kleine Abendrunde ist gar nicht schlecht, denkt Andreas, und Frau Krause freut sich sowieso.

Er schwingt sich aufs E-Bike, tritt in die Pedale und ist durchaus ein bisschen stolz auf sich selbst, weil er nicht das Auto genommen hat. Frau Krause läuft ohne Leine neben ihrem Chef her. Jetzt, kurz nach halb elf, sind Herr und Hund die Einzigen, die im Ort unterwegs sind. Ein kleines Glücksgefühl überkommt Andreas, als er so durch die stillen Straßen schnurrt.

Er braucht eine knappe Viertelstunde bis zum Restaurant. Die Eingangstür steht offen. Während Andreas das Rad abstellt, springt Frau Krause bereits die Stufen hoch, erfüllt von der nicht unbegründeten Hoffnung, bei Benno in der Küche noch etwas abstauben zu können.

Andreas folgt der Hündin. Er betritt das Gasthaus und ruft nach Benno.

«Ich hab noch eine tolle Idee für den Namen!»

Er steckt den Kopf in den Gastraum, der aber verwaist ist.

«Knallharz!»

Andreas geht in die Küche. «Benno?»

Hm, vermutlich ist der Wirt draußen, er wollte doch irgendwelche Kisten ausräumen. Oder einräumen? Umräumen?

«Frau Krause!»

Der Schafpudel kommt aus der Küche, seine Pfoten machen Kratzgeräusche auf dem Boden.

«Wo ist denn der Benno, Frau Krause?»

Der Schafpudel dreht sich um und verschwindet wieder in der Küche.

Andreas betritt den Raum, der hell erleuchtet und komplett sauber ist. «Benno!»

Er lauscht.

«Knallharz! Wie find'ste das?»

Frau Krause steht wedelnd an der Tür zum Kühlraum. Andreas bekommt ein mulmiges Gefühl.

«Benno!», ruft er und öffnet mit klopfendem Herzen die Tür. Im Kühlraum geht automatisch Licht an. Frau Krause tapst zu einem mit Lebensmitteln vollgeräumten Regal und hebt schnuppernd die Schnauze.

Andreas macht zwei Schritte in den Kühlraum und sieht sich um. «Benno?» Diesmal ruft er nicht. Er schaut zur Hündin. «Frau Krause, wo ist denn der Benno? Such den Benno!»

Frau Krause legt den Kopf schief, bewegt sich aber nicht.

Andreas zückt sein Handy und ruft das Diensttelefon an. Während es klingelt, verlässt er den Kühlraum, drückt die Tür hinter sich und Frau Krause zu und läuft durch die Gaststätte, steckt den Kopf in den Toilettenraum, kaltes Licht, steril-weiße Fliesen, ruft erneut nach dem Wirt. Die Mailbox meldet sich, und Andreas unterbricht die Verbindung.

Er verlässt den Brockenhirsch durch den Haupteingang und bleibt unter dem mächtigen Geweih stehen. «Benno!»

Wo steht denn der verdammte Transporter? Vermutlich am Hintereingang. Mit schnellen Schritten umrundet Andreas das Gasthaus.

«Benno!»

Andreas erschrickt. Der Transporter steht in einiger Entfernung als grauer Schemen in der Dunkelheit, am Ende des abschüssigen Geländes. Gebremst wurde das Fahrzeug offenbar von einem Baum. Die Hecktüren stehen weit offen.

Frau Krause ist bereits hinter der Hausecke verschwunden. Andreas fängt an zu rennen, biegt ebenfalls um die Ecke – und bleibt stehen.

Ein paar Meter vor ihm liegt Benno auf dem Bauch, ein Stückchen weiter eine große weiße Kiste. Frau Krause beschnuppert den Körper neugierig. Andreas pfeift laut, der Schafpudel hebt den Kopf und schaut sein Herrchen an.

Andreas läuft auf den Körper zu, der sich nicht bewegt. «Benno!»

Er hockt sich hin und berührt vorsichtig die Schulter.

Dann dreht er ihn noch vorsichtiger um.

3

Drei tote Mädchen!!! Wieviel müssen noch sterben? Die Polizei pennt! Sonderkomisson, das ich nicht lache! Schämt euch!!! Es is nur eine Frage der Zeit bis das nächste Mädchen dran glauben muss!! Deutschland ist am Ende!!!!!

FACEBOOK-KOMMENTAR VON CHRISSIE HAH

ANDREAS **VERSTEHT DIE WELT NICHT MEHR**

Andreas starrt eine komplette Minute mit leerem Blick auf das Display seines Smartphones, bis ihm einfällt, wen er anrufen will.

Oder besser: anrufen *muss*.

Er sucht den Namen der Ärztin in seinen Kontakten und drückt auf die angezeigte Mobilnummer. Während sich die Verbindung aufbaut, schaut er auf Benno, der nicht mehr atmet und auch keinen Puls mehr hat. Was für eine Scheiße, denkt er. Er will schon wieder auflegen, da geht sie ran.

«Andreas, guten Abend. Ist was passiert?»

«Karin, hallo. Ähm, ja, kann man …» Er räuspert sich, setzt neu an. «Kann man wohl sagen. Ich bin hier beim Brockenhirsch. Ich habe eine Leiche gefunden.»

«Oh.»

«Ja, du müsstest bitte mal herkommen.»

«Ja. Klar … Weißt du, wer der Tote ist?»

«Ja. Weiß ich.»

Während er auf die Ärztin wartet, spult er mechanisch seine Routine ab. Er macht Fotos mit seinem Handy, er leuchtet den Boden ab, er sucht Spuren, ohne zu wissen, was für Spuren das sein könnten. Er läuft zum Transporter und schaut hinein, sowohl in die Fahrerkabine als auch in den Laderaum. Er geht in die Gaststätte, läuft durch die Räume, ruft «Hallo» und «Ist hier jemand?», und dazwischen murmelt er irgendwas vor sich hin, um sich zu beruhigen: «Unglaublich» und «Total surreal» und «Das gibt's doch gar nicht» und «Ich kapier's nicht» und «Kann doch alles nicht wahr sein».

Irgendwann wird ihm bewusst, wie schnell sein Herz schlägt. Jetzt bloß nicht in Panik geraten. Er bleibt stehen. Atmet tief ein und aus. Ein und aus. Ein und aus. Aber er wird nicht ruhiger.

Fingerschnippen – genau! Er erinnert sich an die kleine Übung aus einem Büchlein mit Tipps gegen Panikattacken. Er schnippt mit Daumen und Zeigefinger der rechten Hand, schnipp, dann mit Daumen und Mittelfinger, schnipp, dem Ringfinger, schnipp, und dem kleinen Finger, schnipp. Er wiederholt die Übung mit der linken Hand. Dann mit beiden Händen gleichzeitig – und schließlich in gegenläufigem Rhythmus: mit der rechten Hand vom Zeigefinger zum kleinen Finger, parallel dazu mit der linken Hand vom kleinen zum Zeigefinger. Es funktioniert! Er spürt, wie sich sein Gehirn auf die richtige Reihenfolge beim Schnipsen konzentriert – und wie er dadurch ruhiger wird.

Irgendwann hört er ein Fahrzeug, eine Autotür wird zugeschlagen. Er bindet Frau Krause an einem Geländer neben dem Hintereingang fest und sagt ihr, dass sie warten soll, dann läuft er Karin entgegen. Wenig später steht er mit der Ärztin vor dem Toten. Gemeinsam schauen sie auf das zerstörte Gesicht des Wirts, den klaffenden Mund, das gequetschte Auge, das Blut.

«Ich hab eben noch hier zu Abend gegessen», sagt Andreas hilflos.

«Wir haben fürs Wochenende einen Tisch bestellt», sagt die Ärztin und in einer Art Wort gewordener Übersprunghandlung angesichts des Toten ergänzt sie: «Ich finde sein neues Konzept ja super.»

«Ja, ich auch.»

Sie schweigen, dann fragt Andreas: «Und? Hast du eine Meinung dazu?»

Karin zuckt mit den Schultern. «Murphys Gesetz, würde ich sagen. Alles, was schiefgehen kann, wird auch schiefgehen.»

«Fremdeinwirkung?»

«Sag du's mir. Du bist der Polizist.»

«Die Handbremse war nicht angezogen.»

«Na ja. Das wär doch eine Erklärung.»

«Aber wieso lässt man sich von seinem Auto überrollen?»

«Keine Ahnung. Abgelenkt?»

«Wovon?»

«Müde?»

«Hm.»

«...»

«Dauert das nicht ein bisschen, bis sich so ein Ding in Bewegung setzt?»

«Guck doch, wie abschüssig das hier ist.»

«Er könnte was ausgeladen haben.»

«Vielleicht ist er beim Rausklettern gestolpert und hingefallen.»

«Und in dem Moment ist das Auto losgerollt.» Andreas untermalt seine These mit vagen Gesten.

«...»

«Kann das sein?»

Sie schweigen.

«Er hatte nur den Gang reingelegt, und der ist auf einmal rausgesprungen», sagt Andreas. «Klingt das plausibel?»

«Du», beginnt Karin und klingt etwas ungeduldig, «ich kenne mich mit Autos echt nicht so gut aus.»

Frau Krause fängt an zu winseln, dann bellt sie zweimal.

«Sitz, Frau Krause», sagt Andreas zerstreut.

Der Hund brummt unzufrieden.

Auf einmal ertönt eine Stimme, etwas Unverständliches wird gesagt.

«Was war das?», fragt Karin.

Erneut die Stimme. Was sie sagt, ist nicht zu verstehen. Nach einer Pause zum dritten Mal; exakt dieselbe Lautstärke, exakt dieselbe Tonlage. Und nach einer weiteren Pause ein viertes Mal. Dann kehrt wieder Stille ein.

Andreas und Karin sehen sich stirnrunzelnd an, dann fällt es Andreas ein: «Sein Handy.» Er beugt sich zu dem Toten hinab und betastet die Hosentaschen der Jeans, findet das Smartphone und zieht es heraus. Er drückt den Home-Button, auf dem Display erscheint ein Banner. *Franzi* steht da und in der Zeile darunter: *Verpasster Anruf.*

Andreas erschrickt, als das Handy vibriert und die Stimme erneut ertönt. «Houston, we have a problem.» Andreas erkennt die Stimme. Tom Hanks. Die entscheidende Szene aus dem Film *Apollo 13*. Parallel dazu erscheint das Bild einer jungen Frau auf dem Display, darüber der Name *Franzi*.

«Houston, we have a problem», sagt Tom Hanks.

Andreas guckt zu Karin. «Scheiße», sagt er. «Bennos Freundin.»

«Houston, we have a problem.»

Nützt ja nichts, sich wegzuducken, sie muss es erfahren. Seufzend drückt er auf den grünen Hörer und nimmt den Anruf an.

ARIANE **VERGUCKT SICH**

Der Tänzer?

Hä? Ariane starrt auf ihr Handy. Katja hat frühmorgens eine Nachricht geschickt, deren minimalistischer Inhalt sie irritiert. Kein Gruß, kein *Ich liebe dich* oder wenigstens wieder ein süßes Foto von daheim, bloß diese beiden Worte plus Fragezeichen. Ariane versteht nur Bahnhof. Allerdings hat sie auch hämmernde Kopfschmerzen, das macht es nicht leichter.

Kommentarlos sendet sie drei Fragezeichen nach Hamburg. Kurz angebunden kann sie auch. Sie steht auf und geht erst mal duschen.

Eine Aspirin, einen ultrastarken Instantkaffee und ein Stück Butterkuchen vom Vortag später fällt ihr das nächtliche Telefonat mit Katja wieder ein. Als ihr Telefon klingelte, war sie gerade zu Fuß auf dem Rückweg vom Brockenhirsch – und sturzbetrunken. Sie erinnert sich, dass sie, weil es so schön war, gleich noch mal *König von Deutschland* angestimmt hat, Applaus gab es keinen, verständlich, denn wer telefoniert schon gern mit einer singenden Besoffenen, selbst wenn es die eigene Frau ist? Ob sie gelallt hat? Gut möglich.

«Glaubst du, es ist schlau, sich beim ersten Abendessen mit dem neuen Chef hemmungslos zu betrinken?», hat Katja schnippisch gefragt, um sie dann schnellstmöglich mit der Begründung abzuwimmeln, sie müsse früh raus.

«Nein, Katja, das war sicher nicht so superschlau», brummt Ariane jetzt in die morgendliche Stille ihres Ferienapartments hinein und stellt sich ihrer Reue. Okay, sie hat sich blamiert, kein Zweifel. Na und? Das passiert den Besten.

Sie findet, Katja hätte ihr trotzdem eine etwas freundlichere Nachricht schicken können, da hätte sie sich auch keinen Zacken aus der Von-Holten-Krone gebrochen. Oder wenigstens eine, deren Inhalt sich auch erschließt. Getanzt haben sie und Super-Mario nämlich keinesfalls. Das hofft Ariane zumindest. Wer also ist bitte schön der Tänzer?

Apropos beschwingte Fortbewegung: Sie muss dringend etwas mit ihrem Schuhwerk unternehmen, das im Wesentlichen aus Sneakern und Riemchensandalen mit Keilabsatz besteht. Jeanette Hackenberg hat ihr einen Ausflug «in die Prärie, zu diesem Cowboy-und-Indianer-Gedenkverein» angedroht, ohne näher darauf einzugehen, was sie dort wollen. Wenn Ariane schon gezwungen ist, sich nach ihrem holprigen Start im Harz gleich an den nächsten Marterpfahl zu begeben, dann wenigstens nicht mehr in Chucks. So viel Würde muss sein. Sie beschließt, dem *Grünzeug* mit seiner *Fair & Organic-Fashion* noch vor Dienstantritt einen Besuch abzustatten.

«Glück Auf, willst du nur gucken?», fragt die freundliche Verkäuferin.

«Ne, ich will kaufen», sagt Ariane, die diese Einzelhandelsplattitüde hasst – und dann guckt sie doch nur, nämlich die freundliche Verkäuferin an. Die ist so phänomenal gut aussehend, dass Ariane kurz die Luft wegbleibt. Warme braune Augen, kaltblondes Haar, eine Kombination, die sie schon bei Katja umgehauen hat, Beuteschema wäre hier wohl ein passender, wenn auch allzu despektierlicher Ausdruck. Ariane blinzelt, zwingt sich, nicht länger hinzustarren, sondern ihren Blick durch das Geschäft schweifen zu lassen, doch da bleibt er nirgends hängen, nimmt Reißaus wie ein junger Hund, will die Verkäuferin taxieren, die langen Beine, die feinen Lippen, die glatten Haare, die fast bis zu den Hüften gehen. Etwas zeitlos Romantisches umweht die Frau, die sich Ariane jetzt mit fragend hochgezogenen Brauen nähert.

«Wie kann ich helfen?»

Sex und Champagner, denkt Ariane und schämt sich sofort für ihre Lüsternheit und diesen Blick, der die Frau ja irgendwie zum Objekt macht und den sie einem Mann wohl vorgeworfen hätte, allerdings nur ein bisschen.

«Habt ihr Wanderschuhe?»

«Haben wir. Allerdings liegt unser Fokus mehr auf Outdoor-Mode, bei Ottos Schuhpalast ist die Auswahl größer.»

«Ein Paar reicht mir.»

Wer braucht schon einen Palast oder gar einen Otto, wenn dieses wunderbare Geschöpf in der Nähe ist?

«Na, dann zeige ich dir mal was. Komm.»

In der nächsten halben Stunde ist Ariane vollauf damit beschäftigt, herauszufinden, ob die schöne Verkäuferin, die sich alsbald als Geschäftsinhaberin erweist, nur einen verflixt guten Job macht oder ob sie mit ihr flirtet. Irgendetwas an der Art, wie sie «Profiltiefe» oder «Vollnarbenleder» sagt oder die atmungsaktive Membran eines veganen Bergstiefels in Lindgrün anpreist und Ariane dabei tief in die Augen sieht, sorgt dafür, dass sie ihr stundenlang zuhören möchte, willenlos und bereit, den Laden leerzukaufen.

Am Ende landen neben den grünen Schuhen auch ein Rucksack, zwei Paar mit rätselhaften Taschen und neonbunten Reißverschlüssen ausgestattete Trekkinghosen namens Nordwand und Dragonfly, ein hautenger Merino-Rollkragenpulli mit rotweißem Norwegermuster und eine graue Softshell-Jacke auf ihrem Stapel an der Kasse, alles aus fairer, klimafreundlicher und nachhaltiger Produktion, versteht sich.

«Was ist mit Outdoorgeschirr?»

«Keine Ahnung, braucht man das hier?»

«Ich denke schon.»

Die Ladeninhaberin präsentiert Ariane ein Besteckset und einen Becher, der aussieht, als bestünde er aus Granit.

«Ist das Stein?»

«Biomasse. Recycelter Karton, um genau zu sein. Aber trotzdem total robust. Fühl mal.»

Sie hält ihr den Becher hin, lässt aber nicht los, als Ariane prüfend über die glatte Oberfläche streicht, sodass sich ihre Hände zwangsläufig berühren.

«Die sind sogar spülmaschinenfest. Da gehst du keine Kompromisse ein», sagt die Ladeninhaberin. Ihre Stimme ist so rau wie ihre Haut weich.

«Und wer will das schon?», sagt Ariane schwach.

«Ich jedenfalls nicht. Du?»

Sekundenlang schweben ihre Gesichter dicht beieinander über dem Becher, alles scheint möglich, da klingelt Arianes Handy. Es ist wie immer stummgeschaltet, nur die wenigen Nummern, die sie in ihrer Favoritenliste gespeichert hat, kommen durch, und dazu gehört natürlich Katja, erkennbar am dringlichsten Klingelton, den das Gerät hergab.

Ariane zuckt zurück. «Da muss ich rangehen.»

«Natürlich», sagt die Ladeninhaberin mit der Andeutung eines Zwinkerns und entfernt sich diskret.

Wie um Arianes schlechtes Gewissen extra anzuheizen, ist Katja jetzt die Freundlichkeit in Person, erkundigt sich ausgiebig nach ihrem körperlichen und seelischen Befinden und entschuldigt sich für ihre besserwisserische Bemerkung vom vorigen Abend.

«Wahrscheinlich war ich bloß eifersüchtig, weil du neue Leute kennenlernst und mit jemand anderem Spaß hast, während ich hier allein in Hamburg sitze.»

Autsch. Das saß. Ariane läuft knallrot an.

«Na ja, Spaß würde ich das nicht gerade nennen. Es war ein Dienstessen, Katja. Ich wollte nur höflich sein.»

«Ja klar. Ich weiß ja, wie so was ist. Tut mir echt leid.»

«So schlimm war's nun auch wieder nicht.»

Ariane hört, wie unwirsch sie klingt, eine typische Trotzreaktion, und fühlt sich doppelt mies.

«Hör mal, was meintest du eigentlich mit *der Tänzer*?», fragt sie, um abzulenken.

Katja lacht. «Klar, dass dir das nichts sagt. Eine Yogafigur. Die heißt so.»

«Yoga?»

«Du hattest mir doch gestern ein Foto von einem Polizisten geschickt, der so verräterisch den Arm hebt. Es könnte natürlich sein, dass es das ist, was du befürchtest, aber nicht aussprechen willst – oder der gute Mann macht Yoga. Ich muss gestehen, ich persönlich tippe eher auf die Nazi-Variante, aber ich bin vielleicht ein bisschen voreingenommen. Ich muss dringend an meinem Mindset arbeiten, was Ostdeutschland betrifft.»

«Geht mir genauso», gesteht Ariane und dirigiert das Gespräch dann sanft, aber bestimmt Richtung Exit. Mit einer routinierten wechselseitigen Liebeserklärung verabschieden sie sich voneinander.

Danach ist der Bann gebrochen. Auf einmal fällt Ariane der Ehering am Finger der Ladeninhaberin auf, den sie vorher geflissentlich übersehen hat. Spätestens beim Bezahlen ihrer Einkäufe ist sowieso jegliches Knistern verflogen. Ariane muss heftig schlucken, als sie die Summe hört.

«Das ist happig», entfährt es ihr.

«Stimmt. Aber so ist nun mal die Realität, wenn man nicht will, dass andere den Preis für den eigenen Luxus zahlen. Soll ich was rausnehmen?»

«Ne, passt schon.» Ariane zückt ihre Kreditkarte und hält sie vor das Lesegerät, das, anstatt das kleine Vermögen freizugeben, einen enervierenden Piepton erklingen lässt. Ariane wird heiß. Hoffentlich ist ihr aktueller Kreditrahmen hoch genug.

«Schwaches WLAN. Darf ich mal?»

Die Ladeninhaberin übernimmt. Beim Blick auf Arianes Namen, den die Karte verrät, runzelt sie die Stirn. «Ariane Höft von Holten, das bist du?»

«Ja, wieso?»

«Ich glaube, du warst gestern mit meinem Mann im Brockenhirsch: Mario Köhler. Soll ja ein rauschender Abend gewesen sein.»

«Super-Mario», murmelt Ariane entsetzt. Auch das noch. Lieber Himmel, sie muss wirklich aufpassen, was sie tut, sonst ist ihr Ruf hier vollumfänglich ruiniert, noch bevor sie sich irgendein Gesicht gemerkt hat. Aber was Ariane genauso wichtig findet: Wie kommt dieser aus der Zeit gefallene Machotyp denn an so eine Granate von Ehefrau?

«Genau der. Mensch, ich hätte mich ja auch längst mal vorstellen können. Ich bin Lucy. Lucy Köhler.»

Sie lächeln sich höflich zu, als hätte alles, was vorher zwischen ihnen passiert ist, nie stattgefunden. Das hätte auch schiefgehen können, denkt Ariane erleichtert. Dann verstaut die Frau von ihrem Chef Arianes Einkäufe in zwei stylishen Baumwolltaschen mit Fairtrade- und Firmenlogo.

«Freut mich», beeilt sich Ariane zu versichern und macht sich schwer beladen aus dem Staub.

ANDREAS **ZAPFT EINE QUELLE AN**

«Andreas!»

Er zuckt zusammen, als er seinen Namen hört.

«Andi! Haaallooo!»

Och nö!

«Huhuuu! Andi!»

Er hat gerade überhaupt keinen Nerv, die Bilder der Nacht spuken durch seinen Kopf, aber er weiß auch, er kann der Besitzerin der Stimme nicht entkommen, zumal Frau Krause bereits mit wedelndem Schwanz auf die Geräuschquelle zuläuft. Also ergibt er sich seinem Schicksal und dreht sich um. «Gischi!», ruft er mit gespielter Fröhlichkeit. «Morgen!»

«Hallöchen, mein Teddybär!»

«Nenn mich bitte nicht so.» Andreas guckt, ob jemand guckt, aber die Straße liegt wie ausgestorben da.

«Aber warum denn nich? Du bist doch mein Teddybär.»

Das stimmt natürlich, irgendwie. Ghislaine Blech nennt ihn seit Jahren Teddybär, vermutlich könnte sie inzwischen eine Art Gewohnheitsrecht einklagen.

Sie steht in der Eingangstür zu ihrem Beautysalon. «Komm doch ma kurz rinn.»

«Ich habe eigentlich keine Zeit.»

Ghislaine Blech beugt sich herab und tätschelt Frau Krauses Seite. «Kann ick mir denken.»

Na klar, denkt Andreas. Sie weiß es natürlich schon. Das ganze Dorf weiß es, auch wenn offiziell noch keine Meldung rausgegangen ist. Und gerade Ghislaine gehört zu denen, die ihre Ohren überall haben. Ihr Schönheitssalon ist einer der Hauptumschlagplätze für Klatsch und Tratsch und, na ja, Düsterode ist alles andere als eine anonyme Großstadt.

«Du weißt es schon?», fragt er der Form halber.

«Wat weiß ick?»

«Na komm, jetzt mach keine blöden Spielchen. Woher weißt du es schon wieder?»

Ghislaine schaut ernst. «Franzi hatte heute 'nen Termin bei mir. Hatse aber abgesagt.»

«Verstehe.»

«Ja, schrecklich. Wat genau is denn passiert? Überfahren vom eigenen Auto?»

«Nicht so laut.»

«Na, dann komm endlich rinn, Teddybärchen. Kriegst auch 'n Exi. Die nächste Kundin kommt erst in 'ner halben Stunde.» Sie hält die Tür auf, und Frau Krause nimmt die Einladung sofort an.

«Na gut», sagt Andreas und trottet auf den kleinen Laden zu, der sich im Erdgeschoss eines Fachwerkhauses befindet. Das Wort *Naturkosmetik* ist groß und grün aufs Schaufenster geklebt, darunter etwas kleiner *Beauty by Blech* und darunter noch etwas kleiner der Satz *Ihre Schönheit ist unsere Leidenschaft*.

Angenehmer Duft umwölkt ihn, als er den Salon betritt, irgendwas Zitrusfruchtiges. Gedämpftes Licht, warme Farben, Holzmöbel, Korbsessel, alles Einzelstücke, alles sehr geschmackvoll aufeinander abgestimmt. Leise Entspannungsmusik wabert durch den Raum – typisches Zen-Gedudel mit Flötentönen, Klangschalen-Dingdong und Synthesizer-Soundflächen, das einen in kürzester Zeit einlullt. Bei Frau Krause wirkt es bereits, sie hat sich mitten im Raum niedergelassen und den Kopf auf den Vorderpfoten abgelegt.

Ghislaine steht schon am Kaffeevollautomaten und drückt eine Taste. Das Geräusch des Mahlwerks zerspant die Spa-Atmosphäre.

Es ist nicht so, dass Andreas Ghislaine nicht mag. Er mag ihren Berliner Dialekt, er mag ihr raues Lachen, ihre direkte und offene Art, ihre Fröhlichkeit, sie hat ein hübsches Gesicht, eine ungezähmte Lockenpracht und wie er selbst ein paar Pfunde zu viel auf den Hüften und anderswo. Aber sie macht ihm auch ein bisschen Angst, sie macht nämlich keinen Hehl daraus, dass sie mehr von ihm will als ab und an eine Plauderei.

«Und?», fragt sie, während die letzten Kaffeetropfen in das Tässchen plätschern.

«Was und?»

«Na, Mensch! Wat is passiert!?» Sie reicht ihm die Espressotasse über den Tresen. «Keks dazu?»

«Nee, danke.» Andreas pustet in die Tasse und nippt.

«Jetzt lass dir noch nich allet aus der Nase ziehen.»

Andreas berichtet das Wenige, was er zu berichten hat, Ghislaine hört kopfschüttelnd zu. «Unglaublich! Vom eigenen Auto überfahren. Jeht so wat überhaupt?»

Theoretisch schon. Und praktisch auch. Andreas hat noch in der Nacht ein bisschen im Internet gestöbert. In den allermeisten der ersten zehn Top-Einträge ging es um eine unglückliche Frau, die nicht nur einmal, sondern gleich dreimal vom eigenen Auto überrollt wurde: Sie war bei laufendem Motor aus dem Wagen gestiegen, um etwas aus dem Kofferraum zu holen. Das

Auto stand an einer abschüssigen Straße, setzte sich in Bewegung und überrollte die Frau das erste Mal. Ab da wird's richtig schräg: Denn das Auto soll ein anderes Fahrzeug gerammt haben und zurückgerollt sein (war die Straße nicht abschüssig?). Es rollte ein zweites Mal über die Frau, prallte anschließend an einem Gehweg gegen einen Bordstein, wechselte erneut die Richtung und überfuhr die Frau ein drittes Mal. Immerhin, sie überlebte.

Ein Extremfall, klar. In zahllosen anderen Fällen, die sich überall auf der Welt ereignet hatten, wurden die Pechvögel nur einmal überrollt – und die Ursache war stets eine nicht angezogene Handbremse.

Andreas hat auch ein Polizeivideo von einem trotteligen Dieb gefunden, der während seiner Flucht aus seinem fahrenden Auto gesprungen und *vor* den Wagen gespurtet ist, wo er dann gegen eine Wand gequetscht wurde, aber nur ein gebrochenes Bein davontrug. Das wiederum würde zur Situation passen, die Andreas am Abend zuvor hinterm Brockenhirsch vorgefunden hat.

«Murphys Gesetz», sagt Ghislaine. «Wat schiefgehen kann, geht schief.»

Andreas nickt. «Das hat Karin auch gesagt.»

«Karin war auch da?», fragt Ghislaine schnell, und Andreas fragt sich, ob da ein eifersüchtiger Unterton mitschwingt.

«Na ja, als Ärztin halt. Sie musste ja offiziell bescheinigen, dass Benno tot ist.» Er ärgert sich, dass er es fast mit einem entschuldigenden Unterton sagt.

«Ach so.» Ghislaine scheint beruhigt.

Andreas trinkt die Tasse leer und stellt sie ab. «Hat Franziska denn was gesagt?»

«Wat sollse gesagt haben? Völlig durch den Wind warse.»

«Schon klar. Ich meinte aber eigentlich: Hat Franzi *vorher* was gesagt?»

«Vorher? Wie vorher?»

«Vorher halt. Früher. Also vor dem … Unfall. Zu ihrer Beziehung mit Benno. Oder zum Restaurant. Ob's läuft. Du weißt schon.»

«Nö, die waren ganz zufrieden, würd ick sagen. Kamen ja wohl ziemlich gut an, die janzen Neuerungen.» Ghislaine beugt sich über den Tresen und senkt die Stimme. «Meinste, da steckt mehr dahinter? Meinste, Franzi hat ihn umjebracht?»

«Quatsch! Nein!» Andreas schüttelt vehement den Kopf, dann sagt er noch einmal: «Nein.»

«Vielleicht isser fremdjegangen.»

«Was? Nein. Keine Ahnung. Was weiß ich? Es deutet jedenfalls alles auf einen Unfall hin», sagt Andreas, aber er hört selbst, wie wenig überzeugend er klingt.

Er sieht Ghislaine ein paar Sekunden gedankenverloren an. Er kann nicht dagegen an, er glaubt nicht, dass es ein Unglück war. Irgendein Gefühl sagt ihm, dass etwas anderes dahintersteckt. Und wer, wenn nicht Ghislaine, hat nicht nur einen, sondern gleich alle zehn Finger am stetig pochenden Puls der Düsteroder Gerüchteküche?

«Na ja, aber komisch ist es allemal. Hast du nicht mal irgendwas gehört? Du kennst hier doch alle.» Er hebt die bereits leere Tasse hoch und lässt einen letzten Tropfen in den Mund laufen.

Ghislaine verzieht das Gesicht. «Ich? Du bist doch hier der Kontakt-Bulle.»

«Du weißt, was ich meine.»

Statt zu antworten, fragt Ghislaine: «Noch 'nen Exi?»

Andreas winkt ab. «Nein, danke. Ich muss los.» Vermutlich bildest du dir nur was ein, und es war doch ein Unfall, denkt er.

Ghislaine reißt ihn aus seinen Gedanken: «Du könntest ooch ma wieder 'ne kleene Behandlung vertragen, mein Dickerchen.»

Andreas stützt sich mit einem Ellenbogen auf den Empfangstresen. «Wieso? Sehe ich so scheiße aus?»

«Scheiße siehste nich aus. Siehste doch nie.» Ghislaine zwinkert, Andreas muss lächeln. «Aber janz abgespannt siehste aus.»

«Na ja, war ja auch nicht schön gestern Nacht.»

«Kleene Massage, bissken Peeling. Gönn dir doch mal watt!»

Andreas brummt.

«Fühlste dir gleich wie neujebor'n.»

Er verzieht das Gesicht.

«Wie neujebor'n», wiederholt sie mit Nachdruck und lehnt sich ebenfalls mit dem Ellenbogen auf den Tresen. Sie legt das Kinn in die Hand und schaut Andreas träumerisch in die Augen.

«Müsstest du deinen Kundinnen nicht eher grünen Tee anbieten als Espresso?»

Ghislaine überhört die Bemerkung. «Dazu noch 'ne schöne Fußmassage.»

Fußmassage, bei dem Wort läuft Andreas ein Kribbeln den Rücken hinunter. Ein einziges Mal hat Ghislaine Andreas tatsächlich dazu überreden können, und Andreas fühlte sich danach entspannt wie nach einem Joint. Trotzdem fand er es komisch, dass ihm eine Frau an den Füßen rumfummelte.

«Ick besorg's dir sogar für umme», sagt Ghislaine und lacht laut los. «Huch! Dit könnte jetzt 'n bisschen doppeldeutig rübergekommen sein, wa?»

Andreas grinst blöd. «Kannst ja mal die Ohren offen halten», sagt er und findet sofort selbst, dass es ein ziemlich bescheuerter Versuch ist, das Thema zu wechseln.

«Wär aber nich schlimm, wa?»

«Was?»

Ghislaine schaut ihm direkt in die Augen. «Wenn's doppeldeutig rüberjekomm' wär.»

«Gischi.»

Ghislaine rückt an Andreas heran. «Weißte watt?»

«Was?»

«Ick hab ’ne Idee.»

«Gischi ...»

«Du kriegst ’ne Eins-A-Fußmassage von mir ...» Ihre Hand berührt Andreas’ Arm.

«Gischi ...»

«Und statt zu bezahl’n, lädste mir schick zum Essen ein.» Ihre Hand fährt an seinem Arm sanft auf und ab.

«...»

«In den Brockenhirsch. Den müssen wir jetzt unterstützen! Und ich war noch nicht da, seit Benno allet umjebaut hat.»

Andreas wird heiß. Er sieht Bennos leblosen Körper.

Ghislaines andere Hand berührt Andreas’ zweiten Arm. «Wat meinste? Du und ich. Schön plaudern.»

«Mal sehen.»

«Oder meinste, Franzi macht den Laden zu?»

«Gischi! Keine Ahnung! Ich meine, Benno ist seit gestern tot. Wahrscheinlich muss Franzi auch erst mal gucken, wie’s jetzt weitergehen kann.»

«Wir müssen ja nicht in den Brockenhirsch gehen.»

«Ich muss los.»

«Kannst mir auch schön wat kochen.»

«Ja. Mal sehen.» Andreas schaut zur Ladentür. Wieso kommt denn nicht mal jemand rein und rettet ihn?

«Wat Gesundes. Muss auch kein Fleisch dabei sein. Teddybärchen! Nu sei doch nich so ’ne Spaßbremse.»

«Gischi ...»

«Was?»

Die Ladentür öffnet sich. Frau Krause springt hoch. Eine Frau betritt den Kosmetiksalon. Andreas wirbelt erleichtert herum und spürt, wie eine Hand langsam an seinem Rücken hinabfährt.

«Hallo, Regina», ruft Ghislaine.

«Ich bin ein bisschen zu früh», sagt Regina. «Hallo, Frau Krause. Hallo, Andreas. Stör ich?»

«Leider nich», sagt Ghislaine. «Komm rinn.»

ARIANE **FÜHLT SICH VERFLUCHT**

Jeanette Hackenberg parkt in zweiter Reihe neben einem Reisebus. Sie steht vor ihrem kleinen weißen Elektroflitzer, winkt und ruft etwas, das Ariane nicht versteht, sie sieht ihre Zähne blitzen. Absichtlich ruft sie etwas Unverständliches zurück, ein Kauderwelsch, das genauso gut *ich komme gleich* wie *leck mich doch* heißen könnte. Sie hofft, dass die Chefin ihr noch die Zeit gibt, hoch ins Büro zu gehen, um sich die neuen wandertauglichen Schuhe anzuziehen. Doch Jeanette Hackenberg tut ihr nicht den Gefallen, sondern stratzt auf direktem Weg auf sie zu, wobei sie es schafft, nacheinander einem Radfahrer, einem Paketzusteller und einem kleinen Mädchen mit Dackel den Weg abzuschneiden. Ihr Blick ist stur auf ihr Opfer gerichtet: Ariane.

«Kommen Sie, kommen Sie, Ariane, ich kann da nicht stehen bleiben. Wir wollen doch heute zu den Harzpachen. Schon vergessen?»

Ariane sieht auf die Uhr. «Hatten wir nicht elf gesagt? Es ist erst zehn vor.»

«Fangen Sie mir bloß nicht so an. Ich dulde keine Halbherzigkeiten.»

Ariane verzieht das Gesicht und folgt Jeanette Hackenberg zum Wagen, auch wenn sie sich fragt, warum es die Chefin mit der Ortsbegehung so eilig hat. Gestern hat sie sich bedeckt gehalten. Sie ist einfach eine Frau, die gern Befehle erteilt, denkt Ariane und ergibt sich in ihr Schicksal.

Bald darauf schnurrt der Kleinwagen – der mit seinem knuffigen Retrolook eine Kontinuität dessen vorgaukelt, was man die gute alte Zeit nennt und was Ariane für illusionär hält – nahezu geräuschlos in Richtung Ortsausgang: das verheißungsvolle Flüstern der Emissionsfreiheit.

Ariane legt den Kopf zurück. Ein weiterer leuchtender Tag saust ihr entgegen, lediglich in weiter Ferne gruppieren sich einige Schönwetterwolken über bewaldeten Hügeln: weiße Schäfchen mit dunklen Bäuchen, ansonsten ist der Himmel blau.

Ariane beschließt, nicht nur die Fahrt, sondern gleich den ganzen Ausflug zu genießen, immerhin wird sie den Harz besser kennenlernen. Die nette Begegnung im *Grünzeug* hat sie trotz der Überraschung am Ende belebt, ihr Hangover ist wie weggeblasen. Gut, auch die Aspirin dürfte ihren Teil dazu beigetragen haben.

Sie sieht aus dem Seitenfenster. Alles wirkt so friedlich. Bis sie am Brockenhirsch vorbeikommen. Am Fuß der Anhöhe, auf der das Restaurant thront, hat sich eine Menschentraube gebildet. Die Leute scheinen zu diskutieren. Ein schlaksiger Mann mit Schiebermütze gestikuliert ausufernd, eine Frau sieht aus, als bräche sie demnächst in Tränen aus.

«Na, die haben wohl einen richtig guten Mittagstisch, wenn die Leute so früh am Tag um die besten Plätze streiten», witzelt Ariane.

Jeanette Hackenberg verlangsamt das Tempo und reckt den Hals in Richtung Restaurant, dann betrachtet sie Ariane von der Seite. «Sie wissen es noch nicht?»

«Was weiß ich nicht?»

«Beim Brockenhirsch gibt es heute ganz sicher keinen Mittagstisch. Und auch sonst nichts zu essen.»

«Okay. Dann nicht. Das sollte man den Leuten da vielleicht sagen.»

«Himmel, Sie wissen es ja wirklich nicht, Ariane. Sie haben nicht das Geringste mitbekommen!» Jeanette Hackenberg genießt es sichtlich, Überbringerin einer Nachricht zu sein, die, so wie die Chefin aussieht, Sensationscharakter haben muss – und Ariane auf die Folter zu spannen.

Ariane wartet ab. Wie immer, wenn ihr jemand so kommt, sinkt ihre Neugier automatisch auf den Nullpunkt.

«Benno Mehrholz ist tot!»

Benno Mehrholz? Vor Arianes innerem Auge taucht das Bild eines höchst vitalen jungen Mannes mit schelmischem Blick und urbaner Attitüde auf. Der Kellner, der ambitionierte Nachwuchsgastronom. Nein, ausgeschlossen, der doch nicht. Vielleicht der Senior?

«Der Wirt vom Brockenhirsch?», fragt sie. «Aber nicht der junge, oder?»

«Ach, der Name sagt Ihnen direkt was?» Jeanette Hackenberg ist enttäuscht. Sie hatte wohl auf ein ausgiebiges Hin und Her gehofft. «Doch, doch, genau der. Es ist eine Tragödie. Ein Riesenverlust für Düsterode.»

«Was ist denn passiert? Ich hab da gestern Abend noch gegessen. Spät. Da war er putzmunter, ich verstehe nicht …»

Jeanette Hackenberg fällt Ariane ins Wort. «Wie – Sie waren da essen? Mit wem denn, wenn ich fragen darf? Etwa mit dem ganzen Team?»

«Nein, nur mit Mario Köhler. Zum Kennenlernen.»

«Ach, interessant, und da sind der Herr Köhler und Sie nicht auf die Idee gekommen, mich ebenfalls einzuladen?»

Ariane antwortet nicht. Sie kann über so viel Narzissmus nur den Kopf schütteln. Da stirbt ein Mensch viel zu jung, und diese Frau beschäftigt nichts mehr als die Möglichkeit, übergangen worden zu sein. So was tut weh.

«Und hatten Sie und Mario einen schönen Abend?», fragt Jeanette Hackenberg.

Ariane ignoriert die Frage. «Was ist denn jetzt mit Benno passiert?», fragt sie stattdessen mit klopfendem Herzen. Der Mann war ihr auf Anhieb sympathisch, dass er tot sein soll, will ihr nicht so leicht in den Kopf.

Jeanette Hackenberg zögert, doch ihr Drang zu erzählen, obsiegt. Sie informiert Ariane über die Einzelheiten des Unglücks, ihre Stimme ist fast kindlich in ihrem Eifer, nichts auszulassen, ihre Augen sprühen Funken.

«Grauenhaft, oder?», fragt sie abschließend. «Und das kurz nach dem toten Wanderer.»

Ariane nickt, den Blick auf die kurvenreiche Straße vor ihnen gerichtet. Zwei unnatürliche Todesfälle in drei Tagen Düsterode in ihrem direkten Umfeld. Das fühlt sich nicht nur grauenhaft an, sondern auch ziemlich unheimlich.

«An dem Tag, als sie hier ankamen. Sie sind doch nicht etwa verflucht, Ariane?», stichelt Jeanette Hackenberg.

Ariane wirft ihr einen vernichtenden Blick zu.

Jeanette Hackenberg seufzt. «Das sollte ein Witz sein, jetzt gucken Sie doch nicht gleich so schockiert. Ich bin nicht abergläubisch. Sie hoffentlich auch nicht.»

«Natürlich nicht», beeilt sich Ariane zu versichern. Eine Lüge, denn hundertprozentig gefeit ist sie nicht gegen magisches Denken, obwohl sie weiß, dass es idiotisch ist. Sie klopft auf Holz. Meidet die Zahl 13. Das und mehr solcher Marotten hat sie von ihrer Oma übernommen, bei der sie als Kind einer Alleinerziehenden viel Zeit verbracht hat. Ihre Mutter arbeitete Vollzeit in einem Gartencenter und bepflanzte ihrerseits sämtliche Balkonkübel nur bei zunehmendem Mond. Aber was geht das alles die Hackenberg an? Nichts.

Arianes Chefin beschleunigt derweil synchron Sprech- und Fahrgeschwindigkeit: «Stichwort Aberglaube. Die Harzpachen sind da ganz weit vorn. Schutzgeister, Manitu, Traumfänger, das volle Programm. Die feuchten Träume von alten weißen Männern, die Winnetou spielen. Eigentlich zum Kaputtlachen, wenn es nicht so ernst wäre.»

Ariane stöhnt leise. Der Termin verheißt nichts Gutes. «Und was genau wollen wir bei diesen Leuten? Versuchen zu vermitteln, warum ihr Vereinsprogramm problematisch ist? Es hilft ja nichts, wenn wir uns nur über sie lustig machen.»

«Gut, dass Sie fragen. Ich wollte Sie eh noch briefen. Also, Sie machen gar nichts. Sie lassen sich rumführen, lächeln freundlich und merken sich alles, was nicht okay ist. Oder Sie machen sich Notizen, mir egal. Aber ganz wichtig: Sie halten sich bedeckt. Ist das klar?»

Ariane nickt zögernd.

«Und dann bei der nächsten Ortsratssitzung, das ist übermorgen, laden wir Sie ein und Sie tragen bitte vor, warum die Harzpachen in der heutigen Zeit untragbar geworden sind. Lassen Sie ruhig die Expertin raushängen, das muss richtig schön nach Wissenschaft klingen. Je mehr Sie als Sensitivity Managerin beanstanden, desto leichter ist es für die Gemeinde, den Pachtvertrag für das Gelände außerplanmäßig aufzukündigen. Der Verein hat leider ziemlich alte Rechte, und wir wollen diese Spinner schon lange loswerden. Also tragen Sie ruhig dick auf. Viel hilft viel. Stichwort: kulturelle Aneignung.»

«Was, wenn es kulturelle Wertschätzung ist?», fragt Ariane.

«Bitte was?»

«Kulturelle Wertschätzung. Ein sozialwissenschaftlicher Begriff. Es wäre ja durchaus möglich, dass die Harzpachen respektvoll und lernend mit dem Erbe der indigenen Völker umgehen.»

«Tun. Sie. Nicht.»

«Okay. Wir werden sehen», beharrt Ariane, um einen neutralen Tonfall bemüht. Sie will keinen Konflikt mit der Chefin, möchte aber so vorurteilsfrei wie möglich an die Sache rangehen dürfen. Alles andere wäre einfach unfair.

Jeanette Hackenbergs perfekt manikürte Finger trommeln einen aggressiven Rhythmus aufs Lenkrad. Als sie weiterspricht, ist ihre Stimme so leise, dass Ariane trotz des dezenten Elektromotorengeräuschs genau hinhören muss, um die Chefin zu verstehen. Natürlich ist das bereits Teil der Botschaft von oben nach unten. Ganz alter Trick. Und völlig überholt.

«Sie können hier alles werden, Ariane. Mit mir. Nicht gegen mich. Ich gebe Ihnen einen guten Rat: Legen Sie sich nicht mit mir an», sagt Jeanette Hackenberg. «Ich weiß, Sie haben einen Erfolg bitter nötig.»

Ariane lässt sich nicht provozieren. Dass ich darauf einsteige, erwartet die doch nur. Den Gefallen tue ich ihr nicht, denkt sie und nimmt sich vor, baldmöglichst bei Harz-Touristik ein Gespräch über wertebasierte Führungskultur und Teammotivation anzuleiern. Jeanette Hackenberg könnte davon profitieren. Ein paar kleine Korrekturen – und schon würden die Leute freiwillig mit der Chefin essen gehen. Na gut, viele Korrekturen. Auch größere. Und mit dem Essengehen wird es jetzt ja auch schwieriger, da die Top-Adresse dicht ist.

Eine Weile brausen sie schweigend bergan. Die Wolkenschafe haben sich zu etwas Monströsem zusammengerottet und treiben Schauer über die Hügel.

Ariane kann nicht anders: Zwei Tote in zwei Tagen. Sie fühlt sich verflucht. Da hat die Hackenberg ihr ja einen schönen Floh ins Ohr gesetzt. Sie muss unbedingt daran denken, abends eine Prise Salz über ihre Schulter zu werfen.

ANDREAS **SUCHT EINEN EDELSTEIN UND DENKT AN EIN MERKWÜRDIGES GESPRÄCH**

Am Nachmittag sitzt Andreas in seinem Büro und starrt auf den Computerbildschirm. Er ist auf der Suche nach Edelsteinen, genauer: nach einem ganz bestimmten, nämlich nach einem Amethyst, einem großen Amethyst in einer, wie hieß das? Geode!

Er staunt, bei eBay findet er fast 500 Angebote zur Suchanfrage «Amethyst» und «Geode», die Preisspanne reicht von 10 bis 4500 Euro. Andreas kratzt sich am Kopf und fragt sich, wer 4500 Euro für einen anderthalb Meter hohen und 250 Kilogramm schweren Edelstein bezahlt, nur Abholung, idealerweise mit vier Personen. Andererseits, für 4500 Euro kann man auch eine sehr hässliche Handtasche kaufen. Die Welt ist bekloppt, denkt er und nimmt einen Schluck Brennnesseltee.

Im Hintergrund läuft Antenne Brocken. Andreas nimmt den Jingle wahr, der die Nachrichten zur vollen Stunde ankündigt, und dreht den Ton lauter. Zunächst geht es erneut um den jüngsten Mord in der Landeshauptstadt Magdeburg – die Neuigkeit besteht allerdings darin, dass es keine Neuigkeiten gibt; ein Oppositionspolitiker fordert, die Polizei müsse ihre Anstrengungen intensivieren, und kritisiert die Landesregierung, jetzt räche sich der «Kahlschlag bei der inneren Sicherheit». Andreas wartet die Lokalmeldungen ab, um zu hören, ob Bennos Tod eine Rolle spielt, aber der Unfall hat sich offenbar noch nicht bis zu den hiesigen Reportern herumgesprochen – wie auch, die Lokalredaktion ist bereits vor Jahren dichtgemacht worden. Als die Verkehrsnachrichten beginnen, dreht er den Ton wieder leiser.

Länglich soll das Teil gewesen sein, hatte Frau Schreiber gesagt, das grenzt die Auswahl schon mal ein, länglich, aber nicht so groß wie der anderthalb Meter hohe 4500-Euro-Koloss. Andreas findet eine Reihe länglicher Amethyste in Geoden, er klickt und trinkt Brennnesseltee und klickt, aber die angegebenen Standorte der Verkäufer passen alle nicht.

Ist es nicht ohnehin eher unwahrscheinlich, dass der Stein noch zum Verkauf steht? Oder dass er überhaupt zum Verkauf steht? Es ist doch überhaupt nicht klar, seit wann das Ding vermisst wird. Andererseits, so lange kann der Diebstahl auch wieder nicht zurückliegen, Frau Schreiber wäre die offene Kellertür wohl aufgefallen. Oder?

Andreas spürt selbst, dass er nicht ganz bei der Sache ist. Seine Gedanken schweifen ab, während er auf Fotos von glänzenden violetten Edelsteinen starrt. Der gestrige Abend und der heutige Besuch bei Franziska wirken nach.

Nach dem kleinen Intermezzo bei Ghislaine Blech war er mit Frau Krause noch mal zum Brockenhirsch spaziert. Drei Düsteroder Originale standen vor dem Restaurant und glotzten stumm auf die Fassade.

Andreas nickte dem Trio zu: «Klaus … Herbert … Günther.» Dann fragte er unschuldig. «Was gibt's denn hier zu gucken? Ist was passiert?»

Die alten Männer murmelten etwas. Andreas stieg die Treppen zur Eingangstür hinauf, um zu schauen, was auf dem Zettel stand, der dort hing. «Bis auf Weiteres geschlossen», aha.

«Was ist denn genau passiert gestern Abend?», rief Klaus, der

Dünnste und Längste im Bunde der drei Freunde, während Andreas durch ein Fenster ins Innere des Restaurants spähte.

«Ich weiß genau so viel wie ihr», antwortete er, ohne sich umzusehen.

«Das war bestimmt die Mafia!»

Er drehte sich um und gesellte sich zu den Männern. «Mit Sicherheit. Ich denke, es geht um Schutzgeld-Erpressung.»

«Echt?» Klaus lüftete seine Schiebermütze, um sich die darunter liegende Glatze zu kratzen.

«Deutet jedenfalls alles darauf hin. Liest man doch immer wieder, dass die Mafia Leute, die nicht zahlen wollen, mit ihren eigenen Autos überfährt.»

Die Männer merkten, dass Andreas sie veralberte, und zogen einen Flunsch. Andreas zwinkerte ihnen zu und setzte sich in Bewegung. «Na, Männers, dann haltet mal schön die Stellung. Ihr meldet euch, wenn was passiert, ja? Achtet vor allem auf Fahrzeuge mit ausländischen Kennzeichen. Ihr habt ja meine Nummer … Komm, Frau Krause.»

Er hörte ein Murmeln in seinem Rücken. Dann ein einzelnes Wort. «Blödmann.»

«Das hab ich gehört, Klaus!», rief er, ohne sich umzudrehen, und musste grinsen.

Schön sehen sie ja aus, diese Amethyste, denkt er jetzt und leert die Teetasse. Schon Hildegard von Bingen hat sie als *Heilsteine* beschrieben, wirkungsvoll angeblich gegen Hautunreinheiten und Schwellungen, aber auch gegen Bisse von Insekten, Spinnen oder Läusen, hat er dem Netz entnommen.

Er verliert sich ein bisschen im Internet, schweift von Hildegard von Bingen zu den Benediktinerinnen und weiter über den Heiligen Benedikt zur Abtei Montecassino bis zur Schlacht um Montecassino im Zweiten Weltkrieg.

Irgendwann ruft er sich zur Ordnung. Er greift in seine Jackentasche, zieht das Notizbuch heraus und blättert vor zu dem kleinen Gedächtnisprotokoll, das er nach dem Gespräch mit Franziska notiert hat. Weil er es ein bisschen seltsam fand. Das Gespräch.

Vom Brockenhirsch war er zu Bennos und Franziskas Wohnung marschiert und hatte aufs Geratewohl geklingelt. Er wollte schon abdrehen, da meldete sich eine Frauenstimme in der Gegensprechanlage. «Hallo?»

«Franziska? Hallo, ich bin's, Andreas.»

«Oh, hallo.»

«Kann ich kurz raufkommen?»

Ein Moment des Zögerns, dann summte der Türöffner.

Franziska stand in der Wohnungstür im zweiten Stock.

«Ich wollte mal nach dir sehen», sagte Andreas.

«Alles gut», sagte Franziska.

«Alles gut? Wohl kaum.»

«Na ja, nein, natürlich nicht ... Du weißt, was ich meine.»

«Wie geht's dir?»

«Wie soll's mir gehen?»

«Kann ich kurz reinkommen?»

Sie zögerte. «Eher nicht. Ist ein bisschen ungünstig. Ich muss auch gleich weg.»

«Wohin?»

«Wohin?» Jetzt wurde sie regelrecht unfreundlich. «Zum Bestatter! Frag bitte nicht, warum!»

«Entschuldigung.» Im selben Moment dachte Andreas: Ihre Augen sind gar nicht gerötet. Und notierte die Beobachtung später.

Das muss nichts heißen, sagt er sich. Jeder trauert auf seine Weise oder nicht? Und doch: Franziskas Verhalten war merkwürdig. Franziska wirkte einfach nicht … nicht richtig erschüttert. Weil sie nicht überrascht war?

«Weißt du schon, wie's weitergehen wird?», hatte er gefragt.

«Nein! Aber es *wird* weitergehen! Wir werden das Restaurant weiterführen.» Trotzig jetzt.

«Das ist schön.»

Sie schwieg.

Er wartete, aber sie schien nichts weiter sagen zu wollen.

«Also, Franziska, sag Bescheid, wenn was ist, ja?»

Sie nickte. Dann sagte sie leise. «Sorry.»

«Alles gut», sagte Andreas, korrigierte sich, «also: *Nicht* alles gut … Na ja, du weißt, was ich meine», und beide mussten lächeln.

Jetzt surft er zurück auf die Seite des Internet-Auktionshauses und klickt sich weiter durch Amethyst-Angebote. Ein echter Deppenjob, denkt er, zumal die Anbieter in den allermeisten Fällen dann doch alles andere als in der Nähe sind – nach China zum Beispiel wird der Dieb das Ding ja wohl eher nicht ausgeflogen haben. Er hat den Gedanken noch nicht zu Ende gedacht, da fällt sein Blick auf das Wörtchen *Erweitert*, das in winziger Schriftgröße neben dem Finden-Suchfeld steht. Ihm schwant, dass er sich gleich ziemlich über sich selbst ärgern wird. Er klickt auf *Erweitert*, und ein neues Fenster öffnet sich; er scrollt nach unten und entdeckt, dass man den Artikelstandort eingrenzen kann.

«Ich bin echt der eBay-Fuchs», murmelt er, zieht einen Flunsch und lässt nach Artikeln innerhalb eines 25-Kilometer-Radius der Düsteroder Postleitzahl suchen. «Ich Idiot», sagt er, und nach einer halben Minute hat er einen Stein gefunden, der von privat zu verkaufen ist und von der Größe halbwegs passen könnte. 250 Euro. Oder Preisvorschlag. Standort: Düsterode, Deutschland. Und der Verkäufer? Harzknubbel87.

Da schau her.

«Na, Harzknubbelchen», murmelt Andreas. «Dann mache ich dir mal einen Preisvorschlag … Und dann schauen wir, was du sonst noch so im Angebot hast.»

ARIANE LERNT EINEN TAPFEREN ADLER KENNEN UND BEKOMMT EINEN LACHANFALL. MIT DER HACKENBERG WILL SIE LIEBER NICHT PER DU SEIN

Das Camp der Harzpachen heißt Greenhill – und das beschreibt ziemlich genau, was Ariane vor sich sieht, als sie an der Seite von Jeanette Hackenberg dort eintrifft und neben einem kunstvoll geschnitzten Totempfahl erst mal verschnauft: eine grüne Hochebene im Sonnenschein, sehr grün sogar, denn das Gras der Bergwiese ist taufrisch und noch feucht vom letzten Schauer. Um ihr Ziel zu erreichen, mussten sie einen Aufstieg bewältigen, der weit weniger herausfordernd war als zwei Tage zuvor die Klippen im Grauen Tal, zumal Ariane noch am Wagen darauf bestanden hat, die Schuhe zu wechseln. Das neue bergtaugliche Material an ihren Füßen begeistert sie. Noch nie war es so leicht, über Stock und Stein voranzukommen, wäre die ebenfalls funktional gekleidete Chefin nicht dabei gewesen, sie hätte hüpfen mögen aus reiner Freude an der Bewegung. Und das kommt bei Ariane nun wirklich nicht oft vor.

«Ist es nicht einfach herrlich hier?», fragt Jeanette Hackenberg ausnahmsweise ohne jeden spöttischen Unterton.

Ariane blinzelt in die Sonne und verschafft sich einen Überblick über die natürlichen Begebenheiten: Die Wiese steht voller Kräuter, die einen würzigen Duft verströmen, ein Stück hangabwärts grasen rötliche Rinder mit langen Hörnern, der Blick in die Ferne geht weit. Sie erkennt den Brocken und den Wurmberg, die Nummer zwei im Harzer Höhenranking.

«Ja, Sie haben recht», sagt Ariane und atmet tief durch. «Lange nicht so gute Luft in den Lungen gespürt.»

«Das kann ich mir vorstellen. Da sehen Sie, was ich meine. Ein Paradies. Wenn die da nicht wären.» Sie deutet mit einem Nicken auf die kleine Gesellschaft von einschlägig verkleideten Männern und Frauen, von denen einige mit dem Aufbau kegelförmiger Tipis beschäftigt sind, während andere in der Mitte des Camps Feuerholz zusammentragen. Die Kostüme dürften allenfalls noch in einem Restpostenmarkt ein Verkaufsschlager sein. Es wimmelt nur so von Kunstlederfransen, Plastikperlen und quietschbuntem Federschmuck. Auf eine intensive Auseinandersetzung mit der Kultur der Native Americans lässt das schon mal nicht schließen, eher darauf, dass Jeanette Hackenberg mit ihrer Einschätzung recht hat.

Gerade löst sich ein Mann mittleren Alters aus der Gruppe und kommt auf sie zu. Das Misstrauen steht ihm ins Gesicht geschrieben.

«Howgh», sagt der Harzpache.

«Glück Auf», sagt Jeanette Hackenberg.

«Moin», sagt Ariane.

Die Vorstellungsrunde ist witzig, weil der Harzpache allen Ernstes Brave Eagle genannt werden möchte, dann aber trotz der offenkundigen Affinität zum Englischen außerstande ist, die Bezeichnung Sensitivity Managerin zu wiederholen, was ja auch keiner von ihm verlangt hat, dennoch versucht er es aus freien Stücken wieder und wieder – und scheitert dabei so kläglich, dass Ariane Mühe hat, nicht laut loszulachen.

«Herr Eagle, wir haben leider nicht den ganzen Tag Zeit», sagt

Jeanette Hackenberg irgendwann. «Ich möchte Frau Höft von Holten nur ein wenig herumführen, wenn das in Ordnung ist. Sie feiern ja am Wochenende Ihre Saisoneröffnung, richtig?»

Herr Eagle?! Das ist gut. Ariane beißt sich auf die Lippen, während Jeanette Hackenberg neben ihr steht und keine Miene verzieht. Die Hackenberg kann also auch verdammt cool sein.

«Ist Ihnen nicht gut?», fragt Brave Eagle irritiert. Eine pinkfarbene Kunstfeder hat sich aus seinem opulenten Kopfschmuck gelöst und segelt in einem eleganten Bogen zu Boden.

Ariane kann nicht antworten, dann würde sie losprusten. Tränen schießen ihr in die Augen.

«Braucht sie vielleicht einen Schluck Feuerwasser?», fragt Brave Eagle.

«Kann nicht schaden», sagt Jeanette Hackenberg und Ariane denkt, oh weh, schon wieder Alkohol.

Wenig später lassen sie am Feuer, das gerade zu rauchen beginnt, eine Schnapsflasche rumgehen. «Schierker Feuerstein» steht auf dem roten Etikett.

Ariane ist froh, dass sie den neuen Kartonbecher aus Lucy Köhlers Laden dabeihat, denn die Vorstellung, mit den versammelten Harzpachen aus einer Flasche zu trinken, stößt ihr auf. So muss sie das stylishe Gefäß nur mit Jeanette Hackenberg teilen, das ist zwar unangenehm, aber machbar. In stiller Übereinkunft achten sie beide peinlich genau darauf, jeweils die gegenüberliegende Seite zu nutzen.

«Eigentlich haben die indigenen Völker ja eine kritische Einstellung zum Alkohol», sagt Ariane, nachdem sie höflich in die Runde geprostet und getrunken hat.

«Wir nicht», sagt eine Frau mit Sommersprossen und pechschwarzer Zopfperücke. Sie hat die tiefe Stimme einer Raucherin. «Wir wollen hier Spaß haben.»

Die anderen nicken zustimmend, ein Mann applaudiert. Eine Kette aus Tierzähnen ist seine einzige Oberbekleidung, abgesehen von einem Stirnband mit Feder. Gut, dass Katja nicht hier ist, denkt Ariane. Die wäre wegen der ganzen Tierprodukte jetzt doch arg abgetörnt.

«Was unternehmen Sie denn so alles, um Spaß zu haben?», hakt sie nach.

In den nächsten Minuten reden sich die Harzpachen so offenherzig um Kopf und Kragen, dass Ariane beinahe Mitleid bekommt. Von Saufgelagen mit pseudo-folkloristischen Trommeltanzeinlagen über Kriegsspielereien bis hin zu Wettbewerben im Bogenschießen, bei denen schon mal auf missliebige Konterfeis aus Politik und Gesellschaft gezielt wird – im Camp Greenhill passiert so ziemlich alles, was Ariane für fehlgeleitet hält. Die Sprache derbe, die Rollenbilder vorsintflutlich.

Um das Maß vollzumachen, nehmen es die feierfreudigen Campisten auch mit der Nachhaltigkeit nicht so genau, jedenfalls lässt ein beachtlicher Stapel Einwegsuppenschalen aus Plastik darauf schließen. Ariane entdeckt ihn neben einem Vorrat Riesenkonserven.

«Wollen Sie später mitessen?», fragt die sommersprossige Perückenträgerin. «Es gibt Komantschensuppe.»

Jetzt ist es Jeanette Hackenberg, die sich ein Lachen nicht verkneifen kann.

Als sie schließlich aus Neugier noch einen Blick in das Halbdunkel eines Tipis wirft, entdeckt sie zu ihrer Überraschung einen attraktiven älteren Mann im Schneidersitz vor einem Tonteller mit drei flackernden Kerzen. Er ist barfuß und trägt einen Wildlederponcho ohne viel Perlentamtam und Federn, ein angenehm dezentes Outfit. Nicht nur deswegen wirkt er, als gehöre er einem anderen Stamm an, auch sein Verhalten ist weniger schrill. Seine Augen sind geschlossen, er scheint zu meditieren. Dabei will Ariane ihn eigentlich nicht stören, aber Jeanette Hackenberg ist ihr dicht auf den Fersen und quatscht den armen Kerl direkt an.

«Heiko! Du hier? Das überrascht mich jetzt.»

Der Mann macht langsam die Augen auf. «Hallo Jeanette», sagt er. «Ja, ich bin noch hier.» Seine Stimme tönt angenehm tief und so gelassen, wie Ariane das von jemandem erwartet, der die hohe Kunst der Meditation beherrscht. «Ich nehme gerade Abschied von der Idee, zu sein, was ich nicht bin. Wenn ihr mir dabei zusehen wollt, immer rein in die gute Stube. Setzt euch zu mir.»

Im Zelt macht Jeanette Hackenberg Ariane mit dem etwas anderen Harzpachen bekannt. Er heißt Heiko Heldt und ist derzeit noch amtierender Vorsitzender des Vereins, allerdings muss er am kommenden Wochenende sein Amt offiziell an Brave Eagle übergeben, ein Führungswechsel, der offenbar an ihm nagt.

«Und ihr seid auf dem Kriegspfad?», fragt er.

«Kein Kommentar», sagt Jeanette Hackenberg.

«Mal ehrlich, das pfeifen doch längst die Spatzen von den Dächern, dass ihr den Laden hier dichtmachen wollt. Ich verstehe das ja. Zeitgeist und so. Und jetzt, wo du dir auch noch kompetente Unterstützung aus der großen Stadt geholt hast ...» Er zwinkert Ariane zu und lässt den Satz unbeendet.

Ariane lächelt freundlich, genau wie es von ihr erwartet wird. Es fühlt sich falsch an, als Erfüllungsgehilfin für Jeanette Hackenbergs Machenschaften von sich reden zu machen. Letztlich ist sie natürlich genau das. Wäre die Chefin doch bloß nicht so eine Unperson.

«Wissen Sie, was für mich der Kern des Kerns ist, der Grund, warum wir uns mit dem Erbe der amerikanischen Ureinwohner beschäftigen sollten?», fragt Heiko Heldt.

Ariane verneint, sieht ihn aber neugierig an.

«Sie glaubten an die Weltseele, an die eine große Kraft, die allen Dingen innewohnt und der wir mit Respekt begegnen sollten. Und sie haben früh begriffen, dass man Geld nicht essen kann.»

Jeanette Hackenberg stöhnt auf. «Oh, bitte nicht die alte Leier. Der edle Wilde, der im Einklang mit der Natur lebt, das ist doch auch nur ein Mythos. Heiko! Natürlich kann man Geld essen. Das dürften inzwischen auch die Indianer kapiert haben. Oh Pardon, Ariane, jetzt habe ich doch das I-Wort gesagt.»

«Geschenkt», sagt Ariane und nickt Heiko Heldt zu, der für sie in diesem Moment weniger zum Gegner taugt als ihre Chefin. «Mehr Seele und Respekt könnten der Welt in der Tat nicht schaden, da sind wir gerade vollumfänglich im Minus», sagt sie und verlässt das Tipi, um Jeanette Hackenberg nicht die Gelegenheit zu einer weiteren Spitze zu geben.

Bevor sie sich an den Abstieg machen, hätte sie jetzt doch gern eine Kleinigkeit zu essen. Kann denn Konservengulasch Sünde sein?

«Komantschensuppe», sagt Jeanette Hackenberg auf der Rückfahrt und sieht Ariane triumphierend an. «Alle Klarheiten beseitigt, oder? Und Sie essen die auch noch!»

Ariane räuspert sich. «Na ja, meine Eindrücke waren unterm Strich doch etwas ambivalenter. Dieser Heiko Heldt zum Beispiel …»

«Den die Harzpachen gerade zugunsten von Brave Eagle als Häuptling abgewählt haben!»

«Ja, ich weiß», seufzt Ariane. «Aber vielleicht könnten wir ihnen vermitteln, dass die Ansätze, die Herr Heldt formuliert, ihre Rettung sein könnten. Egal, ob sie einer romantischen Verklärung entsprungen sind oder nicht.»

«Wir wollen die Harzpachen ja gar nicht retten, begreifen Sie das doch endlich. Sie sind es nicht wert, gerettet zu werden, sie repräsentieren die Vergangenheit, und wir sind beide an der Zukunft interessiert. Ariane, ich bitte Sie, ich weiß, dass Sie mich nicht mögen, wahrscheinlich bin ich nicht Ihr Typ, aber das sollte nicht Ihren Blick für die Sache verstellen.»

Ariane rollt die Augen. «Genau deswegen mag ich Sie nicht, Frau Hackenberg», entfährt es ihr.

«Weswegen? Weil ich nicht Ihr Typ bin?»

«Weil Sie ständig herabwürdigende Dinge sagen – und es nicht mal mitbekommen.»

«Ich? Zu Ihnen?» Jeanette Hackenberg ist so konsterniert, dass sie vergisst, auf die kurvenreiche Straße zu schauen, worauf der kleine E-Flitzer ein Stakkato aus Warntönen erklingen lässt.

Ariane krallt sich am Sitz fest.

«Was habe ich denn bitte gerade Herabwürdigendes gesagt?», fragt Jeanette Hackenberg.

«Sehen Sie, Sie merken es nicht. Erstens, dass es Leute nicht wert sind, wie auch immer gerettet zu werden. Und zweitens, dass Sie wahrscheinlich nicht mein Typ sind.»

«Was ist daran herabwürdigend? Bin ich etwa Ihr Typ?» Sie provoziert Ariane gekonnt mit einem aufreizenden Wimpernaufschlag.

«Darum geht es überhaupt nicht. Es geht darum, dass Homosexuellen oder sonst wie queer Liebenden ständig unterstellt wird, sie würden Menschen vom gleichen Geschlecht permanent auf erotische Anziehung abscannen, auch in einem unpassenden Kontext, im Job, beim Sport und so weiter. Oder würden

Sie dasselbe sagen, wenn Sie hier mit einem Mann diskutieren würden, der Ihre Ansichten nicht teilt? Dass er einfach nicht auf Sie steht?»

«Ja!», ruft Jeanette Hackenberg und strahlt Ariane an. «Natürlich. Wenn es nicht gerade ein Greis ist. Und selbst die, je oller, je doller. Wir sind alle nur Menschen, Ariane. Zumindest da sind wir uns doch einig, oder?»

Ariane nickt schwach. Wo soll sie bei Jeanette nur ansetzen? Aber die redet schon weiter.

«Kann es nicht sein, dass Ihre Leute manchmal einfach ein bisschen zu empfindlich sind? Aufgrund schlechter Erfahrungen vermutlich, aber trotzdem. Versuchen Sie doch mal, die Dinge etwas gelassener zu sehen, nicht hinter jedem plumpen Spruch versteckt sich eine homophobe Attacke. Seien Sie froh, dass ich Sie nicht gefragt habe, wer in Ihrer Ehe der Mann ist.»

Gegen ihren Willen muss Ariane grinsen. Natürlich hat sie diese klischeehafteste aller Fragen an lesbische Frauen in ihrem Leben schon zigmal gehört und die Tatsache, dass ihre Chefin das weiß, ist tatsächlich erfreulich. Immerhin muss man bei ihr nicht ganz bei null anfangen.

«Jetzt, wo Sie es sagen, Frau Hackenberg. Danke dafür», frotzelt Ariane.

«Gern. Ich weiß nämlich, dass *Sie* es sind. Wir sind verdammt harte Kerle, wir zwei beiden, deswegen passen wir ja auch so gut zusammen. Und jetzt hören Sie endlich mit diesem Frau Hackenberg auf, Frau Höft von Holten. Ich heiße Jeanette, und ich biete Ihnen hiermit offiziell das Du an. Einverstanden?»

«Ehrlich gesagt würde ich lieber beim Sie bleiben», überwindet sich Ariane zu erwidern. Anders als bei Super-Mario hat sie das Gefühl, ihre manipulative Chefin würde jede Art von Vertraulichkeit nur ausnutzen und gegen sie verwenden.

«Wie Sie wollen», sagt Jeanette Hackenberg, und es klingt wie: Sie werden schon sehen, was Sie davon haben.

Den Rest der Fahrt über telefoniert Jeanette Hackenberg. Dazu benutzt sie nicht die Freisprechanlage des Wagens, sondern hält sich das Handy ans Ohr, wahrscheinlich damit Ariane nicht mithört. Die Chefin versucht gleichgültig zu wirken, aber was Körpersprache angeht, ist sie keine gute Lügnerin: Arianes Zurückweisung hat sie verletzt. Sie drückt auf die Tube, Ariane hofft, die Situation in Würde zu überstehen – und lebendig. Sie hat ein schlechtes Gewissen. Aber sie ist auch froh. Jeanette Hackenberg ist ein Mensch, den man lieber auf Distanz hält.

Ariane bekommt mit, dass sich die Unterhaltung am Telefon um die Mordserie in Magdeburg dreht. Grausige Bilder entstehen vor ihrem inneren Auge. Dann denkt sie an den toten Wanderer und Benno, den Wirt, und bekommt es schon wieder mit der Angst zu tun. Irgendetwas stimmt doch hier nicht. Was, wenn alles mit allem zusammenhängt?

«Können Sie mich bitte da vorn rauslassen?», fragt sie kurz vor dem Düsteroder Ortseingang, als Jeanette Hackenberg gerade ihr Gespräch beendet hat. «Ich muss meine neuen Schuhe noch einlaufen.»

«Tun Sie das. Am besten formulieren Sie dabei in Gedanken schon mal Ihren Bericht über die Harzpachen, da will ich im Ortsrat keine unangenehmen Überraschungen erleben. Denken Sie daran: Sie sind noch in der Probezeit, Frau Höft von Holten. Wäre doch schade, wenn Sie die schönen Schuhe bald nicht mehr brauchen, weil Sie statt durch unsere herrliche Natur wieder durch Hamburg latschen und um Aufträge als Freiberuflerin betteln. Ich wette, das Grünzeug war nicht billig.»

«Da haben Sie recht. Fairness hat immer ihren Preis. Auch im

Zwischenmenschlichen», sagt Ariane, greift ihre Einkäufe und steigt aus. Sie ist ohne Zweifel zu weit gegangen, aber diesmal ohne schlechtes Gewissen.

Nach einem kurzen Fußmarsch entdeckt sie Frau Krause, die neben ihrem Herrchen gerade den Weg zum Brockenhirsch einschlägt, und kann der Versuchung, ihrer ersten und einzigen Freundin im Harz Guten Tag zu sagen, nicht widerstehen.

ANDREAS **UND** ARIANE **GEHEN SICH EIN BISSCHEN AUF DEN WECKER**

Nach knapp zwei Stunden vor dem Computermonitor hält Andreas es nicht mehr aus. Er muss raus.

Er fährt den Rechner runter, nimmt Frau Krause an die Leine und macht sich auf den Weg. Sehen und gesehen werden, das ist schließlich auch der Hauptbestandteil der Stellenbeschreibung eines Regionalbereichsbeamten, jedenfalls so, wie Andreas sie versteht.

Zunächst spaziert er mit Frau Krause ein Stück in den Wald hinein, damit der Hund sein Geschäft erledigen kann. Dann macht er sich auf einen Rundgang durch den Ort. Er läuft noch mal am Bahnhof vorbei und spaziert dann die Hauptstraße entlang. Hier und da betritt er einen Laden; er plaudert mit der Apothekerin und mit der Friseurin, hält einen Schwatz mit den Chefs des Döner-Imbisses und des Asia-Restaurants. Die Stimmung unter den Leuten ist gedrückt. Kein Wunder: Benno Mehrholz war beliebt in Düsterode.

Am Markt tritt gerade der Besitzer des Bestattungshauses aus der Tür.

Andreas hebt die Hand zum Gruß, wechselt die Straßenseite und läuft auf den großen, hageren Bestatter zu. «Reinhard! Glück Auf. Warte mal kurz.»

Der Bestatter grüßt zurück und reicht Andreas die Hand.

«Schlimme Sache», sagt Reinhard Sack.

«Allerdings.»

«Mann, so ein junger Kerl.» Reinhard streichelt Frau Krause. «Vom eigenen Auto überfahren. Wo gibt's denn so was?»

«Tja. Sag mal ... Franzi ... also, Franziska war doch bei dir, oder?»

Reinhard nickt. «Vorhin erst.»

«Und was hattest du für einen Eindruck?»

«Was meinst du?»

«Na ja, wie geht's ihr?»

«Wie soll's ihr gehen, Andi? Ich würde mal sagen: Beschissen wär geprahlt.»

Andreas schweigt. Er guckt durch Reinhard durch und denkt nach.

«Na dann – ich muss los», sagt Reinhard nach ein paar Sekunden und weckt Andreas damit aus seiner Trance.

«Ja, klar. Hau rein.» Andreas schaut dem Bestatter gedankenverloren hinterher, dann setzt er sich in Bewegung. Er hat beschlossen, noch mal zum Brockenhirsch zu laufen, ohne genau sagen zu können, was er dort sucht.

An der Kreuzung zum Lokal zerrt Frau Krause plötzlich an der Leine und zieht ihr Herrchen unter heftigem Schwanzwedeln in eine andere Richtung. Es dauert einen Moment, bis Andreas den Grund erkennt.

«Ach, Hallo! Tagchen, Frau ... Höft von Holten. Sie haben wohl eingekauft?»

Die Adlige scheint seine Frage überhört zu haben. Sie stellt die Einkaufstaschen ab, kniet sich auf den Boden und begrüßt

Frau Krause. Andreas bemerkt erstens, dass es Taschen aus Lucy Köhlers fair-organischem Edelladen sind; er runzelt, zweitens, die Stirn angesichts der überaus stürmischen Freude seines Hundes; und er registriert, drittens, einen Eifersuchts-Impuls bei sich, den er selbst unwürdig findet.

Mit einem gespielten Lachen sagt er: «Na Mensch, Frau Krause ist ja ein echter Fan von Ihnen.»

Ariane Höft von Holten ignoriert ihn immer noch zugunsten des Vierbeiners. Frau Krause kriegt sich gar nicht ein vor Freude. Andreas' Eifersuchts-Impuls wird stärker.

«Haben Sie sich denn schon ein bisschen eingelebt?», fragt er mit etwas zu lauter Stimme.

Endlich hebt die Adlige den Kopf. «Ich?»

Andreas reißt sich zusammen, um nicht den Kopf zu schütteln. «Nein, die Frau auf der anderen Straßenseite.»

Ariane lacht. «Sorry, der Hund ist einfach toll. Was hatten Sie gerade gefragt?»

«Ob Sie einge*kauft* haben. Erstens. Und zweitens, ob Sie sich einge*lebt* haben?»

Ariane Höft von Holten richtet sich auf, wendet sich aber weiter Frau Krause zu, die sich aufdringlich an ihre Beine drückt. «Ja. Und nein. Die Umstände sind ja etwas …» Sie schaut die Straße hinauf in Richtung Brockenhirsch. «Beklemmend.»

Andreas folgt ihrem Blick. «Ja, stimmt.»

Sie stehen sich schweigend gegenüber, Ariane mit gebeugtem Oberkörper, um den Hund zu tätscheln, während Andreas eine Mischung aus Verlegenheit und Unsicherheit verspürt, und sich fragt, woran das liegt. Ist er tatsächlich eingeschüchtert durch die Anwesenheit der Hamburgerin? Wie kann das sein?

«Na ja», beginnt er. «Ich muss dann auch weiter. Auf geht's, Frau Krause.» Er zieht an der Leine.

Die Adlige richtet sich auf. «Warten Sie doch mal.»

Andreas bleibt stehen und sieht Ariane fragend an. Sein Gegenüber zögert, der Blick halb unsicher, halb sorgenvoll.

«Ist Ihnen eigentlich schon aufgefallen, dass immer, wenn wir uns treffen, jemand überraschend gestorben ist?»

«Oha, dann lebt ja gerade jemand sehr gefährlich», sagt Andreas ernst. Er muss sich ein Grinsen verkneifen, denn Ariane schaut ihn erschrocken an. «Sollte ein Scherz sein. Sorry.»

«Mir ist eigentlich gerade nicht zum Scherzen zumute. Dieser Benno, ich konnte es kaum glauben, als ich davon gehört habe. Und es war ein Unfall? Safe?»

«Safe?»

«Ich meine, Sind Sie sicher?»

«Jedenfalls deutet alles darauf hin. Ein Unfall aus der Kategorie ganz dumm gelaufen.» Safe!, denkt Andreas, klar.

«Genau wie bei dem Toten vom Grauen Tal.»

Häh? Was konstruiert die Adlige denn da für einen Zusammenhang? Er bläst die Backen auf. «Ja … tja … na ja, das nennt man Koinzidenzen. Glaub ich.»

«Glück Auf, Andreas!», ruft ein Mann von der anderen Straßenseite.

Andreas winkt kurz zurück. «Grüß dich, Ingo!»

Ariane neigt den Kopf, was sehr hübsch aussieht, wie Andreas irritiert bemerkt. «Bereitet Ihnen das kein Kopfzerbrechen? Je länger ich darüber nachdenke, desto merkwürdiger kommt mir die Sache vor. Dieser Benno zum Beispiel, der hatte doch gerade sein Lokal umgebaut. Ich fand's ja sehr ansprechend, aber anscheinend hat er damit nicht alle direkt abgeholt. Super-Mario, äh, Herr Köhler war jedenfalls ziemlich ungehalten angesichts der vielen Neuerungen. Wahrscheinlich war er damit nicht allein.»

«So? Na ja, und wo ist jetzt der Zusammenhang zu dem armen Teufel, der von der Klippe gestürzt ist?»

Sie scheint nach den richtigen Worten zu suchen.

Andreas hebt einen Zeigefinger. «Moment, mir fällt was ein: Na klar, der Wandersmann war so frustriert über die neue Einrichtung, dass er sich das Leben genommen hat.»

Ariane lächelt gequält. «Machen Sie sich gerade lustig über mich? Finden Sie es hilfreich, die Dinge ins Lächerliche zu ziehen? Nein, ich erkenne hier spontan *keinen* Zusammenhang zu dem toten Wanderer. Ich bin einfach total erschrocken darüber, was passiert ist, und frage mich, ob Benno vielleicht Feinde hatte.»

Feinde! Himmel, die ist ja paranoid, denkt Andreas. Er räuspert sich. «Frau ... Höft von Holten: Sie kommen aus Hamburg. Gut möglich, dass Meinungsverschiedenheiten dort schnell mal ein bisschen eskalieren, aber wir sind hier nicht auf der Reeperbahn. Mir hat die neue Einrichtung des Brockenhirsch auch nicht gefallen. Gerate ich damit bei Ihnen ebenfalls in den Kreis der Verdächtigen?»

«Warum nicht?», fragt Ariane ungehalten und blickt Andreas direkt in die Augen. «Wer hat den armen Mann denn eigentlich gefunden?»

«Ich, Frau Hoft!», ruft Andreas. «*Ich* habe ihn gefunden! Und, ja, Sie haben mich überführt. Ich gestehe alles!»

Sie funkelt ihn an, in ihrem Blick liegt jetzt ein Anflug von Verachtung.

Andreas schnauft genervt. «Ich muss dann auch weiter.»

«Wohin denn so eilig?»

Frau Krause will sich Ariane wieder nähern, aber Andreas lässt es nicht zu.

«Was?», fragt er.

«Waren Sie nicht auf dem Weg zum Brockenhirsch?»

«Na und!?»

«Da ist geschlossen. Oder wollen Sie etwa doch Ermittlungen anstellen?»

«Jetzt reicht's! Kümmern Sie sich bitte um Ihren Kram. Sie haben doch sicher genug damit zu tun, aus uns allen bessere Menschen zu machen.»

«Schon. Anscheinend ist das ein ziemlich schwieriges Unterfangen.»

«Frau … Höft von Holten, nehmen Sie es mir nicht übel, aber Sie sind auf dem besten Weg, sich selbst Feinde zu machen. Und zwar deutlich mehr, als Benno je hatte.»

In dem Moment, in dem er seinen kurzen Monolog beendet hat, hat Andreas auch schon ein schlechtes Gewissen. Hat er das echt gesagt? *Sie sind auf dem besten Weg, sich Feinde zu machen.* Fehlte ja nur noch der russische Akzent!

Ariane Höft von Holten schaut ihn mit großen Augen an, aber in diesen Augen liegt jetzt keine Verachtung, sondern … ja, doch, Angst. Aber da verschwindet sie auch schon wieder aus den Augen, die Angst, die vielleicht gar keine war, sondern nur seine eigene Interpretation.

«Womit wir wieder beim Thema wären», sagt Ariane. «Irgendjemand lebt hier also gerade gefährlich. Ich habe jedenfalls keine Angst.»

Frau Krause zieht wieder an der Leine. Andreas zerrt den Hund zurück. «Schluss jetzt, Frau Krause!» Viel zu laut, Andreas. Er spürt, wie sein Puls hämmert. Dann schaut er Ariane an. «Frau Hoft … Höft, ich wünsche Ihnen einen schönen Tag.»

Er marschiert los, aber nicht zum Brockenhirsch, sondern in die Gegenrichtung, die Straße hinab in Richtung Ortsmitte.

Was für eine blöde Person, denkt er. Hamburger Schnösel.

Nein, halt: Hamburger Schnösel*in*! Wir wollen doch korrekt bleiben! Schnöseleuse! Schnöseline!

Oder doch ganz klassisch: BLÖDE KUH.

Er dreht sich kurz um – und sieht zu seinem Erstaunen, dass sie sich keinen Zentimeter bewegt hat. Sie starrt ihm nach. Gibt's doch gar nicht. Eigentlich will er immer noch zum Brockenhirsch, aber einfach umkehren ist keine Option. Stattdessen biegt er nach rechts in die nächste Seitenstraße ein, wirft vorher noch einen letzten Blick zurück – die Adlige steht tatsächlich immer noch da, die Einkäufe neben sich auf dem Boden –, er geht die Nebenstraße entlang und biegt erneut nach rechts ab, um die Parallelstraße in Richtung Brockenhirsch zu laufen.

Und während er zu dem bis auf Weiteres geschlossenen Restaurant marschiert, ärgert er sich über Ariane Höft von Holten: über ihr doof-arrogantes Getue, über ihre Schnippigkeit, über ihre bekloppte Art zu sprechen – safe! –, über ihr gutes Aussehen.

Am allermeisten ärgert er sich aber darüber, dass ihre Zweifel an Bennos Unfalltod es ihm schwerer machen, seine eigenen Zweifel niederzuringen.

4

Magdeburger Mädchenmorde – Polizei mauert

Im Fall der Magdeburger Mädchenmorde wächst der Druck auf die Ermittlungsbehörden. Kritik gibt es vor allem an der restriktiven Informationspolitik der Polizei. Eine Sprecherin bat um Verständnis: In Fällen wie diesen sei es enorm wichtig, möglichst wenig Informationen zum Tathergang bekannt zu geben. Dadurch würden nicht zuletzt auch falsche Geständnisse oder falsche Zeugenaussagen vermieden werden.

AUS DER MAGDEBURGER VOLKSSTIMME

ARIANE FÜHRT SELBSTGESPRÄCHE UND GRÄBT DAS KRIEGSBEIL AUS

Ariane ist es nicht mehr gewohnt, allein zu sein. Katja und sie sind seit fünf Jahren verheiratet, glücklich verheiratet, wie sie sich in Erinnerung ruft, seit sieben Jahren leben sie zusammen. Trotzdem bekommt sie ihre Frau seit ihrer Abreise aus Hamburg nur selten ans Telefon und wird kaum von ihr angerufen. Ob sie sich am Wochenende sehen können, ist fraglich.

Ariane führt Selbstgespräche. Wenn sie daheim jemanden zum Reden braucht, findet sich immer ein offenes Ohr, und sei es das Schlappohr von Woodie. Hier im Harz, in der Stille ihres Ferienapartments ins Leere zu rufen ist etwas völlig anderes als eine gepflegte Unterhaltung mit einem Goldendoodle.

Woodie versteht sie. Immer.

Ariane versteht sich selbst gerade nur bis zu einem gewissen Grad. Was auch daran liegt, dass sie klingt wie das weibliche Pendant zu Super-Mario: zu laut, zu cholerisch, zu respektlos: «Was bildet sich dieses Fettfass von Provinz-Cop eigentlich ein? Wir sind hier nicht auf der Reeperbahn – geht's noch? Glaubt der allen Ernstes, nur weil er den ganzen Tag durch sein blödes Kaff latscht und anderen alten weißen Männern in den Arsch kriecht, könnte in seiner Hood nichts Böses passieren?»

Sie greift zum Smartphone und durchstöbert die Social-Media-Kanäle des Brockenhirsch. Jede Menge Beileidsbekundungen, klar. Doch in den älteren Einträgen finden sich Kommentare zur neuen Einrichtung, und die sind längst nicht alle euphorisch, im Gegenteil: Etliche User schreiben so hasserfüllt und unter der Gürtellinie, als hinge ihr körperliches und seelisches Wohlbefinden allein von der Performance ihres Stammlokals ab.

Angesichts des unangenehmen Kribbelns, das die Lektüre von Hate-Speech im Internet bei ihr auslöst, schämt sich Ariane sofort ihrer eigenen sprachlichen Entgleisungen. Immer auf die Dicken, Pardon, Mehrgewichtigen, was ist bloß los mit ihr? Gut, dass niemand sie gehört hat. Nicht mal der empfindsame Woodward. Oder Katja, nicht auszudenken! Die hat ja ohnehin schon so viel an Arianes Mindset auszusetzen – und das wohl nicht ganz zu Unrecht.

«Ich entschuldige mich für das Fettfass», sagt sie laut. «Und für den Provinz-Diss, das Alte-Weiße-Männer-Bashing und überhaupt diese ganzen abwertenden Vibes. Sorry, Herr Polizeihauptmeister Anton. Echt. Aber Sie sollten sich trotzdem mal ein paar Gedanken über Ihre ach so heile Welt machen. Die Sache mit Benno, die stinkt doch zum Himmel. Vom eigenen Auto überrollt! Außerdem ist es nicht okay, so an Frau Krauses Leine zu zerren, nur weil sie meine Anwesenheit mehr zu schätzen weiß als Ihre. Punkt. Ich bin fertig.»

Ariane atmet tief durch. Wie schon gestern Abend muss sie feststellen, dass ihre Gefühle für den Polizisten widersprüchlich sind. Einerseits freut sie sich immer irgendwie, ihn zu sehen, weil er wie ein netter Kerl wirkt, dann aber benimmt er sich feindselig. Na ja, wirklich freundlich war sie allerdings auch nicht gerade. Was aber auch daran liegt, dass der Nazi-Verdacht immer noch im Raum hängt. Katjas Idee mit dem Tänzer hat natürlich etwas Einleuchtendes, andererseits hat sie diese Theorie ja auch selbst direkt wieder relativiert. Es ist kompliziert.

Andreas Antons Aufforderung, sich um ihren eigenen Kram zu kümmern, zum Trotz macht Ariane einige Screenshots von den schlimmsten Kommentaren zum Brockenhirsch und schickt sie unter dem Stichwort *Feinde* an die Handynummer des Polizisten. Es dauert lange, bis die Häkchen unter der Nachricht blau werden. Eine Antwort erhält sie nicht.

Am nächsten Morgen im Büro trifft Ariane der Anblick von Hausmeister Wilfried wie ein Faustschlag. Sein Türsteher-Habitus wird durch ein neues Accessoire konterkariert: Der Zweimetermann hat seinen Stiernacken mit einer Perücke gekrönt. Dicke schwarze Zöpfe, Ethno-Stirnband.

Ariane starrt auf die Kostümierung, die ohne jeden Zweifel eine Solidaritätsbekundung mit den Harzpachen darstellen soll. Die Aktion nötigt ihr einen gewissen Respekt ab. Sie hätte jetzt gern eine schlagfertige Bemerkung parat, ist aber zu überrumpelt. Dass bei näherem Hinsehen weitere Kolleginnen und Kollegen identische Kopfbedeckungen tragen, ist dann doch zu viel des Guten, das empfindet sie schon als arg konfrontativen Akt. Lediglich eine junge Frau ist normal gekleidet zur Arbeit erschienen. Ariane ruft sich ihren Namen ins Gedächtnis – Julia – und versucht vergeblich, Blickkontakt zu ihr aufzubauen, bevor sie an ihren Schreibtisch flieht, heilfroh darüber, die Tür hinter sich schließen zu können.

Was hat Polizeihauptmeister Anton doch gleich über die Feinde gesagt, die sie sich hier in Düsterode alsbald machen würde? Hm, könnte was dran sein.

Ariane spürt dieselbe Angst in sich aufsteigen, die sie gestern im Gespräch mit Andreas Anton gefühlt und rasch niedergerungen hat, weil sie weiß, wie sehr Ängstlichkeit die Peiniger dazu ermutigt, noch einen draufzulegen. Zum Glück ist da auch noch ein anderes, wehrhafteres Gefühl: Wut. Sie hat niemandem etwas getan, wird aber offenbar von vielen hier als Zielscheibe angesehen. Warum? Die Kriegserklärung an die Harzpachen war nicht mal ihre Idee. Auch wenn es in Greenhill in Sachen Sensitivity tatsächlich Handlungsbedarf gibt, ist Ariane schließlich nicht diejenige, die diese Leute weghaben will. Soll der Köhler-Bruder doch vor Hackenbergs Büro seine Zopf-Demo machen! Sie fühlt sich ungerecht behandelt.

Immer noch voller Zorn findet Super-Mario sie vor, als er ohne anzuklopfen in ihr Büro einmarschiert und sich vor ihr aufbaut, beide Hände auf den Schreibtisch gestützt, wo die Blumen von Jeanette Hackenberg bereits die Köpfe hängen lassen.

Wenig überraschend hat Mario Köhler ebenfalls eine schwarze Perücke aufgezogen. Anscheinend gab's die hier irgendwo im Dutzend billiger. Bei ihm sitzt sie zu allem Überfluss auch noch schief, weil eindeutig zu klein für seinen Harzer Dickschädel. Seine ganze Erscheinung ist eine Beleidigung durch und durch. Und das nicht nur für die indigene Bevölkerung Nordamerikas, sondern für jeden Menschen mit einem Mindestmaß an gutem Geschmack.

«Ariane, was soll das? Du bist mir eine Erklärung schuldig.» Er schnaubt.

Kein Wort über Benno. Die Causa Harzpachen scheint Mario Köhler mehr umzutreiben als der Todesfall. Seltsam. Stirnrunzelnd betrachtet Ariane ihren Vorgesetzten.

Sein Atem ist heiß, er trifft sie von oben. «Ich dachte, wir wären gut miteinander», sagt er.

«Komisch, das wollte ich auch gerade sagen. Aber solange du dieses Objekt da auf dem Kopf hast, bin ich nicht bereit, überhaupt mit dir zu reden.»

«Was?»

«Nimm die Perücke ab. Und setz dich bitte, ich möchte von dir nicht auf diese Weise körperlich bedrängt werden.» Ariane hat immer noch so viel Wut im Bauch, dass ihr das Sprechen schwerfällt. Allerdings verleiht die Wut ihrer Stimme wie durch ein Wunder eine enorme Autorität.

Super-Mario lässt sich auf den Stuhl vor ihrem Schreibtisch plumpsen.

«Super!», sagt sie. «Danke. Und jetzt noch die Perücke. Tu mir den Gefallen.»

«Ich lass mir doch von dir nicht vorschreiben, was ich auf dem Kopf trage.»

«Gut, dann nicht.»

Super-Mario sieht sie entgeistert an. «Was?»

«Dann reden wir eben nicht. Dann geh.»

«Nein, ich will mit dir reden!»

Es folgt ein langes, unangenehmes Schweigen.

«Das bringt doch hier nichts, Mario», sagt Ariane irgendwann und zu ihrer Überraschung zieht er sich daraufhin tatsächlich leise fluchend die Perücke vom Kopf.

Das Gespräch, das sie dann führen, ist allerdings eher ein Monolog, in dem Super-Mario den Boss raushängen lässt und ihr vorwirft, in der Harzpachen-Frage gemeinsame Sache mit Jeanette Hackenberg zu machen – gegen ihn. Er findet, er hätte bei dem Ortstermin anwesend sein müssen.

Ariane, die keine Lust hat, zwischen den widersprüchlichen Interessen ihrer Vorgesetzten zerrieben zu werden, versucht, das Thema werteorientierte Führungskultur zur Sprache zu bringen, doch Mario fällt ihr ins Wort.

«Das interessiert mich alles nicht.»

«Sollte es aber. Denn mit moderner Teamarbeit sorgst du für flachere Hierarchien. Damit könntest du jemanden wie Jeanette Hackenberg elegant ausbremsen und nebenbei beweisen, dass du auf der Höhe der Zeit bist.»

Marios Blick hellt sich auf. «Du magst die Hackenberg nicht.»

«Das habe ich nicht gesagt», erwidert Ariane gedehnt, während sie sich fragt, ob überhaupt irgendjemand die Hackenberg mag.

«Mach dir nichts draus, das geht uns allen so. Die Frau ist die Pest. Nur weil du das erkannt hast, kommst auch du nicht gleich in die Hölle.»

Ariane muss grinsen.

«Hör mal, nimm es nicht persönlich, aber dieses ganze neumodische Führungstrallala ist nichts für mich. Ich bin neunundfünfzig, ich mach den Job seit zwanzig Jahren – und das verdammt gut. Ich will, dass meine Leute tun, was ich sage. So einfach ist das. Wenn ich sage: Heute ist Perückentag, dann ist Perückentag. Fertig, aus.»

Ariane blickt stumm auf das blauschwarz schimmernde Kunsthaar, das schlaff auf Super-Marios Knien liegt.

Super-Mario seufzt. «Ich verstehe sowieso nicht, was das ganze Theater soll. Warum kann nicht einfach alles so bleiben, wie es immer war? Es war doch *so gut.*»

«Gut für wen?», fragt Ariane.

Mario springt auf. «Für mich!»

Er setzt die Perücke wieder auf, schiefer denn je, und stapft mit fliegenden Zöpfen aus dem Raum.

Ehrlich ist er wenigstens.

Als sie wieder allein ist, wird Ariane klar, dass sie ins Machen kommen muss.

Feinde hat sie nun also, allmählich wird es Zeit, für ein paar Freundschaften zu sorgen, die über die innige Verbundenheit zu einem Schafpudel hinausgehen. Vielleicht kann sie ja diese Julia auf ihre Seite ziehen.

Sie muss ihre Ziele endlich definieren und transparent machen. Muss zeigen, worum es ihr geht: nämlich um Fairness und Rücksichtnahme, um ein Abwägen, was lieb gewonnene Gewohnheiten und vertraute Klischees betrifft, und eben nicht darum, anderen permanent über den Mund zu fahren. Oder die Faschingskostüme zu entreißen.

Aber vorher muss sie diesen unseligen Harzpachen-Bericht schreiben, und zwar so, dass auch ein Super-Mario versteht, warum eben nicht alles so bleiben kann, wie es immer war. Fest steht außerdem: Das muss überzeugender werden als ihre misslungene Präsentation am Premierentag.

Ariane formuliert eine sachliche Rundmail, in der sie um kurze Stellungnahmen in der Harzpachen-Frage bittet. Wenn den Leuten hier diese schrägen Vögel so dermaßen am Herzen liegen, sollen sie sich doch wenigstens die Mühe machen zu begründen, warum.

Während sie auf Antworten wartet, füllt sie neues Wasser in die Blumenvase.

Sie telefoniert herum, um eine Firma zu finden, die das Geländer am Federberg repariert und dabei idealerweise gleich die Schmierereien am Wanderschild beseitigt. Sie überlegt, ob sie etwas für die Senioren tun kann, die sich auf dem Weg zum Brunnen Tag für Tag vom Bus über den Marktplatz quälen. Mehr Bänke wären ein Anfang.

Das ist ihre Art, das Kriegsbeil auszugraben. Es fühlt sich gut an.

ANDREAS **BESUCHT EINEN ALTEN BEKANNTEN**

Meine Multitasking-Fähigkeiten haben irgendwie nachgelassen, denkt Andreas und schaltet das Radio aus. Das fällt ihm insofern leicht, als der Inhalt des Gesprächs, dem er mit einem Ohr gelauscht hat, langsam, aber sicher apokalyptische Züge annimmt: Tom Wunderlich hat in seinem Antenne-Brocken-Gutelaunevormittag einen Imker zu Gast. Nachdem es in der ersten halben Stunde des Gesprächs darum gegangen war, wie man Imker wird und was das Tolle daran ist – Andreas nimmt kopfschüttelnd zur Kenntnis, dass Tom konsequent «Imker-Innen» sagt –, und nachdem Tom sich mit seinem Gast über die berühmten vier Bienenschwarm-Paragrafen des Bürgerlichen Gesetzbuchs amüsiert hat, in denen es um den *Eigentumsverlust bei Bienenschwärmen* geht (§ 961) sowie um das *Verfolgungsrecht des Eigentümers* (§ 962), die *Vereinigung von Bienenschwärmen* (§ 963) und die *Vermischung von Bienenschwärmen* (§ 964) – nach dieser launigen ersten halben Stunde also ist die Grundstimmung deutlich düsterer geworden, denn nun geht es darum, welche Auswirkungen Pestizide, die Varroamilbe und der Klimawandel auf die Bienen haben. Alles sehr unschön.

Andreas hat ohnehin allen Grund, sich auf den Bildschirm seines Computers zu konzentrieren, denn gerade ist im Postfach seines Fake-Accounts, den er für seine gelegentlichen Undercover-Recherchen eingerichtet hat, eine neue Nachricht eingegangen. Harzknubbel87 hat auf seinen Preisvorschlag reagiert und akzeptiert die 200 Euro, die Andreas für den Amethyst geboten hat. Andreas tippt eine Nachricht: *Hi! Toll, dass das geklappt hat. Wohne ebenfalls im Harz. Würde gerne heute noch vorbeikommen und den Stein abholen. Passt das?*

Die Antwort kommt nach einer knappen Minute. *Bin den ganzen Tag zu Hause.* Gefolgt von der Adresse.

Andreas kennt sie. «O Mann, der lernt's echt nie», murmelt er. Und tippt: *Mache mich auf den Weg. Bin in einer Stunde da.*

Er klatscht in die Hände, und Frau Krause schreckt auf ihrer Decke hoch. «Hopp, mein Mädchen, wir müssen los.»

Siebzig Minuten später steht Andreas vor der Tür eines winzigen, komplett runtergerockten Fachwerkhauses am Rand von Düsterode, eher sogar an der äußersten Peripherie des Rands. Es steht am Ende einer unbefestigten Straße. Gleich dahinter beginnt der Wald.

Irgendwann wird das Haus mal hübsch gewesen sein mit seinen Sprossenfenstern und den bunten Butzenscheiben in der

Haustür, aber inzwischen dürfte der Abriss die sinnvollere Variante sein. Der Putz zwischen den Balken ist abgebröckelt, an vielen Stellen ist das Mauerwerk zu sehen, das Holz der Fensterläden ist verwittert und morsch, im ersten Stock hängt ein Laden auf halb acht.

Andreas drückt auf den Klingelknopf und wartet. Neben ihm wartet Monika Schreiber, die Andreas abgeholt hat, damit sie den Stein identifizieren kann. Frau Krause wartet ebenfalls, allerdings im Auto.

«Ich muss nachher noch zum Ortschaftsrat», sagt Monika Schreiber.

«Aha», antwortet Andreas zerstreut.

«Ja, es geht um unsere Harzpachen.»

«So? Was ist mit denen?» Andreas beugt sich vor, um erneut auf die Klingel zu drücken. Da öffnet endlich ein Mann die Tür, aber als er Andreas und Monika Schreiber sieht, entgleisen ihm die Gesichtszüge.

«Glück Auf, Hamster», sagt Andreas, und der Mann knallt die Tür wieder zu.

Andreas stöhnt genervt. Er drückt ein paarmal auf den Klingelknopf, dann hämmert er mit der Faust gegen die Tür.

«Mach auf, Hamster! Das ist doch albern!»

Die Tür bleibt zu.

«Hamster?», fragt Monika Schreiber. «Ich denke, er heißt Hammel.»

«Heißt er auch.»

«Und wieso nennst du ihn Hamster?»

Andreas klingelt Sturm. «Weil er schon ewig so genannt wird. Patrick Hammel, genannt Hamster.»

«Und warum? Warum nennt man einen, der Hammel heißt, Hamster?»

«Keine Ahnung. Vielleicht weil das Hamstern sein Hobby ist?» Andreas hämmert erneut gegen die Tür. «HAMSTER!»

«Schlimm, das mit Benno», sagt Monika Schreiber.

«Allerdings», sagt Andreas und denkt unwillkürlich an die Begegnung mit Ariane Höft von Holten. Sie hatte ihm einige üble Facebook-Kommentare geschickt. Er hatte eine Weile darüber nachgedacht, was er antworten könnte, sollte oder sogar müsste, aber es war ihm nichts Gescheites eingefallen.

«Was wollen Sie?», ist Patrick Hammels Stimme gedämpft hinter der Haustür zu hören.

«Das weißt du genau! Mach die Tür auf!»

Die Tür öffnet sich, und Andreas drückt sofort dagegen, aber Hamster hat die Türkette vorgelegt. Sein Kopf erscheint im Spalt.

Andreas schaltet um auf Ironie: «Guten Tag, Herr Hammel, mein Name ist Anton, ich wollte den Stein abholen, den ich bei eBay gekauft habe.»

Erst jetzt scheint Patrick Hammel klarzuwerden, warum Andreas ihn besucht. Man sieht förmlich, wie es in seinem Kopf arbeitet. Das Ergebnis dieser Arbeit sind zwei Wörter: «Welchen Stein?»

Andreas schaltet die Ironie wieder aus: «Den Amethyst, du Trottel!»

«Was für ein Amethyst?», fragt Hammel blöde.

«Hamster!», sagt Andreas leise, aber drohend.

Patrick Hammel zögert. «Haben Sie einen Durchsuchungsbefehl?»

Andreas schnappt nach Luft. «Hamster! Wir haben zwei Möglichkeiten: Entweder du rückst diesen Scheiß-Stein raus …» Andreas hält inne und schaut zu Frau Schreiber. «Sorry.» Er wendet sich wieder Patrick zu und sieht, dass sich die Tür langsam schließt.

Er schreit jetzt: «Hamster! Entweder du rückst den Amethyst

raus, oder ich rufe das SEK, und die nehmen deine Bruchbude auseinander!»

Andreas hört, wie Monika Schreiber ein erschrockenes Geräusch macht. Er wendet sich der alten Frau zu, schüttelt den Kopf und macht beschwichtigende Gesten.

Dann hämmert er gegen die Tür. «Hamster! Sogar meine Geduld ist irgendwann …»

Die Tür öffnet sich langsam, ohne Kette. Mit seinen ungewaschenen Haaren, die dünn und strähnig an seinem Kopf herabhängen, und dem ungepflegten Bart steht Patrick Hammel da wie das sprichwörtliche Häuflein Elend.

Andreas schnauft. «Dürfen wir eintreten?», fragt er mit ruhigleiernder Stimme.

Wortlos tritt Patrick Hammel zwei Schritte zurück.

O Gott, denkt Andreas, als er im Hausflur steht. Er war schon lange nicht mehr hier, und was er sieht, erschüttert ihn. Überall liegt Müll herum. Es ist dunkel. Und es stinkt, anders kann man es nicht sagen.

«Mann, mach doch mal deine Fenster auf. Draußen ist Frühling.»

«Ich warte vor dem Haus», hört er Frau Schreiber hinter sich mit dünner Stimme sagen.

«Sieht's bei dir überall so aus wie hier im Flur?», fragt Andreas, aber Hamster schweigt und starrt auf den dreckigen Dielenboden. Zwischen kniehoch gestapelten Kisten und Müllsäcken führt ein schmaler Gang in die weiteren Räume.

«Hamster, wie kann man denn so leben?»

Hamster schweigt.

«Wo ist der Stein?»

Hamster dreht sich um und zeigt ans Ende des Flurs. Neben einer Tür steht ein großer Amethyst auf dem Boden.

«Na super. Was mach ich denn jetzt mir dir? Kannste mir das mal sagen? Einbruch, Diebstahl, Hehlerei.»

«Ich bin nicht eingebrochen», murmelt Hamster. «Die Tür war offen.»

«Erzähl keinen Scheiß», sagt Andreas und denkt: Ich muss hier raus, sonst kotz ich. Er atmet schon die ganze Zeit durch den Mund. Er gestikuliert in Richtung Stein. «Bring das Ding nach draußen.»

Hamster schlurft zum Edelstein und wuchtet ihn hoch.

Vor der Tür atmet Andreas tief ein und aus. «Ist das Ihr Stein?», fragt er Monika Schreiber, als Patrick Hammel neben ihnen steht.

Sie schiebt den Kopf vor wie ein Huhn und beäugt den Amethyst. «Ja, ich würde sagen, das ist er.»

Andreas dreht sich wieder zu Hamster um und zeigt mit dem Daumen über die Schulter in Richtung des Landrover. «Dann leg ihn mal auf den Rücksitz.»

«Was machst du denn jetzt mit dem Mann?», fragt Frau Schreiber, während sie zuschauen, wie Hamster den Amethyst zum Fahrzeug schleppt.

«Keine Ahnung, Frau Schreiber. Ich habe echt keine Ahnung. Wollen Sie Anzeige erstatten?»

«Ich?»

«Na ja, Sie wurden ja schließlich beklaut.»

Aus dem Auto dringt wildes Gebell. Hamster hat den Stein auf den Boden gestellt, aber seinen Versuch, die hintere Seitentür zu öffnen, hat Frau Krause als unzulässige Grenzüberschreitung in ihr Revier angesehen. Hamster schaut erschrocken zu Andreas – und wie er so dasteht in dieser ollen Jeans und dem schmutzigen Holzfällerhemd, tut er ihm einfach nur leid.

Andreas läuft zum Wagen und beruhigt Frau Krause.

Hamster wuchtet den Stein auf die Rückbank.

Andreas und Patrick Hammel stehen sich einige Sekunden schweigend gegenüber.

«Warum lässt du den Scheiß nicht einfach, Hamster? Du hast doch genug Krempel im Haus.»

Hamster wendet sich wortlos ab, schlurft zu seinem Haus zurück, und Andreas kann nicht fassen, was er sieht: Monika Schreiber drückt ihm etwas in die Hand.

«Haben Sie ihm Geld gegeben?», fragt er, als sie im Auto sitzen.

«Was?», fragt Monika Schreiber unschuldig.

«Frau Schreiber, Sie haben Hamster doch irgendwas in die Hand gedrückt.»

«Ach … Der arme Mann.»

«Der arme Mann? Der arme Mann hat sie beklaut!»

«Sie haben doch gesehen, wie es bei ihm aussieht.»

«Er ist bei Ihnen *eingebrochen*!»

«Ach was.»

«Wie viel haben Sie ihm gegeben?»

«Ist doch egal.»

«Ein Fuffi? Das war ein Fuffi, oder?»

Monika Schreiber schaut ihm direkt in die Augen. «Hab ich doch ein Schnäppchen gemacht. Er wollte schließlich zweihundert.» Und dann lacht sie.

ARIANE **ERZÄHLT EINEN WITZ UND ERHÄLT EINE EINLADUNG**

«Warum können die Ossis nicht vom Affen abstammen?»

Im kargen Sitzungssaal des Düsteroder Dorfgemeinschaftshauses blickt Ariane in versteinerte Gesichter. Sie zwingt sich, in

Gedanken langsam bis drei zu zählen, bevor sie selbst die Auflösung preisgibt.

«Affen hätten es niemals vierzig Jahre ohne Bananen ausgehalten.»

Schweigen.

Genau darauf hat sie gehofft, als sie in letzter Minute spontan beschloss, ihre Harzpachen-Stellungnahme vor dem Ortsrat mit dem erstschlechtesten Witz auf Kosten ihres ostdeutschen Publikums zu beginnen, den sie sich auf die Schnelle noch ergoogeln konnte.

Was sie dabei nicht bedacht hat: Auch Super-Mario gehört dem Feierabendgremium an. Er braucht zwar einen Moment, um zu schalten, aber dann fährt er Ariane in die Parade, indem er als Einziger in schallendes Gelächter ausbricht.

«Der war gut!», ruft er. «Lacht doch mal, Leute. Na los, beweist etwas Humor.»

Doch den anderen fünfzehn Abgeordneten steht der Sinn nicht danach. Sie mustern Ariane mit einer Mischung aus Feindseligkeit und Neugier, während Marios Lachsalve in der eisigen Stille versinkt wie die Titanic im Nordatlantik.

Ariane blickt in die Runde. Sie ahnt, dass sie die Leute jetzt da hat, wo sie sie haben wollte. Sie fühlen den Schmerz der Marginalisierung. Da kommt ein Wessi, eine Städterin, und konfrontiert sie mit abgeschmackten Vorurteilen gegen hinterwäldlerische Ossis. Und das tut weh. Hofft sie.

Obwohl das Kommunalparlament an diesem Freitag spätnachmittags und damit ungewöhnlich früh tagt, ist das Dorfgemeinschaftshaus gut besucht. Die von Ariane befürchtete Kostümierungsorgie ist allerdings ausgeblieben. Sämtliche Harzpachen, auch Brave Eagle, sind in Zivil erschienen. Strategisch klug, wie sie zugeben muss. Sie sucht im Publikum nach

Jeanette Hackenberg, aber die ist nicht da. Eigentlich logisch: Sie hält sich im Hintergrund und überlässt es Ariane, sich unbeliebt zu machen. Was sie allerdings nicht vorhat. Wenn irgend möglich, will sie einfach nur überzeugen. Auf geht's, sie hat das Wort.

Ariane atmet durch und beginnt, ihren Spickzettel abzuarbeiten: Ihr Bericht darüber, was sie im Camp Greenhill vorgefunden hat, ist kurz und ungeschönt, wobei sie aus Gründen der Fairness betont, dass es sich um eine Momentaufnahme handelt. Anders als von Jeanette Hackenberg gewünscht, versucht sie erst gar nicht, ihren Ausführungen einen wissenschaftlichen Anstrich zu verleihen, denn sie hat zwar Soziologie studiert, ist aber keine Wissenschaftlerin, sie agiert als Mensch. Und als solcher findet sie, es gibt kein Recht auf staatlich subventionierte Verunglimpfung, egal ob aus Rassismus, Unwissenheit oder einfach, weil es Spaß macht und außerdem immer schon so war. Native Americans möchten nicht Indianer genannt werden, das hat sich inzwischen rumgesprochen. Ihr Federschmuck hat immer eine symbolische Bedeutung, steht zum Beispiel für Tapferkeit, Wahrheitsliebe oder Treue, ihn zu tragen, ist eine Auszeichnung, die man sich verdienen muss. Kannibalismus war nie Bestandteil der Kultur der indigenen Völker Nordamerikas, insofern würde wohl niemand dort Komantschensuppe essen.

Gelächter.

Geschenkt.

Ariane atmet durch. «So, und jetzt denken Sie noch mal über die Affen und die Bananen nach.» Bevor sie übergangslos zum Fazit kommt: «Wenn die Harzpachen den Schwerpunkt ihrer Vereinsarbeit in der klischeehaften Darstellung einer indigenen Volksgruppe sehen, die von Angehörigen derselben höchstwahrscheinlich als beleidigend empfunden würde, ist das natürlich zunächst mal ihr Privatvergnügen. Die nordamerikanische Prärie ist weit weg, und es soll hier keineswegs um irgendwelche Verbote gehen. Sie als Vertreterinnen und Vertreter der öffentlichen Hand müssen sich lediglich die Frage gefallen lassen, ob Sie dafür weiterhin auf Kosten der Steuerzahlenden subventioniertes Pachtland zur Verfügung stellen wollen. Oder ob es andere, förderungswürdigere Konzepte für das Gelände gibt.»

«Ach, und was förderungswürdig ist, entscheiden dann natürlich Sie mit Ihrem Regenbogenfaschismus, der unsere Kinder zu irgendwelchen Schießbudenfiguren vom anderen Ufer macht?», ruft eine ältere Dame aus der Stuhlreihe der CDU-Fraktion und erhält dafür Beifall aus dem Publikum.

Was ist das für ein Dialekt, denkt Ariane? Sächsisch? Harzerisch?

Ariane lässt die Unverschämtheit der Lokalpolitikerin an sich abprallen. «Ich entscheide hier überhaupt nichts», sagt sie ruhig. «Ich wurde eingeladen, um eine Stellungnahme abzugeben – und damit bin ich fertig. Vielen Dank für Ihre Aufmerksamkeit.»

Applaus gibt es keinen, die Debatte, die Arianes Vortrag folgt, ist dann doch erstaunlich differenziert und diffamierungsfrei, von vereinzelten Zwischenrufen abgesehen.

Bestes Pro-Harzpachen-Argument: die Jugendarbeit des Vereins. Offenbar finden für einheimische Kinder und Jugendliche regelmäßig beliebte Freizeitveranstaltungen statt, ein wichtiges Angebot in einer Region, in der abgesehen von kostspieligen Touristenattraktionen wie Wildwasser-Rafting, Bungeejumping oder Zipline-Fliegen U-50-Angebote eine Rarität sind. Ariane weiß durch die Antwortmails, die sie nach ihrer kleinen Umfrage aus dem Team erhalten hat, über die Problematik Bescheid.

Schwierig, da eine eindeutige Entscheidung zu treffen. Muss sie zugeben. Die homophobe Abgeordnete, sie heißt Monika Schreiber und ist offenbar eine inzwischen fraktionslose pensionierte Lehrerin, hält ein so rührendes Plädoyer für den Abenteuerspielplatz Greenhill, dass Ariane sich fragt, wie sie selbst abstimmen würde, wenn sie denn ein Stimmrecht hätte. Zumal ihr noch nicht ganz klar ist, was genau Jeanette Hackenberg eigentlich auf dem Gelände plant. Auf jeden Fall was Exklusives mit Nachhaltigkeitsstempel. Hoffentlich verdient die Gemeinde dann auch ordentlich mit, zum Beispiel um das Geld in einen Jugendtreff zu investieren. Dann wäre allen geholfen. Na ja, außer den Harzpachen. Aber die würden schon irgendwo privat unterkommen, treue Fans haben sie ja.

Am Ende ist Monika Schreiber die Einzige, die den Mut oder die Engstirnigkeit besitzt, politisch weiterhin treu zu den Harzpachen zu stehen. Alle anderen, auch Super-Mario, votieren in nicht geheimer Abstimmung für eine Beendigung des Pachtverhältnisses.

Die Buh-Rufe aus dem Publikum werden kommentarlos zur Kenntnis genommen. Ariane hat das Gefühl, dass alle froh sind, als es vorbei ist. Sie eingeschlossen.

Nach der Sitzung verspürt sie das Bedürfnis, sich die Beine zu vertreten. Seit sie ihre neuen Schuhe trägt, ist sie viel lieber zu Fuß unterwegs. Direkt an der Kalten Bode verläuft ein Wanderweg. Zwischen Kieselstränden und gewaltigen Felsbrocken führt der Wildwasserfluss ein Tänzchen auf. Die Sonne steht schon tief und taucht das bewaldete Ufer mit seinen Felsformationen in ein märchenhaftes Licht.

Ariane dreht ein kurzes Handyvideo von sich und der Bode, über der an manchen Stellen ein feiner Nebel aus Gischt aufsteigt wie Dampf aus einer heißen Quelle. Romantisch.

«Voll schön hier», ruft sie und winkt in die Kamera. «Kommst du am Wochenende?»

Mit einem Handkuss und einer Liebeserklärung beendet sie das Filmchen und schickt das Ergebnis ohne Sichtkontrolle an Katja.

Sie will gerade weiterschlendern, als sie sieht, dass sie nicht allein ist. Ganz in der Nähe steht eine Bank, auf der sich ein alter Bekannter niedergelassen hat: Super-Mario. Na toll. Wie ist der denn so schnell hierhergekommen?

«Bravo!», ruft er. «Wenn ich gemeint wäre, ich würde sofort losfahren. Aber ich bin ja schon da.»

Leider, denkt Ariane. Sie würde ihren Chef am liebsten ignorieren und ihren Weg fortsetzen, aber er winkt sie energisch zu sich.

Hoffentlich will er sie jetzt nicht wegen der Harzpachen zusammenfalten. Obwohl: Den Anschein erweckt er eigentlich nicht. Ein Hauch von Traurigkeit, nein, Melancholie umweht seine klobige Erscheinung. Er deutet auf den freien Platz neben sich. Ariane setzt sich zu ihm.

«Na, biste jetzt zufrieden?», fragt er. «Nur eine Gegenstimme! Respekt.»

Ariane nickt zögerlich. Natürlich empfindet sie Zufriedenheit darüber, einen überzeugenden Job gemacht zu haben. Sie hat sich ja auch reingehängt. Aber die diffamierenden Worte der CDU-lerin hängen ihr nach. Sie bekommt die Menschen hier in Düsterode noch nicht richtig zu fassen und befürchtet, nun als Spaßbremse wahrgenommen zu werden, die Jugendlichen die Ferien verdirbt. Außerdem will sie ihren Triumph vor Super-Mario nicht zu sehr auskosten.

«Stört es dich nicht, dass die Hackenberg dich benutzt, damit du für sie die Dreckarbeit machst?», fragt Mario.

«Ein bisschen schon», gibt Ariane zu. «Aber letztlich war ich, was die Harzpachen angeht, ihrer Meinung, ob ich sie mag oder nicht.»

«Trotzdem. Das hätte ganz schön ins Auge gehen können, die Leute hier können ziemlich nachtragend sein. Hättest du mir vorher von der Ortsbegehung in Greenhill erzählt, wärst du da nicht so reingeraten. Den Zahn hätte ich der arroganten Zicke schon gezogen, glaub mir.»

«Nächstes Mal», sagt Ariane, die ihm tatsächlich glaubt, auch wenn sie keine Ahnung hat, wie er das hätte anstellen wollen. Trotzdem eine nette Idee. Nachdem sie ihn nun schon ein wenig näher kennengelernt hat, hält sie Super-Mario trotz seiner cholerischen Aussetzer durchaus für einen Vorgesetzten, der Wert darauf legt, sich hinter seine Leute zu stellen. Oder eben bei Bedarf auch mal vor. «Aber auch wenn Frau Hackenberg in den Kram passt, was heute passiert ist: Ich habe ihr nicht nach dem Mund geredet, sondern meine ehrliche Einschätzung abgegeben. Und dafür bin ich ja hier.»

Super-Mario nickt. «Das hab ich verstanden. Akzeptiert. Weißt du, warum ich gegen die Harzpachen gestimmt habe, obwohl ich mir eigentlich das Gegenteil vorgenommen hatte?»

Ariane verneint.

«Der Witz.»

«Du kanntest den?»

«Klar! Grauenhaft. Wie alle Ossiwitze. Was glaubst du, wie oft ich mir in meinem Leben schon irgendwelche Bananensprüche anhören musste. Vor allem im Westen. Wie ich das hasse! Ich hab doch keinen Bock, dasselbe mit den Indianern oder wie die nun korrekt heißen zu machen. Ich mag die ja!»

Ariane muss schmunzeln. Ein unerwartet warmes Gefühl durchströmt sie, als sie Mario Köhler von der Seite mustert. Bis ihr Blick an einem Panzerketten-Armband mit Namensgravur hängen bleibt, das sein braun gebranntes rechtes Handgelenk ziert. Super-Mario steht da allen Ernstes schwarz auf Gold. Absurd sieht das aus. Aber schon auch lustig.

Mario redet weiter: «Trotzdem schade um die Harzpachen. Mann, hatten wir Spaß. Ich könnte dir Geschichten erzählen ...»

«Bitte nicht.»

«Ja, ich weiß, ich weiß, ich hör schon auf.»

Ein milder Wind trägt das Pfeifen der Dampflok weit durch das Tal. Ariane mag das Geräusch. Sie mag auch den Geruch nach Kohle, der immer noch eine Weile über dem Ort schwebt, wenn der Zug schon lange außer Sichtweite ist. Auch wenn sie weiß, dass Kohle natürlich problematisch ist.

«Die wird auch irgendwann verboten.» Mario seufzt theatralisch. «Ach, Ariane, ich bin es so leid. Alles geht kaputt. Nichts darf man mehr machen. Klappe halten und Körner fressen. Ich komm da einfach nicht mehr mit. Ich will doch gar kein Arschloch sein, das von Leuten wie dir ans Kreuz genagelt wird. Eigentlich will ich nur, dass mich endlich wieder alle super finden.»

Ariane schließt die Augen, um den Anblick des Goldkettchens zu neutralisieren. «Tröste dich: Mich fanden noch nie alle super. Nicht mal Leute wie ich. Apropos: Wer soll das überhaupt sein, die Regenbogenfaschist-Innen von St. Pauli?»

Mario schnaubt. «Komm, hör auf. So bin ich nicht!»

«Wie?»

«Na, wie die olle Schreiber und so manch anderer hier. So bin *ich* nicht!»

Ariane fixiert ihn. «Nicht?»

«Nein!»

«Okay.»

Vielleicht weil Arianes Okay nicht ganz überzeugt in seinen

Ohren klang – tatsächlich misstraut sie derartigen Beteuerungen schon aus Prinzip –, setzt Super-Mario eine konspirative Miene auf und legt nach: «Meine Frau Lucy, die war früher an der Uni auch mal mit 'ner Frau zusammen. Na und? Denkst du, das macht mir was aus?»

Au weia, denkt Ariane. Auch das noch.

Wenn sie morgens ihren Kaffee aus dem recycelten Becher trinkt, kann sie immer noch Lucy Köhlers Berührung spüren – und das ist ein verdammt gutes Gefühl. Sie sollte es sich schleunigst untersagen. Aus Gründen.

«Du musst sie unbedingt kennenlernen», schwärmt Mario, der jetzt richtig in Fahrt ist. «Ich wette, ihr würdet euch mögen. Hatte ich dir nicht erzählt, dass sie auch auf Rio Reiser steht? Weißt du was, morgen Abend ist bei uns Grillparty. Komm doch auch. Das würde mich echt freuen. Kannst auch gerne deine Frau mitbringen.»

Ariane merkt, dass sie einen roten Kopf hat. Hochrot sogar.

«Was ist? Hast du Lust? Kommst du?»

«Ich denk drüber nach.»

«Ich hab noch Rehmedaillons im Tiefkühler. Die magst du doch. Schmeiß ich dir auf den Grill. Exklusiv.»

Gerade als Ariane sich eingestehen will, dass Super-Mario unterm Strich ein ziemlich netter Kerl ist oder es zumindest sein kann, steht er ruckartig auf, verkündet: «Ich muss pissen», und schlägt sich direkt hinter ihr in die Büsche. Außer Sicht-, aber immer noch in Hör- und Riechweite. Die Selbstverständlichkeit, mit der Männer überall öffentlich pinkeln, das kommt auch auf ihre To-do-Liste.

ANDREAS **TELEFONIERT**

Andreas liest wieder und wieder die Hasskommentare, die Ariane Höft von Holten ihm vor zwei Tagen geschickt hat. Je länger er darüber nachdenkt, umso unwohler wird ihm.

Er sucht nach einer Telefonnummer, aber dann legt er das Handy doch wieder zur Seite und wechselt in den Prokrastinationsmodus. Er checkt ein paar Nachrichtenseiten, liest einen komplett neuigkeitsfreien Artikel über die Mädchenmordserie, setzt ein angefangenes Online-Kreuzworträtsel fort, ohne es zu beenden, surft zum Weinversand seines Vertrauens und denkt darüber nach, das Kennenlernpaket *Internationale Rotwein-Selektion* zu bestellen, zwölf Flaschen und «nur heute mit 37 Prozent Rabatt!». Er lässt es dann aber und liest stattdessen bei Wikipedia den Artikel zum Hamburger Schanzenviertel. Da wohnt Sebastian also nun. Mit Google Street View fährt er durch ein paar Straßen des Viertels und denkt sich, wie es wäre, wenn er seinen Sohn auf einem Bild erkennen würde. Ach nee, die Gesichter sind ja alle verpixelt. Na ja, sieht aber ziemlich … quirlig aus.

Schließlich greift er erneut zum Handy und wählt eine Funknummer. Als er die unangenehm schnarrende Männerstimme am anderen Ende hört, bereut er seinen Anruf schon.

«Herr Wachtmeister! Das ist ja mal eine Überraschung!»

«Grüß dich, René.»

«Alte Brocken-Eule! Was verschafft mir die Ehre?»

Andreas würde am liebsten wieder auflegen. Er kommt sich total bescheuert vor. Will er seinem alten Schulfreund jetzt echt von seinen Zweifeln berichten? Erst mal Zeit gewinnen, denkt er sich und sagt: «Och, wollte einfach mal horchen. Bei euch ist ja bestimmt die Hölle los.»

«Kannste wissen! Hier ist die Kacke aber so was von am Dampfen.»

«Bist du denn …? Also, hast du …?» *Jetzt stottere doch nicht so rum, Andreas!*

«Was?»

«Na ja, arbeitest du auch an diesem Fall? An der Mord…»

René fällt ihm ins Wort. «Machst du Witze? Hier arbeitet *jeder* an dem Fall. Jeder! Eine Riesenscheiße ist das, echt.»

«Hm.»

«Manchmal hab ich mir tatsächlich gewünscht, ich würde schön irgendwo auf dem Land sitzen und müsste nur ab und zu den Einbruch in eine Datsche aufnehmen.»

Toll, denkt Andreas, während er in seinem Büro auf und ab geht und dabei aufmerksam von Frau Krause beobachtet wird. Hat ja nicht mal eine Minute gedauert, bis René die erste Spitze gegen ihn losgelassen hat. René Popp-Lange, Kriminalhauptkommissar in der Landeshauptstadt. Kaum zu glauben, aber Andreas und René waren mal gute Kumpels, damals in der Polizeischule, aber dann ist René genau den Karriereweg gegangen, den Andreas ebenfalls hätte gehen können, wenn er nicht so an seiner Heimat gehangen hätte, auch wenn die neue Arbeitsstelle nur eine gute Stunde entfernt gewesen wäre.

René hält einen kleinen Monolog, in dem er von der Mordserie berichtet und von den zahllosen Hinweisen, die eingehen, aber allesamt ins Nichts führen. Und er kann seine Begeisterung über die eigene Bedeutung nicht ganz verbergen. Schließlich fragt er: «Warum rufst du eigentlich an?»

«Na ja, ich hab mich gefragt …» Soll er ihm jetzt mit seinen Zweifeln kommen? Angesichts der monströsen Verbrechen, von denen René berichtet hatte, kommt es ihm regelrecht idiotisch vor.

«Was?»

«Na ja, kann ich irgendwie …»

«Was denn?»

Andreas ärgert sich, und er atmet tief ein und aus, um sich runterzuregeln. Wieso verdammt noch mal fühlt er sich gegenüber René so … so … er weiß gar nicht, wie er es ausdrücken soll: Klein? Minderwertig? Provinziell? Piefig?

«Kann ich irgendwie helfen?»

«Helfen? Wie, helfen?»

«Bei der Suche. Keine Ahnung.»

René lacht nur.

«Gibt's irgendwas, was nicht in der Zeitung steht?»

«Na klar, wir geben so wenig wie möglich raus. Die Medienfritzen wissen jar nüscht, schreiben sich aber trotzdem die Griffel wund.»

«Also habt ihr eine heiße Spur?»

René zögert. «Nee.»

Nun ist Andreas derjenige, der sich einen Seitenhieb nicht verkneifen kann: «Nicht? Hundert Mann und keine einzige Spur?»

«Nein, Mann!» Sie schweigen einen Moment, dann sagt René: «Total krank ist das. Den Opfern fehlen Schlüpfer und Socken.»

«Aha.»

«Ja.»

«Trophäen oder was?»

«Sieht so aus.»

René klingt jetzt immerhin ein bisschen kleinlauter.

«Und was ist deine Aufgabe?», fragt Andreas.

«Meine Aufgabe?»

«Na ja, ich meine, hundert Leute. Was machst du denn konkret?»

René schweigt lange. «Na ja, ich … wir sind unterwegs. Leute befragen. Klinken putzen quasi.»

«Hm.» Andreas entscheidet sich, es doch zu versuchen. «Sag mal, warum ich eigentlich anrufe … Ich hab hier so 'ne Sache.»

«Wow! Du hast da 'ne Sache?» René lacht wieder.

«Ja, was Komisches. Einen Todesfall, aber die Umstände sind seltsam.» Eigentlich sogar zwei Todesfälle, denkt er.

«Seltsame Umstände? Ja, so was soll vorkommen.»

«Kannst du dich an den Brockenhirsch erinnern?»

«Klar.»

«Hast du mitbekommen, dass Benno gestorben ist?»

«Der alte … wie hieß er gleich?»

«Mehrholz. Benno Mehrholz, genau. Aber nicht der Alte, sondern sein Sohn. Der hat den Laden übernommen und komplett umgebaut.»

Und dann erzählt Andreas, was passiert ist. Dass Benno offenbar von seinem eigenen Auto überrollt worden ist. Und dass es so viele Hassbotschaften gegeben hatte.

René lacht schon wieder, diesmal dezidiert abfällig. «Hassbotschaften! Na super! Ist das alles, was du hast? Willste wissen, was wir hier jeden Tag an Hassbotschaften bekommen?»

Andreas schweigt.

«Sei doch froh, Herr Wachtmeister. Das ist zwar ein komischer Unfall, aber du hast nichts, und niemand fragt nach. Ich würde die Sache einfach ad acta legen.»

Andreas schweigt. *Niemand fragt nach.*

Na ja, nur die Adlige. Und ich.

«Ehrlich», sagt René. «Hak's ab. Bei der aktuellen Lage wirst du ohnehin niemanden finden, der sich das genauer anguckt.»

ARIANE **BRAUCHT GESELLSCHAFT – UND MACHT YOGA MIT** ANDREAS

Arianes Handy vibriert in einer Tour. Sie guckt jedes Mal aufs Display, weil sie auf eine Antwort von Katja hofft, doch leider erreichen sie nur Ossi-Witze, mit denen Jeanette Hackenberg sie offenbar den ganzen Abend spammen will. Angefangen hat es mit einer Sprachnachricht: «Ariane, Sie sind ein Genie. Eine Woche hier und schon haben Sie Super-Mario an den Eiern gepackt und die Harzpachen ins Reservat verfrachtet. Herrlich! Sollen diese rückständigen Wilden doch im Keller von Herrn Eagle ihre Wunden lecken, da gehören sie hin. Ganz großes Kino, Frau Höft von Holten, ich muss sagen, so viel Schneid hätte ich Ihnen nicht zugetraut. Chapeau! Dann können wir ja ab sofort richtig Vollgas geben. Aber eine Frage hätte ich noch: Warum haben Ossis mehr Knochen als Wessis?»

Die Pointe hat sich Ariane schon nicht mehr angehört. Jeanette Hackenbergs Stimme hat eine ungute Wirkung auf sie, besonders in dieser euphorisierten Form. Abgesehen davon möchte sie mit Mario Köhlers Eiern nichts, aber auch wirklich gar nichts zu tun haben, und beim Stichwort Vollgas fällt ihr unweigerlich der Fahrstil der Chefin ein, was die Aussicht, künftig Seite an Seite mit ihr zu arbeiten, noch düsterer erscheinen lässt.

Immerhin: Inzwischen ist die Hackenberg zu Textnachrichten übergegangen. Da – noch ein Witz. Ariane fragt sich, was in ihre Chefin gefahren ist. Vielleicht kokst sie ja, es ist schließlich Freitagabend. Sie wüsste gern, wer die Geschäftsführerin von Harz-Touristik so detailliert über die Geschehnisse im Düsteroder Ortsrat informiert hat. Komplett isoliert kann sie demnach nicht sein.

Freitagabend also. Inzwischen ist es dunkel, die Restaurants (fünf an der Zahl) sind bestens besucht. Ariane streift durch die beiden Haupt- und die teilweise recht steilen Nebenstraßen von Düsterode und blickt in hell erleuchtete Fenster, sieht fröhliche Menschen beim Essen zusammensitzen.

Ariane seufzt. Leider hat sich mit Kollegin Julia bislang noch kein engerer Kontakt ergeben. In Hamburg haben Katja und sie einen kleinen, aber vertrauten Kreis an Freundinnen, mit denen sie regelmäßig Zeit verbringen, vor allem am Wochenende – tatsächlich mehr Frauen als Männer. Nach der anstrengenden ersten Arbeitswoche dürstet es Ariane nach entspannter Gesellschaft. Sich mal wieder richtig ausquatschen. Zusammen lachen. Gutes Essen, gern auch vegan, sie hat sich sowieso viel zu ungesund und klimaschädigend ernährt in letzter Zeit.

Bei der Gelegenheit fällt ihr der leere Kühlschrank in ihrem Apartment ein. Sie könnte sich den Dienstwagen schnappen, um nach Wernigerode in den Supermarkt zu fahren, laut Vertrag steht ihr die Benzinschleuder auch für private Fahrten zu. Bisher hat sie davon selbstverständlich keinen Gebrauch gemacht. Aber falls Katja und Woodie wirklich zu Besuch kommen, soll es ihnen an nichts mangeln. Frau und Hund sind anspruchsvoll.

Gedacht, getan. Ariane checkt kurz die Öffnungszeiten der Wernigeroder Supermärkte – bis zehn, genau wie in Hamburg –, wenig später ist sie schon auf der Piste.

Die Antwort von Katja erreicht sie, als sie gerade im stockfinsteren Fichtenwald durch Serpentinen schleicht. Die eingehende Nachricht bringt das Display in der Ablage zum Leuchten.

«Nicht schon wieder», murmelt Ariane, doch dann riskiert sie einen verstohlenen Blick, erkennt den Namen ihrer Frau und strahlt. Endlich. Katja fehlt ihr. Als vorsichtige (manche sagen auch übervorsichtige) Fahrerin gurkt sie dennoch gesittet, aber voller Vorfreude bis zum nächsten Ort, wo sie den Kombi ordnungsgemäß in die nächste freie Parklücke lenkt, bevor sie zum Handy greift.

Katja sagt ab.

Das tut an sich schon weh, besonders schmerzhaft ist allerdings die Begründung: Obwohl sie seit einer Ewigkeit nicht so lange voneinander getrennt waren, zieht Arianes Frau es vor, am Wochenende ihre Eltern auf dem Rittergut von Holten zu besuchen. *Komm doch auch*, schreibt sie. *Mama und Papa würden sich freuen.* Ja, klar. Die wären außer sich vor Entzücken, wie immer, wenn sie sehen, was für eine gute Partie ihre Prinzessin gemacht hat.

Einen Moment überlegt Ariane tatsächlich, direkt nach Hause durchzustarten, so groß ist das Bedürfnis, a) einen Streit mit Katja vom Zaun zu brechen, um dann b) den Versöhnungssex zu genießen und schließlich c) die von Holtens am Sonntag beim High Tea mit ihrer kleinbürgerlichen Anwesenheit zu *beglücken*. Doch das wäre ja fast ein Eingeständnis, dass der Job im Harz eine Schnapsidee war, wenn sie es nur werktags in der Fremde aushält.

Einen Monat haben die Schwiegereltern ihr gegeben. Nein, sie wird bleiben, wo sie ist. Sie wird allein in Restaurants speisen, bis sie Freundschaften geschlossen hat. Sie wird morgen auf Super-Marios Party gehen – und jetzt beim Harzer Hexentrio den Abend mit einem dieser leckeren Mettbrötchen beschließen. Denn zufällig ist sie genau vor dem Kiosk zum Stehen gekommen, wie sie erst jetzt bemerkt, und drinnen brennt noch Licht. Wenn das kein Zeichen ist.

«Geschlossen», ruft Renate, die böse Hexe, als sie Ariane erblickt.

«Die Tür war offen.»

«Na und? Haben Sie die Öffnungszeiten nicht gesehen?»

Hat sie. Sie hat auch bemerkt, dass Renate einen weißen Baumarkt-Overall trägt. Auf dem Verkaufstresen steht ein Eimer weißer Innenraumfarbe direkt neben einem Tablett mit Kanapees. Anscheinend sind Renovierungsarbeiten fällig. Und für das leibliche Wohl ist auch gesorgt. Im Hintergrund dudelt wie beim letzten Mal das Radio, nur die Katze lässt sich nicht blicken.

Ariane stellt sich blöd. «Kann ich nicht noch schnell ein paar davon kaufen? Die sehen echt superlecker aus», sagt sie und deutet auf die üppig belegten Schnittchen, die so appetitlich garniert sind, dass ihr das Wasser im Mund zusammenläuft. Es gibt Putenbrust, Räucherlachs, Roastbeef und Harzer Käse, dazu Gürkchen, Ei, duftende Meerrettichcreme und Oliven. Leider ist weit und breit kein Mett in Sicht, dennoch ist Arianes Beutetrieb kurz davor, freizudrehen: «Ich würde zwei von jeder Sorte nehmen. Entschuldigen Sie, dass ich nach Feierabend störe, aber ich sah das Licht brennen. Und ich bin wirklich sehr hungrig. Geradezu ausgehungert. Was macht das?»

Arianes Hand zuckt schon, bereit für den Zugriff.

Renate baut sich schützend vor dem Tablett auf. In ihrem Overall wirkt sie kernig, außerdem ist sie ziemlich groß – und Ariane eher klein.

«Die sind nicht zu verkaufen. Sind Sie schwer von Begriff? Wir haben zu!»

Die Art, wie sie sich gegenüberstehen, birgt erhebliches Eskalationspotenzial.

Bevor sie richtig aneinandergeraten, erscheint glücklicherweise die gute Hexe Elke (die mit dem Sohn, der auch Zwiebeln mag) auf der Bildfläche, auch sie in einen weißen Overall gehüllt.

«Was ist denn hier los?»

«Ich hab ihr gesagt, dass wir geschlossen haben. Sie will uns unbedingt die Schnitten abkaufen», zetert Renate. «Zwei von jeder Sorte. Ich schwöre, die wollte sich eben einfach welche nehmen. So eine Frechheit.»

Petze, denkt Ariane.

Elke blickt von Renate zu Ariane, dann wieder zu Renate – und lacht. «Das ist unser Proviant für den ganzen Abend. Wir müssen nämlich streichen. Hexe 3 schärft ihre Krallen gern an den Wänden.» Sie überlegt kurz. «Wissen Sie, mein Ex-Mann kommt gleich zum Helfen, der hat auch immer einen Bärenhunger. Wenn Sie ihm nicht alles wegessen, bedienen Sie sich doch bitte.» Elke schiebt Renate sanft zur Seite, greift sich das Tablett und hält es Ariane hin.

Die lässt sich nicht zweimal bitten. «Tausend Dank. Sie sind meine Rettung.» Triumphierender Blick Richtung Renate, liebenswürdiges Lächeln Richtung Elke. «Was bin ich Ihnen schuldig?»

«Sie sind eingeladen. Nehmen Sie ruhig nach, es ist ja genug da. Aber am besten nicht die mit Käse oder Pute, die sind für meinen Ex. Andreas ist Vegetarier.»

Ariane ist verwirrt. «Pute ist doch auch Fleisch», sagt sie, bereits auf einem saftigen Stück Roastbeef kauend.

Elke lacht wieder. «Das sagt er auch immer. Na, egal. Los, Renate, wir müssen abkleben. Sonst sind wir morgen noch nicht fertig.» Und zu Ariane gewandt: «Falls Sie auch etwas trinken möchten: Da hinten in der Kiste steht Bier. Mit und ohne Alkohol. Geht aufs Haus.»

«Nochmals danke.»

Aus Vernunftgründen entscheidet sich Ariane für das alkoholfreie Bier. Schweigend nimmt sie ihr Abendessen zu sich, froh über die Schlagermusik, die im Hintergrund dudelt und dem Gefühl, deplatziert zu sein, die Schärfe nimmt. Nachdem sie so dafür gekämpft hat, schmeckt jeder Bissen besonders köstlich.

Während die Hexen die Vorbereitungen fürs Streichen treffen, überlegt Ariane, ob es arg übergriffig wäre, den beiden als Dankeschön für die Mahlzeit ihre Hilfe anzubieten.

«Ich frag mich, wo Andreas bleibt», sagt Elke unvermittelt. «Der müsste längst hier sein. Ich hoffe, der drückt sich nicht wieder, wie letztes Mal. Komm, wir müssen das Regal hier noch vorrücken.»

Steilvorlage, denkt Ariane. «Kann ich helfen?»

Elke guckt überrascht, Renate abweisend, beinahe schockiert. «Gern, wenn Sie nichts Besseres zu tun haben», sagt Elke nach kurzem Zögern.

«Hab ich nicht. Außerdem möchte ich mich gern für das Essen revanchieren.»

Renate macht kleine hektische Kopfbewegungen und flüstert ihrer Kollegin etwas ins Ohr. Es ist ein ziemlich lautes Flüstern: «Das ist doch die Neue von der Harz-Touristik. Die hat heute die Harzpachen verbieten lassen.»

«Sie kann dich hören, Renate», sagt Elke. «Außerdem weiß ich, wer das ist.»

Ariane rollt die Augen. «Ich habe die Harzpachen nicht verbieten lassen. So ein Quatsch. Ich hab überhaupt kein Stimmrecht. Außerdem: Von einem Verbot kann keine Rede sein.»

«Tun Sie doch nicht so», beharrt Renate. «Darauf läuft es doch am Ende hinaus, das wissen Sie ganz genau. Das ist genau Ihre Absicht. Alle hassen Sie! Was meinen Sie, was in meiner WhatsApp-Gruppe los ist.»

Elke haut mit der Faust auf den Tresen, dass die Kanapees hüpfen. «Jetzt ist aber Schluss, Renate. Mach der Ärmsten gefälligst keine Angst, das gehört sich nicht.»

Sie nähert sich Ariane und tätschelt ihr unbeholfen die Schulter. «Ich bin auch in dieser WhatsApp-Gruppe. Alles halb so wild. Die meisten regen sich bloß wegen der Ferienfreizeiten auf. Weil sie dann nicht wissen, wohin mit ihren Blagen, die ihnen die ganze Zeit auf der Nase rumtanzen.»

«Das sehe ich ein, und das ist in der Hinsicht ja auch blöd gelaufen», sagt Ariane. «Das ist bedauerlich.»

Renate schnaubt.

Elke wirft ihrer Kollegin einen vernichtenden Blick zu. «Ich finde es nicht bedauerlich, ehrlich gesagt. Mein Sohn war da als Kind auch und ist in einem Sommer so schlimm gemobbt worden, dass er wieder ins Bett gemacht hat. Das hat damals von den Harzpachen keinen interessiert. Also, ich weine denen keine Träne nach.»

«Gemobbt. Dass ich nicht lache», sagt Renate.

«Jawohl, gemobbt. Und dein Markus hat mitgemacht.»

«Weil dein Sebastian so ein idiotisches Mädchenkostüm angezogen hat. Perlen hier, Glitzer da. Und du hast ihm noch dabei geholfen, das Ding zu nähen. War doch klar, dass er dafür gehänselt wird.»

«Er liebt eben Perlen und Glitzer. Na und?»

«Ja, klar liebt er Perlen und Glitzer. Wie eine ...» Renate unterbricht sich.

«Wie eine was?»

«Du weißt schon, was ich meine.»

«Nein, weiß ich nicht. Spuck's aus. Wie eine was?»

Ariane versucht, sich zu wappnen für das, was da kommt. Schwuchtel? Schwule Sau? Tucke? Oder vielleicht eine andere regionaltypische homophobe Beleidigung, die sie noch nicht kennt? Elke tut ihr leid. Sebastian tut ihr leid, unbekannterweise, ein kleiner Junge in einem Perlen- und Glitzerkostüm, heute längst erwachsen – und dem Harzpachen-Marterpfahl hoffentlich unbeschadet entkommen.

Elke lässt nicht locker. Inzwischen sieht sie aus, als wäre jetzt sie kurz davor, handgreiflich zu werden.

Am Ende hält Renate dem Druck nicht stand. «Ich sag hier gar nichts mehr, solange die da mithört. Das ist ja wie bei der Stasi. Ich geh eine rauchen», sagt sie und flieht nach draußen.

Elke macht sich schweigend ein Bier auf und trinkt einen großen Schluck. Dann isst sie ein Schnittchen mit Roastbeef und fängt an, Ariane Anweisungen zu erteilen, was wohin geräumt gehört. Eine Weile arbeiten sie Hand in Hand.

Dann dreht sich Elke zu Ariane hin und sagt: «Mein Sohn ist schwul. Aber das haben Sie sich ja bestimmt schon gedacht.»

«Das habe ich», erwidert Ariane ruhig. «Sie erwähnten ihn neulich schon mal. Er lebt doch in Hamburg, oder? Geht es ihm gut?»

Sie nickt zerstreut. «Ja. Also, ich denke, Sebastian ist ganz zufrieden. Hoffe ich. Wissen Sie, eigentlich weiß ich es nicht. Ich weiß nicht mal genau, ob er wirklich schwul ist, er ist mit einem Mann zusammen, aber er sagt, er fühlt sich selbst nur manchmal als Mann und manchmal aber auch als Frau oder so, er hat sogar einen Begriff dafür, den kann ich mir aber nicht merken.»

«Genderfluid», schlägt Ariane vor.

«Ja, ich glaube, das war es. Wenn Sie das sagen, klingt es ganz normal.»

«Es ist ganz normal. Nur weil es selten ist, ist es nicht unnormal.»

Elke kratzt sich am Hinterkopf. «Das sagen Sie mal seinem Vater. Der kommt damit überhaupt nicht klar.»

Ariane denkt an ihren eigenen Vater, zu dem seit frühester Kindheit kaum Kontakt besteht, weil er sie seit seiner zweiten Heirat auf Distanz gehalten hat. Er hielt nichts von Patchwork-Experimenten, wie er es nannte. Zumindest darüber waren er und Arianes Mutter sich einig. Die übrigens auch nicht gerade begeistert war, als sie und Katja von ihren Heiratsplänen berichteten, und die heute immer noch allzu oft peinlich berührt wirkt, wenn es vor anderen darum geht, dass ihre Tochter lesbisch ist. Ganz anders hat sie es mit Katjas Eltern erlebt, von der Seite kam von Anfang an viel Unterstützung. Inzwischen halten sie Ariane zwar für eine Loserin, aber mit der sexuellen Orientierung gab es nie ein Problem. Den von Holtens gelingt es, gestrig und progressiv zugleich zu sein: Hauptsache, ihre Tochter ist in der Partnerschaft gut versorgt. Von wem oder was, ist ihnen schnuppe: männlich/weiblich/divers.

«Mit Eltern ist es oft schwierig», sagt sie vage. Sie hat zwar das Gefühl, dass Elke gern mehr von ihr hören würde, irgendetwas Erhellendes in Sachen Väter und schwule Söhne, doch ihr fällt nichts ein. Sie lächelt Elke offen an. «Schön, dass Sie zu ihrem Sohn stehen.»

«Andreas würde auch jederzeit zu Sebastian stehen, wenn es hart auf hart käme. Er ist kein schlechter Mensch, Renate übrigens auch nicht, die hat auch ihre guten Seiten. Für manche Leute dreht sich die Welt einfach einen Tick zu schnell heutzutage.»

Ariane schweigt. Sie findet: Für all diejenigen, die noch nie eine Stimme hatten, dreht sie sich noch längst nicht schnell genug. Und viel zu oft sogar rückwärts. Genau das sagt sie Elke dann auch behutsam, aber die geht nicht darauf ein, was Ariane gut verstehen kann, Elke hängt noch zu sehr in ihrer eigenen Geschichte fest.

«Sie kennen Andreas übrigens. Er ist hier der Dorfpolizist. Sie hatten, glaube ich, miteinander zu tun, als Sie den armen Teufel entdeckt haben, der von der Klippe gestürzt ist.»

Polizeihauptmeister Andreas Anton – na, so ein Zufall. Tja, Düsterode ist halt winzig. Und der lehnt sein eigenes Kind ab?

Wie unsympathisch. Andererseits ist es ziemlich nett, der Ex den Laden zu streichen. Dieser Mann ist und bleibt ein Rätsel. Und die Sache mit dem Hitlergruß, der hoffentlich keiner war, kann Ariane auch nicht vergessen. Vielleicht ist ja Elke bereit, ein wenig Licht ins Dunkel zu bringen, mit ihr stimmt die Chemie jedenfalls.

«Darf ich Sie was fragen?»

«Klar. Nur zu.»

«Ihr Ex-Mann, ist der rechts?»

Elke guckt sie entgeistert an. «Wie? Politisch? Meinen Sie, ob er ein Nazi ist?»

Ariane nickt.

«Hundertprozentig nicht. Wie kommen Sie denn auf so was?»

«Ich hab ihn zufällig durchs Fenster gesehen. In seinem Revier. Und da hat er einen Hitlergruß gemacht. Zumindest sah es so aus.»

Elke stutzt nur kurz, bevor bei ihr der Groschen fällt und sie in schallendes Gelächter ausbricht. Sie lacht und lacht, dann nimmt sie noch einen großen Schluck Bier, wischt sich die Lachtränen von den Wangen und grinst Ariane breit an. «Eine Großstadtpflanze wie Sie macht doch bestimmt Yoga, oder?», fragt sie heiser, worauf Ariane reflexartig nickt, einfach weil es in ihren Kreisen tatsächlich zum guten Ton gehört. Und sie war ja auch schon einige Male mit Katja beim Yoga, na gut, eigentlich war es nur einmal, aber immerhin.

«Sehen Sie, Andreas macht das auch, keine Ahnung, wie der auf so was kommt. Der dicke Brummbär, es ist zum Schießen, aber er ist davon inzwischen richtig gelenkig geworden.»

Also hatte Katja recht. Und doch: Ariane hat noch immer letzte Zweifel. «Sind Sie sicher?»

«Ganz sicher.»

Und wie aufs Stichwort erscheint der langersehnte Andreas Anton nun tatsächlich auf der Bildfläche, murmelt eine Entschuldigung für die Verspätung und wird, nachdem die Begrüßung von Frau Krause wie ein Mini-Tornado über Elke und Ariane hinweggefegt ist, direkt von seiner Ex-Frau in die Pflicht genommen.

«Andreas, hör zu, diese reizende junge Dame hier glaubt nicht, dass du Yoga kannst. Ich schlage vor, du beweist es ihr. Mach diese Übung, die so komisch aussieht, weißt schon. Hopp-hopp, fang an, sonst wird sie dich ewig für einen Nazi halten. Sie hat dich nämlich durchs Fenster gesehen.»

Andreas verzieht das Gesicht. Er wirkt ehrlich empört. «Nazi? Ich? Jetzt geht's aber los!», knurrt er. «Frau Höft von Holten, ich muss doch sehr bitten.»

Ariane streichelt Frau Krause. Die ganze Situation ist so skurril, dass sie anfängt, ihr Spaß zu machen. «Ich will den Tänzer sehen, Herr Anton», sagt sie trocken. «Dann glaube ich Ihnen vielleicht.»

Elke blinzelt verschmitzt. «Ja, genau, Andreas. Ich will den Tänzer auch sehen.»

Andreas schnaubt.

Wenig später beobachtet Ariane fasziniert, wie der Polizist sich auf das linke Bein stellt, während er das angewinkelte rechte Bein mit der Hand am Knöchel umfasst. Ohne auch nur zu wackeln, zieht er das Bein in die Höhe, vorne geht der linke Arm elegant in die verbotene Grußposition.

Elke applaudiert. «Jetzt Sie», ruft sie Ariane zu. «Na los, Sie dürfen auch nicht kneifen, stellen Sie sich dazu, dann mache ich ein Foto von Ihnen beiden.»

Ariane bekommt einen Schreck.

Andreas Anton steht wie eine Eins, mindestens hundert passabel verteilte Kilo ganz und gar im Reinen mit sich und der Schwerkraft.

«Ich warte, Frau Höft von Holten», sagt er und fügt dann im perfekt imitierten Adolf-Hitler-Duktus hinzu. «Zeigän Sä mär dän Tänzärrr. Pardon: dä Tänzärän!»

Ariane lacht. Inzwischen hat auch Renate wieder den Laden betreten und stimmt in Elkes Anfeuerungsrufe ein, sobald sie begreift, was vor sich geht. Was für ein überraschender Sinneswandel.

Da Ariane sich zwar für unsportlich, aber insgesamt doch für halbwegs beweglich hält, gibt sie zu guter Letzt nach. Was soll schon passieren?

Die Hexen johlen vor Freude, und Frau Krause bellt, als sie sich neben Andreas in Position begibt.

Siehe da: Am Anfang klappt die Figur wie durch ein Wunder tatsächlich ganz gut. Bis Ariane versucht, sich vorzubeugen. Da machen sich die Kanapees in ihrem Magen auf unangenehme Weise bemerkbar, und sie muss all ihre Willenskraft aufbringen, um einen heftigen Rülpser zu unterdrücken. Dummerweise verliert sie darüber das Gleichgewicht und reißt Andreas Anton mit sich in die Tiefe.

Mit einem Quieken landet sie auf ihm. Sie fällt weich. Als sie in sein Gesicht blickt, die warmherzigen Augen, den Dreitagebart, die dünnen, mittelblonden Ponyfransen, die in seiner Seitenscheitelfrisur keinen Halt finden, gibt es einen Moment, wo sie einander nicht nur sehen, sondern auch erkennen. Ariane spürt, Andreas Anton ist wirklich kein schlechter Mensch. Er muss nur das mit seinem Sohn klarkriegen, dann wird aus ihm womöglich sogar ein richtig Guter.

Humor hat er jedenfalls, das steht fest. Sonst hätte er wohl kaum vorgeturnt und würde auch nicht in so schallendes Gelächter ausbrechen, als Arianes Rülpser sich doch noch Bahn bricht, bevor sie es geschafft hat, sich von ihm runterzurollen. Ariane stimmt ein. Lachend liegen sie erst noch eine Weile auf- und dann nebeneinander.

Hinterher hilft er ihr hoch. Danach kann es endlich losgehen mit dem Streichen.

ANDREAS **UND** ARIANE **TANZEN**

Als Andreas sein Fahrrad abstellt, kommt ihm ein schrecklicher Gedanke. Da seine Ex und ihr Gatte eingeladen sind – könnte es sein, dass die bekloppte Renate Rusalka auch da ist? Wenn dem so ist, denkt er, mache ich auf dem Absatz kehrt und strample wieder nach Hause. Auf die Party hat er ohnehin schon keine Lust – auf Elkes spinnerte Kollegin noch viel weniger. Renate hat ihn am Vorabend vor dem Streichen am Kiosk abgefangen und sofort mit ihrem Pendel-Blödsinn zugetextet. Obwohl nur sie beide dort draußen standen, war sie so nah ihn herangerückt, dass ihm die gesammelten Frittier-Ausdünstungen des Tages in die Nase stiegen. Sie sei absolut sicher, hat sie geraunt: Der Mädchenmörder kommt aus Düsterode! Und dann hat sie, als sei das schon ein Beweis, ihr Fadenpendel aus einer Tasche ihres Overalls gezogen und es vor seinem Gesicht baumeln lassen.

«Sag bloß», hat Andreas geantwortet, während er einen Schritt zurückgetreten ist. Gedacht hat er: Wie hält meine Ex es bloß mit dieser Esoterik-Aficionada aus? «Knüller, Renate. Hast du auch einen Namen für mich?»

Renate hat ihn perplex angeschaut, und weil sie ihm auf einmal leidtat, hat er gesagt: «Danke für den Hinweis. Ich hör mich mal um.»

Jetzt starrt Andreas auf das Köhler'sche Anwesen, ein Nachwende-Fertighaus, das in den Harz passt wie eine Blockhütte auf den Potsdamer Platz in Berlin. Die Hauswände sind lachsfarben, im geschotterten Vorgarten stehen drei Buchsbaumkugeln und eine Frauenstatue: Römerin mit antikem Walle-Gewand. Vier Stufen führen zur himmelblauen Eingangstür, die von zwei fetten weißen Säulen flankiert wird.

Es ist kurz vor neun, die Sonne ist bereits untergegangen, aber es ist noch angenehm warm. Andreas lauscht auf die Musik, die von drinnen zu hören ist. Achtzigerjahre-Rock. Andreas erkennt *Eye of the tiger*.

«Guten Abend, Herr Anton.»

Andreas erschrickt und dreht sich um. «Ach, Sie sind auch hier?», sagt er und denkt: Was für eine bescheuerte Frage, schließlich ist sie Marios Kollegin, das komplette Team wird heute Abend antreten müssen.

«Wo ist denn Ihr toller Hund?»

«Der wollte in Ruhe sein Tausend-Teile-Puzzle fertig machen.»

Ariane Höft von Holten kichert. «Übrigens, was ich Ihnen noch sagen wollte …» Sie zögert.

«Ja?»

«Gut erzogen ist Frau Krause nicht.»

«Was? Wieso das denn?»

«Wie sie die Leute anspringt, das geht nicht. Das dürfen Sie ihr nicht durchgehen lassen.»

Andreas schweigt und schaut die Adlige an. Mann, Mann, Mann, denkt er. Immer wenn ich gerade anfange, dich irgendwie sympathisch zu finden, sagst du was Bescheuertes. Oder du rülpst mir ins Gesicht, erinnert er sich an die Slapstick-Einlage im Kiosk.

Ariane zwinkert ihm zu, dann schaut sie zum Haus: «Scheint

ja schon ordentlich Stimmung zu sein», sagt sie, dann murmelt sie: «Schottergarten. Aha.»

Die letzten Töne von *Eye of the tiger* verklingen und werden von einer markanten Synthesizer-Fanfare abgelöst. «Oha! *Jump*», sagt die Adlige. «'ne richtige Achtzigerjahre-Party.»

Eddie van Halen beginnt zu singen – *«I get up, and nothing get's me down»* – und Andreas sagt: «Na ja, dann ... ähm, jumpen wir mal rein, was?»

Ariane steuert auf die Eingangstür zu, aber Andreas gibt ihr ein Zeichen, seitlich ums Haus zu gehen. Er lässt ihr den Vortritt.

Andreas runzelt die Stirn. Die Adlige trägt eine Art Kleidanzug, bestehend aus einem einzigen Teil, ein dunkelblauer Kordstoff mit Blumenmuster. Komisches Ding, denkt er, oben Träger, unten in die Breite gehende Hosenbeine. Andreas nimmt an, dass es dafür einen Fachbegriff gibt. Bisschen extravagant, findet er. Aber auch schick. Genau wie das Fußkettchen, das am rechten Knöchel über der Sandale hängt.

Sie erreichen den Eingang zum Garten und bleiben stehen. Andreas sondiert die Lage. Was erstaunlich flott geht, denn es sind nicht besonders viele Leute da. Vor allem keine Renate, immerhin.

Als der Gastgeber Andreas und Ariane erblickt, reißt er in gespieltem Erschrecken die Augen auf und brüllt über die Terrasse: «Achtung, Leute! Die Bullen! Alle Nutten unter die Tische! Und räumt das Koks weg!» Er lacht sich schlapp über seinen Spruch und tänzelt auf die Neuankömmlinge zu.

Andreas wirft Ariane einen schnellen Blick zu. Sie steht mit leicht geöffnetem Mund da.

Mario strahlt die beiden an. «Seid ihr etwa zusammen gekommen?», fragt er. Und nach einer kurzen Pause: «Hab ich was verpasst?» Er zwinkert ebenso auffällig wie anzüglich, erneut folgt ein kollerndes Lachen. «Sorry, Ariane», sagt er dann. «Das gibt bestimmt wieder Minuspunkte, was?» Er hakt Ariane rechts und Andreas links unter und marschiert mit ihnen zur Terrasse; unterwegs feuert er ein Fragen- und Aussagen-Stakkato ab, ohne auf eine Antwort zu warten. Seine Stimme klingt bereits leicht verwaschen. «Was wollt ihr trinken? Hoffe, ihr habt ordentlich Hunger! Geht's gut? Das Team ist schon da! Der Landrat fehlt noch! Schick siehste aus, Ariane! Neuigkeiten von der Verbrecherfront? Ist das 'n Fußkettchen? Das würde meiner Frau auch stehen. Wo ist meine Frau überhaupt?»

Zumindest die letzte Frage beantwortet sich von selbst, weil Lucy Köhler gerade aus der riesigen, weit geöffneten Schiebetür ins Freie tritt. Sie begrüßt erst Andreas mit Handschlag und dann – deutlich herzlicher, nämlich mit einer langen Umarmung – Ariane.

Mario zeigt nach schräg vorn. «Bierfass steht da drüben. Selbstbedienung, ja? Drinnen ist der Frauenkram. Aperölchen, Campari, Gin Tonic, ich glaube, Lucy hat auch Limetten für Caipis. Baby, ham wir Limetten?»

Lucy nickt, aber Mario zeigt schon woanders hin, nämlich zum Grill. «Mein Bruder hat das Oberkommando übers Feuer.» Er haut Andreas eine Pranke auf die Schulter. «Ich hab ganz feine Sachen, mein Lieber. Schwein, Rind, Huhn. Steaks, Hüfte und Lende, eingelegte Pute, Spareribs …»

«Danke, aber du weißt doch …»

«Alles bio!», unterbricht Mario ihn. «Nix Supermarkt! Aber okay, du bist ja schon groß. Drinnen sind Salate, Brot, Käse und das ganze grüne Zeug. Bedien dich einfach.»

Lucy winkt Ariane heran und gemeinsam treten die Frauen durch die Terrassentür ins Wohnzimmer. Geschäftstüchtig ist

Lucy ja schon, denkt Andreas. Gute Kunden müssen eng gecoacht werden.

«Ziemlich kleine Runde», sagt er, um Mario ein bisschen den Wind aus den Segeln zu nehmen.

«Ist ja noch früh! Wie gesagt, der Landrat wollte noch kommen. Und Tom, der Arsch. Rainer und Uschi fehlen auch noch.» Er rasselt weitere Namen herunter.

Andreas wundert sich trotzdem, schließlich läuft die Party seit zwei Stunden. Er erinnert sich an Grillabende in Super-Marios Garten, bei denen kein Zentimeter Rasen mehr frei war.

«Und wo ist deine Indianer-Truppe?»

«Pah, die. Ich war ja nie richtig Mitglied bei denen, also … Ach, guck mal, wer da kommt!», ruft Mario, schlägt Andreas erneut auf die Schulter und macht sich mit den Worten «Du kommst klar, oder?» auf den Weg, um zwei neue Gäste zu begrüßen.

Andreas verschafft sich einen genaueren Überblick. Auf dem Rasen stehen sechs Bierzelt-Tische mit jeweils zwei Bänken, aber nur eine Garnitur ist besetzt, und zwar von Marios Team. Die übrigen Gäste stehen in Kleinstgruppen auf der Terrasse, Andreas zählt acht Leute, allesamt Nachbarn der Köhlers.

Am Grill steht Marios Bruder und arbeitet konzentriert. Andreas tritt an ihn heran.

«Na, Herr Grillmeister, alles klar?»

«Logo, Herr Wachtmeister», brummt Wilfried Köhler, ohne den Blick vom Fleisch zu nehmen. Er trägt ein T-Shirt mit dem Spruch *Unterschätze nie einen alten Mann mit einem Grill.*

Andreas schaut auf den voll belegten Rost. Ein halber Quadratmeter totes Tier. Den Duft findet er gar nicht mal unangenehm, die schiere Menge umso mehr. Neben dem Grill steht ein Campingtisch; auf Tellern und Platten liegt rohes Fleisch, das für eine Kompanie reichen würde.

Andreas will sich ein Bier holen. Auf dem Weg zum Fass trifft er auf eine junge Frau.

«Doreen? Bist du's? Dich hab ich ja ewig nicht gesehen.»

«Heimaturlaub. Grüß dich, Andreas.»

«Ich fass es nicht. Du bist aber groß geworden!», sagt er und grinst breit. Was er nicht sagt: Marios Tochter sieht ihrer verstorbenen Mutter Grit frappierend ähnlich.

Doreen lacht. «Ich bin zweiundzwanzig.»

«Studierst du noch?»

Sie nickt.

«Was war's noch mal?»

«Psychologie.»

Andreas merkt, dass Doreen weiterwill: «Na ja, wir sehen uns im Laufe des Abends noch, was?», sagt er.

Doreen geht zum Grill und nimmt sich einen Teller. Wilfried legt zwei kleine Putensteaks drauf, und Doreen verschwindet wieder im Haus.

Andreas wendet sich dem Bierfass unterm Küchenfenster zu, und während er wartet, dass der Schaum in seinem Glas zusammenfällt, beobachtet er Lucy und Ariane, die vor dem geöffneten Kühlschrank stehen. Lucy trägt eine schwarze Bluse und enge schwarze Jeans. Sie hat gerade einen Sektkorken knallen lassen, und Ariane betrachtet sie mit einem ... ja, doch: mit einem regelrechten Strahlen im Gesicht.

Was ein echtes Lächeln aus dem Gesicht eines Menschen macht, denkt er. Durch das angekippte Fenster bekommt er mit, dass sich die beiden über Klamotten unterhalten, vermutlich die Sachen, die Ariane bei Lucy gekauft hat.

«So bequeme Schuhe hatte ich noch nie», hört er Ariane sagen.

Jemand tippt ihm auf die Schulter, und er dreht sich um. «Elke, grüß dich.»

Er und seine Ex umarmen sich, anschließend hält er seinem Nachfolger, einem Tierarzt namens Jens Bärthel, die Faust hin und macht sich daran, den beiden ein Bier zu zapfen.

«Danke noch mal für deine Hilfe», sagt Elke.

«Keine Ursache. War doch ein lustiger Abend.» Mehr als nur lustig, denkt er und wirft einen Blick in die Küche, wo Lucy gerade Doreen herbeiwinkt, um sie Ariane vorzustellen.

Elke zwinkert ihm zu. «Stimmt. Bist echt beweglich geworden.»

Sie stoßen zu dritt an und schauen in den Garten, der langsam im Dunkel versinkt, wodurch die üppige Illumination besser zur Geltung kommt: In mehrere Bäume sind Spots gerichtet, hinzu kommen diverse Lichterketten. Aus dem Küchenfenster dringt Gelächter.

Das Büffet ist im Wohnzimmer aufgebaut, und dort trifft Andreas auf Ghislaine Blech. Sie umarmt ihn herzlich, und es gefällt ihm, ihren Körper an seinem zu spüren. «Hey, mein Teddybär, dit is aber schön, dich hier zu sehen. Bekommt der Abend ja doch noch Sinn. Is ja nüscht los in dem Bums hier.»

«Warte, bis der Landrat da ist», sagt Andreas, und Ghislaine lacht.

«Dit erzählt Super-Mario wohl jedem.»

Auf Partys, denkt er, ist die Beauty-Queen eine echte Bereicherung. Schlechte Stimmung gibt's mit ihr jedenfalls nicht.

Andreas nimmt sich einen Teller und belädt ihn mit Tomate-Mozzarella-Salat, diversen Antipasti, verschiedenfarbigen Aufstrichen, gegrilltem Gemüse und drei Baguettescheiben.

Mit Ghislaine setzt er sich draußen an den freien Tisch neben den Touristikern, wenig später gesellen sich auch Elke und Jens dazu.

Sie machen Small Talk, reden über Dorfklatsch, den toten Benno und die Zukunft des Brockenhirsch, die Mädchenmorde (nichts, was Andreas nicht schon gewusst hätte) und den Klimawandel, und Andreas fragt Jens, ob er sich Sorgen machen muss, weil Frau Krause manchmal humpelt.

«Oft?»

«Nee, nur manchmal. Wenn sie aufsteht und losläuft.»

«Wie alt ist die Dame denn inzwischen? Sechs?»

«Fast sieben.»

«Hm, bisschen früh. Schick mir mal ein Handyvideo, damit ich mir ein Bild machen kann.»

Irgendwann sind die Themen erschöpft, aber das sich ausbreitende Schweigen ist nicht unangenehm. Hier sitzen vier Leute, die sich lange kennen und schätzen – auch wenn sie Letzteres einander nie sagen würden. Andreas und Jens wechseln sich ab beim Getränke-Nachschub. Ghislaine wiegt ihren Körper im Rhythmus der Musik, statt Rock dudeln jetzt gut abgehangene Pop- und Dancefloor-Hits, ein Party-Gassenhauer jagt den nächsten: Haddaway, Dr. Alban, Ace Of Base, Culture Beat, Nick Kamen, Rick Astley. Die Stimmung, die die Musik ausstrahlt, steht in seltsamem Kontrast zur lahmen Atmosphäre im Garten.

Als *Let's talk about sex* von Salt 'n' Pepa erklingt, wird Ghislaine richtig wach. Sie schaut Andreas übertrieben lasziv an, rutscht heran, bis sich ihre Körper berühren, packt seine geöffnete Fleece-Jacke rechts und links, zerrt im Takt daran herum und singt den Text mit – wobei sich das Mitsingen auf die Titelzeile reduziert. Elke nickt Andreas aufmunternd zu.

«Komm, Teddybär, lass uns tanzen», ruft Ghislaine, aber Andreas ziert sich.

«Spielverderber.» Ghislaine steht auf, geht ein paar Schritte und fängt an, ihren Körper hin- und herzuwiegen. Das Eis ist gebrochen: Wie auf Kommando erheben sich die meisten der Touristiker und verwandeln den Rasen vor der Terrasse in eine Tanzfläche.

Als Nächstes läuft *Girls just wanna have fun*, und Ghislaine stürmt mit geöffneten Armen auf Andreas zu. «Andi! Keine Ausrede mehr! Ick bin ’n Göörl! Und ick will jetzt Fun! Komm, tanz mit mir!»

Andreas schaut hilfesuchend zu Elke, aber die lacht nur und zieht Jens hoch. «Na los, ihr Mufflons», ruft sie, und gleichzeitig packt Ghislaine Andreas und zerrt ihn von der Bank.

«War ja klar, dass du mir in den Rücken fällst», ruft Andreas Elke in gespielter Empörung zu.

Gott, hab ich das lange nicht mehr gemacht, denkt er, als er sich der Musik hingibt, aber er merkt schnell, wie viel Vergnügen es ihm bereitet. Es folgen *Billie Jean*, *Come on Eileen* und *Wake me up before you go-go*. Dann ertönen die ersten Klänge von *König von Deutschland*, und Andreas sieht aus den Augenwinkeln, wie die Adlige und Lucy Köhler lachend aus der Terrassentür treten und auf die Tanzenden zulaufen.

Tanzen kann sie auch, denkt Andreas, während er verstohlen Ariane beobachtet, wie sie sich mit großem Rhythmusgefühl effektvoll zur Musik bewegt.

«Der Tänzer tanzt!», ruft sie ihm zu und applaudiert in seine Richtung. «Mehr geht nicht.»

Dann ist das Lied zu Ende, und ein Song, den Andreas nicht kennt, beginnt. Eine E-Gitarre, dann noch eine, erst einzelne Töne, dann wird der Rhythmus schneller, ein schepperndes Schlagzeug setzt ein.

Irritiert steht er da, die meisten anderen verlieren ebenfalls die Lust, der Song erweist sich als echter Rausschmeißer. Nur Ariane, Lucy und eine Frau aus dem Touristik-Team halten die

Stellung, ganz offenbar in freudiger Erwartung dessen, was da kommt. Der Sänger schreit los, und Andreas will Ghislaine gerade fragen, was da läuft, da bekommt er die Antwort aus den Lautsprecherboxen: *«Macht kaputt, was euch kaputt macht!»*, ruft Rio Reiser.

Ariane und Lucy tanzen beseelt, und Andreas denkt: Na, da haben sich ja zwei gefunden.

Nach dem Anarcho-Klassiker geht es mit moderateren Klängen weiter, aber die Tanzstimmung ist dahin. Eine Mitarbeiterin der Tourismus-Truppe nutzt die Chance zum Aufbruch, und alle anderen aus dem Team – außer Ariane – steigen drauf ein.

Mario begleitet seine Kollegen unter übertriebenem Protest ein Stück, dann dreht er ab und stapft wieder in Richtung Terrasse. «Penner, alle», murrt er. Ein unfreiwilliger Ausfallschritt zeigt Andreas, dass der Gastgeber inzwischen ordentlich getankt hat. Lucy läuft zu ihrem Mann, Mario greift sich seine Frau wild und unsanft, aber sie macht sich los und schiebt ihn ins Haus.

«Ihr seid ein echt schräger Haufen», sagt eine Stimme neben Andreas. Ariane grinst ihn an, sichtlich erhitzt von der Tanzerei.

«Nicht wahr? Man muss uns einfach gernhaben.»

Sie stehen eine Weile schweigend da und betrachten die Szenerie: Ghislaine, Elke und Jens sitzen als Einzige noch am Biertisch, drei Paare halten sich auf der Terrasse an zwei Stehtischen fest, Marios Bruder hantiert immer noch stoisch am Grill. Irgendjemand hat die Musik abgedreht.

Andreas räuspert sich. «Ich wollte Ihnen übrigens noch was sagen.»

«Ja?»

«Ja …», Andreas zögert, aber jetzt kann er nicht mehr zurück.

«Ja?», wiederholt Ariane.

«Ich wollte mich … na ja, entschuldigen.»

«Entschuldigen? Wofür?»

«Für meine Reaktion, als wir uns vor ein paar Tagen getroffen hatten.»

Ariane schaut ihn neugierig und mit einem leichten Lächeln an. Sie stehen recht nah beieinander, sie sieht ihm direkt in die Augen. «Ich hab keine Ahnung, wovon Sie reden.»

«Wir hatten über Bennos Tod gesprochen.»

«Ah …» Ariane bekommt einen Schluckauf. «Ja … 'tschuldigung.»

«Ich find's auch komisch.»

«So?»

«Komisch im Sinne von seltsam.»

«Aha.»

«Ja, aber ich hab leider nur dieses seltsame Gefühl. Sonst nichts.»

Ariane hickst. «'tschuldigung.»

Er muss lächeln. «Ich hab auch mit einem Kollegen gesprochen. Also, mit einem Kripo-Mann, einem alten Freund. Na ja, kein Freund. Ein alter … Egal.»

Ariane hickst.

Andreas brüllt sie an: «SCHLUSS JETZT!»

Ariane zuckt zusammen und schaut ihn entsetzt an.

«Hat's geholfen?», fragt er mit normaler Stimme.

Ariane hickst.

«Schade. Erschrecken hilft oft.»

«Kripo-Mann. Was ist mit dem …» – Ariane hickst – «… Kripo-Mann?»

«Er sagt: Keine Chance auf eine Untersuchung. Alle kümmern sich um die Mädchenmorde.»

Ariane hickst.

Andreas lacht. «Soll ich Ihnen mal ein Wasser holen?»

«Ich komme mit.»

Gemeinsam gehen sie ins Wohnzimmer, wo sich Mario und Lucy mit einem anderen Ehepaar in einer weißen Leder-Sitzgruppe fläzen, und weiter in die Küche.

Während Ariane am Wasserglas nippt, sieht Andreas durchs Küchenfenster, wie ein neuer Gast auf der Bildfläche erscheint. Er schlendert ins Wohnzimmer, das Tom Wunderlich gerade durch die Terrassentür betritt.

Mario springt auf und geht auf den Radiomann zu. «Tom, alter Sabbelkopp. Es geht auf elf! Dachte, du kommst gar nicht mehr!»

«Was ist denn das hier für ein lahmer Haufen?», sagt Tom zur Begrüßung. «Und dafür habe ich den Scrabble-Abend meiner Großtanten verlassen?»

«Wir warten auf den Landrat», ruft Ghislaine von draußen. «Der müsste jeden Moment kommen. Dann geht hier die Post ab.»

Mario zieht einen Flunsch, fängt sich aber wieder. Er knufft Tom vor die Brust. «Nimm dir was zu essen, der Grill ist noch voll.»

«Hab's gesehen. Der reinste Tierfriedhof. Ekelhaft.»

Andreas runzelt die Stirn angesichts der Breitseiten, die Tom abfeuert. Welche Laus ist dem denn über die Leber gelaufen?, fragt er sich.

Mario mimt tapfer den guten Gastgeber, aber Andreas merkt, wie viel Mühe es ihn kostet, seinen Ärger zu verbergen. «Kein Problem. Wusste nicht, dass du auch unter die Vegetarier gegangen bist. Dann bedien dich hier am Büffet.»

Tom beäugt das Büffet aus der Ferne. «Der Käse sieht nicht gerade vegan aus.»

«Vegan? Wieso? Nee, is ja auch Käse, aber … das Gemüse.

Und die … dieses Creme-Zeug.» Er schaut zu Lucy. «Oder? Baby?»

«Das ist mit Schafskäse und Crème fraîche», sagt Lucy und fixiert Tom mit unbeweglicher Miene. «Nimm dir doch eine schöne Scheibe Baguette.»

«Später vielleicht. Ich nehme erst mal ein Bier.»

«Draußen», sagt Lucy kalt. «Selbstbedienung.»

«Der spinnt wohl», mault Mario, als Tom aus dem Blickfeld verschwunden ist. Lucy legt ihm eine Hand auf den Arm, aber Mario meckert weiter: «Kommt als Letzter und mosert rum. Veganer! Seit wann ist der Veganer? Reicht ja wohl, dass er gendert wie so 'ne Kampflesbe.»

«Papa!», sagt Doreen streng, die während Marios kleinem Motz-Monolog ins Wohnzimmer gekommen und auf dem Weg nach draußen ist.

Mario starrt Lucy an. «Is doch wahr!» Dann erblickt er Ariane, die die Szene von der Tür zur Küche aus beobachtet hat. Er scheint sich ertappt zu fühlen. «Ja! Toll! Sorry!», ruft er und lässt sich in die Couch fallen.

Andreas sieht, wie sich Tom auf der Terrasse mit zwei Gläsern Bier zu einem Paar an einem Stehtisch gesellt. Er kippt das erste Glas auf ex und nimmt anschließend einen großen Zug aus dem zweiten. Als Doreen, die sich noch einmal Nachschub vom Grill geholt hat, an ihm vorbeigeht, hält er sie auf, indem er ihren Arm packt.

Andreas bewegt sich Richtung Terrasse, bleibt aber im Rahmen der Schiebetür stehen. Was ist denn nur mit Tom los? Markiert den veganen Moralapostel und benimmt sich zugleich wie der letzte Macho. Andreas kommt der verrückte Gedanke, Tom könnte deshalb so mies drauf sein, weil er was mit Bennos Tod zu tun hat.

Gerade sagt er zu Doreen: «Du bist eine richtige Frau geworden.» Er überlegt kurz. «Du identifizierst dich doch mit deinem angeborenen Geschlecht, oder?»

Andreas rollt die Augen.

Doreen lächelt gequält.

«Hast du einen Freund?»

Sie nickt.

«Wie läuft's denn so? Erzähl doch mal!»

Andreas spürt eine Hand auf seiner Schulter. Es ist Mario, der sich bei ihm abstützt und mit glasigen Augen auf seine Tochter und auf Tom stiert. Der Radiomann merkt, dass er beobachtet wird, wendet sich Mario zu und ruft: «Hey, Mario! Deine Tochter ist 'ne Frau geworden. Wusstest du das?» Er leert das zweite Glas.

«Willst du nicht mal in meine Sendung kommen, Doreen? Dann nehmen wir uns mal richtig Zeit. Wir könnten über Heimat reden oder so. Wo ist deine Heimat? Hier oder in Thüringen?»

«Tübingen.»

«Tübingen, meine ich doch. Wollen wir das machen?»

Und dann stürzt Super-Mario auf Tom zu und rammt ihn mit voller Wucht. Gemeinsam landen sie auf den Terrassenfliesen. Andreas hastet hinterher; er packt Mario, der Tom niederdrückt und zu einem Faustschlag ausholt, und reißt ihn nach hinten.

«Hör auf, meine Tochter anzubaggern!», brüllt Mario.

«Bist du irre?», ruft Tom und rappelt sich hoch.

«Kommst her und benimmst dich wie Rotz am Ärmel! Hau ab!»

Tom steht da und glotzt Mario kopfschüttelnd an. Dann streckt er ihm den Mittelfinger entgegen, dreht sich um und stapft davon.

Lucy geleitet Mario ins Wohnzimmer zurück. Unter den übrig gebliebenen Gästen herrscht betretene Stille. Nach und nach verabschieden sie sich.

Wie aus Trotz dreht irgendjemand die Musik wieder auf. Es läuft *Bed of roses* von Bon Jovi.

Andreas sieht Ariane im Wohnzimmer stehen und geht auf sie zu.

Ariane schüttelt den Kopf. Sie sieht nicht aus, als sei sie an einem Bett aus Rosen interessiert. «Definitiv zu viel Testosteron. Komisch, im Radio klingt dieser Tom viel sympathischer. Ich glaube, ich gehe dann besser.»

Andreas atmet tief ein und aus. «Aber Ihr Schluckauf ist weg, oder?»

Ariane steht still da und horcht ein paar Sekunden in sich hinein. Sie nickt. «Sieht so aus.»

Sie lacht. Andreas auch.

Dann hickst Ariane.

5

- Hoffentlich finden sie bald das A*loch, das so viel Leid über die Familien gebracht hat.
- Da kannste lange drauf warten.
- Und wenn, kriegt er ein Dududu und dann darf er wieder gehen.
- Was für ein Quatsch. Bei Mord gibs immer lebenslang. Schluss.
- Ewig foltern muss man den Typen.

AUS EINEM TELEGRAM-CHAT

ARIANE STEIGT SCHON WIEDER AUF EINEN BERG UND GUCKT AUCH WIEDER RUNTER – LEIDER

Die nächsten Wochen laufen gut für Ariane – abgesehen von zwei … Irritationen: Eines Morgens findet sie eine Harzpachen-Perücke, die jemand an ihre Bürotür geklebt hat. Sie hat zwei Hauptverdächtige im Blick – Mario und seinen Bruder Wilfried –, aber sie will ihnen nicht die Freude machen, sie zur Rede zu stellen, geschweige denn, sich aufzuregen. Also nimmt sie die Perücke ab, wirft sie weg und tut so, als wäre nichts gewesen.

Beim zweiten Mal, zwei Wochen später, fällt ihr das Ignorieren schon etwas schwerer, denn da findet sie abends in ihrem Briefkasten eine weitere Perücke. Sie nimmt sie – und greift in etwas Feuchtes, das rote Spuren an ihren Fingern hinterlässt. Sie erschrickt, weil sie im ersten Moment fürchtet, in Blut gefasst zu haben. Es ist aber … sie schnuppert vorsichtig, aha, es ist nur Ketchup. *Nur*, na ja, das ist schon eine Schweinerei, zumal der Briefkasten von innen beschmiert ist. Erneut beschließt sie, die Sache abzuhaken.

Nein, in Arianes Augen sind das peinliche Kindereien, und von denen will sie sich die Gesamtbilanz der vergangenen Wochen nicht vermiesen lassen, zumal sie sich im Job allmählich einlebt. Applaus vom ganzen Team erntet sie erstmals für die Gründung einer Initiative, die in Düsterode mehr Angebote für ältere und körperlich eingeschränkte Menschen schaffen soll. Deren erster kleiner Erfolg ist ein ergiebiges Fundraising für neue Bänke am Marktbrunnen. Dass die Sache so schnell über die Bühne geht, ist auch Super-Mario zu verdanken, der seine Kontakte in die Verwaltung und die heimische Wirtschaft spielen lässt. Beim Aufstellen packen alle mit an. Es wird viel gelacht und in der Lokalzeitung erscheint ein netter Bericht. Ariane ist danach so beflügelt, dass sie beschließt, ihr Ferienapartment noch vor Ablauf der dreimonatigen Probezeit gegen eine teilmöblierte Wohnung einzutauschen, womit sie sich rein formal von einer Touristin in eine Einheimische verwandelt. Na ja, in eine Einwohnerin zumindest. Von heimisch kann noch nicht wirklich die Rede sein, das wäre ja auch ein bisschen viel verlangt.

Aber es läuft gut, wirklich. Es wird. Das hat sie in erster Linie Lucy Köhler zu verdanken, die Ariane ein wenig unter ihre Fittiche genommen hat. Auch die gemütliche Zweizimmerwohnung im Ortskern von Düsterode hat sie mithilfe von Super-Marios Frau ergattert, sie liegt zufällig direkt über der Fairtrade-Boutique. Eine glückliche Fügung. Zumal sie für so ein Schmuckstück mit freiliegenden Balken und Dachterrasse mit Flussblick in Hamburg ein Vermögen bezahlen müsste.

Ariane und Lucy sehen sich oft. Logisch, sie laufen sich halt ständig über den Weg – und schwupps ist wieder ein Feierabend rum. Oder ein Samstagnachmittag in der grandiosen Harzer Natur, die Lucy ihr am liebsten dort präsentiert, wo noch keine Klimaschäden sichtbar sind. Die verstörenden Totholzbrachen, in denen silbrig glänzende Baumgerippe wie Mahnmale gen Himmel ragen, meiden sie geflissentlich, was schwierig ist, weil die Waldschäden riesige Flächen einnehmen. Ariane findet, es muss ab und zu erlaubt sein, die Welt und das Leben auf die leichte Schulter zu nehmen, egal wie groß die Probleme sind. Zugegeben, es knistert zwischen ihr und Lucy, aber letztlich sind sie ja keine Teenager mehr, sie können sich am Riemen reißen, und das tun sie auch. Mal ehrlich, Freundschaft ist doch so viel wertvoller.

In Gedanken ermahnt Ariane sich selbst: Merkst du noch was? Hier ist was faul, und das weißt du auch. Gib es endlich zu! Ariane seufzt. Es ist wohl an der Zeit, sich einzugestehen, dass ihr weitergehendes Interesse an Lucy Köhler der Indikator für ein viel größeres Problem sein könnte, ohne das sie vielleicht überhaupt nicht hier wäre: In ihrer Ehe läuft es gerade nicht so gut. Weder sie noch Katja wollten das bisher so richtig wahrhaben, aber je länger sie räumlich voneinander getrennt sind, desto offensichtlicher wird es. Seit Wochen kommunizieren Katja und sie praktisch nur noch über Sprachnachrichten. Das läuft dann folgendermaßen ab:

Ariane: Anschauliche Berichte über ihre Erlebnisse (natürlich ohne zu sehr ins Detail zu gehen, was Lucy betrifft. Warum ohne Grund die Pferde scheu machen?). Dauer dieser Sprachnachrichten: Mindestens zwei Minuten, da lässt Ariane sich nicht lumpen, ihre Frau soll schließlich irgendwie weiter an ihrem Leben teilhaben, wenn es schon mit einem gemeinsamen Wochenende oder einem Telefonat einfach nicht klappen will.

Katja: «Ich verstehe nicht, warum du überhaupt Zeit mit solchen Leuten verbringst.» Ende und Aus. Sieben Sekunden.

Oder: «Komm einfach nach Hause. Es reicht!» Drei Sekunden.

Oder allen Ernstes: «Ich hab noch mal nachgedacht. Vergiss die Yoga-Theorie. Für mich sind das alles Nazis. Auch dieser dicke Bulle. Der hat dich doch mit seiner Turnerei komplett verarscht.» Neun Sekunden, die so gar nicht nach der allzeit beherrschten und um Fairness bemühten Katja klingen. Ariane versteht die Welt nicht mehr. Da ist echt der Wurm drin.

Irgendetwas kracht, Ariane stürzt. Es ist die Art Sturz, die völlig aus dem Nichts kommt, eben war Ariane noch aufrecht, jetzt liegt sie da, das Handy, auf das sie die ganze Zeit überflüssigerweise gestarrt hat, während sie eine Sprachnachricht nach der anderen zum x-ten Mal abspielte, fliegt ihr aus der Hand und schlittert eine Weile hörbar über Stock und Stein, bevor es seine endgültige Position erreicht.

Ariane stöhnt. Das war ein harter Sturz auf Harzer Geröll. Sie ist, oder besser war, mal wieder unterwegs Richtung Aussichtspunkt am Grauen Berg, eine Neuauflage der steilen Wanderung von Tag 1 unter erheblich verbesserten Bedingungen. Angesichts ihrer tollen Schuhe und der erworbenen Geländekenntnis waren diesmal eigentlich keine Komplikationen zu erwarten. Und doch liegt sie jetzt im Dreck wie eine Dreijährige, die darauf wartet, von einer fürsorglichen Hand aufgehoben und getröstet zu werden. In ihren Ohren rauscht das Blut. Was für ein Mist.

Ungelenk rappelt Ariane sich hoch und begutachtet den Schaden: Schürfwunde am rechten Knie, Riss in der linken Hand, nicht allzu tief, trotzdem kein schöner Anblick. Zum Glück trägt sie die coolen neuen Trekkingshorts aus Lucys Laden, eine lange Hose wäre hin – und ihr Knie trotzdem lädiert.

Ein schlechtes Omen, denkt sie. Immer, wenn ich auf diesen Berg steige, verletze ich mich.

Sie ruft sich zur Ordnung, beschwört fast flehend den eigenen Verstand: Es gibt keine Omen. Omen sind was für Schwurbler.

Tapfer unterdrückt sie dann auch die aufkommenden Tränen und setzt sich auf einen Felsbrocken, um ihre Wunden zu versorgen. Verbandszeug hat sie diesmal dabei, sie ist ja lernfähig. Als sie es aus dem Rucksack hervorkramt, findet sie auch die Ursache für das krachende Geräusch beim Sturz. Der schöne Becher aus Lucys Laden ist kaputt. Fünfundzwanzig Euro futsch. Die Belastbarkeit von Biomasse ist endlich. Mit Plastik wäre das wahrscheinlich nicht passiert.

Noch ein schlechtes Omen.

Schluss jetzt, Ariane!

Doch es ist zu spät. Die Beklemmung ist da und geht auch nicht mehr weg.

Dass Arianes Handy, das immer noch unbeachtet auf dem Boden liegt, plötzlich eigenständig anfängt, eine weitere Sprachnachricht von Katja abzuspielen, macht es nicht besser. «Was ist jetzt eigentlich aus diesem toten Wirt geworden?»

«Tja, der ist immer noch tot, schätze ich», antwortet Ariane ihrer abwesenden Frau, pflückt das arg zerkratzte, aber ansonsten intakte Mobiltelefon aus der Botanik, deaktiviert die Nachrichten-App und steckt es ein.

Ab sofort passt sie auf, wohin sie tritt.

Mit den Gedanken ist sie dennoch nur halb im Hier und Jetzt. Nachdem Andreas Anton auf Super-Marios Party von seinen Zweifeln geredet hatte, war Ariane davon ausgegangen, dass er den Tod des Wirts eingehender unter die Lupe nehmen würde. Hat er aber nicht, vermutet sie. Und falls doch, dann ohne Erfolg, der Tote ist unter der Erde – und im Brockenhirsch hat Normalität Einzug gehalten. Seit den Walpurgis-Feiern ist das Lokal wieder geöffnet, die Hungrigen strömen in Scharen, und die Gerüchteküche brodelt: An der neuen Geschäftsführerin – Bennos Freundin – lassen die Leute laut Lucy kein gutes Haar. Ariane ahnt, wie die Frau sich fühlen muss. Auch wenn es für sie selbst gut läuft, richtig gut, sogar. Besser als sie erwartet hätte. Vor allem beruflich.

Die Bänke am Marktbrunnen sind ja längst nicht alles. Da wäre zum Beispiel auch noch das neue Schild am Aussichtspunkt, den sie jetzt endlich schwer atmend erreicht. Gleich daneben informiert jetzt eine diskriminierungssensible Informationstafel über alles, was es am Grauen Berg zu sehen gibt, auch in Braille für diejenigen, die eben überhaupt nichts sehen können, sondern auf andere Sinneswahrnehmungen angewiesen sind. Darauf ist Ariane stolz. Wieder ein kleiner Fortschritt in Sachen Teilhabe für alle, ihr Tun hier vor Ort ist nicht nutzlos, egal was Katja sagt.

Ariane fängt an, Fotos für eine interne Dokumentation zu machen. Was sie sieht, gefällt ihr. Alles ist genauso geworden, wie sie es sich vorgestellt hat, der *steile Zahn* ist Geschichte, besser so. Unwillkürlich muss sie grinsen, als sie sich die Karikatur in Erinnerung ruft. Gut gemacht, Ariane! Sie dreht sich einmal um die eigene Achse: Bäume, Bänke, Fernblick. Sogar das Geländer ist inzwischen repariert und frisch gestrichen, und es war ein telefonischer Kraftakt, für einen Auftrag an so einem schwer zugänglichen Ort eine Fachfirma zu gewinnen. Läuft doch, Ariane.

Es geht ihr wieder besser. Optimismus durchströmt sie, als sie auf einer frisch polierten Bank ihren Proviant auspackt: ein Laugenbrötchen mit Kartoffel-Lauch-Kruste von Heimatbäcker Bode. Dazu lauwarmer Tee mit frischer Minze, der Deckel von der Thermoskanne als Bechersatz tut's auch mal ausnahmsweise.

Sie isst und trinkt und ruht sich aus. Aber es ist heiß, und das seit Tagen, Wolken: Fehlanzeige. Das anfangs so herrliche Himmelsblau wirkt jeden Tag ein bisschen abgestandener. Das liegt am Feinstaub in der Luft. Es müsste mal regnen. Dann würde auch das junge Laub an den Bäumen wieder so frisch aussehen wie Anfang Mai, als der Harz von selbst ernannten Hexen und Teufeln gestürmt wurde – irgendwie ist sie ohne Vorwarnung in einer Verkleidungshochburg gelandet.

«Na, wieder was zu meckern?», hat Vollblutteufel Wilfried sie an jenem Morgen gefragt und mit einem Dreizack vor ihrem Gesicht rumgewedelt. Woraufhin Ariane ihn am Nachmittag mit einem Hammerhexenkostüm (Leihgabe von Elke) aus den nicht mehr ganz weißen Tennissocken gehauen hat. Manchmal muss man einfach mit den Wehen atmen. Und immerhin steht ja HvD auf ihrem Türschild.

Ariane hat aufgegessen. Es wird Zeit, ins Büro zurückzukehren, ist doch alles prima gelaufen. Zögernd steht sie auf. Irgendetwas hält sie zurück, als hätte sie ihren Auftrag nicht gänzlich korrekt ausgeführt. Vielleicht sollte sie noch das reparierte Geländer auf seine Standfestigkeit überprüfen. Erinnerungen an ihren ersten Tag werden wach. Sie fürchtet sich vor dem Blick in die Tiefe. Andererseits: Job ist Job. Und es geht nur um das Geländer, sie muss ja nicht unbedingt runtergucken.

Ariane tritt vor, ruckelt am Geländer, das jetzt bombenfest ist. Sie will sich schon abwenden – und dann guckt sie doch.

Leider.

Es ist wie im Horrorfilm, wenn die Musik sich hochschraubt. Ariane rechnet mit dem Schlimmsten und erschrickt dann trotzdem umso mehr, die Gruselgleichung geht auf. Ihr Schrei bleibt stumm und bringt keine Erleichterung.

Sie presst die Hand vor den Mund, als sie sich zwingt, nochmals hinzusehen.

Kein Zweifel, da liegt schon wieder einer.

ANDREAS **LÜFTET** EIN GUT GEHÜTETES GEHEIMNIS

Für Andreas – und für Düsterode – vergehen die Wochen seit der Party ohne besondere Vorkommnisse. Ohne besondere Vorkommnisse, das heißt:

Andreas schlichtet einen Streit zwischen zwei Nachbarn, der ausgebrochen ist, weil der eine sonntags den Rasen gemäht hat.

Andreas ist zu Gast im Düsteroder Kindergarten und lässt sich ehrfürchtig bestaunen.

Andreas spielt mehrfach mit dem Gedanken, Sebastian anzurufen, schreckt dann aber doch jedes Mal davor zurück, weil er nicht weiß, wie er nach einer so langen Zeit der Funkstille ein Gespräch mit seinem Sohn beginnen soll.

Andreas hat an Walpurgis Spaß auf dem Düsteroder Mittelaltermarkt. Wer weiß, fragt er sich, wann man uns das auch verbietet? Dauert bestimmt nicht mehr lange, dann kommt jemand um die Ecke und findet, man dürfe sich nicht als Gaukler oder Ritter oder fahrender Händler verkleiden. Erstaunlich auch, dass Ariane offenbar nur Anstoß an den spleenigen Harzpachen nimmt und nicht an den kostümierten Hexen. Na ja, kommt bestimmt noch. Die Adlige verachtet das garantiert. *Aneignende Kultur* oder wie das heißt.

Andreas läuft Super-Mario über den Weg. In der Rückschau gelingt es Super-Mario, die Gartenparty in ein rauschendes Fest zu verwandeln. Immerhin gibt er sich im Rahmen seiner Möglichkeiten zerknirscht über seinen Angriff auf den Radiomann: «Aber der Arsch hat mich provoziert! Das siehst du doch auch so.» – «Na ja», sagt Andreas.

Immerhin nur ein Mal muss Andreas den kleinen Engel nach Hause bringen: Er findet Finn gegen 22 Uhr auf einer Parkbank liegend. Der Junge ist völlig zugedröhnt und starrt in den Sternenhimmel. «Wo hast du denn das Dope her?», fragt er Finn, aber der ist zu bekifft, um zu antworten. Egal, Andreas weiß es ohnehin – er hat es von seiner Mutter geklaut.

Zweimal wird Andreas von Monika Schreiber zu Hilfe gerufen. Beim ersten Besuch teilt sie ihm mit, sie sei Opfer eines Telefonbetrugs geworden. Es stellt sich heraus, dass sie mitnichten Opfer eines Telefonbetrugs geworden ist – vielmehr hat sie den Anrufer in ein derart langes Gespräch verwickelt, dass der irgendwann entnervt aufgelegt hat. Frau Schreiber muss beim Erzählen immer wieder kichern.

«Aber warum haben Sie mich eigentlich hergebeten?», fragt Andreas.

«Warum? Um dir das zu erzählen.»

«Das hätten Sie doch auch am Telefon tun können.»

«Aber so ist es doch viel schöner.»

Im Gegensatz zum ersten hinterlässt der zweite Besuch bei Andreas ein ungutes Gefühl bezüglich der geistigen Kapazitäten von Frau Schreiber: Sie hat ihm mitgeteilt, der gestohlene Amethyst sei auf mysteriöse Weise wieder aufgetaucht. Andreas erinnert die alte Dame daran, dass sie den Stein von Patrick Hammel abgeholt haben, was ihr sichtlich peinlich ist.

Etwas seltsam findet Andreas, dass er zwischendurch immer wieder an Ariane Höft von Holten denken muss. Wieso spukt ihm die Adlige nur so hartnäckig durch den Kopf? Einmal beobachtet er aus der Ferne, wie Ariane mit Super-Marios Gattin Lucy angeregt plaudernd in den Wald marschiert.

Des Weiteren sucht er nach irgendwelchen Indizien, die darauf hindeuten könnten, dass Bennos Tod kein unglücklicher Zufall war: Er hört sich eine Wiederholung des Interviews von Tom Wunderlich mit Benno Mehrholz an, ohne weitergehende Hinweise zu erlangen. Er findet heraus, welche Firmen am Umbau des Restaurants beteiligt waren, und fragt dezent, ob es irgendwelche Unstimmigkeiten oder Reibereien gegeben habe. Fehlanzeige, auch alle Rechnungen sind bereits bezahlt. Über einen Kontakt bei der Harzsparkasse erfährt er, dass Benno und Franzi einen Kredit über 240 000 Euro aufgenommen haben. Um das wieder reinzukriegen, muss man schon ganz schön viele *Jäger:innenschnitzel* verkaufen. Ob doch Geld irgendwie eine Rolle gespielt hat?

Außerdem trinkt Andreas diverse Espressi in Ghislaine Blechs Beauty-Salon und erfährt den neuesten Dorfklatsch. Und bei einer Geschichte wird er dann doch hellhörig.

«Bist du sicher?», fragt er Ghislaine.

Ghislaine schaut Andreas nachsichtig an, legt sanft eine Hand auf seinen Unterarm und sagt in mitleidigem Ton: «Bärchen.»

Also macht er sich mit Frau Krause auf den Weg zum Brockenhirsch. Das Restaurant hatte seine Türen zehn Tage nach Bennos Tod wieder geöffnet – und es ist weiterhin gut besucht. Einerseits schön, dass es nach Bennos Tod einfach so weitergeht, denkt Andreas. Andererseits ein bisschen desillusionierend, dass es nach Bennos Tod einfach so weitergeht.

«Einfach so» stimmt auch gar nicht, Franziska hat einige Dinge, die Benno eingeführt hat, rückgängig gemacht. Die Speisekarte ist nun wieder um einige Gerichte fleischlastiger – offenbar ein Zugeständnis an die traditionsbewussten Ur-Harzer. Bei den Suppen ist die unverwüstliche Soljanka wieder ins Angebot aufgenommen worden; das *Veggie-Schnitzel Jäger:innen Art* ist dem guten alten Jägerschnitzel gewichen. Komisch, haben Benno und Franziska gar nicht so sehr an einem Strang gezogen?

Es ist gegen elf Uhr, und die Temperatur liegt schon weit über zwanzig Grad, als Andreas und seine vierbeinige Gefährtin am Brockenhirsch ankommen, der eine schwitzend, die andere hechelnd; das Restaurant hat noch geschlossen, also gehen sie um das Haus herum und betreten es durch den offen stehenden Hintereingang.

«Hallo!», ruft Andreas, während er langsam einen Flur entlangläuft.

Ein Kopf guckt um die Ecke.

«Marius, grüß dich!»

Der Koch des Brockenhirschs tritt in den Flur. Frau Krause wedelt wild und zieht an der Leine. Marius Vredenburg sieht aus wie der Sohn von Rudi Carrell: strohblondes, welliges Haar und meistens ein ansteckendes, breites Lächeln im Gesicht. Sein starker Dialekt enttarnt ihn sofort als Niederländer. «Andreas, mein Freund!», ruft er und läuft dem Polizisten mit ausgestreckten Armen entgegen. Eine Spur zu fröhlich, denkt der Angesprochene.

Marius schüttelt Andreas schwungvoll die Hand und streichelt anschließend Frau Krause, die in Richtung Küche zerrt.

«Wir machen aber erst in einer halben Stunde auf.» Die Miene des Kochs verdüstert sich mit einem Mal. «Oder ist was passiert?»

Andreas wischt sich den Schweiß von der Stirn: «Nein, nein! Aber ich muss dich was fragen. Oder besser: euch. Ist Franziska da?»

Sein Lächeln weicht kurz einem skeptischen Blick. «Franzi? Ja, klar.» Dann setzt der Koch sein Grinsen wieder auf. «Fraaanzi!», ruft er den Gang hinunter. «Die Polizei ist da!» Und zu Andreas: «Komm, gehen wir in die Küche. Ich hab was für Frau Krause.»

In der geräumigen Küche säbelt Marius ein kleines Stück Käse von einem dicken Laib ab, teilt es in drei Teile und wirft sie nacheinander Frau Krause zu, die die Leckereien aus der Luft schnappt.

Im nächsten Moment steht Franziska in der Tür. «Andreas! Hallo.» Sie schaut ihn fragend an.

Jetzt, wo er den beiden gegenübersteht, weiß Andreas nicht recht, wie er anfangen soll. In der Mitte des Raums befindet sich ein Küchenblock. Aus einigen Töpfen steigt Dampf, in den Pfannen hört man es simmern. Andreas schnuppert und sagt: «Hier riecht's ja gut. Was gibt es denn heute Schönes?»

Der breit lächelnde Marius setzt zu einer Antwort an, aber die ernst dreinschauende Franziska kommt ihm zuvor: «Soll ich dir die Speisekarte bringen?», fragt sie mit gerunzelter Stirn.

«Ähm, nein, danke, ich … ähm.»

«Ist was passiert?», fragt nun auch Franziska.

Andreas wedelt mit den Händen. «Nein, nein.» Was soll's, denkt er. Augen zu und durch. «Ich muss euch was fragen.»

Franziska und Marius wechseln einen schnellen Blick.

«Kann es sein, dass ihr … dass ihr … ein Paar seid?»

Franziska und Marius wechseln wieder einen Blick.

Nach einer Pause sagt Franziska: «Wie kommst du denn da drauf?»

«Hab ich gehört.»

«Gehört. So, so.»

«Ja.»

Frau Krause fixiert Marius in der Hoffnung auf mehr Käse. Marius' Blick wechselt permanent zwischen Franziska und Andreas. Sein Lächeln ist immer noch da, wirkt aber jetzt wie festgetackert.

«Und wo hört man so was?», fragt Franziska.

«Wo? Na ja, im ... Städtchen.»

«Nein.»

«Was nein?»

«Wir sind nicht zusammen.»

Marius schaut zu Franziska, die Andreas weiter unfreundlich anblitzt.

«Aha.» Erneut macht sich eine unangenehme Stille breit.

Franziska bricht das Schweigen. «Wir müssten dann auch mal weitermachen.»

«Es wäre ja nicht schlimm», sagt Andreas und kommt sich fast vor wie seine eigene Mutter. «Wenn ihr ein Paar wärt.»

Franziska stöhnt. «Andreas, was willst du?»

Im nächsten Moment setzt sich Marius in Bewegung. Mit drei Schritten ist er am Herd und zieht einen Topf herunter.

«Verdomme!» Er flucht auf Holländisch, während er wild im Topf rührt. «De soep is aangebrand.»

Franziska stemmt wütend die Hände in die Hüften. «Toll. Ganz toll, Andreas.»

Andreas muss unfreiwillig auflachen. «Sorry, aber das ist wohl jetzt meine Schuld?»

Franziska scheucht Andreas und den Hund aus der Küche und auf den Flur. «Wir öffnen gleich! Wir haben zu tun!»

Am Ende des Gangs schaut ein Kellner scheu um die Ecke, zieht sich aber gleich wieder zurück. Im selben Moment treten zwei junge Männer durch den Hintereingang. Sie bleiben ratlos stehen, bis Franziska sie herbeiwinkt. «Kommt rein.» Die beiden Männer grüßen kurz und verschwinden in der Küche.

«Okay, ich mach mich dann mal wieder los», sagt Andreas und zieht Frau Krause, die die Hoffnung auf mehr Käse noch nicht komplett aufgeben will, hinter sich her.

Auf dem Hinterhof bleibt er stehen und schaut zu dem Ort, an dem Benno lag. Langsam geht er auf die Stelle zu, als er eine Stimme hinter sich hört. «Andreas!»

Franziska kommt auf ihn zu. «Warte.»

Sie bugsiert ihn noch ein paar Meter vom Gebäude weg. Andreas schaut sie fragend an.

Sie blickt ihm direkt in die Augen. «Ja.»

«Was ja?»

«Ja, wir sind zusammen.»

«So?»

«Ja, schon länger. Ich wollte mich von Benno trennen. Wollte mit Marius wegziehen. Vielleicht sogar nach Holland. Noch mal ganz neu anfangen.»

«Und Benno?»

«Was ist mit ihm?»

«Wusste er von euch? Also von dir und Marius?»

«Nein, ich wollte es ihm sagen, habe es aber nie geschafft.»

«Und dann ist Benno gestorben.»

«Ja. Ganz schrecklich mit dem Unfall.»

Wenn es ein Unfall war, denkt Andreas.

«Aber jetzt kann ich mich mit Marius doch erst recht nicht öffentlich zeigen.»

Andreas schweigt.

«Dann bin ich doch hier die Schlampe vom Dienst.»

Andreas brummt.

«Na klar! Und umgekehrt genauso: Marius ist dann der eklige Käsekopp! Krallt sich die Witwe und setzt sich ins gemachte Nest», sagt sie und macht ein trotziges Gesicht.

«Also, ich weiß nicht … Und die Auswanderpläne?»

«Wie denn? Ich hänge doch in dem Kredit mit drin!»

Sie schweigen.

Franziska schaut in die Ferne. «Und das ganze Dorf weiß es schon?»

«Keine Ahnung. Nee, bestimmt nicht.»

«Die Blecherne, oder?»

«Was?»

«Du hast es von der Blechernen. Beauty-Blech, das alte Waschweib. Stimmt's?»

«Ich … also …»

«Ist ja auch egal. Warum ist dir das überhaupt so wichtig? Denkst du, wir haben was mit Bennos Tod zu tun? Sind wir jetzt verdächtig?»

«Was? Nein!», ruft Andreas. So wie Franziska vor ihm steht, tut sie ihm auf einmal leid. Der Gedanke, sie und ihr Lover könnten Benno getötet haben, kommt ihm nun völlig abwegig vor. Schon deswegen, weil sie den Toten wohl kaum einfach so hätten liegen lassen.

Franziska starrt auf ihre Füße. «Eine Scheiße, das alles. Egal. Ich muss rein.»

Andreas schaut Franziska nach, bis sie im Haus verschwunden ist. Er spürt, wie sein Handy in der Hosentasche vibriert.

ARIANE UND ANDREAS SUCHEN VERZWEIFELT NACH ABLENKUNG – UND GEHEN SICH SCHON WIEDER TIERISCH AUF DEN WECKER

Drückende Schwüle liegt über dem Aussichtspunkt. Ariane schwitzt. Das T-Shirt klebt ihr am Rücken, die Stirn ist klatschnass, kein Wunder, die Sonne brennt erbarmungslos herunter. Sie merkt, wie ihr allmählich schwummrig wird.

Es wäre natürlich ungemein sinnvoll, sich wieder auf die Bank zu setzen, während sie auf die Ankunft von Polizeihauptmeister Andreas Anton wartet, da die wenigstens noch zur Hälfte im Schatten einer mächtigen Kiefer steht. Aber dafür müsste Ariane ja imstande sein, sich vom Fleck zu rühren, und daran ist mitnichten zu denken. Ihre Hände sind auf mysteriöse Weise eins mit dem Geländer geworden und das ist auch gut so, denn sie ist überzeugt, wenn sie jetzt losließe, würde sie einfach in sich zusammensacken oder, schlimmer noch, ebenfalls in die Tiefe stürzen.

Ariane blinzelt. Die Helligkeit ist frappierend. Hat sie sich am Telefon deutlich genug ausgedrückt? Gesagt, dass es eilt? Sie weiß es nicht mehr. Wenn doch nur Andreas Anton endlich käme. Oder wenigstens irgendjemand anders, damit sie nicht länger allein mit der Leiche hier ausharren muss.

Doch der Wald ist und bleibt menschenleer. Wo sind die ganzen Wanderer hin? Wahrscheinlich alle am Badesee oder im Freibad wegen der verdammten Hitze.

Endlich hört sie aufgeregtes Bellen. Frau Krause – dem Himmel sei Dank!

Schritte und Trappeln, Staub wirbelt auf, dann stürmen Herr und Hund an ihr vorbei und machen sich eilig an den Abstieg, hin zur Leiche.

«Bin gleich bei Ihnen», ruft Andreas ihr zu.

Es dauert dann aber doch noch eine gefühlte Ewigkeit, bis der Schafpudel wieder auftaucht und beginnt, wie ein Flummi an Ariane hochzuspringen. Ein Regen aus Sabber geht auf sie nieder.

Kurz darauf ist dann auch der Polizist zur Stelle: schwer atmend und in voller Montur, der Ärmste.

«Um Himmels willen, Sie hatten recht. Schon wieder eine Leiche. Jemand, den wir beide kennen … Ariane, hören Sie mich? Was machen Sie da eigentlich, ist Ihnen schlecht? Kommen Sie doch aus der Sonne, herrje, Sie sind ja schon krebsrot. Merken Sie das denn gar nicht?»

Andreas Anton löst ihre Hände vorsichtig, aber entschieden vom Geländer und geleitet sie in den Schatten. An seinem Arm findet Ariane den Halt, den sie braucht.

Als Frau Krause nicht aufhört, um sie herumzuspringen, herrscht er sie an: «Ist gut jetzt, Frau Krause!»

Ariane lässt sich auf die Bank plumpsen. «Das bringt doch nichts», japst sie.

Andreas Anton überreicht ihr eine Wasserflasche und fächelt ihr mit seiner Dienst-Schirmmütze Luft zu, was erstens überaus angenehm und zweitens so rührend ist, dass Ariane ihre Spitze sofort bereut.

Sie trinkt schweigend. Er schaut grübelnd.

«Wie meinten Sie das denn eben? Das bringt doch nichts …»

«Ist doch egal. Wer ist nun der Tote?»

«Nein, es ist nicht egal!» Er zürnt und fächelt. «Sie haben anscheinend ein Problem mit Frau Krause, das hab ich neulich schon auf der Party rausgehört. Also raus mit der Sprache!»

Ariane streichelt Frau Krause, der endlich die Puste ausgegangen ist. Hechelnd lässt sie sich neben ihr nieder und genießt die Zuwendung.

«Ich habe überhaupt kein Problem mit Frau Krause, Herr Anton. Ich liebe Ihren Hund», sagt Ariane ruhig. «Und ich glaube, das beruht auf Gegenseitigkeit.»

Er macht ein säuerliches Gesicht. «Und was sollen dann diese abfälligen Bemerkungen über ihre Erziehung?»

«Es gibt keine.»

«Keine Bemerkungen? Aber sehr wohl!»

«Keine Erziehung!»

Andreas Anton stellt das Fächeln ein und schnappt nach Luft. «So eine Frechheit. Natürlich ist sie gut erzogen, sehr gut sogar.»

«Ach, erzählen Sie mir doch nichts. Ich wette, Frau Krause hat nie eine Hundeschule von innen gesehen. Die macht doch, was sie will. Zieht an der Leine, springt die Leute an, hört nicht auf Sie, wenn Sie mit ihr schimpfen, warum sollte sie auch, sie hat ja nie Konsequenzen kennengelernt. Also, wenn das mein Hund wäre, ich würde ihr viel mehr Grenzen setzen. Hunde brauchen klare Regeln. Und immerhin sind Sie bei der Polizei. Wer wird denn bitte schön einen Polizisten für voll nehmen, der nicht mal seinen eigenen Diensthund im Griff hat? Können Sie mir das mal verraten?»

Andreas guckt gekränkt.

Ariane weiß auch nicht, was in sie gefahren ist, ihn so runterzuputzen. Dabei war er doch gerade so nett zu ihr, der Herr Anton. Sie trinkt sein Wasser leer und stellt die Flasche neben sich auf die Bank. Wahrscheinlich war sie echt zu lange in der Sonne. Und dann ist da noch die Anwesenheit dieser Leiche, die sie latent aggressiv macht. Apropos Leiche, wer ist der Tote?

Doch Polizist räuspert sich und spricht, bevor Ariane fragen kann. «Hündin», sagt er.

«Wie bitte?»

«Frau Krause ist eine Hundedame. Sie sagen immer *der* Hund. Ist Ihnen als Sensitivity Managerin die geschlechtergerechte Sprache bei Tieren nicht so wichtig?»

Aha, denkt Ariane. Jetzt wird der Spieß umgedreht. Kann er haben. Der Punkt geht klar an ihn. «Da haben Sie recht», sagt sie spöttisch. «Ich gelobe Besserung.»

Andreas Anton fixiert sie triumphierend. «Außerdem kommt mir das, was Sie unter Hundeerziehung verstehen, völlig veraltet vor. Passt gar nicht zu Ihnen.»

Ariane seufzt. «Können wir es bitte an dieser Stelle gut sein lassen? Wer ist denn nun die Leiche? Sie sagten, jemand, den wir beide kennen?»

Pause. Andreas Anton kratzt sich am Hinterkopf, sein rechtes Augenlid hat zu zucken begonnen, in seiner Miene macht sich Erschöpfung breit. Einerseits verständlich, sein Teil der Bank liegt ja auch in der sengenden Sonne, das schlaucht. Andererseits: Der Mann ist nun wirklich in Topform. Er weigert sich bloß, sich den Tatsachen zu stellen, der Leiche da unten, der Leiche, die sie beide kennen sollen. Und Ariane kann ihn verstehen. Es ist einfach schrecklich, was um sie herum so alles passiert, und das in so einer idyllischen Umgebung. Da fällt es einem Dorfpolizisten, der genau wie sie selbst gern eine ruhige Kugel schiebt und am liebsten das Gute im Menschen sieht, bestimmt doppelt schwer, sich dem Grauen zu stellen. Was er dann auch weiterhin konsequent vermeidet.

Eine Weile herrscht Schweigen. Der Wald ruht in der Hitze wie gelähmt. Ariane, Andreas Anton und Frau Krause beobachten eine Maus, die über das Plateau huscht. Mit einer behutsamen Geste deutet der Polizist auf einen Vogel ganz in der Nähe.

«Da. Ein Kuckuck. Toll.»

«Aha. Wieso ruft der nicht?»

«Keine Ahnung.»

Er will etwas trinken, sieht, dass die Flasche leer ist, und steckt sie stirnrunzelnd ein, woraufhin Ariane ihm Tee anbietet, den er ablehnt.

«Wer ist denn nun der Tote?», fragt Ariane schließlich.

«Tom Wunderlich.»

«Nein!» Ariane schlägt sich die Hand vor den Mund. «Der Radiomoderator? Der von der Party? O mein Gott. Das gibt's doch nicht.»

Andreas Anton nickt.

Sofort fällt Ariane der Streit ein, den Super-Mario und der Tote vor allen Leuten lautstark ausgetragen haben. Lautstark und gewalttätig. Hätte der Polizist nicht eingegriffen, hätte schon der Partyabend blutig enden können.

«Denken Sie jetzt auch, was ich denke?», fragt sie aufgewühlt.

«Was denken Sie denn?»

«Ich weiß, Mario Köhler ist ein alter Freund von Ihnen, aber dass die beiden ein Riesenproblem miteinander hatten, ist ja nun kein Geheimnis. Und jetzt liegt einer von ihnen da unten – und ist tot.»

Andreas Anton macht ein gequältes Gesicht. «Jetzt ziehen Sie doch nicht schon wieder so voreilige Schlüsse», sagt er mit einem Anflug von Verzweiflung, «wir wissen doch noch gar nicht ...»

«Ob es nicht schon wieder ein Unfall war? Ach, Herr Anton, hören Sie auf, das glauben Sie doch selbst nicht. Blicken Sie bitte endlich der Tatsache ins Auge, dass in ihrer schönen, ruhigen Welt die Dinge gerade etwas aus dem Ruder laufen.»

«Und seit wann ist das so? Seit Sie hier sind», erwidert der Polizist sichtlich gekränkt. Schweiß perlt von seiner Stirn, als er sie mit einem Blick taxiert, der deutlich an Schärfe gewonnen hat. Sein Augenlid zuckt nicht mehr.

«Was haben Sie da eigentlich für eine Verletzung an der Hand?», fragt er unvermittelt.

«Ich bin hingefallen. Mein Knie ist ja auch kaputt, wie Sie sehen können. Wieso?»

«Gefallen? Das stammt also nicht von einem Kampf?»

«Nein! Geht's noch? Sie wollen jetzt also allen Ernstes lieber mir irgendetwas unterstellen, als mal ein paar Takte mit Ihrem Kumpel Köhler zu reden?»

«Ich mache keine Unterstellungen. Ich wundere mich nur. Es ist doch wirklich ein seltsamer Zufall, dass Sie hier schon zum zweiten Mal eine Leiche finden.»

«Das ist nicht nur seltsam, das ist ganz fürchterlich. Es macht mir Angst. Und ich erwarte als Bürgerin von Düsterode, dass der Fall professionell aufgeklärt wird. Und zwar vollumfänglich!»

Ariane steht auf und wendet sich zum Gehen. Das muss sie sich nicht bieten lassen.

«Sie bleiben hier. Ich brauche Ihre Aussage.»

«Mir reicht's. Ich melde mich bei Ihnen», sagt sie und setzt sich langsam in Bewegung, bereit auszuloten, wie weit sie gehen kann. Dass Frau Krause sich ihr anschließt, dafür kann sie nichts.

«Stopp!»

Ariane geht weiter, schneller jetzt. «Verhaften Sie mich doch!»

«Sie sind verhaftet!»

Okay, das klang jetzt einigermaßen bedrohlich, und der Mann hat immerhin die Befugnis dazu – und eine Waffe. Ariane bleibt stehen und dreht sich um. «Ihr Ernst, Herr Anton? Auf welcher Grundlage?»

«Widerstand gegen Polizeibeamte. Behinderung der Ermittlungen.»

«Welche Ermittlungen denn? Die Observierung eines Kuckucks?»

Sie stehen etwa zehn Meter auseinander, aber Ariane ist fast sicher, ein kleines Schmunzeln ausmachen zu können, das seine Lippen umspielt.

«Also gut», sagt er. «Ich sehe ein, dass es Ihnen nicht gut geht und dass Sie aus der Sonne müssen. Gehen Sie nach Hause und ruhen sich aus. Aber ich erwarte Sie heute Abend um 18 Uhr im Revier. Da werde ich Ihre Fingerabdrücke sicherstellen und Ihre Aussage zu Protokoll nehmen. Das ist eine polizeiliche Anweisung. Haben wir uns verstanden?»

Fingerabdrücke? Wozu das denn? Ariane sucht nach einer Entgegnung, die sie nicht in noch größere Schwierigkeiten bringt, es ihr aber erlaubt, das Gesicht zu wahren.

Sie holt tief Luft.

«Überspannen Sie den Bogen nicht», sagt Andreas Anton. Dann steckt er zwei Finger in den Mund und ein gellender Pfiff ertönt, der Frau Krause dazu bringt, sich pfeilschnell an seine Seite zu begeben. «Bis heute Abend.»

Ariane tritt den Rückzug an.

ANDREAS **SCHREIT EINEN KUCKUCK AN UND ERGREIFT DIE INITIATIVE**

Andreas steht in der Sonne und schaut der Adligen nach. Nichts zu machen, diese Frau provoziert ihn einfach.

Andreas pfeift wieder nach Frau Krause, die plötzlich fehlt, und er hofft, dass sie nicht der Adligen hinterhergerannt ist. Das wär's noch nach den bissigen Kommentaren zu seiner Autorität als Rudelführer. Er lauscht und hört Rascheln und Knacken im Unterholz, und fünf Sekunden später kommt Frau Krause angetrabt.

Der Schafpudel schaut sein Herrchen erwartungsvoll an.

Na bitte, keine Erziehung, ich glaub, es hackt, denkt Andreas und geht in die Hocke. Frau Krause lässt sich ausgiebig kraulen. Andreas spricht zu seinem Hund wie zu einem Kleinkind: «Ja, du bist eine ganz feine Dame, stimmt's, eine feine Dame bist du, na, komm her, Frau Krause, diese doofe Frau Hipp-von-Hipp-und-Hurra, die kann uns gar nicht ärgern, auch wenn sie hübsch aussieht. Und schlecht erzogen bist du auch nicht. Du brauchst mehr Grenzen, hat sie gesagt, mehr Grenzen, so ein Quatsch, wir sind doch froh, dass die Grenzen 1989 gefallen sind, stimmt's?»

Andreas richtet sich wieder auf. Er lässt Frau Krause wie zum Beweis Sitz und Platz machen (was sie tut), fordert sie zu einer Pirouette auf (was sie nicht tut) und weiß dann: Er kann es nicht weiter hinauszögern: Die Leiche. Mist.

Er tritt ans Geländer und schaut in die Tiefe. Blöd, Tom Wunderlich liegt immer noch da – wäre ja auch zu schön gewesen. Wie kann man denn da runterfallen? «Gibt's doch gar nicht», murmelt Andreas.

Ein Kuckucksruf ertönt. Andreas zählt unwillkürlich mit. Eins, zwei, drei, vier, fünf. Andreas sucht den Vogel, kann ihn aber nicht entdecken.

«Ein Scheiß ist das», murmelt er und macht sich erneut an den Abstieg, um die Unfallstelle oder den Tatort genauer unter die Lupe zu nehmen.

Während er durchs Gebüsch stapft, ist es wieder völlig still, abgesehen von seinen knirschenden Schritten. Alles riecht nach Hitze.

Es ist ihm jetzt ein bisschen peinlich, wie er die Adlige angegangen ist. Hat er wirklich *Sie sind verhaftet!* gerufen? O Mann! Als ob dieses Persönchen eine Doppelmörderin ist! Aber eine

Glücksbringerin ist sie wohl auch nicht gerade. Langsam tritt er an den Toten heran.

Als er ein Geräusch von oben hört, bleibt er stehen. Andreas schaut die Felswand hinauf und sieht, wie ein Typ in Joggingklamotten oben auf dem Felsen herumturnt. Welcher Idiot rennt denn bei dieser Hitze durch den Wald? Der Kerl zückt sein Handy und macht ein Selfie von sich und der Landschaft. Dann ist er aus dem Blickfeld verschwunden. Ein paar Sekunden später hört Andreas schnelle Schritte, die sich rasch entfernen, und dann ist es still.

Quasi totenstill.

Bis sich der Kuckuck wieder meldet.

Während Andreas sich weiter der Leiche nähert, zieht er Plastikhandschuhe über und beginnt, die Umgebung zu untersuchen. Es würde ihn nicht wundern, wenn er wieder einen Selfie-Stick finden würde.

Eine halbe Stunde später steht Andreas oben am Aussichtspunkt, blickt ins Elendstal und macht die nächste Atemübung – doch es gelingt ihm nicht, sich runterzuregeln. Unglaublich! Einfach unglaublich, das alles, aber er findet niemanden, der sich für den Toten interessiert! Es dauerte schon eine gefühlte Ewigkeit, bis er in Wernigerode überhaupt mal einen Kripo-Mann ans Telefon bekam. Ein Name, den er noch nie gehört hat. Der Typ erklärt ihm schnöselig, dass es aktuell «ganz schlecht passt», und dass ja wohl alles nach einem Unfall aussehe, und ob er von der Mordserie in der Landeshauptstadt gehört habe, die binde nämlich viele Kräfte, eigentlich sogar alle, zumal es auch bei der Polizei Fachkräftemangel gebe, und ob er nicht selbst Spuren sichern könne. Wenn denn überhaupt Spuren vorhanden seien.

Andreas muss sich sehr zusammenreißen, um nicht ausfällig

zu werden, und geht nach dem Telefonat erst mal für eine Minute in die Baum-Position.

In seiner Verzweiflung wählt er eine weitere Nummer, doch auch bei René Popp-Lange beißt er auf Granit, mehr noch: Popp-Langes erste Reaktion ist tatsächlich ein lautes Lachen. «Schon wieder?», sagt er dann. «Alter Verwalter! Da muss das Auswärtige Amt ja wohl bald mal eine Reisewarnung für den Harz rausgeben.»

«Ich find's, ehrlich gesagt, nicht so komisch.»

«Dann solltet ihr aber wenigstens ein Schild aufstellen. Achtung, Gefahrenstelle. Oder so.»

«Mann, René, da ist zum zweiten Mal einer zu Tode gestürzt.»

«Du sagst es: Er ist gestürzt.»

«Ja … Aber …»

«Andreas», sagt Popp-Lange gönnerhaft. «Du bist doch vor Ort. Hast du denn irgendwas gefunden, was auf ein Tötungsdelikt hindeutet?»

«Was soll man denn finden, wenn jemand einen Felsen hinabstürzt?»

«Eben. Also Junge, hör mal zu. Hier brennt die Luft! Ich glaube, dir ist überhaupt nicht klar, wie hier die Kacke am Dampfen ist.»

«Hier auch … Vielleicht.»

«Vielleicht.» Popp-Lange lacht wieder.

«Mann, das war nicht irgendwer! Tom Wunderlich ist ein bekannter Radiomoderator.»

«Kenn' ich nicht.»

«Hier im Harz kennt den jeder.»

«Na und? Auch Promis können einen Unfall haben. James Dean, Grace Kelly, Lady Di, Falco …»

Andreas atmet ein und aus.

«Andi.» Wieder dieser gönnerhafte Ton. «Wir haben hier echt

keine Leute für so was. Ich meine, du bist doch vom Fach. Niemand hält dich ab, ein paar Ermittlungen anzustellen. Hatte dein weltbekannter Herr Radiomoderator Feinde?»

«Ist okay, René. Danke. Klär mal deine Mordserie auf.» Andreas beendet den Anruf.

Er schwitzt. Er hat Durst. Greift zur Wasserflasche. Aber die ist leer. Verdammt! Stimmt ja, ausgesoffen von der Adligen. Die ihm die ganze Scheiße eingebrockt hat.

Andreas atmet ein und aus.

Der Kuckuck ruft.

Und Andreas schreit: «Halt die Schnauze!»

Niemand hält dich ab, Ermittlungen anzustellen. Na gut, denkt Andreas, da haben seine Kripo-Kollegen natürlich nicht ganz unrecht. Andererseits ist er ein bisschen aus der Übung. Besser gesagt: Er war noch nie drin in der Übung. Er will nämlich nicht ermitteln, er will durch sein Örtchen laufen und mit den Menschen plaudern, für gute Stimmung sorgen und hier und da helfen, wenn die Säge klemmt.

Er ruft die Bergwacht an («Bringt unbedingt was zu trinken mit»), dann macht er sich missmutig zum dritten Mal an den Abstieg zum toten Tom Wunderlich.

Zum toten Tom Wunderlich!

Tom Wunderlich ist tot, denkt er. Das ist komplett surreal, vorgestern habe ich ihn noch im Radio gehört, und vor ein paar Wochen habe ich ihn auf Marios Party getroffen.

Er starrt auf den Leichnam.

Die Party, auf der Mario ihn fast verprügelt hat.

Super-Mario, der impulsive Super-Mario.

Ariane Höft von Holten hat recht. Da kann Andreas sich noch sehr wünschen, es wäre anders.

Während er behutsam um die Leiche des Moderators herum

durchs trockene Laub stakst, den Blick konzentriert auf den Boden geheftet, fragt er sich, was er hier eigentlich sucht. Oder anders gesagt: was er hier eigentlich *finden* könnte. Wenn Tom tatsächlich von jemandem gestoßen wurde, na ja, was soll denn dann hier unten sein? Eine Brieftasche wäre nicht schlecht; der Mörder könnte seine Brieftasche verloren haben. Andreas lacht lustlos.

Er macht ein paar Fotos mit seinem Handy vom Fundort, der vielleicht ein Tatort ist. Das bringt doch alles nichts, denkt er und klettert wieder hoch zum Aussichtspunkt. Auch dort sucht er den Boden ab, Frau Krause schnüffelt mit. Es scheint immer heißer zu werden, und sein Durst wird auch immer größer. Dem Kuckuck ist es inzwischen offenbar auch zu warm.

Moment mal, da glänzt was in der Sonne! Andreas beginnt ein Selbstgespräch: «Oha, bestimmt eine Patronenhülse. PHM Andreas Anton findet nach stundenlanger Suche das entscheidende Detail im Mordfall W.» Er bückt sich – und pult einen festgetretenen Kronkorken aus der Erde.

Hasseröder. Aha.

«Kombiniere», murmelt Andreas. «Der Mörder hat mit seinem Opfer ein Bier getrunken. Es kam zum Streit, daraufhin hat der Mörder sein Opfer den Felsen hinabgestoßen. Und wieder hat PHM Andreas Anton einen Fall gelöst. Schalten Sie auch nächste Woche wieder ein, wenn es heißt: Ermitteln mit PHM Andreas Anton.»

Er will den Kronkorken übers Geländer schnipsen, aber dann steckt er ihn in seine Hosentasche.

Er will sich gerade auf die Bank im Schatten setzen und eine Atemübung machen, als er die Kollegen der Bergwacht hört. Alles Weitere läuft ziemlich genau so ab wie vor ein paar Wochen, als sie schon mal hier waren.

Déjà-vu am Grauen Berg.

Daniel ist wieder dabei, allerdings mit einer anderen Kollegin, und erneut schätzt er ein, dass die Verletzungen – zumindest dem ersten Anschein nach – wohl nur vom Sturz stammen. *Nur*, na ja.

Andreas schaut auf seine Uhr und erschrickt. Verdammt, schon nach fünf. Für 18 Uhr hat er die Adlige aufs Revier bestellt, das schafft er nie rechtzeitig.

Er liegt richtig mit seiner Einschätzung. Als er um 18.17 Uhr vor dem Revier ankommt, sieht er die Adlige die Straße hinablaufen.

«Frau Höft von Holten!», ruft er. «Ariane!»

Ariane dreht sich um und tippt mit ihrem rechten Zeigefinger auf ihr linkes Handgelenk, kehrt aber natürlich doch um.

«Das ist aber nicht nett», sagt sie, als sie vor ihm steht. «Sie bestellen mich her, machen voll einen auf Bad Cop und lassen mich dann hier rumstehen!»

Frau Krause zerrt in Richtung Ariane, aber Andreas hält sie an der kurzen Leine. «Entschuldigung. Hat länger gedauert.»

«Was?»

«Na, was wohl? Die Bergung des Toten.» Er räuspert sich und drückt den Rücken durch. «Und die Spurensicherung. Ich musste doch Spuren sichern.»

Sie schaut ihn neugierig an. «Und? Haben Sie was gefunden?»

Ja, einen Kronkorken, denkt Andreas und sagt: «Lassen Sie uns reingehen.»

In seinem Büro sucht er die Utensilien für das Abnehmen von Fingerabdrücken. Vergeblich. Mist, da gab's doch auch irgend so ein Formular. Kein Wunder, dass er nichts findet, er kann sich nicht erinnern, das Zeug jemals gebraucht zu haben.

Ariane widmet sich derweil dem Schafpudel.

Während er im Schrank wühlt, hört er die ungeduldige Stimme der Adligen im Rücken. «Was machen Sie da eigentlich?»

«Ich suche was.»

«Aha, hast du gehört, Frau Krause, er sucht was … dein Papi sucht was … Wenn Sie nicht finden, was Sie suchen, dann ist es übrigens auch nicht schlimm. Ich glaube nämlich, Sie dürfen mir gar nicht einfach so Fingerabdrücke abnehmen. Ich habe recherchiert. Sie dürfen das nur, wenn es für das Strafverfahren konkret notwendig ist. *Strafverfahren*, Herr Anton, und *konkret notwendig*. Viel sinnvoller fände ich es, wenn Sie die Kripo informieren würden. Haben Sie das gemacht? Die sollen sich das mal angucken.»

Andreas wirbelt herum: «Die interessiert das aber nicht!»

Ariane hört auf, Frau Krause zu kraulen, und schaut Andreas verständnislos an.

Er hebt die Arme in die Höhe und lässt sie wieder fallen. «Die haben für so was keine Zeit! Keine Zeit und keine Leute! Keine Zeit und keine Leute und außerdem diese Kack-Mordserie! Die ist wichtiger als zwei Typen, die vom Felsen gefallen sind. Und als ein Mann, der von seinem eigenen Auto überfahren wurde.»

Ariane legt den Kopf schief, was wieder mal umwerfend aussieht. «Das hat man Ihnen gesagt?»

Andreas nickt.

«Unglaublich.»

Ariane richtet sich auf, sie stehen sich stumm gegenüber, schließlich sagt Andreas: «Vergessen Sie die Fingerabdrücke. Ich verdächtige Sie nicht wirklich. Ich war bloß wütend, weil Sie so besserwisserisch waren.»

«Da bin ich ja froh», sagt sie trocken.

Wieder schweigen sie, dann fragt Ariane: «Und nun?»

«Tja, schätze, ich muss mal aus meiner Komfortzone herauskommen.»

Ariane lacht. «Gute Idee! Und was haben Sie vor?»

«Das, was Sie vorgeschlagen haben. Ich rede mit Mario. Weil er und Tom auf der Party diesen schlimmen Streit hatten, nachdem Tom seine Tochter angebaggert hat.»

«Was wirklich unangemessen war», sagt Ariane nachdenklich. «Kein Wunder, dass ein Typ wie Mario da steilgeht.»

Andreas nickt. Sie tauschen einmütige Blicke aus.

«Kann ich mit zu Mario?», fragt Ariane dann erwartungsvoll.

«Was? Nein! Auf keinen Fall!»

«Warum nicht?»

«Weil … Das geht nicht. Wieso sollten Sie bei einer Vernehmung dabei sein?»

«Ich könnte die Fragen stellen, die Ihnen nicht einfallen.»

«Sehr witzig», sagt Andreas, muss aber tatsächlich grinsen.

Ariane auch.

ARIANE BRAUCHT DRINGEND RUHE UND EINE ABKÜHLUNG, ABER DARAUS WIRD NICHTS

Ariane will früh ins Bett. Die Erlebnisse des Tages haben ihr zugesetzt, ihre Haut glüht von der Sonne. Die Chancen auf einen ruhigen Abend stehen gut. Da das *Grünzeug* um halb sechs schließt, ist die Wahrscheinlichkeit gering, vor ihrer Wohnung noch auf Lucy zu treffen. Außer sie hat frische Ware für den Laden bekommen. Prompt ist genau das der Fall – Murphy's Law.

Ariane sieht schon von Weitem, dass der Bulli ihrer neuen

Freundin mit geöffneter Heckklappe vor dem Laden parkt. Als Lucy aus der Tür tritt, erliegt sie der Versuchung, hinter einem Baum in Deckung zu gehen, um einen sicheren Moment zum Reingehen abzupassen. So anziehend Ariane die Ladenbesitzerin findet, so wenig ist ihr dennoch gerade nach Gesellschaft zumute. Und so ganz unkompliziert ist die Sache mit der Anziehung ja nun auch nicht, wenn sie ehrlich zu sich selbst ist. Leider hat Lucy sie bereits entdeckt.

«Hey, du kommst gerade richtig, brauchst dich gar nicht zu verstecken», ruft sie und winkt. «Kannst du mir kurz helfen? Zu zweit geht es viel schneller.»

«Klar», antwortet Ariane schicksalsergeben und denkt: Vielleicht tut nach dem schrecklichen Tag ein wenig Ablenkung ja doch ganz gut.

Wenig später schleppt sie Kartons, deren Gewicht zwar erträglich ist, Sommerware wahrscheinlich, dafür machen sie Ariane mit ihrer Größe und Unhandlichkeit zu schaffen. Das ist dann wohl doch nicht die richtige Form der Ablenkung. Arianes Laune sinkt auf den Tiefpunkt. Das bleibt auch Lucy nicht verborgen.

«Du hättest auch einfach Nein sagen können», sagt sie, als Arianes Stöhnen und Seufzen kein Ende nimmt. «Ich dachte, nach so vielen Stunden im Büro ist ein bisschen Bewegung ganz willkommen.»

«Büro, von wegen», mault Ariane.

Lucy, den Arm voller farbenfroher T-Shirts mit integriertem Lichtschutzfaktor, betrachtet Ariane eindringlich. «Harten Tag gehabt?», fragt sie. «Wie siehst du überhaupt aus? Ist das etwa ein Sonnenbrand in deinem Gesicht?» Sie legt die Ware beiseite und kommt näher. «Oh, ja. Und was für einer!», sagt sie, beugt sich vor und berührt Arianes Stirn prüfend mit dem Zeigefinger, was zwar ein wenig überfallartig, zugleich aber auch angenehm ist, weil Mitgefühl genau das ist, wonach Ariane sich sehnt.

«Du, das ist richtig heftig. Das musst du unbedingt sofort eincremen, sonst pellst du dich übermorgen, und das willst du doch nicht. Dein hübsches Gesicht, du musst besser auf dich aufpassen! Komm mal mit ins Bad, ich habe eine ganz tolle After-Sun-Lotion. Die kühlt auch.»

Sie ergreift Arianes unverletzte Hand und zieht sie hinter sich her. Es ist erst das zweite Mal, dass sie sich berühren, und wieder fällt Ariane auf, wie weich Lucys Haut ist.

Sie schluckt.

Im Waschraum angekommen, entnimmt Lucy dem Wandschrank eine schwarze Tube mit einer lächerlich winzigen Beschriftung in Gold: stylish, aber unleserlich, ein typisches Lifestyle-Fabrikat, wahrscheinlich hoffnungslos überteuert wie alles hier in Lucy Köhlers paradiesischer Parallelwelt.

Anstatt Ariane die Creme einfach in die Hand zu drücken, übernimmt Lucy das Einreiben der von der Sonne gepeinigten Hautpartien selbst. Verdattert, aber nicht abgeneigt lässt Ariane es geschehen.

Die Lotion kühlt, das stimmt. Allerdings kämpft das dezent nach Pfirsich duftende Produkt mit dieser Wirkung auf verlorenem Posten, weil alles andere, was gerade geschieht, Ariane in einer Weise erhitzt, dass auch ein arktischer Schneesturm dagegen keine Chance hätte.

Anders gesagt: Lucy ist heiß, viel zu heiß, und das weiß sie auch. Jede einzelne ihrer Berührungen, jedes Wort, das sie sagt, und vor allem *wie* sie es sagt, minimiert die ohnehin schon viel zu geringe Distanz zwischen ihnen weiter.

Lucy trägt einen schwarz-weißen Wickelrock mit Blümchenprint und hoher Taille, dazu ein eng anliegendes schwarzes Top mit Neckholder. Keinen BH. Ein verwegenes Lächeln erscheint auf ihren Lippen, als sie sieht, dass Ariane ihr auf die Brüste starrt, und zwar genau dorthin, wo die breiten, sich überkreuzenden Träger ein kleines Dreieck Haut frei lassen.

«Interessantes Oberteil», murmelt Ariane schwach.

«Criss Cross», raunt Lucy. «Total angesagt. Ui, was ist denn da mit deiner Hand passiert. Tut das weh?» Vorsichtig, beinahe zärtlich, berührt sie das Pflaster, das Ariane auf die Wunde geklebt hat.

«Ja, ein bisschen. Ich hatte wirklich viel Pech heute.»

«Das tut mir so leid. Aber damit ist jetzt Schluss. Jetzt bin ich ja da. Darf ich dich mal drücken?»

Ariane nickt, sie kann nicht anders.

Lucy schließt sie in die Arme.

Es ist noch hell. Draußen flimmert der Frühsommertag seinem Ende entgegen, drinnen vibriert der Raum voller Energie, als ihre Körper sich finden und die Tabus fallen wie Dominosteine: Aus einer tröstenden Umarmung wird eine leidenschaftliche, was unweigerlich dazu führt, dass sie sich küssen, erst auf den Mund, dann anderswo, nun ja, und um anderswo und letztlich überall hinzugelangen, auch mit den Händen, ist es auf Dauer natürlich praktikabler, weniger anzuhaben – oder noch besser: nichts.

Ariane reißt Lucy das Criss-Cross-Top vom Leib. Wow. Sie hatte beinahe vergessen, wie viel Freude ihr das Zerreißen von Kleidung bereiten kann, sogar mit der lädierten Hand, der Schmerz spornt sie eher noch an. Lucy jubiliert.

Mit den Hüllen fallen die letzten Hemmungen.

«Was war das denn jetzt bitte?», fragt Ariane idiotischerweise, als sie sich schließlich eng umschlungen auf dem Sofa in der Personalküche wiederfinden, beide nackt, beide den Duft nach Pfirsich und nach einander verströmend.

«Jetzt haben wir gevögelt», erwidert Lucy trocken.

Das hätte sie besser nicht gesagt, nicht so jedenfalls. Denn *vögeln* ist ein Begriff, den Katja gern benutzt. Ariane mag ihn eigentlich nicht besonders, sie bevorzugt *Liebe machen* oder *sich lieben*, davon kann hier und heute natürlich keine Rede sein, Katja findet überdies, es klingt bestenfalls kindisch, schlimmstenfalls verklemmt.

Ficken? Oberprollig.

Poppen? Veraltet.

Na gut, also vögeln, sei's drum. Demnach hat sie gerade fremdgevögelt, zum ersten Mal in ihrer Ehe. Beim Gedanken daran, dass Katja es herausfinden könnte, durchläuft Ariane eine Welle von Angst. Sie löst sich aus der Umarmung und rückt ein Stück von Lucy weg.

Wie unpassend, dass sie quasi aufs Stichwort jetzt auch noch an diesen vermaledeiten Kuckuck denken muss. Von ihrer Oma (von wem auch sonst?) hat Ariane den Volksglauben aufgeschnappt, der Ruf des Kuckucks würde die Anzahl der Lebensjahre prophezeien, die das Schicksal für Anwesende noch bereithält, daher auch der Ausruf: *Weiß der Kuckuck*.

Tja, was wusste er, dieser stumme Geselle am Grauen Berg? Warum so still, für wen hat der vorhin *nicht* gerufen? Für die Leiche im Tal, für Andreas Anton – was fair wäre, schließlich hat der ornithologisch bewanderte Polizist ihn entdeckt, soll er sich doch mit der lausigen Prognose rumschlagen – oder am Ende tatsächlich für Ariane?

Null Jahre? Dein Ernst, Kuckuck?

Sie kann sein Schweigen noch hören, die Stille des Waldes.

Stopp, Ariane, merkste selbst, ruft sie sich im Stillen zur Ordnung. Falsches Thema. Richtiges Thema: Was zur Hölle tust du hier?

Ihre Wangen glühen.

«Was ist?», fragt Lucy von der Seite.

«Wieso?»

«Du wirkst auf einmal so verstört.»

Wieso wirkst du nicht verstört, denkt Ariane, aber das sagt sie nicht. Sie schweigt, weil sie gerade überhaupt nicht mit Lucy reden kann oder will. Sie schämt sich viel zu sehr, deshalb will sie auch nicht länger hier sein, sondern anderswo, weit, weit weg. Und wenn sie schon hier ist, will sie wenigstens nicht mehr nackt sein, und sie will auch nicht, dass Lucy es ist.

«Können wir uns anziehen, bitte?»

«Klar.»

Lucy steht auf. Staub tanzt auf den letzten Sonnenstrahlen, die schräg zum Fenster hereinfallen und das Blond ihrer Haare engelhaft erstrahlen lassen. Ihre Haut ist makellos. Ariane kann sich ein Staunen nicht verkneifen.

«Ich liebe meine Frau», sagt sie, um den Bann zu brechen. Sie entdeckt ihr T-Shirt im Türrahmen und will es sich holen, aber anders als Lucy schämt sie sich ihrer Blöße. Sie ringt mit sich.

«Ich liebe meinen Mann auch. Was nicht heißt, dass ich keine Geheimnisse vor ihm habe – genauso wie er vor mir.» Lucy sieht Ariane ernst an.

Was für eine traumschöne Frau. Die einem anderen gehört, einem Mann, und zwar nicht irgendeinem, sondern einem ganz bestimmten. Verdammt, ja, Lucys Mann ist Arianes Chef. Wieso nur vergisst sie das immer wieder, fragt sie sich scheinheilig, obwohl sie genau weiß, was Sache ist. Ein klassischer Fall von

Verdrängung, begünstigt durch den Umstand, dass die Eheleute Köhler einfach überhaupt nicht zueinander passen, wirklich null. Zero.

Und nun hat Lucy ihren Super-Mario betrogen, während dieser von Polizeihauptmeister Andreas Anton verhört wurde.

Ariane hat einen trockenen Mund. Etwas zu trinken wäre gut.

Sie beobachtet, wie Lucy ihren Rock vom Boden aufsammelt und ihn überstreift. Von den restlichen Klamotten fehlt jede Spur, vermutlich liegt das meiste noch im Waschraum. Ihr Top dürfte nicht mehr zu retten sein.

Angesichts der prekären Gemengelage hockt Ariane immer noch wie festgetackert auf dem Sofa, die Arme um die Knie geschlungen und weiß nicht ein noch aus. Sie ist es nicht gewöhnt, dass so viel in ihrem Leben passiert.

«Kannst du aufhören, mich so anzustarren, bitte?», fragt Lucy.

Ariane schaut weg.

«Was ist eigentlich plötzlich los mit dir?»

«Ich habe heute schon wieder eine Leiche gefunden.»

Lucy macht ein undefinierbares Geräusch. «Was?»

«Ja. Am Grauen Berg. Es war schrecklich.»

«Erzähl!»

«Lieber nicht.»

«Doch!» Und dann fängt Lucy an, Ariane so lange auszufragen, bis sie alles preisgibt, was sie weiß, inklusive der Tatsache, dass ihr Mario aktuell unter Verdacht steht.

Das bringt Lucy sichtlich in Rage. «Wie? Andreas glaubt, es könnte Mord sein und Mario der Täter?»

Ariane zuckt erst mit den Schultern. Gleich danach nickt sie widerstrebend.

«Der spinnt doch komplett. Das ist ja wirklich das Allerletzte. Weißt du, wie lange die zwei schon befreundet sind? Ewig! Mario war Trauzeuge bei Andreas' Hochzeit. Dass der ihm so was auch nur eine Sekunde lang zutraut, dieser illoyale Fettarsch, der neuerdings denkt, er ist was Besseres, nur weil er Quinoa nicht für eine Großtante von Winnetou hält, na warte, den kauf ich mir. So eine Gemeinheit.»

Sie gestikuliert mit Nachdruck. Leider ist sie dabei immer noch oben ohne, was Ariane zwingt, nun doch wieder hinzuluschern. Und gleich wieder weg.

«Er ist halt ziemlich jähzornig, dein Super-Mario», gibt sie zu bedenken.

«Na und? Das hat doch nicht das Geringste zu bedeuten, so ist er halt. Ariane, du kennst Mario, er trägt sein Herz auf der Zunge, aber eigentlich ist er ein ganz Lieber. Er könnte keiner Fliege was zuleide tun.»

«Neulich auf der Party hat er den Herrn Wunderlich tätlich angegriffen. Und du hast gerade selbst zugegeben, dass ihr Geheimnisse voreinander habt», sagt Ariane, und ihr wird ein wenig mulmig bei dem Gedanken, Teil davon zu sein. Es ist wirklich delikat: Eben hatten sie noch Sex, jetzt stehen sie quasi auf entgegengesetzten Seiten. Denn sie ist Team Andreas Anton, wie Ariane sich widerstrebend eingesteht.

Lucys Blick sprüht Funken. «So habe ich das vorhin nicht gemeint, und das weißt du auch. So, jetzt entschuldige mich bitte, ich muss nach Hause zu meinem Mann. Der braucht Beistand.»

Endlich fällt Lucy auf, dass sie immer noch halb nackt ist. Bevor Ariane protestieren kann, schnappt Lucy sich ihr T-Shirt und streift es über.

Es war ein Geschenk von Katja: smaragdgrün, mit der Aufschrift *Girls Power*. Das I hat die Form eines Gänseblümchens.

«Such dir bitte was im Laden aus, geht aufs Haus. Ich hab es eilig. Tschüss, war schön», sagt Lucy zum Abschied und stürmt davon.

Ariane drängt sich die unangenehme Frage auf, ob Katja ebenso die Hand für sie ins Feuer legen würde wie Lucy für Mario.

Aufwühlender kann ein Tag nicht enden.

ANDREAS **FÜHRT FAST SO WAS WIE EIN VERHÖR**

Es geht auf acht Uhr abends zu, als Andreas vor Marios Haus steht. Ohne Frau Krause, die hat er vorher zu Hause abgeliefert.

Als er sich am Telefon angemeldet hatte, wirkte Mario völlig arglos: «Verrate doch wenigstens, worum es geht», hatte er gesagt und es mit einem seiner Witze versucht: «Verdammt, ich weiß es: Du hast rausgekriegt, dass ich das beste Crystal Meth im Harz koche, was?»

Jetzt öffnet Mario die Tür; er ist gekleidet wie Dieter Bohlen beim DSDS-Recall auf Mallorca: bunt bedrucktes T-Shirt, dreiviertellange Chino. «Himmel, Dr. Watson, Sie sehen ja aus, als hätten Sie ’ne Leiche gefunden.» Er lacht. «Na, komm rin. Feierabendbierchen? Oder biste im Dienst?»

«Wasser bitte. Erst mal.»

«Alles klar. Geh schon mal in den Garten. Ich hol Getränke.»

Andreas lässt sich auf der Terrasse in einen Gartenstuhl plumpsen und muss unwillkürlich an die Fast-Schlägerei denken. Er schaut auf den braunen Rasen. Es ist still.

«Könnte mal wieder regnen», sagt Andreas, als Mario einen Korb mit Getränken anschleppt. Eine Flasche Mineralwasser, fünf Flaschen Bier.

Mario gießt Andreas ein Glas Wasser ein und öffnet für sich

selbst ein Hasseröder. «Stimmt, furztrocken alles. Umso wichtiger, dass wir uns wenigstens innerlich feucht halten.» Er lacht erneut, dann nimmt er einen tiefen Schluck und sagt: «Okay, schieß los. Was gibt's Neues im Städtchen?»

«Tja.» Andreas leert sein Glas zur Hälfte und stellt es auf den Tisch. «Es gibt tatsächlich wieder einen Toten.»

Mario lacht. «Unser Düsterode! Die Bronx ist nix dagegen.»

«Ich mache keine Witze, Mario.»

«Nicht?» Mario wird unsicher. «Und, ähm, wer ist es?» In der nächsten Sekunde springt Mario hoch. «Nein! Scheiße, nein! Tu mir das nicht an! Ist was mit Lucy? Hatte sie ...»

Andreas hebt beruhigend die Hände. «Quatsch! Nein!»

Mario lässt sich in den Stuhl fallen. «Mann! Hast du mir einen Schreck eingejagt!»

«Nein! Alles gut! Tut mir leid.»

Mario atmet tief ein und aus und trinkt sein Bier auf ex. «O Mann. Was ist denn dann passiert?»

«Wie gesagt, wir haben einen Toten gefunden. An der gleichen Stelle wie vor ein paar Wochen. Am Grauen Berg beim Aussichtspunkt.»

«Wo der alte Knacker den Felsen runtergestürzt ist?»

«Genau, jetzt ist wieder einer runtergefallen.»

Mario beugt sich vor. «Auweia. Und wer?»

Andreas zögert, er sieht Mario suchend in die Augen, aber er findet darin nur reine Neugierde, echte Gespanntheit. Wenn Mario schon weiß, wer da gefunden wurde, wenn er also schauspielert, dann schauspielert er gut.

«Tom.»

«Tom?»

«Ja.»

«Etwa Tom Wunderlich?»

Andreas nickt und lässt die Neuigkeit auf sein Gegenüber wirken.

Mario kippt gegen die Lehne und atmet geräuschvoll aus. «Puh! Ja … Und wie … Was … Also, ist er da runtergefallen oder wie?»

«Sieht so aus.» Andreas beobachtet Mario.

«Is ja ’n Ding.» Mario guckt zurück. Sein Blick ist offen.

Und nun?, fragt sich Andreas. Soll er Mario fragen, ob der was mit Toms Sturz zu tun hat? Das klingt doch total bescheuert. Er ist fast erleichtert, als krächzende Rufe ertönen. Andreas blickt suchend durch den Garten. «Hör mal! Ein Eichelhäher.»

«Aha. Ja, meinetwegen.» Mario öffnet eine neue Bierflasche und nimmt einen Schluck.

Das Krächzen verstummt.

Andreas sagt: «Ich glaub, ich nehme auch ein Bier.»

«Gute Wahl.»

Sie stoßen ihre Flaschen gegeneinander und trinken.

Andreas muss aufstoßen, dann fragt er: «Wann hast du ihn denn zuletzt gesehen?»

«Ich? Wen? Tom? Keine Ahnung. Bei der Party.» Mario legt den Kopf schief und guckt nachdenklich in die Luft. «Ja, bei der Party.»

Die Nachricht scheint Mario überrascht, aber nicht entsetzt zu haben, denkt Andreas und sagt: «Als ihr euch geprügelt habt.»

«Na ja, geprügelt …»

«Als *du* ihn verprügeln wolltest.»

«Da hast *du* mich ja nun dran gehindert.»

Sie starren sich an, und Marios Augen werden zu Schlitzen. «Moment mal … Glaubst du etwa … Denkst du, *ich* habe den Blödmann da runtergeschubst?»

Andreas schweigt. *Ehrlich gesagt, weiß ich nicht, was ich denken soll.*

«Du spinnst ja wohl!»

«Im Radio hatte er dich zuletzt auch ziemlich auseinandergenommen.»

Mario lacht spöttisch. «Auseinandergenommen, also bitte! Und deshalb sollte ich ihn umbringen?»

«Ich glaube jedenfalls nicht an einen Unfall.»

«Na, da wird's ja wohl bestimmt eine Untersuchung geben. Eine Dings … Autopsie.»

Andreas nickt. «Da verspreche ich mir aber nix von. Das hat schon beim ersten Toten nichts gebracht. Mein Eindruck ist, dass die sich damit im Moment keine große Mühe geben.»

«Wieso?»

«Die sind alle mit den Mädchenmorden beschäftigt. Und zu wenig Leute sind's sowieso. Fachkräftemangel.»

«Wo gibt's den nicht?» Mario nimmt ein paar Schlucke von seinem Bier. Kopfschüttelnd sagt er: «Andreas, ich muss echt sagen: Dass du mir das zutraust, das ist ein Hammer, finde ich.»

«Ziemlich beste Freunde wart ihr ja nun auch nicht.»

«Natürlich nicht! Der ist doch total abgedreht! Hat unseren Harz nur noch schlechtgeredet! Und dann sein ganzer Genderscheiß: Die Tourist-Innen steigen bald nicht mehr auf die Brock-In, weil die Bäum-Innen sterben!»

Andreas muss lachen.

«Ist doch wahr! Nimm's mir nicht übel, aber traurig bin ich nicht.»

«Nicht Brockin. Sondern Brockine.»

«Was?»

«Das wär's doch. Wir benennen den Brocken um in Brockine. Lässt sich bestimmt super vermarkten.»

Mario grinst. «Ich werd's meiner Sensitivity-Magd vorschlagen. Die wird begeistert sein.»

«Die hat Tom übrigens gefunden.»

«Ariane? Echt? Ach je, die Ärmste.» Er stutzt. «Moment mal, die hatte doch schon den ersten Toten gefunden. Wahrscheinlich ist sie die Täterin! Die solltest du mal in die Mangel nehmen. So richtig hart rannehmen solltest du die.» Mario lacht dreckig.

«Idiot», sagt Andreas, trinkt sein Bier aus und denkt: Der Typ muss es immer übertreiben.

Mario öffnet zwei weitere Flaschen.

«Was hältst du denn eigentlich von deiner neuen Kollegin?», fragt Andreas.

«Ariane? Pff. Keine Ahnung, ich hatte sie mir schlimmer vorgestellt. Aber trotzdem nervt sie natürlich, weil sie ja quasi der Kampfhund von der Hackenberg ist. Ich trau mich kaum, irgendwas zu sagen, wenn sie dabei ist. Die hält mich bestimmt für ein riesiges Macho-Arschloch.»

«Wie sie da wohl drauf kommt?»

Die Männer grinsen sich an.

«Die ist übrigens mit 'ner Frau verheiratet», sagt Mario.

«Ich weiß.»

Mario schaut Andreas seltsam an, und Andreas befürchtet, dass sein Gegenüber auf Sebastian zu sprechen kommt.

Mario streckt alle viere von sich. «Aber ganz hübsch ist sie.» Er ächzt theatralisch. «Ach Mann, Andreas, die drehen echt alle durch.»

«Hm. Ich weiß nicht. Bei uns ist die Welt doch eigentlich noch in Ordnung.»

«Noch!»

Der Eichelhäher meldet sich wieder zu Wort.

«Wo ist Lucy eigentlich?»

Mario macht eine vage Handbewegung. «In ihrem Laden. Bekommt neues Zeug oder so.»

Andreas hat seit Mittag nichts gegessen, und verbunden mit der Wärme zeigt das Bier seine Wirkung.

Als hätte Mario es erraten, fragt er: «Hast du auch so'n Hunger?»

Ohne die Antwort abzuwarten, springt er auf und verschwindet im Haus. Andreas schließt die Augen, er genießt die Ruhe und spürt, wie Müdigkeit in ihm hochkriecht.

Er wird wach, als Mario mit einigem Geschepper Teller und Besteck auf den Tisch knallt, außerdem eine Schüssel, die mit langen, dünnen Salamistangen gefüllt ist, einen Korb Brot, ein dickes Stück Käse, Butter, mehr Bier.

«Pennst du?», ruft Mario.

«Ich meditiere», sagt er ironisch und reibt sich die Augen.

Sie essen und trinken und reden über dies und das. Andreas muss an die Zeit denken, als Mario und er wirklich beste Freunde waren. Damals war er frisch mit Elke liiert – und Grit noch am Leben. Als Jahre später beide plötzlich allein dastanden, Mario verwitwet, Andreas geschieden, haben sie sich irgendwie entfremdet. Mario wurde trotziger dem Leben gegenüber, Andreas demütiger. Trotzdem sitzen sie jetzt hier zusammen, und das tut auch mal gut.

Auf einmal steht Lucy in der Terrassentür.

«Andreas», sagt sie. «Was machst du denn hier?»

Bevor Andreas antworten kann, sagt Mario: «Tom ist tot.»

«Ja, hab ich schon gehört.»

Andreas ist überrascht.

«Von wem?», fragt Mario.

«Von Ariane. Wir sind uns … über den Weg gelaufen.» Sie wendet sich wieder Andreas zu. «Und wieso bist du nun hier?»

Andreas ist zu abgelenkt, um zu antworten. Irgendwas irritiert ihn an Lucy – und dann fällt es ihm ein. Sie trägt das gleiche

T-Shirt wie die Adlige vorhin, wahrscheinlich der aktuelle Verkaufsschlager in ihrem Edelladen.

Erneut übernimmt Mario: «Spontaner Männerabend. Und nebenbei haben wir diverse Menschheitsprobleme gelöst.»

«Klingt gut», sagt Lucy. «Die Menschheit dankt.»

Andreas trinkt seine Flasche leer und stemmt sich hoch. «Tut sie eben nicht, das ist ja das Problem. Ich muss dann auch mal los.»

«Ui, Macho-Time», sagt Lucy und lacht. «Meinetwegen musst du nicht gleich die Flucht ergreifen. Ich bin total alle, macht euch ruhig noch einen schönen Abend, ihr zwei.»

Sie küsst ihren Mann auf die Wange und verdrückt sich.

«Ja, bleib doch noch», sagt Mario.

Andreas setzt sich wieder hin. «Aber nur noch ein Bier.»

6

Mädchenmorde: Drittes Opfer beerdigt. Bewegende Trauerfeier – Eltern fordern Bewachung der Schulen

Mehrere Hundert Menschen haben gestern an der Beisetzung der getöteten Jana B. teilgenommen. Auf dem Magdeburger Westfriedhof kam es zu bewegenden Szenen. Gleichzeitig wächst die Sorge, der Täter könne ein viertes Mal zuschlagen. Einige Eltern haben sich daher gestern zu einer Initiative zusammengeschlossen und fordern, die Schulen durch die Polizei bewachen zu lassen.

AUS DER MAGDEBURGER VOLKSSTIMME

ARIANE WIRD VERSETZT UND BEKOMMT EIN PAKET, DAS SIE LIEBER NICHT GEÖFFNET HÄTTE

Die Sonne befindet sich schon wieder auf Konfrontationskurs. Steht am Himmel wie eine Rachegöttin, begierig, alles ringsum in Brand zu stecken, angefangen mit Arianes vorgegarter Sünderinnenvisage. Wo ist Lucys kühlende Creme, wenn man sie braucht? Egal, After Sun ist Before Sun in diesen Tagen.

Auf dem Weg zur Arbeit hüpft Ariane von Schatten zu Schatten. Sie pfeift vor sich hin und grüßt fröhlich, sobald sie ein bekanntes Gesicht entdeckt, aber ihre gute Laune ist nur Tarnung. Sie fühlt sich schrecklich schuldig und befürchtet, dass ihr das alle an der feuerroten Nasenspitze ansehen, egal wie angestrengt sie um eine positive Aura ringt.

Leo, der Paketzusteller.

Chrissy, die hippe Verkäuferin von Heimatbäcker Bode.

Frau Kniep-Schulze von der kleinen Buchhandlung, die auch den Paketshop führt.

Moin – Glück Auf – Guten Tag.

Wieso gucken die denn so komisch? Grüßen so verhalten zurück, als wäre ihnen die flüchtige Begegnung mit Ariane bereits unangenehm, was soll das? Wissen die was?

Einbildung, sagt sich Ariane. Die können überhaupt nichts wissen und selbst wenn, so eine Nachricht ist es ja nun auch wieder nicht, dass die Frau von Super-Mario mit der Hexe vom Dienst eine Nummer geschoben hat.

Na ja, wie man's nimmt. Düsterode-Gossip vom Feinsten ist es allemal.

Und dann wäre da ja auch noch die unangenehme Sache mit der zweiten Leiche am Grauen Berg, die dürfte sich in Windeseile rumgesprochen und ihrer Beliebtheit wohl kaum einen zusätzlichen Schub versetzt haben, was unfair ist, da Ariane schließlich nicht das Geringste dafür kann, dass sie hier zu einem Trüffelschwein für Klippentote mutiert.

Ariane nickt einem Mann mit Dackel zu, den sie flüchtig kennt – der Hund wird manchmal auch von einem Kind ausgeführt – der Dackel wedelt freundlich, der Mann schaut weg.

Da stimmt doch was nicht!

Sie bleibt kurz stehen, die Hände in die Hüften gestemmt, bereit, fortan sämtliche Nichtgrüßende zur Rede zu stellen, die ihr über den Weg laufen. Doch da sind keine mehr.

Am Brunnen hat ein Reisebus gerade wieder eine Schar Hochbetagter ausgesetzt, bei der Wärme fast schon ein Akt der Körperverletzung, sofern die alten Leutchen nicht genug trinken, was sie bekanntlich so gut wie nie tun.

Bei der Landschlachterei Eberlein, wo Ariane manchmal ein dezent nach Lorbeer schmeckendes Schmalzfleisch namens Harzer Pottsuse kauft, stellt der Lehrling gerade die Tafel mit den aktuellen Angeboten vor die Tür.

Heute frisch: Wildschwarzwurst, liest Ariane. Pfui Spinne. So weit geht ihre verbotene Liebe zum Deftigen dann doch wieder nicht.

«Glück Auf», sagt Ariane zu dem Lehrling.

Er strahlt sie an und grüßt zurück.

Als sie wenig später auf der Terrasse des Brockenhirsch Platz nimmt, ist Ariane leichter ums Herz. Der Grund dafür ist nicht nur die Freundlichkeit des Fleischerlehrlings, sie freut sich auch auf den bevorstehenden Termin: In den vergangenen Wochen ist es ihr gelungen, Kontakt zu jungen Harzer Geschäftsleuten aufzunehmen, die Lust haben, ihre Ansprache an die Kundschaft diskriminierungssensibel zu gestalten, optimistische Talente aus der Tourismusbranche. Heute wollen sie sich zum ersten Mal treffen, um Ideen auszutauschen, wegen des schönen Wetters findet das Meeting draußen statt. Neuerdings öffnet der Brockenhirsch ab mittwochs schon um zehn.

«Hallo, Ariane», sagt Neu-Wirtin Franziska ohne jede Herzlichkeit, was Ariane verwundert. Bei ihrer letzten Begegnung hatten sie sich eigentlich ganz gut verstanden. «Willst du schon was bestellen?»

«Ein Kaffee wäre toll. Schwarz bitte.»

«Kommt.» Sie wendet sich zum Gehen, dreht sich aber noch mal um. «Weißt du schon, wie viele ihr sein werdet? Ich brauche nämlich jede Menge Tische ab halb zwölf für eine Busladung. Fünfzigmal Soljanka mit Bockwurst. Ich sag dir, Arbeit macht Arbeit.»

Soljanka, auch nicht schlecht, denkt Ariane. Bisschen früh vielleicht.

«Ich hab keine Ahnung, wie viele kommen», antwortet sie wahrheitsgemäß. «Julia und ich von Harz-Touristik und noch mindestens zehn Weitere. Vielleicht auch fünfzehn? So um den Dreh. Könnte eng werden hier draußen, wenn es bei uns länger dauert. Ein paar haben heute Morgen allerdings per E-Mail abgesagt. Und irgendwelche No Shows gibt es ja leider auch immer.»

«Irgendwelche was?»

«Leute, die einfach nicht auftauchen. Wie sieht es denn bei dir aus, Franzi? Du wolltest doch eigentlich auch mitmachen. Deswegen sind wir ja extra hierher gegangen.»

«Hm, na ja, wie gesagt, hier steppt der Bär, ich weiß gerade echt nicht, wo mir der Kopf steht. Abgesehen davon …» Sie lässt den Satz in der Luft hängen und setzt eine kämpferische Miene auf.

«Ja?»

«Ich find's auch nicht so toll, was du gerade mit Super-Mario anstellst.»

Ach, du Schande. Ariane spürt, wie sie rot anläuft. Wenigstens gibt es Grund zur Hoffnung, dass ihr Sonnenbrand dieses pikante Detail verschleiert. Mühsam versucht sie, ihre Gesichtszüge unter Kontrolle zu halten.

«Wieso?»

«Er ist immerhin der Chef von Harz-Touristik. Er sollte heute dabei sein, finde ich. Er hat viel Ahnung, und wir vom Brockenhirsch haben immer gut mit ihm zusammengearbeitet.»

Außer als Benno das *Veggie-Schnitzel Jäger:innen Art* eingeführt hat, denkt Ariane, während sich Erleichterung in ihr breitmacht. Aber die fleischlose Revolution unterm Hirschgeweih ist ja nun auch schon wieder Geschichte. Genau wie Benno. Aus Freude, doch nicht als Ehebrecherin ertappt worden zu sein, verkneift sie sich jedoch eine bissige Bemerkung hierzu.

Die Wirtin hat gesagt, was sie sagen wollte, und rauscht ab, bevor Ariane sie darauf hinweisen kann, dass a) Jeanette Hackenberg die Chefin von Harz-Touristik ist und b) Super-Mario sehr wohl eingeladen wurde und sogleich desinteressiert abgewinkt hat.

Zwei Tassen Kaffee und ein halbes Omelett später ist ihr klar, dass sie versetzt worden ist, und zwar vollumfänglich. Niemand ist gekommen, nicht mal ihre Kollegin Julia, aber die hat wenigstens noch eine Nachricht geschickt, um sich für den Tag krankzumelden. Alle anderen: Fehlanzeige.

Ariane ist elend vor Wut und Demütigung. Nicht mal ihr zweites Frühstück hat sie aufgegessen, und das will was heißen.

Inzwischen ist die Terrasse recht gut besucht, sie kommt sich reichlich blöd vor so allein an der zusammengeschobenen langen Tafel.

Irgendwann kreuzt Franziska wieder auf und stellt ein Paket vor Ariane ab. Jemand hat in Großbuchstaben «Geschenk für Ariane H.» draufgeschrieben.

«Was ist das?»

«Keine Ahnung. Das stand neben der Gemüselieferung beim Kücheneingang. Marius hat's gerade gefunden.»

Ariane legt die Stirn in Falten. «Komisch. Kein Absender.»

«Vielleicht eine Paketbombe», witzelt Franzi und macht eine ausladende Geste über die vielen freien Plätze an Arianes Tisch. «Besonders beliebt bist du ja anscheinend nicht.»

«Das sagt die Richtige.»

Franzi muss lachen. «Gute Retourkutsche. Du, tut mir leid wegen des Treffens heute, vielleicht klappt's beim nächsten Mal. Ich klaue dir schon mal ein paar Tische, okay?»

«Kannst alle haben. Ich möchte zahlen.»

Arianes erster Impuls ist es, einfach zu gehen, ohne sich ihrem *Geschenk* zu widmen, doch dann kommt ihr die dumme Idee, es könne von Lucy stammen. Obwohl sie ahnt, dass hier ein klassischer Fall von Wunschdenken vorliegt, siegt die Neugier (und ein wenig auch die Erregung, die Ariane beim Gedanken an den gestrigen Tabubruch empfindet), und sie reißt das Paket wild entschlossen auf.

Immerhin: Eine Bombe ist es nicht.

Der Inhalt knallt trotzdem ziemlich rein, auch geruchlich. In einer Plastiktüte befindet sich ein Knäuel rot getränkten Kunsthaars: schwarze Zöpfe. Dem Gestank nach zu urteilen, handelt es sich bei der Flüssigkeit, in die der anonyme Scherzkeks die Harzpachen-Perücke getaucht hat, tatsächlich um Blut. Ariane schluckt heftig, als ihr das Omelett hochkommt. Sie schnappt nach Luft. Obwohl der Anblick sie an ihre Grenzen bringt, nein, eigentlich weit darüber hinaus, muss sie hinstarren. Panik kriecht in ihr hoch. Ja, das ist wirklich Blut, echtes, ekliges, widerlich stinkendes Blut, kein Ketchup wie beim letzten Mal. Irgendwo hört der Spaß auch mal auf. Hier will ihr jemand wirklich Angst machen – und das funktioniert auch. Ariane zittert.

Erst als sie merkt, dass die Gäste am Nebentisch sie anstarren, gelingt es ihr, sich am Riemen zu reißen. Komm schon, Ariane. Haltung bewahren! Kein Aufsehen erregen. Wer auch immer das hier verbrochen hat, will dich leiden sehen. Also gib ihnen nicht das, was sie sich erhoffen.

Leider kreischt hinter ihrem Rücken jetzt Franziska los. «Iiiiiih, was ist das denn? Pack das weg! Igittigitt, mir wird schlecht.»

Je mehr sich Franziska in ihren Ekel hineinsteigert, desto ruhiger wird Ariane.

Sie verschließt den Karton wieder. Das Paketband klebt noch ganz ordentlich.

«Das soll ein Skalp sein, nehme ich an. Ist schon der dritte, allerdings der erste mit Blut. Ich fürchte, eure bescheuerte Kostümtruppe ist ziemlich nachtragend. Das ist doch Blut, oder?»

«Ganz sicher. Du hast schon vorher so was bekommen?» Franziska mustert sie irritiert.

«Ohne Blut, wie gesagt.»

«Das musst du anzeigen.»

Ariane nickt langsam. «Ja, das denke ich auch. Bisher hab ich es nicht so ernst genommen. Weißt schon, no hate, no fame. Aber das hier geht echt zu weit.»

Na schön: Vielleicht sollte sie sich langsam eingestehen, dass es für sie unterm Strich in Düsterode doch nicht ganz so gut läuft. Bisher fiel ihr zwar schwer, diese Angelegenheit mit den *Skalps* ernst zu nehmen, dafür waren die Übergriffe zu skurril. Da Ariane sie für Liebesgrüße von Hausmeister Wilfried hielt, hat sie die Dinger halt einfach entsorgt. Nun ja, und dann sind da auch noch die E-Mails mit den Beschimpfungen, die sie weiterhin regelmäßig erhält. Damit hatte sie von Anfang an gerechnet, Sensitivity polarisiert, und manchen macht Sensitivity sogar Angst, dennoch war es vermutlich idiotisch, die Mails einfach zu löschen. Aber wer will so einen Schmutz schon im Postfach haben? Nichtsdestotrotz: Jetzt, wo so viel zusammenkommt, wo die Drohungen blutig werden und schon wieder ein Mensch tot ist, der eigentlich noch leben müsste, muss etwas passieren. Aber was soll sie tun?

Sie nimmt Franziska ins Visier, eine unauffällige junge Frau. Ebenso indifferent wie ihr Äußeres empfindet Ariane ihr Verhalten. «Und Marius hat nicht gesehen, wer das abgegeben hat?», hakt sie nach.

«Nein, das sagte ich doch schon. Wieso?»

«Ich meine ja nur. Ist schon etwas seltsam.»

Ariane fragt sich, ob sie der Wirtin trauen kann. Es könnte jeder gewesen sein, denkt sie und korrigiert sich in Gedanken: Jeder und jede. Also alle. Franzi oder Marius, jemand von den Gästen ringsum, obwohl: Die eher nicht, sie wirken allesamt wie Touristen.

Hat Franziska sie nicht vorhin besonders unfreundlich begrüßt? Wieso wollte sie nicht mehr am Treffen teilnehmen? Und hat der Kellner nicht ein bisschen seltsam geguckt, als Ariane reinkam?

Franziska kneift die Augen zusammen. «Pass auf, falls du uns irgendetwas unterstellen willst, vergiss es. Nicht mit mir. Du bist diejenige, die hier fremd ist, und ich sag dir eins: Bevor du aufgetaucht bist, war in Düsterode alles in bester Ordnung.»

«Aha. Und das soll jetzt keine Unterstellung sein?», fragt Ariane. Ihr Herz schlägt wild.

«Nein. Das ist Fakt.»

«Ganz toll, Franzi, danke für nichts.» Ariane knallt einen Zwanzigeuroschein auf den Tisch. «Stimmt so», sagt sie, greift sich das Paket und tritt den Rückzug an.

Da sie ihr *Geschenk* dringend wieder loswerden möchte und weil es nun wirklich reicht, entscheidet sich Ariane, direkt zum Polizeirevier zu gehen, doch als sie dort ankommt, ist niemand vor Ort.

Sie erreicht Andreas Anton am Handy. Wie so oft, wenn sie mit dem Polizeihauptmeister telefoniert, ist sie außerstande, sich zu sortieren. Sie hört selbst, wie wirr ihr Bericht über das Paket klingt. Er verspricht, in spätestens einer Viertelstunde im Revier zu sein. Manchmal ist er wirklich nett.

Während sie wartet und das Paket in ihren Händen schwerer und schwerer wird, hat sie einen Geistesblitz, in dem die Werbetafel der Landschlachterei Eberlein eine Schlüsselrolle spielt: Wildschwarzwurst, heute frisch.

Wenige Minuten später steht sie dem Lehrling an der Verkaufstheke gegenüber. Schwein gehabt, ha, ha. Der junge Mann ist ihr definitiv freundlich gesinnt.

«Schwarzwurst, das ist doch Blutwurst, oder?», fragt sie ohne Umschweife, bemüht, ihrer Stimme einen naiven Ausdruck zu verleihen. Sie stellt das Paket zu ihren Füßen ab.

Der Lehrling, weißer Kittel, lange Arme, hohe Stirn, setzt ein breites Lächeln auf und Ariane gestattet sich in Gedanken noch eine weitere Plattitüde, nämlich die, dass an ihm kein Gramm Fett zu viel ist.

«Ja, da haben Sie richtig geraten», flötet ihr Gegenüber in formvollendeter Arglosigkeit. «Möchten Sie vielleicht probieren?»

Ariane schüttelt den Kopf. «Können Sie mir etwas über die Herstellung verraten?», fragt sie. «Ist da viel Blut im Spiel?»

«Fünf Liter mindestens.» Sie hat Glück, der Lehrling ist in Plauderlaune. Bereitwillig erläutert er den Prozess des Ausblutens und den Einsatz des Fleischwolfs.

«Und welches Wild verwenden Sie?»

«Zurzeit nur Wildschwein, leider. Schweine …»

«Haben keine Schonzeit, ich weiß», sagt Ariane und bedankt sich herzlich.

Bevor sie doch noch in Versuchung kommt, etwas zu kaufen, wird der Lehrling nach hinten zitiert. Die Stimme – tief, rau, aber weiblich – hat Ariane schon mal irgendwo gehört. Sie überlegt, kommt aber nicht drauf.

Draußen fährt in dem Augenblick Andreas Anton vorbei und parkt vor dem Revier. Ariane schaut auf die Uhr. Er hat sogar weniger als eine Viertelstunde gebraucht.

ANDREAS **BRÜLLT**

Andreas steigt aus dem Wagen. Von der Adligen keine Spur. Das sieht ihr mal wieder ähnlich. Im nächsten Moment sieht er, wie Ariane Höft von Holten aus der Fleischerei Eberlein kommt und ihn hektisch heranwinkt.

Frau Krause sieht – oder wittert – sie ebenfalls. Und flippt aus. Sie bellt wild, aber Andreas lässt den Hund im Kofferraum und schließt den Wagen ab. Auch die Adlige scheint diesmal kein Interesse an dem Vierbeiner zu haben. Dann muss es ja wirklich um was Ernstes gehen.

«Also», sagt er statt einer Begrüßung. «Wo ist die Leiche?»

«Was?»

«Jedes Mal, wenn Sie auftauchen … ach, lassen wir das. Um was geht es?»

Ariane hält ihm einen Karton entgegen. «Gucken Sie sich diese Sauerei an. Das hat man mir zugeschickt. Anonym. Mir reicht's! Aber echt!»

«Was ist da drin? Die Perücke, von der Sie sprachen?»

«Ja! Es ist einfach widerlich! Mir ist immer noch ganz schlecht.»

Andreas öffnet den Karton und verzieht das Gesicht.

«Schön, was? Nettes Geschenk. Mit besten Empfehlungen aus Düsterode!»

«Wo haben Sie das her?»

Ariane erzählt es ihm im Schnelldurchlauf und geordneter als am Telefon. Und sie berichtet auch von den anderen Perücken-Attacken und von den E-Mails. Sie zeigt auf die Angebotstafel vor der Landfleischerei. Sie erzählt von der tiefen, rauen Stimme. Und von ihrem Verdacht.

Sie schauen sich ein paar Sekunden in die Augen, und Andreas denkt: Nun gut, klingt alles gar nicht so vollkommen unplausibel. «Okay, dann hören wir uns mal an, was Birgit dazu zu sagen hat.»

«Birgit?»

«Birgit Eberlein, die Frau, die Sie verdächtigen.»

Ariane marschiert entschlossen los, aber Andreas hält sie am Arm fest.

Sie funkelt ihn an. «Was!?»

«Ich rede!»

Ein altmodisches Glockenklingeln ertönt, als sie gemeinsam den Laden betreten. Auch wenn Andreas kein Fleisch mehr isst – alles hier ist Heimat, alles erinnert ihn an früher. Der Geruch vor allem, aber auch die schwarz-weißen Bodenfliesen, die bis zur Decke reichenden weißen Wandfliesen, die große Fleischerwaage. Unwillkürlich muss er daran denken, wie er als Kind von Birgits Vater, dem alten Hans Eberlein, nach jedem Einkauf die obligatorische Wurstscheibe bekam. Das ganze Geschäft müsste eigentlich unter Denkmalschutz gestellt werden.

Die eindeutig jüngsten Einrichtungsgegenstände sind zwei Schilder im Emaillestil. Auf dem einen steht: *Füllt eure Wasserpistolen mit Wurstwasser. Wir gehen Veganer jagen.* Und auf dem anderen: *Wie nennt man eine Gruppe demonstrierender Veganer? Gemüseauflauf!*

Das Beste an diesem Morgen: Es ist angenehm kühl im Laden. «Glück Auf, Jonas», begrüßt Andreas den jungen Verkäufer.

«O, Tagchen, Herr Anton. Ist was passiert?» Er winkt Ariane kurz zu. «Sie sind ja auch wieder da. Hallo.»

«Bester Arbeitsplatz in Düsterode, wenn's draußen so heiß ist», sagt Andreas und Jonas lächelt freundlich.

«Jetzt quatschen Sie nicht wieder ewig um den heißen Brei herum!», ranzt Ariane den Polizisten an. «Kommen Sie zum Thema!»

Andreas räuspert sich. «Jonas, ich müsste mal mit der Birgit sprechen.»

«Äh, ja, Moment, sie ist hinten. Ich hole sie.» Jonas dreht sich um, ruft «Frau Eberlein!» und verschwindet in den hinteren Räumen.

Andreas und Ariane stehen stumm im Laden. Andreas betrachtet die Auslage in der Kühltheke, ein Traum in den verschiedensten Rot- und Brauntönen. Er stellt fest, dass ihm das Wasser *nicht* im Mund zusammenläuft. Aus den Augenwinkeln wirft er der Adligen einen Blick zu, die ebenfalls auf die Auslage schaut, allerdings irgendwie … gebannt?

Birgit Eberlein erscheint mit Jonas im Schlepptau, und als sie Ariane sieht, frieren ihre sommersprossigen Gesichtszüge ein; sie blickt von Ariane zu Andreas und wieder zurück. Dann wendet sie sich demonstrativ dem Polizisten zu und setzt ein falsches Lächeln auf. «Andreas! Glück Auf! Dich hab ich ja lange nicht mehr hier gesehen.»

«Ja, ich … das, na ja, ich wollte auch gar nichts kaufen.»

Im nächsten Moment zischt die Adlige die Fleischerin an: «*Sie* waren das mit der Perücke! Ich erkenne Sie wieder, Sie waren im Harzpachen-Camp und haben Suppe verteilt. Und jetzt wollen Sie mich fertigmachen.»

Birgit Eberlein plustert sich auf. «Wie? Was erlau…», aber Andreas hebt die Hand und bringt sie so zum Schweigen. Er wendet sich Ariane zu und schaut sie böse an. «Welchen Teil von ‹ich rede› haben Sie nicht verstanden, Frau Höft von Holten?»

Die verschränkt die Arme und starrt zurück.

Andreas dreht sich wieder um. «Birgit, könnte der Jonas bitte hinten irgendwas erledigen?»

Birgit versteht nicht. «Was? Wieso? Was soll er denn erledigen?»

Andreas hört, wie Ariane genervt stöhnt.

«Ich müsste mal mit dir alleine sprechen.»

Birgit dreht sich um, aber Jonas zieht sich bereits wortlos zurück.

Andreas nimmt der Adligen das Paket aus der Hand und stellt es auf den Tresen. «Birgit, kommt dir das bekannt vor?»

«Nein. Was ist das?»

«Das ist ein Paket, Birgit.»

«Na und? Was soll ich damit?»

«Kannst es ja mal aufmachen.»

Jetzt verschränkt auch Birgit die Arme vor der Brust. «Will ich aber nicht.»

Andreas hört die Adlige neben sich murmeln: «Ein einziger Kindergarten, das ganze Dorf.»

Andreas wendet sich ihr zu. «Klappe jetzt!»

Die Adlige sieht ihn an, dreht vor ihrem Mund einen imaginären Schlüssel um und tut so, als würde sie ihn wegwerfen.

Andreas schüttelt den Kopf, dann klappt er das Paket auf. Birgit starrt ihm unverwandt ins Gesicht.

«Würdest du da bitte mal reinschauen?»

«Wieso?»

«Birgit. Bitte.»

Birgit beugt sich zögerlich vor und guckt kurz ins Paket, ohne eine Miene zu verziehen. «Aha. Interessant.»

«Kommt dir das bekannt vor?»

«Was?»

«Birgit!»

«Wieso soll mir das bekannt vorkommen?»

«Weil es aussieht wie eine Perücke. Eine Perücke, wie ihr sie bei euren Indianerspielen tragt.»

«Kann sein. Na und?»

«Die Perücke ist voller Blut.»

«Na und?»

Andreas atmet tief ein und aus. Er spricht langsam: «Birgit, wenn ich jetzt das Blut untersuchen und es mit dem Blut vergleichen lasse, das hier im Laden zu finden ist, zum Beispiel mit dem Blut, das bei der Herstellung deiner frischen Wildschwarzwurst angefallen ist, was kommt dann dabei heraus?»

«Woher soll ich das wissen?»

«BIRGIT!» Andreas hat den Namen geschrien, nein, nicht einfach nur geschrien, er hat richtiggehend gebrüllt, so laut, dass die Fleischermeisterin zusammengezuckt ist – und auch wenn er es nicht gesehen hat, würde Andreas wetten, dass die Adlige ebenfalls zusammengezuckt ist. Rumbrüllen, denkt er, erstaunlich, wie gut das funktioniert. Es sollte glatt als Skill in die Stellenausschreibung für Regionalbereichsbeamte reingenommen werden: *Als Regionalbereichsbeamter sollten Sie über eine große soziale Kompetenz verfügen, kontaktfreudig sein, Durchsetzungsvermögen besitzen – und Sie sollten richtig laut rumbrüllen können.*

Und weil sein Gebrüll so effektvoll war, macht er in derselben Lautstärke weiter: «Birgit, ich mache dir hier den Laden dicht und schicke dir die Spurensicherung auf den Hals, und wenn am

Ende herauskommt, dass das Blut auf der Perücke auch hier im Laden zu finden ist, dann kriegst du eine Anzeige, die sich gewaschen hat! Störung einer Amtshandlung! Bedrohung! Nötigung! Und außerdem noch eine wegen des Verbreitens schlechter Veganerwitze!»

Nach diesem Ausbruch herrscht Stille im Laden, aber nur kurz, denn im nächsten Moment geht die Tür auf, und die Glocke bimmelt. Andreas wirbelt herum, eine Frau steht in der Tür. «Jetzt nicht, Frau Bach! Warten Sie bitte einen Moment draußen!»

Die Kundin zieht sich erschrocken zurück, und Andreas wendet sich wieder der Fleischermeisterin zu. Er hofft, mit seinem Bluff durchzukommen, denn wenn er wirklich die Spurensicherung bemühen muss, dann wird er sicher sehr lange warten müssen. Aber er hat Glück. Er sieht, dass Birgit schlucken muss. Ihre Mundwinkel fangen an zu zittern, ihre Augen füllen sich mit Tränen, und dann bricht es aus ihr heraus. Sie sticht mit dem Zeigefinger in Richtung Ariane und ruft: «Diese Hexe! Die macht alles kaputt! Die ist an allem schuld. Dabei hat sie bei uns noch Komantschensuppe gefressen, die Kuh! Und unser Feuerwasser gesoffen! Und dann macht sie uns fertig! Diese Schlampe! Hauen Sie gefälligst …»

«Sehen Sie, ich wusste es, dass die …», beginnt Ariane, aber Andreas brüllt «RUUUHE!» und bringt beide Frauen erneut zum Schweigen.

Als Andreas und Ariane fünf Minuten später vor dem Laden stehen, gelingt ihm das nicht mehr.

«Das gibt's doch gar nicht», schimpft Ariane. «Das war's also? Einmal mit dem Zeigefinger gewedelt und fertig?»

Birgit steht hinter dem Verkaufstresen und starrt ausdruckslos vor sich hin; Frau Bach glotzt aus dem Laden nach draußen.

Andreas zieht Ariane ein paar Meter vom Schaufenster weg. «Birgit hat doch alles zugegeben.»

«Hä? Was ist denn das für ein Argument?» Ariane wackelt mit dem Kopf. *«O, sie hat alles zugegeben, na dann können wir sie ja laufen lassen. Ach, Sie geben alles zu, Herr Bundy, na prima, vielen Dank auch. Tschüss und alles Gute.»*

«Herr Bundy? Sie spinnen ja! Jetzt machen Sie mal 'nen Punkt! Wir reden hier nicht von einem Serienkiller … Oder einer Killerin. Oder …» Andreas muss grinsen. «Von Serienkillenden».

Ariane schnappt nach Luft: «Da, jetzt lachen Sie auch noch. Sie nehmen das hier überhaupt nicht ernst, Sie … Sie … Sie Waldorfbulle!»

«Mann, jetzt machen Sie hier doch nicht aus einer Mücke einen …»

«Ich werde bedroht, Herr Anton!», fällt sie ihm ins Wort. «Ich kriege Hassmails!»

Andreas reibt sich gestresst die Augen. Als er sie wieder öffnet, sieht er, dass sich die Augen der Adligen mit Tränen gefüllt haben. Ach je.

«Sie haben ja recht», murmelt er. «Es tut mir leid.» Er macht eine unbestimmte Armbewegung, und zu seiner Überraschung tritt sie einen Schritt näher und lehnt sich an ihn. Sie umarmt ihn nicht, sie steht einfach mit herabhängenden Armen da, und er hört sie leise schluchzen.

Er legt vorsichtig den Arm um sie, ganz leicht nur. «Alles wird gut», murmelt er.

Nach zehn Sekunden, die Andreas genießt wie zehn Minuten, tritt Ariane wieder einen Schritt zurück. Sie schaut die Straße hinauf und hinab und reibt sich die Stirn. «'tschuldigung», sagt sie.

«Alles gut. Kommen Sie, wir gehen noch mal rüber ins Büro.»

Ariane atmet tief durch, dann erscheint ein schiefes Grinsen auf ihrem hübschen Gesicht. «Schätze, da haben wir einen richtigen Fall gemeinsam gelöst. Gar nicht schlecht, was?»

ARIANE **ZWISCHEN REUE UND RACHE**

Ariane stürzt aus einem schlechten Traum in den Tag und weiß sofort Bescheid: Sie steckt in Schwierigkeiten.

Der Kaffee schmeckt bitter, Hunger hat sie keinen, und in der Dusche brennt das heiße Wasser auf ihrem Gesicht. Nein, es läuft nicht gut für sie.

War es richtig, auf eine Anzeige zu verzichten?

«Geben Sie Birgit einen Tag, um zur Besinnung zu kommen. Sie wird sich bei Ihnen entschuldigen und zwar richtig. Von Herzen. Spätestens morgen tut ihr alles leid», hat Andreas Anton gesagt.

«Wie kommen Sie darauf?»

«Ich kenne Birgit. Außerdem habe ich gesehen, wie sie uns durchs Schaufenster angestarrt hat, als wir wieder draußen waren. Eigentlich tat es ihr da schon leid, sie muss nur noch über ihren Schatten springen.»

«Und dann ist alles erledigt? Warum sollte ich mich damit zufriedengeben?», hat Ariane gefragt, und sie muss zugeben, dass die nachfolgende Argumentation des harmoniesüchtigen Dorfpolizisten nicht so verkehrt war: «Weil das schöne Wörtchen sensibel Teil Ihrer Stellenbeschreibung ist, wenn ich das richtig verstanden habe. *Sie* sind ein Mensch mit verletzten Gefühlen, *Birgit* ist ein Mensch mit verletzten Gefühlen, also um Himmels willen gehen Sie aufeinander zu und reichen sich die Hände. Wer weiß, so wie die Welt sich gerade verändert, ist die

Mehrheit von heute vielleicht die Minderheit von morgen und damit Ihre Klientel. Außerdem: Sie mögen doch so gern Fleisch. Eberlein ist der einzige Schlachter, den Düsterode noch hat, es waren mal drei. Wollen Sie immer zu meiner Ex fahren, um satt zu werden?»

Das hat Ariane zum Schmunzeln gebracht.

Und jetzt steht sie hier mit ihrem heißen Gesicht und ihrer langsam erkaltenden Wut und wartet auf die Reumütigkeit der Harzpachin.

Am frühen Nachmittag ist es dann so weit. Birgit Eberlein klopft an Arianes Bürotür – und wie in archaischen Gesellschaften üblich, kommt sie nicht mit leeren Händen. Interessiert betrachtet Ariane den Präsentkorb, den die Fleischerin wie einen Schutzschild vor ihrem Herzen trägt. Dauerwürste. Wein. Schnaps. Punkt für Andreas Anton, der seine Pappenheimer anscheinend doch recht gut einschätzen kann.

«Hallo», sagt Birgit Eberlein schüchtern, was mit ihrer tiefen Stimme fast schon eine Kunst ist. «Ich wollte zu Ihnen.»

Im Hintergrund gehen die Köhler-Brüder in Lauschposition, die Neugier steht ihnen quasi in Leuchtbuchstaben in die Gesichter geschrieben.

«Moin Frau Eberlein. Kommen Sie doch rein. Und machen Sie bitte die Tür hinter sich zu.»

Frau Eberlein lässt sich nicht zweimal bitten. «Es tut mir so leid wegen gestern», kommt sie direkt zur Sache. «Darf ich das hier abstellen? Das ist alles für Sie. Ich weiß wirklich nicht, was in mich gefahren ist.»

Schweigend nimmt Ariane die Versöhnungsgeschenke genauer unter die Lupe. Es sind durchaus einige Schätzchen dabei. Die luftgetrocknete Hirschsalami kennt sie schon – ein herrliches Produkt. Auch mit dem Schinkenspeck und der Pottsuse kann sie etwas anfangen. Und beim Schnaps handelt es sich nicht etwa um den unvermeidlichen Schierker Feuerstein, der in jedem Supermarkt zu finden ist, sondern um einen exklusiven Himbeergeist namens Bodefeuer, versehen mit dem Prädikat *Typisch Harz.*

«Die Schwarzwurst hab ich extra weggelassen», witzelt Birgit Eberlein.

Ariane setzt eine ungerührte Miene auf und sagt weiterhin kein Wort, denn allzu leicht will sie es der Harzpachin nicht machen, immerhin war dieser blutige Perückenscherz nicht ohne.

«Haben Sie schon den Gutschein gesehen?», fragt Birgit Eberlein.

Tatsächlich, da steckt ja noch eine Karte zwischen den Würsten. Die Rückseite treibt Arianes Pulsfrequenz kurzfristig in die Höhe: *Es gibt auch Arschlöcherinnen* steht da in weißen Lettern auf fleischfarbenem Untergrund. Umseitig liest Ariane dann jedoch: *Und ich bin eine davon. Liebe Frau Höft von Holten, bitte verzeihen Sie mir. Ihre Birgit Eberlein*

PS: Diese Karte ist ein Gutschein für ein Jahr Mittagstisch bei uns.

«Wow», entfährt es Ariane. «Das ist echt großzügig.»

«Na ja, so ein schmales Persönchen wie Sie wird uns schon nicht die Haare vom Kopf fressen.»

«Unterschätzen Sie mich nicht.»

Birgit Eberlein grinst, auch wenn es noch recht verhalten wirkt. «Hier glaubt keiner, dass Sie wirklich ein Jahr durchhalten.»

«Wie gesagt, unterschätzen Sie mich nicht. Das haben schon ganz andere getan», sagt Ariane und denkt insgeheim: Leider nicht ganz zu Unrecht.

Zum ersten Mal sehen sie sich direkt in die Augen. Birgit

Eberlein strafft die Schultern. «Na, dann bin ich gespannt und freue mich, wenn Sie ab sofort regelmäßig bei uns zu Mittag essen. Vorausgesetzt natürlich, Sie nehmen meine Entschuldigung an.» Sie streckt die Hand aus. «Wir können auch Du sagen. Ich bin die Birgit.»

Nach kurzem Zögern schlägt Ariane ein. «Ariane», sagt sie. «Entschuldigung angenommen. Aber nur unter einer Bedingung. Die Harzpachen versuchen wenigstens, sich ein paar diffamierende Formulierungen abzugewöhnen.»

«Die da wären?»

«Fangen wir am besten mit der Komantschensuppe an. Feuerwasser. Nicht zu vergessen das I-Wort.»

«Und was, wenn nicht?»

«Du weißt ja, Birgit. Rache ist Blutwurst.»

Und dann müssen sie beide lachen.

Der Tag entwickelt sich besser als gedacht.

Arianes gute Laune hält bis Feierabend, dann fällt sie in sich zusammen. Ihr wird bewusst, dass Freitag ist und sie keine Pläne fürs Wochenende hat. Sie könnte das persönliche Gespräch mit all jenen Geschäftsleuten suchen, die sie vorgestern so rüde versetzt haben. Oder vielleicht sollte sie nach Hause fahren, Dinge klären. Mit Katja ist und bleibt die Kommunikation schwierig. Momentan kommt Ariane das gelegen. Beim Gedanken an ihre Frau schwankt sie permanent zwischen der Angst, durch irgendeinen blöden Zufall erwischt zu werden, und dem Wunsch, alles zu gestehen.

Fällt ihr wirklich nichts Angenehmes ein, womit sie hier ihre freie Zeit verbringen könnte?

Durchaus – aber das ist eine Richtung, die ihre Gedanken lieber nicht einschlagen sollten.

Ariane schickt Andreas Anton ein Foto des fleischlastigen Präsentkorbs, das er mit einem Daumen-hoch-Emoji beantwortet. Schön und gut, denkt sie, aber sie findet schon, dass sie noch mal wegen der Hassmails reden müssten. Die sind ja schließlich nicht von Birgit, haben ihn aber ziemlich kaltgelassen. Sogar gelacht hat er, wahrscheinlich wegen der vielen Rechtschreibfehler, die ja nichts daran ändern, dass ausufernde Vergewaltigungsfantasien und Todeswünsche kein Stück lustig sind. *Linksversifftes Miststück* war noch die netteste Beleidigung, da ist ja immerhin was dran. Aber egal, was Andreas Anton betrifft, hofft sie wirklich, dass er wenigstens an der Sache mit Tom Wunderlich dranbleibt. Die stinkt doch zum Himmel.

Auf dem Weg nach Hause kauft Ariane sich ein Eis und freut sich auf bedenkliche Weise über eine Nachricht von Lucy, die mit ihr am Sonntag einen Ausflug machen will und zwei Vorschläge hat: eine Wanderung zum Brocken oder ein Tandemflug mit einem Paraglider. Was die alles macht! Hektisch tippt sie eine neutral klingende Absage. Sie will nicht schon wieder mit ihr im Bett landen, das würde alles nur noch komplizierter machen.

Das Eis schmeckt super.

Der Mann mit Dackel grüßt sie jetzt doch wieder.

Licht und Schatten in Düsterode.

Als der Dackel hinter ihrem Rücken zu kläffen beginnt, dreht Ariane sich instinktiv um und erblickt einen Goldendoodle bei der sanftmütigen Kontaktaufnahme zu dem deutlich kleineren Hund. Sein freundliches Verhalten, sein lieber Blick, die Wuscheligkeit, all das hat große Ähnlichkeit mit Woodward – und Ariane geht das Herz auf. Sogar das rote Halstuch ist dasselbe.

Weil es Woodie ist, schießt es Ariane durch den Kopf. Und bei der sportlichen Frau am anderen Ende der veganen Korklederleine handelt es sich – wie sollte es anders sein? – um Katja.

Ach. Du. Schreck.

Einen Abend und eine Nacht lang ist alles wie immer. Wie es sein soll. Sie gehören zusammen: Ariane liebt Katja, Katja liebt Ariane. Sie sind ein nicht mehr ganz frisch verliebtes Ehepaar mit Hund.

Woodie ist es zu verdanken, dass sie sich überhaupt so gelöst begegnen können. Seine unbändige Freude über das Wiedersehen hat sie einfach mitgerissen, und dann haben sie sich einen schönen Abend gemacht – und eine innige Nacht. Als hätte es die lange Funkstille nie gegeben. Vertrautheit statt Leidenschaft, Nähe, die darüber hinwegtäuscht, dass sie dringend reden müssten, um rauszufinden, was bei ihnen eigentlich alles falsch läuft. Doch vorher: Ein bisschen Frieden.

Morgens allerdings herrscht Krieg. Katja erwacht mit Blick auf den Präsentkorb von Frau Eberlein, den sie bis dahin konsequent ignoriert hat, und geht sofort zum Frontalangriff über.

«Was ist das da eigentlich? Fleisch?»

Widerwillig richtet sich Ariane im Bett auf. «Na ja, Fleisch ist Fleisch und Schnaps ist Schnaps.»

«Sehr witzig. Wo kommt das alles her? Was willst du damit?»

Ariane erläutert den Sachverhalt und bringt ihre Frau damit erst richtig in Rage. Kompromisslos, wie sie nun mal ist, spricht Katja sich a) für eine Anzeige gegen Birgit Eberlein und b) für eine Rückgabe der Versöhnungsgeschenke aus. Ariane, die gutherzigen Argumente von Andreas Anton ins Feld führend, will davon nichts wissen.

«Deine moralische Halbherzigkeit erschüttert mich», bilanziert Katja.

Halbherzig, von wegen, denkt Ariane und steht auf, um Kaffee zu kochen. Unterm Strich kommt sie vielleicht noch auf fünfzehn Prozent moralische Unbescholtenheit, und das auch nur mit viel gutem Willen. Die hundert Prozent, mit der Katja hochwohlgeboren durchs Leben stolziert, hat sie selbst in ihren besten Zeiten nie erreicht.

«Wie findest du eigentlich die Wohnung? Hat was, oder?», Ariane streicht mit der flachen Hand über das raue Holz eines Sichtbalkens und öffnet die Tür zur Terrasse. Das Rauschen der Bode erfüllt den Raum. Die Luft ist warm, aber vom Wasser her frisch duftend. «Wir können draußen Kaffee trinken.»

«Lenk nicht ab, Ariane. Ich will wissen, was du nun zu tun gedenkst.»

Autsch, jetzt klingt Katja original wie ihr Vater. Mit ihrem frisch in Form gebrachten Fassonschnitt sieht sie sogar ein wenig so aus, abgesehen von den Grübchen und den langen Wimpern, die Ariane doch eigentlich so sehr liebt. Heute Morgen lässt der Anblick sie allerdings kalt.

In einem Anflug von Trotz greift sie sich ein Stück Landjäger-Salami und beißt hinein. «Was ich vorhabe? Kaffeetrinken. Frühstücken. Und dann könnten wir eine längere Wanderung mit Woodie unternehmen, wenn du magst. Der Fall Eberlein ist für mich erledigt.»

Katja schnaubt angewidert. «Wissen deine Arbeitgeber-Innen eigentlich, dass sie hier den Bock zum Gärtner machen?»

«Zur Gärtnerin, Katja», sagt Ariane innerlich feixend. «Nimmst du ausnahmsweise Hafermilch in den Kaffee? Mandelmilch gab's nicht.»

«Ich möchte überhaupt keinen Kaffee trinken. Und ich will auch keine Wanderung machen. Ich will, dass du diese ganze Farce abbrichst und mit mir nach Hause kommst. Diese rückständigen Leute hier lachen doch über dich. Bestenfalls. Schlimmstenfalls hassen sie dich und stellen eine ernsthafte Bedrohung dar. Und wofür das alles? So kompromissbereit, wie du bist, erreichst du sowieso nichts in unserer Sache, dir fehlt der Biss. Du bist keine Sensitivity Managerin, Ariane, das ist so offensichtlich. Guck dich doch an, wie du dastehst mit deinem ekligen … Würstchen. Du, du …» Katja schnappt nach Luft. «Du kannst ja nicht mal deine Vulva als solche benennen!»

«Bitte was?» Ariane kommt nicht mehr mit. Vom mangelnden Biss zur Salami und von dort ausgerechnet zum weiblichen Geschlechtsorgan – Katjas Gedankensprünge sind gerade wirklich lull und lall.

«Ist dir nie aufgefallen, dass du immer noch Scheide sagst?», fragt Katja.

Ariane zuckt mit den Schultern. Kann sein. Manchmal geht der sprachliche Wandel selbst ihr ein wenig zu rasant vonstatten und schießt dann weit über das Ziel hinaus, wie sie findet.

Katjas Blick sprüht Funken. «Du bist so dermaßen durchdrungen vom Patriarchat.»

«Du nicht, oder was? Kurze Frage: Wie bist du eigentlich hergekommen? Mit der Bahn?»

«Nein.» Katja verschränkt die Arme vor der Brust.

«Sondern?»

«Mit dem Tesla.»

«Ach so. Wieso hab ich mir das gedacht? Mit Papas Tesla, toll. Klimaneutral. Und so emanzipiert vom Dad.»

Ariane gönnt sich noch einen weiteren Bissen von der Räucherware. Geschmacklich total ihr Beuteschema.

Erwartungsgemäß eskaliert der Streit nach Erwähnung von Katjas Vater komplett. Sie schreien sich an, bis es Woodie irgendwann zu bunt wird und er das tut, was er immer tut, wenn ihn das idiotische Verhalten seiner Menschen überfordert: Er wirft ihnen seinen Ball vor die Füße und drängt ihnen ein wildes Spiel auf.

Sie hören erst wieder auf, durch die halb leere Wohnung zu toben, als es an der Tür klingelt.

«Ariane, alles in Ordnung?» Lucys Stimme.

Ariane rutscht das Herz in die Hose.

Es klingelt erneut, diesmal lang anhaltend, was Woodie dazu veranlasst, den Ball fallen zu lassen, um seinen Wachhund-Pflichten nachzukommen. Sein Bellen tönt ungewöhnlich aggressiv.

Katja schaut von Ariane zum Hund und dann wieder zu Ariane. «Machst du nicht auf?», fragt sie, und weil sie näher an der Tür steht und Ariane nichts Besseres einfällt, als erneut mit den Schultern zu zucken, öffnet sie schließlich selbst.

Ariane könnte aufschreien vor Sehnsucht nach Ehrlichkeit, als die beiden Frauen sich Auge in Auge gegenüberstehen. Aber sie schreit nicht, sie ruft sich zur Ordnung.

«Hallo, ich bin Lucy», sagt Lucy kühl.

«Katja», sagt Katja eisig.

Qualvolle Momente verstreichen, in denen Katja und Lucy einander unter die Lupe nehmen. Der Hund hat sich abgeregt und streift um Lucys Beine, lässt sich aber von der Fremden nicht den Kopf kraulen. Zu ihrem Entsetzen bemerkt Ariane, dass die Freundin immer noch, oder wohl eher schon wieder, das smaragdgrüne Girls-Power-Shirt trägt. Hoffentlich ist Katja das Kleidungsstück aus Arianes Sommerfundus nicht allzu präsent. Aber selbst wenn: Sie muss sich ja nicht direkt einen Reim darauf machen.

«Ich wusste nicht, dass du Besuch hast», sagt Lucy und wirft Ariane einen langen, intensiven Blick zu. «Es kam nur plötzlich so ein Gerumpel von oben und da dachte ich, ich schau mal nach, was los ist.»

«Tut mir leid. Wir haben mit dem Hund gespielt. Das ist übrigens Woodie. Waren wir zu laut?»

«Na ja, ich will nicht spießig sein, aber ich muss gleich meinen Laden aufmachen.»

«Wir spielen draußen weiter.»

«Alles klar, kein Stress. Schönen Tag euch.» Lucy geht.

Während ihre Schritte auf der Treppe verklingen, schaut Ariane zu Katja hinüber. Sie weiß es. Ariane sieht es an ihrem Gesicht. In Ariane breiten sich Wut und Traurigkeit zugleich aus, aber als wäre ihre Niederlage nicht auch so schon katastrophal genug, fällt ihr nichts Besseres ein, als zunächst alles zu leugnen, als Katja nach dem T-Shirt fragt. Schlimmer noch, sie tut sogar so, als würde sie in ihrem Schrank danach suchen, um zu beweisen, dass es eben nicht ihr eigenes Girls-Power-Shirt war, das Lucy anhatte, sondern irgendeins.

«Das ist so unwürdig», sagt Katja. «Wie lange geht das schon mit euch? Wenn sie schon deine Kleidung trägt, muss es ja was Ernstes sein.»

Ariane wühlt hektisch in ihren Sachen, sie kann einfach nicht damit aufhören.

«Es war sogar auf dieselbe Art verwaschen.»

«Na und? Das beweist gar nichts. Außer vielleicht mangelnde Produktqualität. Und selbst wenn es meins war: Warum sollte das automatisch bedeuten, dass ich mit Lucy im Bett war?»

«Warum solltest du sonst diesen Zirkus hier veranstalten?»

Ariane lässt die Hände sinken.

Katja hat recht.

Ihre Ehe löst sich auf.

Das kann Ariane nicht zulassen. Wie war das mit dem Biss,

den sie braucht im Leben? Sie zermartert sich das Hirn nach einer Erklärung, nein, einer Entschuldigung, egal, nach irgendetwas, das die Lawine aufhält, die sie losgetreten hat. Sie ist schon bereit, zu Kreuze zu kriechen, da legt Katja los: «Jetzt verstehe ich auch, warum du nicht nach Hause kommst. Dir geht es überhaupt nicht ums Geldverdienen oder sogar um die Sache. Du willst einfach nur mit dieser krassen Trulla vögeln. Deswegen hältst du es hier unter Nazis aus und lässt dir am Ende noch von irgendwelchen Ewiggestrigen im Winnetou-Kostüm das Hirn wegblasen. Und weißt du, was? Wenn du mich fragst, hast du nichts Besseres verdient.»

Und weil das alles so nicht stimmt, sondern eine völlige Verdrehung der Tatsachen darstellt und überdies komplett ausblendet, dass sie zuvor in Hamburg auch schon Probleme hatten, entschuldigt Ariane sich doch nicht, sondern sagt bloß: «Ich glaube, wir brauchen eine Pause.»

«Das glaube ich auch», sagt Katja, rafft ihre wenigen Sachen zusammen und geht. Woodie, der sich völlig deprimiert auf das Bett zurückgezogen hat, lässt sie da.

Ariane weiß auch nicht, welcher Teufel (oder welche Hexe) sie reitet, daraufhin das Fenster zur Straße zu öffnen und ihrer Frau, sobald sie unten wutentbrannt aus dem Haus stürmt, hinterherzubrüllen: «Ja, ich habe mit Lucy gevögelt. Und weißt du was? Sie hat eine wunderschöne Vulva.»

ANDREAS **ENTDECKT DEN SCHNÜFFLER IN SICH UND FÜHLT SICH EINSAM**

Mit jedem Gespräch, das Andreas führt, nimmt seine Irritation zu. Was ebenfalls zunimmt: das Gefühl, ein echter Polizist zu sein, ein Schnüffler, ein Wühler. Einer, der ermittelt, der recherchiert, der Nachforschungen anstellt. Einer, der was rauskriegt, der Sachen aufspürt. Einer, der einer verdammt großen Sache auf der Spur ist! Und das fühlt sich ziemlich gut an.

Waldorfbulle – von wegen!

Das Hauptergebnis nach zwei Tagen intensiver Recherche sieht so aus: Tom Wunderlich, allseits beliebter Moderator des allseits beliebten Antenne-Brocken-Gutelaunevormittags, war alles andere als allseits beliebt. Vielleicht war er bei seinen *Hörern* beliebt – nicht jedoch bei denen, die ihn persönlich kannten. Kein Wunder.

Fast einen kompletten Tag surft Andreas durch die Mediathek des Senders und lauscht alten Gutelaunevormittag-Folgen, hört Toms Gespräche mit einer Krankenschwester und einem Hobby-Historiker, mit einem Streetworker und dem Ortsbürgermeister, mit einem Fußballtrainer und einem ehrenamtlichen Schiedsrichter, mit der vierzehnjährigen Gewinnerin des Landeswettbewerbs Jugend musiziert (Kategorie Geige) und dem glücklosen Teilnehmer an einer Fernsehquizshow, mit Andreas' Ex und der verrückten Renate Rusalka und mit Ghislaine Blech.

Einmal hatte Tom gleich vier Harzpachen in der Sendung sitzen: drei Männer, die sich Brave Eagle, Little Crow sowie Strong Bear nennen, sowie die neuerdings reumütige Fleischerin Eberlein, Kampfname Nimble Deer. Nimble muss Andreas nachschlagen. Flink, so, so. Er muss grinsen. Ein flinkes Reh ist nicht unbedingt das Erste, was er mit Birgit Eberlein verbindet.

Andreas ruft sämtliche Gäste an und befragt sie zu dem Moderator. Die Bewertungen fallen sehr gemischt aus: Sie reichen von «toll vorbereitet und supereinfühlsam» (die Krankenschwester) über «ein freundlicher Mann» (die Geigerin) und «den hätte ich nicht von der Bettkante geschubst» (Ghislaine Blech) über «nicht gut aufs Thema vorbereitet» (der Hobby-Historiker) und «hatte das Gefühl, er macht sich lustig über uns» (Brave Eagle) bis hin zu «im Vertrauen: Der Typ war doch das letzte Arschloch» (der Ortsbürgermeister). Bis auf die junge Musikerin wissen inzwischen alle vom plötzlichen Ableben des Moderators, aber der Oberbürgermeister und Ghislaine sind die Einzigen, die Andreas fragen, warum er fragt. Der Oberbürgermeister gibt sich mit Andreas' vager Antwort zufrieden, er wolle sich einfach ein Bild von dem Moderator machen. Ghislaine hakt weiter nach, und Andreas räumt ihr gegenüber ein, dass ihm das Ganze komisch vorkomme.

Die verrückte Rusalka hätte er lieber nicht anrufen sollen, denn sie kaut ihm mal wieder ein Ohr ab: Nachdem sie dank ihres Fadenpendels bereits den Mädchenmörder in Düsterode verortet hatte, ist sie nun sicher, dass Tom der Täter sein muss. Und dass er sich selbst gerichtet hat, aus schlechtem Gewissen. Und auch mit Bennos Tod stimme was nicht, hier sei das Pendel aber leider noch indifferent, sie bekomme keinen klaren Kontakt, klagt sie.

Was Andreas *nicht* findet: Freunde von Tom. Oder auch nur: Leute, die Tom als Freund bezeichnen würden. Eine Frau gab es offenbar nicht im Leben des Moderators, einen Mann ebenso wenig.

Bei seinen Rundgängen durch den Ort spürt er zudem eine gewisse … Unruhe? In Gesprächen kommt das Thema immer wieder auf die Toten, und auffallend oft geht es dann auch schnell um die Frage, ob diese aus Hamburg zugereiste Frau nicht auch irgendwie was damit tun haben könnte. Denn vorher war doch alles ganz friedlich im beschaulichen Düsterode. Oder etwa nicht?

Am Ende seines Rechercheanfalls sitzt er frustriert an seinem Schreibtisch. Nichts, nada, niente, keine Spur, aber ein Dutzend möglicher Täter und ein Dutzend möglicher Motive, allesamt weit, sehr weit oder absurd weit hergeholt.

Und wohin könnte das nun alles führen? Andreas hat keine Ahnung.

«Also doch ein Waldorfbulle», murmelt er.

Als Andreas am nächsten Samstagabend in seiner Küche steht und vegane Fischstäbchen brät, denkt er schon wieder – man könnte auch sagen: immer noch – über Tom Wunderlich nach und darüber, wie einsam der Kerl offenbar gewesen ist, obwohl er doch Hinz und Kunz kannte und sein gesamter Berufsalltag aus zwischenmenschlichen Kontakten bestand.

Und dann kommt ihm ein Gedanke, der ihm gar nicht behagt: Bei mir, überlegt er, ist es gar nicht groß anders.

Wen, fragt er sich, würde ich als Freund bezeichnen? Er grübelt. Klar, er kennt quasi jede und jeden hier in Düsterode – und alle kennen ihn; gegen ihn ist der sprichwörtliche bunte Hund eine graue Maus. Aber hat er Freunde? Und andersherum: Wer in Düsterode würde ihn wohl als Freund bezeichnen? Und seine Beliebtheit, worauf ist die eigentlich zurückzuführen? Darauf, dass er wirklich gemocht wird? Oder doch eher darauf, dass er nun mal der nette Polizist von nebenan ist, der Waldorfbulle, den man immer anrufen kann, wenn's irgendwo hakt?

Es war ja ganz nett, mal wieder mit Mario zusammenzusitzen, aber ihr Gespräch war doch nur Geplänkel. Nie im Leben würde er Mario zum Beispiel von Sebastian erzählen. Oder davon, was ihn bedrückt. Er kann sich nicht helfen, aber die Vorstellung, dass sein Sohn mit einem anderen Mann ... diese Vorstellung ist für Andreas jedenfalls deutlich unangenehmer als – nur so als Beispiel – die Vorstellung, dass seine Tochter mit einer Frau ...

Er schiebt die Fischstäbchen auf einen Teller und trägt ihn auf die Terrasse, wo schon eine kleine Schüssel Salat auf dem Tisch steht, und wo Frau Krause leise hechelnd in einer Ecke liegt. Die Temperatur lag auch heute wieder über 30 Grad. Und der Wetterdienst sagt eine weitere Tropennacht voraus – unter die 20-Grad-Marke wird die Temperatur also nicht sinken.

«Du bist meine Freundin, stimmt's?», sagt er zu Frau Krause, aber die hebt nicht mal den Kopf. «Na, du schwitzt auch in deinem blöden Pelzmantel, was? So, dann wollen wir mal schauen, was wir uns da Feines gemacht haben, das sieht ja gut aus ...»

Er unterbricht sein Selbstgespräch. Selbstgespräche führen – wenn das mal kein Zeichen für Einsamkeit ist. Andreas schlingt sein Essen hinunter, seine Gedanken bleiben trübe. Jetzt muss er auch noch an den allerersten Toten denken, den Rentner, den die Adlige an ihrem ersten Arbeitstag gefunden hat. Das war doch eine seiner Theorien: dass der arme Kerl sich in den Tod gestürzt hat, weil er so einsam war.

Andreas stellt den Teller mit dem letzten Fischstäbchen Frau Krause vor die Schnauze. Die öffnet die Augen und schnuppert, richtet sich schwerfällig auf und vertilgt den unverhofften Happen. Kommt da noch mehr? Sie setzt sich hin und schaut Andreas erwartungsvoll an. Der macht eine verneinende Handbewegung und sagt: «Fertig!» Frau Krause rülpst und legt sich wieder hin.

Andreas starrt in den Garten. Von irgendwo hört er Gelächter. Gelächter, ja, klar, denn an lauen Samstagabenden trifft man sich mit Freunden, isst und trinkt und lacht gemeins… Schluss jetzt, Andreas, reiß dich zusammen! Jetzt wirste aber echt weinerlich. Dir geht's doch gut. Bist halt ein einsamer Wolf. Ist ja nicht so, dass dich keine will. Ghislaine zum Beispiel. Und … Ach egal.

Er steckt sich Kopfhörer in die Ohren und schaltet einen Podcast an. Samstagabend, nichts zu tun, perfekt, um einen informativen Podcast zu hören. Nach ein paar Minuten merkt er, dass er überhaupt nicht zuhört. Seine Gedanken kreisen weiter um Tom Wunderlich und auch um Benno Mehrholz, dann um Ghislaine und schließlich wieder um den Touristen, wie hieß der noch gleich, Hans Horn, ob den überhaupt jemand vermisst?

Ob *mich* jemand vermissen wird?

O nein, es geht schon wieder los. Schluss jetzt! «Weißte was», sagt er und schlägt so laut auf das Tischchen, dass Frau Krause hochschreckt. «Ich geh jetzt auf die Piste.» Er rückt den Stuhl zurück.

Frau Krause springt hoch. Andreas macht wieder die abwehrende Handbewegung. «Nein, du bleibst hier! Ich gehe jetzt in die Kneipe und trinke ein Bier.» Frau Krause legt den Kopf schief. «Oder zwei.» Frau Krause setzt sich. «Und ich mach 'ne Frau klar.»

Ich sollte Ghislaine anrufen, denkt er, die würde bestimmt sofort mitkommen. Aber er verwirft die Idee gleich wieder. Gischi ist irgendwie so anstrengend.

Mann, Mann, Mann, denkt er, ich bin echt ein ziemlicher Schrat geworden.

Auf dem Weg zum Brockenhirsch kommen ihm seine Ex und Jens entgegen. Er bleibt kurz stehen.

«Ist was passiert?», fragt Elke.

«Nein, ich will nur auf ein Bier in den Brockenhirsch. Und ihr?»

«Da kommen wir her. Sind auf dem Weg nach Hause.»

«Na dann, schönen Abend.»

«Dir auch.»

Er radelt weiter. Die Luft ist drückend und riecht nach den Köhlerhütten, die es hier schon lange nicht mehr gibt. Andreas muss husten. Woher kommt bloß dieser Rauchgeruch? Und wieso scheint das niemanden zu stören?

Als er das Eiscafé Venezia erblickt, ändert er seinen Plan. Ein Eis hat er sich schon ewig nicht mehr gegönnt.

Alle Plätze vor dem Laden sind besetzt, aber als er sein Rad abschließt, wird ein Tisch frei. Er nimmt Platz, sieht sich um und grüßt ein paar bekannte Gesichter.

Nach einer Minute erscheint Isabella, die Tochter des Chefs, an seinem Tisch: «Guten Abend, Herr Anton, ist was passiert?»

«Nein, ich möchte einfach nur ein Eis essen.»

Er bestellt einen Schokoladenbecher, aber nicht Isabella bringt ihn, sondern ihr Vater.

«Ciao Andreas! Ist was passiert?», fragt Francesco, als er den Becher abstellt.

Andreas runzelt die Stirn. «Wieso fragen mich alle, ob was passiert ist? Es ist Samstagabend, und ich will einfach nur ein Eis essen.»

«Ich dachte schon, es gibt wieder einen Toten.»

«Nein, zum Glück nicht. Alles ruhig im Städtchen.»

«Du hast alles im Griff, was?» Francesco lacht.

Andreas lacht pflichtschuldig mit. «Und bei dir? Alles okay?»

Francesco macht eine ausladende Armbewegung. «Sieht man doch. Perfektes Eiswetter! Willst du einen Espresso? Geht aufs Haus.»

«Nein danke.»

«Cappuccino?»

«Nein, nein.»

«Einen Grappa? Ramazzotti?»

Andreas muss lachen. «Nein, Francesco. Ich bin zufrieden!»

«Gut, gut. Sag Bescheid.»

«Ein Wasser vielleicht. Ich nehme noch ein Wasser.»

«Junge, Junge, du lässt es richtig krachen, was?»

«Samstagabend.»

Francesco lacht und verschwindet im Laden. Andreas widmet sich seinem Schokoladenbecher und lauscht mit einem Ohr dem Geplapper an den Nebentischen. Ihm fällt auf, dass er der Einzige ist, der allein am Tisch sitzt.

Francesco taucht wieder auf und stellt ein Glas vor Andreas ab.

«Das soll Wasser sein?»

«Campari Orange. Es ist Samstagabend.»

Andreas nippt an dem Longdrink. «Danke, mein Lieber.»

Er isst sein Eis, danach schlürft er in kleinen Schlucken das bittersüße Getränk. Dieses Düsterode, denkt er, mal kommt's einem vor wie Rumänien, in Momenten wie diesen wie Italien.

Er erschrickt fast, als er Ghislaine erblickt. Was ihn noch mehr überrascht: Sie ist nicht allein, sondern läuft Arm in Arm mit einem Mann. Was ist das denn für ein Typ? Schlank, einen Kopf größer als Ghislaine, schwarze Hose, weißes Hemd, Andreas hat ihn noch nie gesehen. Ghislaine sieht ebenfalls toll aus mit ihrer wilden Mähne, sie trägt ein schwarz-weiß gepunktetes Tunika-Kleid, dazu schwarze Sandalen.

Andreas fixiert Ghislaine, aber sie ist zu sehr in die Plauderei mit Mr. X vertieft. Die beiden scheinen in prächtiger Stimmung zu sein. Sie treten an den Tresen und bestellen jeder ein Eis zum

Mitnehmen. Erst als sie sich zwischen den Tischen auf die Straße zurückschlängeln, erblickt Ghislaine Andreas. Sie winkt ihm fröhlich zu. «Andreas, huhu!»

Er winkt zurück.

Als Ghislaine und der Unbekannte sich entfernen, stecken sie die Köpfe zusammen, Ghislaine sagt irgendwas und lacht dann laut auf.

Redet die über mich, fragt sich Andreas und spürt Eifersucht in sich aufwallen. Er stellt sich vor, wie die beiden zu Ghislaine gehen und in der Hitze der Nacht wilden, geräuschvollen, schweißtreibenden, stellungswechselintensiven Sex haben und wie sie …

O Mann, Andreas, wie bescheuert ist das denn? Bist du achtzehn oder was?

Er kippt sich den Rest des Longdrinks hinter die Binde, legt einen Zehneuroschein unter den Aschenbecher und stemmt sich aus dem Rattanstuhl.

Auf die Piste gehen! Eine Scheißidee war das!

ARIANE **UND** ANDREAS **LERNEN PÜPPI KENNEN. UND IHRE MAMI**

Woodie flippt aus, als er sieht, dass Ariane zur Leine greift. Anspringen verboten, das weiß er genau, aber weil er seine Freude irgendwie in Energie umsetzen muss, dreht er ein paar hektische Runden durch die Wohnung, bevor er sich das Geschirr anlegen lässt, und streckt dann wie ein Welpe das Hinterteil in die Luft. Dabei quiekt er vor Freude.

«Krieg dich ein, Süßer», sagt Ariane amüsiert.

Sie hat vor, den Hund mit ins Büro zu nehmen, und hofft,

dass er dort nicht ganz so feindselig empfangen wird wie sie vor ein paar Wochen. Doch selbst wenn, was soll sie denn machen? Er kann gut allein bleiben, aber nicht so viele Stunden.

Ariane hofft auf sein bestechendes Wesen, denn Woodie ist überaus gesellschaftsfähig. Katja nimmt ihn auch immer mit zu ihren Aufträgen als Make-up-Artistin.

Ach, Katja!

Seufzend blickt Ariane auf ihr Handy, das seit Samstag ausgeschaltet neben der Spüle liegt. Schließlich haben sie sich eine Pause voneinander verordnet. Damit sie die auch wirklich einhalten kann, erscheint Ariane absolute Smartphone-Abstinenz unausweichlich, sonst würde sie ja doch bloß alle paar Minuten sämtliche Netzwerke abklappern, um zu überprüfen, ob ihre Frau online ist.

So wäre die einzige Kontaktmöglichkeit, ihre Festnetz-Durchwahl im Büro oder ihre Mailadresse. Letztere wird seit Tagen wieder mit besonders heftigen Drohungen dicht gespammt. Ariane fragt sich, woher die Hater wissen, dass Verhungern ihre allergrößte Angst auf Erden ist. Wahrscheinlich reiner Zufall. Was Katja betrifft, herrscht totale Funkstille.

«Na, dann wollen wir mal», sagt sie zu Woodie. «Deine andere Mami hat uns vergessen.»

Wenig später sind sie zu Fuß an der Bode unterwegs. Zwar hat Ariane sich am Sonntag ein E-Bike ausgeliehen, damit sie den Goldendoodle besser auspowern kann, doch heute ist es dafür definitiv zu warm. Sogar unter den inzwischen sattgrünen Bäumen herrscht faulige Schwüle, als hätte der Fluss schlecht geschlafen. Außerdem liegt leichter Brandgeruch in der Luft. Wahrscheinlich gibt es Idioten, die so früh am Tag schon den Schwenkgrill anwerfen.

Ariane motzt Woodie an, weil er an der Leine zerrt. Er hat es eilig, zu dem kleinen Kieselstrand zu gelangen, an dem er am Wochenende planschen durfte.

Als sie dort ankommen, ist die Badestelle besetzt. Andreas Anton hat es sich auf einem Felsen gemütlich gemacht, während Frau Krause das kühle Nass genießt. Er sieht gut gelaunt aus. Ganz anders als am Wochenende, als Ariane ihn im Vorbeigehen im Venezia gesehen hat, einen Cocktail und einen Rieseneisbecher vor der Nase, Frust in den Augen.

«Moin, Herr Anton. Ich dachte, im Nationalpark herrscht überall Leinenzwang.»

«Glück Auf. Nun wollen wir mal nicht katholischer sein als der Papst. Wen haben wir denn da, ist das Ihrer? So ein hübscher Kerl. Ja, hallo, wer bist denn du?»

Der Polizist hat die idiotische Angewohnheit, in Babysprache mit Hunden zu sprechen, kein Wunder, dass Frau Krause so selten auf ihn hört. Er ist aufgestanden, um Woodie zu begrüßen, doch die Schafpudeldame ist schneller. Klitschnass tänzelt und hüpft sie um den immer noch angeleinten Rüden herum, der hellauf begeistert Kontakt aufnimmt.

«Jetzt machen Sie ihn schon los, damit die beiden spielen können», sagt Andreas Anton. «Hier ist doch keiner.»

«Na ja, Sie sind die Polizei. Und Sie haben schon mal gedroht, mich zu verhaften, das habe ich nicht vergessen. Während Sie Ihren eigenen Leuten ja lieber permanent Honig um den Bart schmieren.»

Woodie und Frau Krause haben sich hoffnungslos verheddert. Ariane knipst die Leine los und die Hunde düsen gemeinsam Richtung Wasser. Andreas Anton ruft Ariane zu: «Keine Bewegung, Hände auf den Rücken. Sie haben das Recht zu schweigen.»

«Sehr witzig.»

«Ja, oder? Finde ich auch. Vor allem das mit dem Schweigen. Das können Sie doch bestimmt gar nicht», witzelt Andreas Anton weiter.

Na, der hat ja wieder einen Clown gefrühstückt, Dick und Doof in Personalunion, denkt Ariane – und schweigt.

Eine Weile fesselt das Spiel der Hunde ihre Aufmerksamkeit. Anders als ihre Menschen finden die beiden augenblicklich Gefallen aneinander.

Ariane weiß, dass sie dem Polizisten von den neuerlichen Hassmails berichten sollte, doch es ist so ein schöner Moment, der sprudelnde Fluss, die glücklichen Hunde, dass sie die Stimmung nicht verderben will.

Das übernimmt dann leider Andreas Anton, indem er sie am Ärmel ihres T-Shirts zupft, ein verschlagenes Lächeln auf den Lippen. «Jetzt kann er ja mal zeigen, was er kann, Ihr toller Hund!»

«Wie bitte?»

«Na, Sie haben doch damit geprahlt, wie gut er erzogen ist, also lassen Sie den Streber doch mal seine Kunststücke vorführen. Mal sehen, ob er wirklich mehr kann als meine Frau Krause.»

Ariane verdreht die Augen. «Mein Hund heißt Woodie. Woodward eigentlich. Und wenn Sie uns unbedingt herausfordern wollen, bitte schön. Aber dann müssen Sie natürlich auch mitmachen.»

«Ich? Wieso?»

Ariane feixt. «Ich wusste, dass Sie kneifen.»

«Das hätten Sie wohl gern.» Er pfeift Frau Krause heran. Überraschenderweise pariert sie ohne Weiteres, und auch Woodie lässt sich sofort abrufen. Natürlich tut er das.

Mühelos meistern die Vierbeiner die Kommandos Sitz und Platz, mehr fällt Andreas Anton schon nicht ein. So typisch.

Ariane lässt Woodie Peng (Hund fällt um) und Twist (Hund dreht sich im Kreis) vorführen – beide Male muss Andreas Anton passen.

Dann hebt sie ein Stöckchen vom Boden auf und hält es Woodie hin. «Nimm's», sagt sie ruhig.

Woodie schnappt sich die Beute.

«Halten.»

Woodie fixiert sie mit seinen braunen Augen, das Stöckchen fest im Maul. Er liebt es, Aufgaben gestellt zu bekommen.

Von der Seite schaut Frau Krause ihnen interessiert zu.

«Aus», sagt Ariane und Woodie lässt das Stöckchen fallen, worauf Frau Krause es sich schnappt und damit wegrennt. Spontan nimmt Woodie die Verfolgung auf. Andreas pfeift, aber diesmal denkt Frau Krause nicht mal daran anzutanzen, weshalb auch Ariane auf einen Rückruf verzichtet. Sie freut sich einfach, dass ihr Hund seinen Spaß hat. Den hat er sich verdient.

«Ich finde solche Dressurnummern ja überflüssig», sagt Andreas Anton, was Ariane als Kapitulation versteht. Die Niederlage steht ihm ins Gesicht geschrieben.

«Klar, dass Sie das finden. Deswegen erkläre ich Ihnen auch nicht, warum sie die Bindung zwischen Hund und Mensch stärken. Geben Sie sich endlich geschlagen?»

Ein trotziger Zug liegt auf dem Gesicht des Polizisten und für den Bruchteil einer Sekunde erkennt Ariane in ihm das ehrgeizige Kind, dass er irgendwann mal gewesen sein muss, lange bevor er ein harmoniesüchtiger Dorfpolizist wurde. Er setzt zum Widerspruch an, aber er kommt nicht weit. Plötzlich schießt ein koboldartiges Wesen auf die beiden Hunde im Wasser zu und fängt ohne Vorwarnung an, Frau Krause zu attackieren. Da es dabei ein ohrenbetäubendes Kläffen erklingen lässt, muss es sich ebenfalls um einen Hund handeln. Erkennbar ist das allerdings nicht. Ariane sieht nur struppiges graues Fell, riesige Fledermausohren – und ein pinkfarbenes Halstuch anstelle eines Halsbands.

«Aus!», ruft Andreas Anton und sprintet zum Ufer, bereit, sich heldenhaft in die Fluten zu stürzen, um seiner Gefährtin beizustehen.

Doch Ariane hält ihn zurück. «Warten Sie! Woodie macht das schon.»

Und tatsächlich: Der ausgleichende Charakter des Doodle zeigt Wirkung. Wie so oft in Hamburg, wenn auf der Hundewiese Konflikte entstehen, schafft es Woodie auch hier, die Streitparteien zu trennen, indem er sich deeskalierend zwischen sie stellt.

Andreas Anton sagt nichts, aber Ariane sieht ihm an, dass er beeindruckt ist.

Der winzige Hund kläfft unaufhörlich, greift aber nicht erneut an.

«Und nun?», fragt Andreas Anton. «Was machen wir jetzt mit diesem hässlichen … Giftzwerg?»

«Wenn Sie Ihre Dienstwaffe dabeihaben, können Sie ihn abknallen.»

Andreas Anton lacht. «Hab ich nicht.»

«Tja dann …» Ariane formt mit den Händen einen Trichter und brüllt in den Wald hinein. «Hallo! Vermisst hier irgendjemand seinen Hund? Hallo!»

«Das bringt doch nichts», mault der Polizist und kratzt sich am Hinterkopf. Eine bessere Idee hat er allerdings auch nicht.

Nachdem Ariane die Prozedur einige Male wiederholt hat, kommt tatsächlich ein schwaches Hallo zurück. Eine Frauenstimme.

Der kleine Hund horcht kurz und legt dann akustisch noch

eine Schippe drauf. Die drei Vierbeiner stehen noch immer wie eingefroren mit den Pfoten im sanft plätschernden Flachwasser.

«Püppi, bist du das?», ruft die Frauenstimme, die Ariane eben schon bekannt vorkam, inzwischen ist sie sich sicher, wem sie gehört. Leider.

Andreas Anton, bei dem offensichtlich ebenfalls der Groschen gefallen ist, verzieht das Gesicht. «Na super, die Hackenberg. Das passt ja wie Arsch auf Eimer.»

Wenig später wohnen Ariane und der Polizist einer bühnenreifen Vorstellung von Jeanette Hackenberg bei. Schon wie sie in ihren pinkfarbenen Wanderstiefeln herbeistürmt, hat Slapstick-Charakter. Dazu trägt sie äußerst knappe Camouflage-Shorts und ein beigefarbenes T-Shirt. Um den Hals baumelt eine Hundepfeife an einer pinken Kordel. Ariane fragt sich, warum zum Teufel sie diese nicht benutzt hat.

«Püppi, da bist du ja, mein Schatz. Mami ist hier, du musst keine Angst mehr haben!»

Am Ufer der Bode hockt Jeanette Hackenberg sich hin, und die winzige Hündin fliegt in ihre Arme. Liebend gern würde Ariane jetzt ein Foto davon schießen, wie sich die formvollendet geschminkte Frau willenlos das Gesicht abschlecken lässt, aber sie hat ja ihr Handy nicht dabei. Die Wiedersehensfreude der beiden ist beinahe rührend. Zumindest bis Jeanette Hackenberg loslegt: «Na, haben dich die großen Hunde geärgert? Oh, wie fies, meine Kleine, das müssen wir uns nicht gefallen lassen. Mami ist jetzt da. Mami passt auf dich auf. So eine Gemeinheit!»

Ariane plustert sich auf.

Andreas Anton plustert sich auf.

Diesmal ist sie gewillt, ihm den Vortritt zu lassen, doch Arianes Chefin ist schneller. «Was ist?», fragt sie. «Was gucken Sie beide denn so konfrontativ?»

«Püppi hat *unsere* Hunde geärgert», entfährt es Ariane. «Nicht umgekehrt.»

«Das ist doch lächerlich. Sehen Sie nicht, wie klein und verängstigt sie ist? Stimmt's, Püppi?»

«Klein ja …», sagt Ariane.

«Verängstigt nicht», fällt Andreas Anton ihr ins Wort. «Außerdem ist hier im Nationalpark Leinenzwang.»

«Ach ja? Interessant», sagt Jeanette Hackenberg. «Dann möchte ich Anzeige erstatten. Gegen die Halter dieser beiden Bestien da.»

Sie deutet auf Woodie und Frau Krause, die inzwischen auch aus dem Wasser raus sind und wie ein altes Ehepaar ganz dicht beieinander am Ufer stehen. Im flaschengrünen Licht, das unter den Bäumen herrscht, ein romantischer Anblick.

«Ich meine es ernst», sagt die Hackenberg.

Dumm gelaufen, denkt Ariane und grinst Andreas Anton breit an. Mal sehen, wie er aus der Nummer wieder rauskommt.

Wie üblich startet er daraufhin eine väterlich anmutende Charmeoffensive, mit der er bei Jeanette Hackenberg allerdings erst dann landen kann, als er sich dazu herablässt, Püppi kurz nacheinander als «niedlich», «hübsch» und «tapfer» zu bezeichnen, und das ohne jede Spur von Sarkasmus in der Stimme. Sofort bekommt das Gesicht der sonst so taffen Marketing-Expertin eine Weichheit, die Ariane nicht für möglich gehalten hätte.

«Hast du gehört, Püppi, Herr Anton findet dich tapfer! Und genau das bist du ja auch. Mami weiß, dass du ein ganz tapferes Mädchen bist.»

Die Art, wie sie immerzu Mami sagt und damit sich selbst als Püppis Frauchen meint, geht Ariane furchtbar auf den Wecker. Sie hofft insgeheim, dass es bei ihr und Woodie nicht genauso peinlich klingt. Aber wieso sollte es? Sie ist ja ein völlig anderer Typ, sie ist imstande, die Dinge mit der notwendigen Selbstironie zu betrachten, meistens jedenfalls, während die Hackenberg … na ja. Ehrlicherweise ist es einfach peinlich, vor allem für Leute, die mit Hunden nichts am Hut haben.

Und solche Leute können sie mal. Punkt.

«Was ist das denn eigentlich für eine Rasse?», heuchelt Andreas Anton weiter Interesse.

«Keine. Ich hab Püppi letztes Wochenende aus dem Tierheim gerettet. Wissen Sie, es gibt so viele arme Geschöpfe, die ein Zuhause suchen, da muss man doch nicht zum Züchter gehen, nur um sich für viel Geld den perfekten Hund zu kaufen.»

Mit einem säuerlichen Lächeln pflichtet Andreas ihr bei.

Ariane schaut ihren ziemlich perfekten Goldendoodle an und fühlt sich ein klein wenig schuldig.

«Ist das Ihrer?», fragt Jeanette Hackenberg.

Ariane nickt.

«Der hat doch bestimmt dreitausend Euro gekostet», sagt sie. Ariane, die keine Lust hat, sich vor ihrer Chefin zu rechtfertigen, kontert: «Die einen zahlen Tausende für den perfekten Hund, die anderen fürs perfekte Gesicht.»

Überraschenderweise lässt sich Jeanette Hackenberg davon nicht provozieren, sondern streicht Püppi sanft über den Kopf. «Am Ende», sagt sie nachdenklich, «wollen wir doch alle nur geliebt werden.»

ANDREAS LÄSST SICH SCHON WIEDER VON ARIANE ZU EINEM VERHÖR, NEE MOMENT, EINER BEFRAGUNG ÜBERREDEN

Nach dem ernüchternden Wochenende hat Andreas das Aufeinandertreffen mit der Adligen bis jetzt regelrecht genossen. Auch sie scheint sich ausnahmsweise nicht unwohl in seiner Gesellschaft zu fühlen. Vielleicht liegt es ja auch daran, dass die Hunde sofort Freundschaft geschlossen haben. Nachdem Jeanette Hackenberg endlich samt Püppi das Weite gesucht hat, schlendern Andreas und Ariane gemeinsam zurück ins Dorf. Frau Krause und Woodie laufen weit voraus, während ihre Besitzer über die Zeiten plaudern, als die beiden Hunde Welpen waren, ein angenehm leichtes Thema.

Die Stimmung schlägt um, als sie den Brunnen am Marktplatz erreichen, wo Ariane völlig unvermittelt beginnt, Andreas über seine Ermittlungen bezüglich der Todesfälle auszufragen. Wie ein Schuljunge, der in seine Lehrerin verknallt ist und ihr darum beweisen will, wie gewissenhaft er seine Hausaufgaben gemacht hat, erteilt er Auskunft. Dass Ariane das Ergebnis seiner Bemühungen (genau wie er selbst) für dürftig hält, muss sie nicht extra betonen, ihre Miene sagt alles. Am Ende will sie ihn allen Ernstes dazu überreden, Wilfried zu verhören.

«Wilfried? Sie meinen doch nicht etwa Marios Bruder?»

«Sie müssen zugeben: Den hatten Sie nicht auf dem Zettel. Dabei ist der absolut weird.»

«Was ist der? Wild?»

«Nein. Weird. Seltsam. Komisch. Und auch ein bisschen unheimlich. Zum Beispiel hat er nach dem Aus für Greenhill mit diesem ganzen Perückentheater angefangen. Anfangs haben er und ein paar andere aus dem Team die Dinger nur im Büro getragen, dann kam die Sache mit den … Skalps dazu.» Bei «Skalps» malt sie mit den Fingern imaginäre Anführungszeichen in die Luft und redet sich weiter in Rage. «Wilfried war der Anstifter. Definitiv.»

«Das ist aber höchstens eine Mutmaßung.»

Ariane lässt sich nicht beirren. «Und er hat mir auch das Hexe-vom-Dienst-Türschild verpasst, noch bevor ich überhaupt angereist war. Na gut, die Idee kam von Super-Mario, aber trotzdem.»

«Selbst wenn. Das ist doch alles Kindergarten. Total lächerlich», sagt Andreas.

«Für Sie ist immer alles lächerlich! Wie viele Tote müsste es eigentlich geben, damit Sie sagen: Okay, das ist jetzt nicht mehr lächerlich?»

«Aber das alles macht Wilfried doch nicht zum Mörder! Was soll die Befragung denn überhaupt bringen?»

«Er soll wenigstens zugeben, dass er die Drohmails geschrieben hat!»

Andreas verdreht die Augen. «Okay, okay, dann befrage ich jetzt den Wilfried.»

«Prima! Gehen wir.»

«Wie bitte? Wir? Das mache ich mal schön alleine.»

«Nein, ich komme mit!»

«Nix da!»

Ariane grinst: «Wieso, wir waren doch schon bei der Eberlein ein super Team.»

Andreas zögert, dann sagt er: «Okay. Aber *ich* rede! Und es ist nur eine Unterhaltung. Okay?»

Sie überlassen die Hunde einer tierlieben Kollegin von Ariane und finden Wilfried Köhler im Konferenzraum, im obersten Stock der Harz-Touristik. Marios Bruder bekommt nicht mit, dass Andreas und Ariane den Raum betreten. Er steht im Blaumann auf der Leiter und fummelt an einer Leuchtstoffröhre herum. Die Abdeckung hat er bereits abmontiert; sie liegt auf dem Boden.

Andreas sieht sich um. Gerahmte Plakate von alten Tourismus-Werbeaktionen an den Wänden, in einer Ecke eine brusthohe Monstera. Die freiliegenden Balken stellen einen harten Kontrast dar zur restlichen nüchternen Einrichtung: ein langer, weißer Tisch, der aus drei kleineren Tischen zusammengeschoben worden ist, daran verchromte Freischwingerstühle, schwarze Sitzfläche, rote Lehne, drei Stühle an jeder Seite, außerdem einer am Kopfende. Den Stuhl am Fußende hat Wilfried zur Seite geschoben, um an die defekte Lampe zu kommen.

Wilfried hat es geschafft, die LED-Röhre zu lösen, und beugt sich herab, um sie auf dem Tisch abzulegen, wo bereits eine neue, noch verpackte Röhre bereitliegt. Als er Ariane und Andreas sieht, hält er inne.

«Na, da haben sich ja zwei gefunden. Was macht ihr denn hier?», fragt er, während sie näher treten.

Andreas will etwas sagen, aber Ariane ist schneller: «Moin Wilfried, kurze Frage: Wo warst du letzte Woche Mittwoch, frühmorgens?»

«Häh?» Wilfried glotzt auf sie herunter.

Andreas schnappt nach Luft. Er packt Ariane am Arm, zieht sie aus dem Konferenzraum und schließt die Tür. «Spinnen Sie? Was soll das denn jetzt? Ich denke, es geht um Drohmails!»

Ariane schaut Andreas begeistert an. «Haben Sie gesehen, wie nervös der geworden ist?»

Andreas starrt auf die geschlossene Tür, dann auf Ariane. «Aber höchstens weil er Angst hat, von der Leiter zu fallen!»

«Kommen Sie! Lassen Sie uns doch einfach mal auf den Busch

klopfen», insistiert Ariane. «Wir wissen beide, dass Tom nicht einfach nur gestolpert ist.»

«Aber deshalb können Sie nicht durch den Ort laufen und einfach irgendjemanden beschuldigen.»

«Mach ich ja gar nicht. *Sie* machen das. Sie sind schließlich der Polizist.» Ihr Grinsen wird noch breiter.

Andreas denkt nach. Die Autopsie von Toms Leiche hat nichts ergeben – jedenfalls nichts, was auf eine Todesursache hindeutet, die nicht mit dem Sturz in Verbindung zu bringen ist. Aber Ariane hat ja recht. Toms Tod war kein Unfall. Wilfried also: Er hat den Streit mitbekommen, okay. Vielleicht weiß er auch mehr, was das angespannte Verhältnis zwischen dem Moderator und Mario angeht. Reicht das als Motiv?

Andreas atmet geräuschvoll aus. «Okay, aber ich rede.»

«Ja, ja.»

«Noch mal: *Wer* redet?»

«*Sie* reden», leiert Ariane.

Sie betreten wieder den Raum. Wilfried scheint sich in der Zwischenzeit nicht bewegt zu haben, steht immer noch oben auf der Leiter.

«Also, Wilfried, die Frage ist ganz einfach: Wo warst du letzte Woche Mittwoch?»

Ariane guckt triumphierend.

«Gegen Sonnenaufgang», ergänzt Andreas.

Ariane grinst breit. «Viel besser, Herr Anton. Sie haben's echt drauf. Miss Marple wäre stolz auf Sie.»

Wilfried steht mit der LED-Röhre auf der Leiter und guckt böse auf die Besucher hinunter: «Wollt ihr mich verarschen?» Er hält Andreas die LED-Röhre hin. «Nimm mir die mal ab und gib mir die neue.»

Andreas legt die kaputte Lampe auf den Tisch, lässt die neue aber liegen. «Nein, Wilfried, keine Verarsche. Komm bitte mal von der Leiter runter.»

«Wieso?»

«Weil ich sonst einen steifen Nacken kriege.»

Wilfried schnaubt verächtlich und bleibt oben stehen. «Ich hab zu tun, das seht ihr doch, ich muss heute noch …»

Ariane unterbricht ihn: «Je schneller du unsere Fragen beantwortest, desto eher sind wir wieder weg. Also: Wo warst du letzten Mittwoch? Raus mit der Sprache!»

Raus mit der Sprache? Jetzt ist es Andreas, der schnaubt. «Ariane! Bitte!»

«Wann?», fragt Wilfried.

«Mittwoch. Sonnenaufgang», sagt Andreas.

«Im Bett.»

«Gibt es dafür Zeuginnen oder Zeugen?» Schon wieder Ariane. Sie macht mich wahnsinnig, denkt Andreas.

«Häh? Zeugen?», fragt Wilfried. «Was wollt ihr eigentlich von mir?»

«Wir befragen Verdächtige im Mordfall Tom Wunderlich», antwortet Ariane.

Andreas schnappt nach Luft. Er starrt Ariane möglichst streng in die Augen, dann wendet er sich Wilfried zu. «Wir haben keinen … *Mordfall*, es geht nur um eine Befragung. Und du bist auch kein Verdächtiger … Aber jetzt komm endlich mal von der Leiter runter!»

Andreas hört, wie die Adlige neben ihm etwas Unverständliches murmelt. Er blickt sie an, und sie erwidert den Blick, verzieht den Mund und schüttelt den Kopf.

«Tom Wunderlich!», sagt Wilfried voller Verachtung. «Klar wurde der ermordet! Von nichts kommt nichts. Der hat sich doch mit jedem angelegt.»

«Vor allem mit deinem Bruder», sagt Andreas.

«Na und? Denkt ihr etwa, Mario hat ihn umgebracht? Ihr seid ja bekloppt! Mario macht so was nicht.»

Wieder mischt sich Ariane ein: «Aber du vielleicht. Schließlich hast du Mario viel zu verdanken. Hast du mir selbst erzählt. Und jetzt komm endlich runter von der Leiter, Wilfried, der Herr Anton hat dir das schon zwei Mal gesagt!»

Andreas staunt, denn Wilfried macht sich tatsächlich an den Abstieg. Irgendwas mache ich falsch, denkt er.

Während Wilfried die klappernde Alu-Leiter hinunterklettert, muss Andreas an Herrn Tur Tur denken, den Scheinriesen aus den Jim-Knopf-Büchern. Oben auf der Leiter strahlte er fast schon eine Bedrohlichkeit aus, jetzt, wo er vor ihm steht, ist er nicht nur kleiner als Andreas, sondern wirkt auf einmal auch kleinlaut.

«Ein Riesenmist, das alles», brummt Wilfried. «Wieso kommt ihr eigentlich auf mich?»

Ariane will etwas sagen, aber diesmal kommt Andreas ihr zuvor: «Weil du zu denjenigen gehörst, die sich mit den Veränderungen in Düsterode nicht abfinden können. Frau Höft von Holten hat zum Beispiel ausgesagt, dass sie sich nach dem Harzpachen-Aus durch dich bedroht gefühlt hat.»

Wilfried macht ein verächtliches Geräusch. «Die fühlt sich doch durch alles bedroht, was nicht schwul ist. Dabei ist sie diejenige, die hier alles durcheinanderbringt. Sie und solche Vögel wie Tom Wunderlich.»

Ariane boxt Andreas in die Seite. «Sehen Sie, das meine ich.»

«Das reicht aber nicht für den elektrischen Stuhl, Ariane», sagt Andreas und wendet sich wieder Marios Bruder zu: «Das rechtfertigt aber nicht die Drohmails, die du geschrieben hast!»

Wilfried schweigt bockig.

Andreas versucht es in einem versöhnlicheren Ton: «Wilfried, denk doch mal nach: Gibt's irgendwas, was für uns ... was für *mich* interessant sein könnte?»

Wilfried überlegt einen Moment, dann kichert er und sagt: «Die Heidi vom Skilift ist wieder solo. Die fandest du doch mal gut.»

Ariane lacht auf.

Andreas kratzt sich am Kopf. «Das meinte ich nicht, Wilfried. Ich rede von meinen Ermittlungen.»

«Ach so ... Wieso Ermittlungen? Ich denke, es gibt keinen Mordfall? Aber ist mir auch egal. Mir fällt nix ein.» Nach einer Pause fügt er hinzu: «Ich kann ja noch mal drüber nachdenken. Darf ich dann jetzt die Lampe reparieren? Ich hab nämlich noch mehr zu tun.»

Andreas und Ariane sehen sich an. Ariane zuckt mit den Schultern, und Wilfried steigt die Leiter hoch. Als er oben ist, blickt er noch einmal auf die Besucher hinab, und als hätte er dort oben seine Selbstsicherheit wiedergefunden, nimmt er Ariane ins Visier. «Und dir sag ich jetzt mal was: Du hast keine Ahnung, wie fertig Mario das alles macht. Er reißt sich hier den Arsch auf für alle. Er ist derjenige, der den ganzen Laden am Laufen hält. Und auf einmal soll alles falsch sein, was immer richtig war.» Er wendet sich seiner Arbeit zu.

«Die Zeiten ändern sich nun mal», sagt Andreas.

«Meinetwegen», kommt es von oben zurück. «Aber ohne mich.»

Andreas und Ariane gucken sich an.

Nach ein paar Sekunden sagt Ariane: «Die Zeitenwende ist auch in Düsterode angekommen.»

Bevor Andreas antworten kann, ertönt von oben noch einmal Wilfrieds Stimme: «Andreas, du weißt es doch selbst: Wir sind supertolerant. Man muss uns nur einfach in Ruhe lassen ... Bevor ihr geht: Gib mir mal die neue Leuchtstoffröhre.»

ANDREAS **WIRD** **VON HIOBSBOTSCHAFTEN GEJAGT**

Der nächste Morgen, Andreas fühlt sich wie gerädert. Eine weitere Tropennacht liegt hinter ihm, er hat schlecht geschlafen, ist immer wieder schwitzend aufgewacht; irgendwann hat er sich daran erinnert, dass man ein feuchtes Laken ins offene Fenster hängen soll, aber viel gebracht hat das auch nicht.

So sitzt er nun müde in seinem Büro, blättert lustlos durch die Zeitung und gähnt geräuschvoll im Minutentakt. Hilft ja nichts, denkt er irgendwann und dreht mit Frau Krause eine Runde durch den Ort, der aber wie ausgestorben ist.

Kein Wunder, es ist schon wieder so heiß, dass nicht mal der Wind Abkühlung bringt. Und verbrannt riecht es auch immer noch. Oder schon wieder? Von irgendwo weit weg sind Martinshörner zu hören.

Gegen Mittag beschließt er, nach Hause zu gehen und sich ein Stündchen aufs Ohr zu hauen; bei so einer Hitze ist eine Siesta schließlich das Vernünftigste, was man machen kann.

Doch dann geht es los. Er hat sich gerade aufs Bett fallen lassen, als sein Diensthandy den Eingang einer SMS meldet – einer SMS, die aus einem einzigen Wort besteht.

Naziarsch – dahinter drei Ausrufezeichen, gefolgt von einem Emoji, bei dem zwei Dampfwölkchen aus der Nase schießen, und dem Kotz-Emoji. Absender ist nur eine Funknummer.

Andreas richtet sich auf. «Hä!», ruft er in die stille Wohnung. «Was soll das denn?»

Er glotzt lange auf das Display. Naziarsch?

Dann guckt er Frau Krause an, die leise hechelnd in ihrem Hundebett liegt. «Weißt du, was das soll, Frau Krause? *Naziarsch*, schreibt mir da jemand. Was soll das denn heißen, bitte schön?

Bin *ich* ein Naziarsch oder soll ich mich um Naziärsche kümmern?» Er starrt wieder aufs Display. «Oder hat sich da jemand verwählt?»

Andreas überlegt, eine Antwort zu schicken, bloß wie könnte die aussehen?

– *Selber.*

– *Wer schreibt da?*

– *Interessant! Können Sie bitte etwas genauer werden?*

Andreas kichert. Nein, bestimmt ein Irrläufer.

Er lässt sich wieder auf die Matratze fallen, schaltet einen Podcast ein und ist fünf Minuten später eingeschlafen.

Nach einer Viertelstunde wird er wach, weil sein Handy vibriert.

René Popp-Lange, liest Andreas auf dem Display. Was will der Kollege denn? Er gähnt noch einmal herzhaft, bevor er den Anruf annimmt.

Popp-Lange hält sich nicht mit Geplänkel auf und fragt: «Was machst du denn für einen Scheiß?»

«Was?»

«Das Foto!»

«Was für ein Foto?»

«Das Foto, das hier gerade viral geht?»

«Verdammt, René, wovon redest du?»

«Ehrlich, Andreas, das hätte ich nicht von dir gedacht!»

«Was! Was hättest du nicht gedacht? Jetzt sag mir endlich, worum es geht!»

«Mann, jetzt tu doch nicht so blöd. Das Foto, auf dem du den Hitlergruß zeigst!»

Jetzt ist Andreas richtig wach. «Was mach ich?!?»

«Ach, hör doch auf!»

Andreas ist komplett verwirrt, er versteht überhaupt nichts

mehr. Hat er deswegen auch die Naziarsch-SMS bekommen? Was läuft hier denn schief, zum Henker?

«Kannst du mir das Foto schicken?»

«Guck's dir doch selber an! Musst nur ins Internet gehen.»

Andreas springt ruckartig auf, Frau Krause schreckt ebenfalls hoch und folgt ihrem Herrchen ins Wohnzimmer.

Andreas klappt den Laptop auf und fragt ins Telefon: «Und wo finde ich das Foto?»

René ignoriert die Frage: «Du kriegst gleich einen Anruf. Ich wollte dich nur vorwarnen.»

«Was für einen Anruf?»

«Sie werden dich suspendieren.»

«Was?!?» Andreas hat geschrien.

Auch René schreit jetzt: «Ja, was denkst du denn? Hast du die Welle vergessen, die es wegen der Nazi-Chats unter Polizeischülern gab? Wir stehen hier sowieso alle unter Generalverdacht! Da passt du doch super ins Bild! Diese Bullen im Osten – alles Nazis!»

«René, du glaubst doch wohl nicht ...»

«Sieh es als letzten Freundschaftsdienst.»

«René, jetzt mal ganz ruhig ... Hallo? René!»

Aber René Popp-Lange hat aufgelegt.

Andreas öffnet den Browser, überlegt einen Moment und tippt dann die Worte «Harz», «Polizei» und «Nazi» in der Suchmaske ein. Er drückt auf Enter und schnappt nach Luft. An erster Stelle erscheint ein Online-Artikel der Lokalzeitung. *Neuer Polizeiskandal: Regionalbereichsbeamter aus dem Harz zeigt Hitlergruß – Innenministerium will durchgreifen.* Er klickt auf den Link, der Artikel erscheint und dazu ein Facebook-Screenshot. Auf dem er zu sehen ist!

Verpixeltes Gesicht zwar, aber das bin eindeutig ich, denkt

Andreas. Und, ja, ich zeige den Hitlergruß. Aber jetzt muss Andreas lachen. Es ist kein fröhliches, sondern ein verzweifeltes Lachen. Ja, verdammt, das bin ich, aber ich zeige doch nicht den Hitlergruß, sondern ich mache Yoga. Ich mache die Figur des Tänzers. Da ist doch neulich auch schon die Adlige drauf reingefallen.

Fragen schießen ihm durch seinen Kopf. Wo wurde das aufgenommen? Wo stehe ich denn da? Und vor allem: Wer hat mich bei meinen Yogaübungen fotografiert? Und noch wichtiger: Wer hat diesen bösartigen Ausschnitt gewählt und im Netz verbreitet?

Sein Handy vibriert. Marios Name erscheint auf dem Display. Andreas nimmt den Anruf an.

«Was machst du denn für Sachen?»

«Mario, hör zu, keine Ahnung, wer mir hier an den Karren pinkeln will, aber ich mache eine Yogaübung.»

Mario lacht bollernd. «Was?»

«Ja, verdammt. Den Tänzer!»

Mario lacht lauter. «Den Tänzer?»

«Das ist eine ganz miese Manipulation.»

«Na, dann wird sich die Sache ja wohl schnell aufklären.»

«Von wegen! Die wollen mich suspendieren!»

«Was? Ach du Scheiße. Aber keine Angst: Ich werde ein gutes Wort für dich einlegen.» Mario lacht schon wieder.

«Ich frage mich, wer mich hier …»

«Ich wollte eigentlich wissen, was los ist.»

«Was meinst du?»

«Ich höre seit einer Stunde dauernd Sirenengeheul.»

Andreas läuft zum Fenster und lauscht. Ja, tatsächlich, jetzt nimmt auch er in der Ferne den Alarm wahr. «Keine Ahnung», murmelt er zerstreut. «Vielleicht brennt's wieder irgendwo?»

Andreas hört noch was: Ein zweiter Anrufer klopft an. Auf dem Display erscheint der Name *Jeanette Hackenberg.* Nanu, was will die denn? Das muss ja ewig her sein, dass er ihre Nummer eingespeichert hat.

«Die Hackenberg versucht mich anzurufen», sagt er.

«Auweia. Bestell ihr bitte *keine* Grüße von mir.» Mario lacht laut über seinen Witz. «Hau rein! Und mach dich nicht verrückt wegen dem Scheiß. Das klärt sich auf.»

«Hörst du nicht zu? Die suspend...»

«Ach was! Krieg lieber raus, warum hier so viel Feuerwehr unterwegs ist. Bis spätersilie!»

Der hat gut reden, denkt Andreas und nimmt den Anruf der Hackenberg an. «Frau Hackenberg, es ist nicht so, wie es aussieht, ich ...»

Eine völlig panische Stimme unterbricht ihn. «Herr Anton! Hilfe!»

«Wie? Was ist passiert?»

Aber die Verbindung ist äußerst schlecht, Jeanette Hackenbergs Antwort ist nur bruchstückhaft zu verstehen. «Herr Anton ... Wald ... weiß nicht, wie ...»

«Sie sind ganz schlecht zu verstehen, Frau Hackenberg.»

Der Anruf bricht ab, Andreas wählt neu, aber die Verbindung ist nicht besser.

«Herr Anton! Ich erreiche ... helfen! ... überall ...»

Was ist denn da los? Die ist ja völlig außer sich, denkt Andreas. «Ruhig, Frau Hackenberg, ich verstehe Sie wirklich kaum. Wo sind Sie denn?»

«...»

«Hallo?»

«...»

«Hallo!»

«… beim Notruf keinen … im Wald, ich wollte zum … musste umdrehen, da waren richtige Flammen, richtig große …»

Erneut bricht die Verbindung ab.

Wald? Flammen? Dazu das Sirenengeheul. In Andreas keimt ein Verdacht. Ein Verdacht, der ihm den Magen zusammenzieht.

Als er den Chef der Freiwilligen Feuerwehr anrufen will, sieht er auf dem Handydisplay, dass er zwölf neue WhatsApp- und drei Signal-Nachrichten hat. Er öffnet WhatsApp und überfliegt die Namen, allesamt Leute aus Düsterode, die irgendwas zu diesem beschissenen Foto schreiben.

Egal, denkt er und wählt die Nummer des Feuerwehrchefs.

Von ihm erfährt er den Grund für das Sirenengeheul. Ein Waldbrand, also doch, aber diesmal offenbar viel größer, und weil es so windig ist viel tückischer als die kleinen Feuer, mit denen sie in letzter Zeit häufiger zu kämpfen hatten. Andreas will dem Feuerwehrmann von dem Notruf der Hackenberg erzählen, aber auch diese Verbindung ist schlecht und bricht schließlich ab.

«Verdammte Scheiße!», ruft er. «Komm, Frau Krause!» Im nächsten Moment fällt ihm ein, dass das Auto vor dem Revier steht. Mist! Mistmistmist!

Nach fünfzig Metern im Laufschritt bricht Andreas der Schweiß aus, er wechselt in einen Stechschritt.

Kurz bevor er das Revier erreicht hat, vibriert sein Handy erneut. Er zieht es aus der Hosentasche, ohne stehen zu bleiben. Na super, die Adlige! Er drückt den Anruf weg und marschiert weiter. Es vibriert erneut, schon wieder ist es Ariane. Er drückt den Anruf weg, aber nach fünf Sekunden versucht sie es erneut. Er bleibt stehen und nimmt den Anruf entgegen. «Hören Sie, Ariane, ich weiß, was Sie sagen wollen, aber ich habe wirklich keine Zeit, ich muss …»

«Wo sind Sie?»

«Auf dem Weg zum Revier. Ich muss in den Wald. Es brennt. Und … Ich melde mich später. Versprochen!»

«Ich stehe vor dem Revier, ich wollte zu Ihnen. Ich muss Ihnen etwas ganz Wichtiges sagen, es geht um dieses Foto, das durch die Netzwerke geistert, ich weiß …»

Auch das noch. Er unterbricht sie. «Ja, das kann ich mir denken, aber wie gesagt …» Er biegt um die Ecke, und dann sieht er sie auch schon, wie sie vor dem Revier steht und ungeduldig die Straße hinauf- und hinabschaut. Als sie ihn erblickt, winkt sie ihm hektisch zu.

Frau Krause ist bislang brav neben ihm hergetrabt, aber als sie Woodie entdeckt, zerrt sie an der Leine.

Beim Näherkommen ruft er erneut: «Ich habe keine Zeit, ich muss los, ich glaube, Frau Hackenberg steckt in Schwierigkeiten.»

«Die Hackenberg? Wieso?»

«Sie hat versucht, mich zu erreichen. Ich fürchte, sie ist im Wald. Aber dort brennt es. Die Feuerwehr ist schon draußen.»

«Ich komme mit.»

«Auf gar keinen Fall! Das ist viel zu gefähr…»

«Ich weiß, wo sie hinwollte.»

Andreas und Ariane stehen sich ein paar Sekunden stumm gegenüber, während die Hunde übereinander herfallen und die Leinen sich hoffnungslos verknoten.

Andreas atmet tief ein und aus. «Okay.»

In halsbrecherischem Tempo brettert Andreas über die Harzstraßen. Von Ariane hat er erfahren, dass Jeanette Hackenberg sich mit irgendjemandem am Luchsfelsen treffen wollte, wegen des Baus eines Aussichtsturms oder so, Andreas hat nur mit einem Ohr zugehört, weil er nebenbei schon wieder versucht hat, den Feuerwehrchef zu erreichen. Von dem hat er erfahren, wo es brennt. In der Nähe des Luchsfelsens.

Jetzt sitzt Ariane stumm neben ihm, während die Hunde erstaunlich brav im Kofferraum liegen. Weil Ariane nichts sagt, fängt Andreas an, von den Umständen zu berichten, die zu seiner Suspendierung geführt haben. Oder demnächst führen werden, denn bislang hat er ja nur die inoffizielle Ankündigung. Ariane schweigt hartnäckig, klar, sie glaubt ihm kein Wort.

Also plappert er weiter – auch, um seine eigenen Gedanken zu ordnen: «Da bleibt Ihnen die Sprache weg, was? Ist ja auch zu irre. Suspendiert wegen einer Yogaübung! Sie sind ja neulich wenigstens noch auf die Idee gekommen, *mich* zu fragen, na gut, eigentlich meine Ex-Frau, aber am Ende weiß ich trotzdem nicht, ob sie mir glauben werden. Wir sind doch eh alles Nazis, nicht wahr, ich meine, wir sind …»

Die Adlige murmelt etwas.

Andreas stutzt. «Was haben Sie gesagt?»

«Ich glaube Ihnen. Ich muss Ihnen …», sagt Ariane leise, aber bevor sie weiterreden kann, tritt Andreas hart auf die Bremse. Er setzt ein Stück zurück und biegt in einen Wanderweg ein. «Können wir das vielleicht auf gleich verschieben, ich muss mich hier konzentrieren …»

Ariane schweigt, sieht aber nicht glücklich dabei aus.

Das Schaukeln gefällt den Hunden gar nicht, Arianes verwöhnter Großstadthund fängt natürlich prompt an zu jaulen, und Andreas erwartet jeden Moment einen Anschiss der Adligen.

Hinter der nächsten Kurve geht er voll in die Eisen, denn ihm kommt ein Feuerwehrauto entgegen, dahinter sind mindestens noch zwei weitere. Das Fahrzeug blendet auf. Andreas haut den

Rückwärtsgang rein und rumpelt zurück, und jetzt beschwert sich auch Frau Krause. Er erreicht die Straße, springt aus dem Auto und läuft zu dem Feuerwehrwagen.

Der Fahrer schaut aus dem Fenster und macht die Scheibenwischergeste. «Andreas! Spinnst du?»

«Ich muss in den Wald!»

«Kannste vergessen! Völlig unmöglich! Was denkst du, warum wir hier den Rückzug antreten? In einer halben Stunde brennt hier alles lichterloh!»

«Wo ist dein Chef?»

«Ein paar Kilometer südlich, denke ich. Da sieht's aber auch nicht besser aus. Wir müssen los. Und du fährst bitte auch sofort hier weg. Wir sperren jetzt die Straße ab dem Abzweig nach Düsterode.» Der Fahrer gibt Gas, die beiden anderen Löschfahrzeuge folgen ihm.

Andreas trottet wie in Trance zum Auto, in dem Ariane stumm vor sich hinstarrt.

Erneut vibriert sein Handy. Er schaut aufs Display. Die Hackenberg! Andreas nimmt den Anruf an. «Hallo?»

«...»

«Hallo! Frau Hackenberg! Hallo!»

Er hört nur undefinierbare Geräusche, dazu Spurenelemente von Wörtern. Und dann noch etwas. Ein Wimmern?

«Frau Hackenberg! Wo sind Sie?»

Stoßweises Schluchzen.

Die Verbindung bricht ab. Andreas wählt erneut, wartet, bis das Besetztzeichen ertönt, wählt ein drittes Mal, aber jetzt hört er eine freundliche Stimme: «Der gewünschte Gesprächspartner antwortet nicht. Bitte versuchen Sie es später noch einmal.»

Hilflos schaut Andreas zu Ariane im Auto. Sie erwidert seinen Blick mit weit aufgerissenen Augen.

Lautes Hupen ertönt. Andreas zuckt zusammen. Ein weiterer Löschzug der Feuerwehr donnert an ihm vorbei.

Als es wieder still ist, bemerkt er, dass sein Handy schon wieder vibriert. Eine Magdeburger Vorwahl. Die folgenden drei Ziffern identifiziert er als Einwahlnummer zu den Regierungsbehörden. Die haben es also eilig, ihn rauszuschmeißen. Er drückt den Anruf weg. Zehn Sekunden später vibriert das Handy erneut. Dieselbe Nummer. Er nimmt den Anruf entgegen.

Eine weibliche Stimme. «Ministerium für Inneres und Sport, Hartmann, guten Tag. Spreche ich mit Herrn Andreas Anton?»

«Ja.»

«Einen Moment bitte, ich verbinde Sie.»

7

Neuer Hinweis: Führt die Spur zum Täter in die Schweiz?

Überraschende Wende im Fall der Magdeburger Mädchenmorde: Nach Informationen der Volksstimme führt eine aktuelle Spur in die Schweiz. Ein Polizeisprecher wollte dies weder bestätigen noch dementieren.

AUS DER MAGDEBURGER VOLKSSTIMME

ARIANE UND LUCY GANZ OBEN UND GANZ UNTEN

Ariane kann nicht schlafen. Im Zimmer ist es dunkel und heiß. Sie hat ein Windlicht ins offene Fenster gestellt, die Flamme steht still. Sie hat ein paar Tränen vergossen, aber das hat nicht geholfen. Jetzt wünschte sie, sie hätte ihre Gitarre zur Hand. Zum ersten Mal seit vielen Jahren verspürt sie wieder das Bedürfnis, einen Song zu schreiben, um mit sich und der Welt irgendwie klarzukommen. Um nicht die ganze Zeit an die arme Jeanette Hackenberg denken zu müssen. Verbrennen ist die schlimmste Todesart, die Ariane sich vorstellen kann.

Musik hat sie schon einmal gerettet, damals in der Schule,

als sie mit Freundinnen eine Girl-Band namens Lullaby Genius gründete, was erst ein Riesenspaß und dann furchtbar kompliziert war, weil sie damals noch dachte, sie stünde auf Jungs, und darum nicht erkannte, wie heftig sie in die Schlagzeugerin verliebt war. Die Erkenntnis, ein Mädchen zu begehren, war der erste große Schock ihres Lebens. In ihrer Verzweiflung fand sie erst ein Ventil, dann Trost in der Musik. Genau das bräuchte sie jetzt auch.

Sie weiß auch schon, wem sie den Song widmen würde: Püppi. Der kleinen Überlebenskämpferin!

Na gut, streng genommen war die kleine Hündin überhaupt nie in Gefahr, sie war ja nicht mal in der Nähe der Flammen. Ihr Glück war, dass sie sich ausgerechnet am Morgen der Tragödie auch ihrer *Mami* gegenüber von der bissigen Seite gezeigt hat, ein Vergehen, das ihr die einstweilige Verbannung in Arianes Hexenkabuff und damit hoffentlich noch ein langes Hundeleben beschert hat. So ein freches Ding.

Die Freude des Teams, als der Hausmeister plötzlich mit Püppi im Konferenzraum stand.

Die Tränen aller um Jeanette Hackenberg. So unbeliebt sie auch war – so ein schreckliches Schicksal hat ihr wirklich niemand gewünscht.

Obwohl sie offiziell immer noch als vermisst gilt, glaubt niemand ernsthaft an ihr Überleben. Mario hat die brutale Aufgabe übernommen, ihre Eltern (und zwei Ex-Männer) zu informieren, das wollte er keinesfalls der Polizei überlassen, nun da Andreas Anton außer Dienst ist. Ariane hofft, dass sich zumindest dieses Problem schnell erledigt haben wird. Sie hat jedenfalls direkt nach der Rückkehr von ihrem gemeinsamen Höllenritt durch den brennenden Harz die Polizei in Magdeburg angerufen, sich als Urheberin des Fotos selbst angezeigt und behauptet, nicht zu wissen, wie die Verbreitung im Netz zustande kam. Katja hat sie außen vor gelassen, wozu gibt es das Zeugnisverweigerungsrecht für nahe Angehörige? Zur Rede stellen muss sie sie trotzdem irgendwann. Arianes Fehltritt ist das eine, das gibt ihr trotzdem nicht das Recht, so freizudrehen. Wenn sie doch nur nicht so ein Drückeberger wäre, was ihre Ehe betrifft.

Ganz anders Super-Mario, der Super-Macher, der jetzt zu Höchstform aufläuft. Manchmal ist ein alter weißer Mann doch tatsächlich das Beste, was die Welt noch zu bieten hat. Und das ist nicht viel. Aber eben auch nicht nichts.

Unten im Laden knallt eine Tür. Nanu, ist Lucy noch nicht weg? Ariane schaut zu Woodie, aber der Doodle schläft tief und fest. Er wacht auch nicht auf, als es wenig später unter Arianes Fenster leise «pst» macht.

Ariane streckt den Kopf aus dem Fenster.

«Schläfst du schon?», fragt Lucy von unten.

«Ja.»

«Schade, ich dachte, wir könnten noch was machen.»

«Das geht nicht, Lucy. Wirklich nicht.»

«Schade.»

Im fahlen Licht der Straßenlaterne wirkt ihr Gesicht niedergeschlagen und irgendwie verquollen. Ob sie geweint hat? Etwa wegen der Hackenberg?

«Alles ist so traurig», sagt Lucy.

«Ja, ich weiß. Warte, ich komm runter.»

Ariane begrüßt Lucy per Handschlag, das ist zwar etwas steif, aber eine adäquate Möglichkeit, einer Umarmung aus dem Weg zu gehen. Lucy ringt sich ein schiefes Lächeln ab. Auch aus der Nähe betrachtet wirkt sie verweint, ihre Hand ist schweißig und kalt.

«Komm, lass uns auf den Brocken fahren! Wird Zeit, dass du da mal raufkommst», sagt Lucy und schießt im Bemühen um einen munteren Tonfall deutlich über das Ziel hinaus.

«Jetzt? Es ist nach zehn! Und ich hab Woodie da.»

«Kann der nicht mal allein bleiben?»

Könnte er durchaus. Vor allem nachts. Wie die meisten Hunde ist der Goldendoodle ein richtiger Beamter, der feste Zeiten liebt und seinen Schlaf braucht. Und es wäre ja tatsächlich eine gute Gelegenheit zu reden, deutlich zu machen, dass zumindest aus ihrer Sicht der Sex ein Ausrutscher, stopp, saublödes Wort, eine schöne, aber einmalige Sache war.

Lucy dreht auf, sie ist ganz besessen von ihrer Idee. «Was glaubst du, wie toll nachts die Aussicht ist?! Tagsüber ist es eh viel zu voll. Los, lass uns fahren.»

«Ich dachte, der Gipfel ist autofrei.»

«Wieso Auto? Davon redet doch keiner. Wir nehmen natürlich das Fahrrad. Du hast dir doch bei Reifen-Paule ein E-Bike ausgeliehen.»

Ariane seufzt. In Düsterode passiert wirklich nichts, ohne dass alle alles wissen. Vor allem nichts Banales, an so was haben die Leute ihren Spaß, bei den wirklich wichtigen Dingen liegt das Schweigen wie die frühsommerliche Hitzeglocke über dem Dorf.

Ariane spürt, wie ihr Widerstand schwindet. «Und das Feuer?», fragt sie noch.

«Ist unter Kontrolle. Außerdem ist die Brockenstraße überhaupt nicht betroffen, sondern nur die alte Harzstraße, die verläuft ganz woanders. Komm schon, Ariane, machst du nie mal was Verrücktes?»

Ariane, den Geruch von Lucys After-Sun-Lotion noch in der Nase, antwortet: «Die Frage ist eher, wann ich mal wieder was Vernünftiges mache.»

«Nicht heute Nacht», sagt Lucy siegessicher.

Und damit soll sie recht behalten.

Wenig später radeln sie los. Kurz vor dem Ortsausgang kommt ihnen, ebenfalls auf dem Fahrrad, Andreas Anton entgegen, er ist in Zivil, macht aber sein Polizeigesicht, was hoffentlich bedeutet, dass seine Suspendierung schon aufgehoben wurde. Wortlos nicken sie einander zu.

Arianes schlechtes Gewissen meldet sich zurück. Es ist gut und schön, dass sie die Sache mit dem Foto gemeldet hat, ihm gegenüber muss sie aber auch noch Farbe bekennen.

Na ja, jetzt ist er ja erst mal beschäftigt, morgen muss ich mir einen Ruck geben, denkt Ariane.

Heute Nacht reitet die Hexe vom Dienst auf den Blocksberg. Hoffentlich reicht ihr Akku.

Der abnehmende Mond verströmt ein überraschend helles Licht, die Dunkelheit hat sich in den Wald zurückgezogen – oder besser: dorthin, wo noch Wald ist. Entlang der schmalen Straße, die steil bergan führt, reiht sich Totholzinsel an Totholzinsel, nur gelegentlich tauchen sie für kurze Zeit ins märchenhaft düstere Reich intakter Fichtenhaine ein, Zeugnisse einer Holzwirtschaft auf dem … nun ja, hier kann wohl schon nicht mehr von einem absteigenden Ast die Rede sein, das Ding ist gelaufen. Ariane weiß, bestenfalls entsteht etwas Neues, Schöneres, eine Waldwildnis aus Laub- und Nadelbäumen, artenreich und hoffentlich gegen die Klimakrise besser gewappnet. Sie hat die entsprechenden Broschüren von Harz-Touristik ja gerade selbst sprachlich überarbeitet, und sie glaubt auch an das, was sie da schreibt, dennoch wird ihr mit jedem trotzig erstrampelten Höhenmeter klarer, wie schmerzhaft der Wandel ist, der den Leuten hier und anderswo bevorsteht. Es wird schlimmer, bevor es besser werden kann. Und für viele ist es dann vielleicht auch schon zu spät, weil sie ihr Hab und Gut längst verloren haben. Oder sogar ihr Leben, wie die Hackenberg. Die verkokelte Luft, die silbergrauen Zombie-Silhouetten der abgestorbenen und teilweise umgestürzten Baumriesen, der warme Nachtwind, der vom Gipfel kommt und Ariane die verschwitzten Locken aus der Stirn föhnt, all das kommt ihr vor wie eine Metapher für die Zukunft ihrer Generation. Und sie hofft inständig, dass irgendwann Kinder, die nicht sie in die Welt gesetzt hat, diesen Berg erklimmen und etwas sehen werden, das ihr Herz erfreut.

Kinder – ganz schlechtes Thema bei Ariane.

«Können wir umdrehen?», ruft sie. «Ich hab keinen Bock mehr.»

Lucy ist weit voraus. Das Sirren der Reifen auf dem glatten Asphalt verschluckt ihre Antwort.

Angespannt ruft Ariane Lucys Namen.

«Sind gleich oben», antwortet die Freundin, ohne sich umzudrehen.

Eine Lüge, war ja klar. Insgesamt sind sie bis zum Gipfel mehr als anderthalb Stunden unterwegs, Arianes Waden brennen trotz Tretunterstützung. Zu ihrer Überraschung ist die Straße keinesfalls ausgestorben, in beide Richtungen herrscht immer noch vereinzelt Rad- und Wanderbetrieb. Wenn das so ist, muss es tagsüber wirklich die Hölle sein. Waldesruh war anno dazumal.

Am Ende der Quälerei warnt Arianes Fahrrad-Display eindringlich vor der bevorstehenden Kapitulation des E-Motors. Das hat ihr gerade noch gefehlt.

«Runter können wir rollen lassen», sagt Lucy, als sie am Brockenbahnhof wieder aufeinandertreffen und Ariane ihr damit in den Ohren liegt. «Und jetzt guck dir gefälligst die verdammte Aussicht an, dafür sind wir schließlich hier. Hab ich zu viel versprochen?»

Hat sie nicht.

Ariane schnauft und schaut hin. Was sie sieht, ist tatsächlich eindrucksvoll. Hell erleuchtet liegen die Dörfer und Städtchen des nördlichen Harzvorlands ihr zu Füßen, kein Lichtermeer wie Hamburg bei Nacht, sondern warmgelbe Lichtinseln in einer ansonsten dunklen Kulturlandschaft. Die Szenerie erinnert Ariane an einen Landeanflug. Richtung Norden leuchtet noch ein Streifen Mitternachtsblau am Himmel. Ariane dreht sich einmal um die eigene Achse, sieht die Lichter in den Fenstern des Brockenhotels, den raketenförmigen Sendemast, sie legt den Kopf in den Nacken, um die Sterne zu bewundern, schaut nach Südosten, wo Wolken den Blick in die Weite versperren. Wolken – oder Rauch?

«Ja, ist echt toll», sagt sie dann und strahlt Lucy an.

Die grinst aus verweinten Augen zurück.

Oje, Lucys Traurigkeit ist also nicht während der Fahrt verflogen. Eigentlich ein seltener Anblick, denkt Ariane. Meistens hat die Frau von Super-Mario eine fast schon verstörend positive Ausstrahlung. Komisch, dass ihr das erst jetzt bewusst wird, wo Lucy eine andere Seite von sich preisgibt.

«Sollen wir uns ein Plätzchen suchen und erst mal was trinken?», schlägt Ariane vor.

Sie hat Wasser, Rotwein und die letzten Landjäger aus dem Präsentkorb dabei. Lucy steuert regionalen Bergkäse, eine weitere Flasche Rotwein und einen Joint bei, den Ariane allerdings dankend ablehnt. Rauchen, egal was, ist überhaupt nicht ihr Ding.

Sie breiten ihr Picknick auf einem flachen Granitfelsen unweit des Gipfelsteins aus und machen es sich auf zwei faltbaren Outdoor-Sitzkissen, die Lucy aus ihrem Rucksack hervorkramt, so gemütlich wie möglich. Immerhin weht der Wind auf dem Brockenplateau schwächer als unterwegs.

Eine Weile essen und trinken sie schweigend. Dann sagt Lucy: «Tut mir leid, dass der Wald so beschissen aussieht.»

«Ist ja nicht deine Schuld. Wir müssen versuchen, das Ganze positiv zu sehen. Als Neuanfang.»

Lucy schnaubt verächtlich. «Du klingst schon wie die Hackenberg. Nur dass die nicht wirklich an eine bessere Welt glaubt, sondern bloß versucht, oben zu schwimmen wie das Fett auf der Suppe … Na ja, das hat sich jetzt wohl erledigt.» Lucys Augen füllen sich erneut mit Tränen. «Echt krass.»

Ariane nimmt einen großen Schluck Wein aus ihrem neuen, stabilen Campingbecher aus Edelstahl.

Lucys verächtlicher Tonfall ärgert sie, die zynische Grundhaltung, die sich dahinter verbirgt, hält sie für feige, aber sie hat keine Lust, mit jemandem zu streiten, dem es so offensichtlich dreckig geht.

«Warst du mit Jeanette Hackenberg befreundet?», fragt sie, obwohl sie die Antwort nach der Äußerung mit dem *Fett in der Suppe* schon weiß.

Lucy schüttelt stumm den Kopf und zeigt ihr einen Vogel.

Stimmt, blöde Frage, denkt Ariane. Schließlich dürfte die Chef-Touristikerin einen Ehrenplatz auf Super-Marios ganz persönlicher Abschussliste eingenommen haben – nur dass, wenn überhaupt, *sie ihn* hätte feuern können und nicht umgekehrt. Die Liste der Toten, denen Lucys Mann mit Sicherheit keine Träne nachweint, wird lang und länger. Erneut keimt das Misstrauen gegen Mario Köhler in ihr auf. Andererseits: So originell ist es nun auch wieder nicht, jemanden wie Jeanette Hackenberg oder diesen unangenehmen Radiomoderator zu hassen. Hass ist für alle da, die anecken.

«Vielleicht kann Mario jetzt ihren Posten übernehmen», sagt Ariane, teils um Lucy aufzumuntern, teils um zu sehen, wie sie darauf reagiert.

«Eher nicht. Der Vorstand wird ihm schon wieder irgendeine karrieregeile Amazone vor den Latz knallen. Wer weiß, vielleicht fragen sie ja sogar dich.»

Ariane lacht laut auf, so abwegig findet sie die Idee. «Wohl kaum. Ich bin doch gerade erst hier, keiner kann mich leiden. Und Karrieregeilheit ist auch nicht wirklich Bestandteil meiner DNA. Frag meine Frau.»

«Was ist eigentlich mit der? Katja hat den Durchblick, oder? Habt ihr euch getrennt?»

Ariane zuckt mit den Schultern. Sie will nicht mit Lucy über ihre Ehe reden, lieber dreht sie den Spieß um. «Und was ist mit Mario? Weiß der über uns Bescheid?»

«Ach wo, der ist total ahnungslos. Weißt du, ich hab zwischendurch sogar mal gedacht, ich könnte es darauf anlegen, dass er was merkt, damit mal wieder ein bisschen Schwung in unser Liebesleben kommt.»

Ariane verzieht das Gesicht. «Macht ihn das etwa an, wenn Frauen Sex haben?»

«Nö, das nicht, aber Eifersucht kann ihn manchmal so genial in Rage bringen, und dann geht die Post ab. Da stehe ich total drauf, wenn er den Macker raushängen lässt. Leider ist seine Männlichkeit momentan ziemlich angeknackst. Früher war er ein richtiger Stecher.»

Puh, wie unappetitlich. Stecher, Post ab, Macker – die Nomenklatur des Grauens. Ariane versucht noch wegzuhören, doch es ist zu spät. Vor ihrem inneren Auge tauchen bereits pornoartige

Bilder von Super-Mario beim Durchnudeln seiner sich lustvoll unterwerfenden Lucy auf, im Hintergrund läuft was Pseudohartes von Bon Jovi. *You give love a bad name.* Oder so. Sie muss daran denken, wie er sie auf der Party immerzu demonstrativ *Baby* genannt hat – zum Fremdschämen. Ariane ist davon ausgegangen, dass auch Lucy, die stilsichere, selbstbewusste Geschäftsfrau, wenig Gefallen an einem derart misogynen Kosenamen finden kann.

Von sich auf andere schließen – selten eine gute Idee. Lucy hat sich genau den Ehemann ausgesucht, den sie liebt und der ihren moralisch flexiblen Ansprüchen gerecht wird. Super-Mario war kein Fehlgriff, Lucy ist sein *Baby* durch und durch, und wer denkt, dass die zwei nicht zusammenpassen, irrt gewaltig.

Komisch, mit wem ich da Sex hatte, denkt Ariane und ist froh, dass es bei dem einen Mal geblieben ist. Sie trinkt ihren Becher leer und füllt direkt nach, allerdings mit Wasser. Der Wein zeigt Wirkung, und sie muss schließlich noch Rad fahren.

«Ist was?», fragt Lucy.

«Too much information», sagt Ariane. Ihre Wangen glühen.

«Kann es sein, dass du total verklemmt bist?», fragt Lucy.

«Möglich. Es kann aber auch einfach daran liegen, dass mich toxische Männlichkeit nicht an-, sondern abtörnt.»

«Stopp, Ariane, nicht die Nummer. Ich hab null Bock, mir ausgerechnet von dir beibringen zu lassen, was toxisch ist und was nicht.»

«Was soll das denn heißen, ausgerechnet von mir?»

«Na ja, wenn hier jemand im Dorf die Atmosphäre vergiftet, dann doch du …» Sie unterbricht sich, um einen großen Schluck Wein zu trinken, dann atmet sie durch und setzt eine versöhnliche Miene auf. «Tut mir leid. Lass uns nicht streiten. Ich will meine Wut nicht an dir auslassen, ich mag dich ja eigentlich total gern. Du bist lustig. Überhaupt nicht so fundamentalistisch, wie wir dachten. Ich schwöre, Mario mag dich auch irgendwie, es ist nur … Er kommt mit der Welt einfach nicht mehr klar. Das tut uns nicht gut. Deswegen macht er mir auch kein Baby. Und ich hätte doch so gern Kinder.»

Wieder weint Lucy, eruptiver als vorhin. Ariane, mit dem Themenwechsel, ihrem Alkoholpegel und der Gesamtsituation heillos überfordert, zögert, Lucy in den Arm zu nehmen, aber als das Schluchzen immer heftiger wird und ein Pärchen, das auf einem Felsen in der Nähe knutscht, mitfühlend zu ihnen herübersieht, hat sie praktisch keine andere Wahl. Tröstend tätschelt sie der Verzweifelten den Rücken. Eine asexuellere Geste gibt es eigentlich nicht, wie sie findet.

«Willst du vögeln?», wimmert Lucy dennoch an Arianes Brust und hickst zweimal.

Ariane lässt los. «Nein, Lucy, ich will nicht mit dir vögeln. Und du willst es doch auch nicht. Was soll der Quatsch? Ich liebe Katja, und du liebst deinen bekloppten Mario – und das ist ja auch gut so. Wir sollten das abhaken.»

Bei Lucy brechen alle Dämme. Dass ihre Tränen echt sind, daran besteht kein Zweifel. Ariane ist allerdings unklar, warum genau sie eigentlich so sehr weint, wohl kaum, weil Ariane in dieser verfahrenen Gemengelage keinen weiteren Ehebruch begehen will, doch es wirkt ansteckend, und das Ausmaß ihrer eigenen Sorgen ist so gewaltig, dass sie schließlich mitheult. Es fühlt sich an wie das einzig Richtige.

Da sind sie nun: ganz oben, ganz unten.

Ariane begeht kein zweites Mal den Fehler, Lucy zu berühren.

Aber der Blick ist toll.

«Habt ihr eigentlich Kinder?», fragt Lucy irgendwann und reibt sich die Augen.

«Nein.»

«Warum nicht? Will Katja keine? Du bist doch auch nicht mehr die Jüngste.»

Ariane fühlt einen Stich, denn das ist eins der vielen Themen, die sie ständig umschiffen, weil sie unterschiedlicher Meinung sind. Vielleicht sogar das wichtigste von allen. Wirklich kein Wunder, dass sie Eheprobleme haben. Wie konnten sie so blind sein und das nicht sehen?

«*Ich* will keine», gesteht sie.

«Echt nicht? Warum?»

«Mir geht es da wie Super-Mario. Ich komme einfach mit der Welt nicht mehr klar.»

Danach reden sie nicht mehr. Als der Wind auffrischt und ihnen trockenen Staub in die Gesichter wirbelt, der sich bei genauerem Hinsehen als Asche entpuppt, brechen sie auf.

Auf dem Weg nach unten spielt Lucy Rio-Reiser-Songs über den Lautsprecher ihres Handys ab. Naturgemäß klingt es furchtbar, aber sie grölt mit: «*Macht kaputt, was euch kaputt macht.*»

Ariane, die fast sicher ist, auf dem Hinweg einen Hirsch im Unterholz entdeckt zu haben, hofft, dass die Wildtiere ihr den Krach verzeihen. Wahrscheinlich sind sie Kummer gewohnt.

Fast im Tal – gerade überqueren sie die Schmalspurschienen der Brockenbahn zum x-ten Mal – sieht Ariane zu allem Überfluss auch noch einen Geist, und zwar in Gestalt des Mannes, den sie an ihrem ersten Tag im Elendstal mit zerschmettertem Hinterkopf aufgefunden hat: der erste Tote.

Sie unterdrückt einen Aufschrei, als er ihnen in den Weg tritt und sie mit unmissverständlicher Geste auffordert, anzuhalten.

Ganz ruhig, Ariane. Es gibt keine Geister. Du bist einfach nur müde und angetrunken.

Lucy bremst und kommt zum Stehen. «Was willst du, Heiko?», ruft sie unfreundlich.

Heiko?

Woher kennt sie den Namen? Ach ja, der Typ von den Harzpachen. Heiko Heldt. Der abgewählte Vorstand, der im Zelt meditiert hat. Komisch, wieso ist ihr die Ähnlichkeit da nicht aufgefallen? Vielleicht weil er saß. Manchmal ist es die Haltung, die so eine Verwechslung auslöst. Oder die Distanz.

Ariane stoppt ebenfalls und nickt dem zumindest ihr sympathischen Mann zu, bemüht, nicht allzu verstört zu wirken.

«Geht's ein bisschen leiser?», fragt Heiko. «Ihr weckt den ganzen Wald auf. Eine Schande ist das.»

Lucy lacht schrill. «Wie soll das funktionieren, Heiko? Tote kann man nicht aufwecken. Wenn hier einer 'ne Schande is, dann du.»

Sie tritt in die Pedale und düst ab.

Ariane setzt ein entschuldigendes Lächeln auf und radelt hinterher.

«Was meintest du eben damit? Wieso ist der 'ne Schande?», fragt sie, als sie Lucy eingeholt hat.

«Heiko. Pah. Noch so ein alter Kumpel von Mario. Yellow Wolf. Weil, der war ma blond. Ha, ha, ha. Macht jetzt auf Acht...sam...keit. Noch so'n Verräter.»

«Na, dann lebt er ja gefährlich», spottet Ariane und erntet dafür einen bitterbösen Seitenblick, der Lucy kurz ins Schlingern bringt. Aber sie stürzt nicht.

«Du und Andreas», lallt sie. «Merkt ihr eigentlich nich, dass ihr stört mit eurer Schnüf...fel...ei?»

Du nervst, denkt Ariane.

«Es ist vorbei, bye bye Junimond», singt Rio.

Es geht auf Mitternacht zu, als sich Andreas an diesem Abend noch mal auf sein Fahrrad schwingt. Er lag schon im Bett, da hat eine Frau angerufen und einen Einbruch gemeldet. Einen *laufenden* Einbruch sogar. Die Einbrecher – und Andreas schießt seltsamerweise sofort der Gedanke durch den Kopf, ob die Adlige wohl von *Einbrechenden* sprechen würde, na super, denkt er, so weit ist es schon gekommen, aber es ist ja ausnahmsweise nicht die Adlige, die etwas Verdächtiges beobachtet hat, sondern eine alteingesessene Düsteroderin – die Einbrecher also müssen noch vor Ort sein, ja, sie sei sich absolut sicher, sie höre verdächtige Geräusche am Discounter, hinter dem sie wohnt, nein, sie könne nichts *sehen*, auch wenn sie gerade auf dem Balkon stehe, es ist ja dunkel, aber, da!, jetzt hat's schon wieder gescheppert!

Er hätte der Anwohnerin natürlich einfach sagen können: *Tja, sorry, aber nicht mein Problem. Ich bin nämlich heute mit sofortiger Wirkung suspendiert worden. Weil mich irgendjemand bei einer Yogaübung fotografiert und dieses Foto mit böswillig verfälschendem Ausschnitt ins Internet gestellt hat!*

Macht er dann aber doch nicht. Weil die Anruferin das erstens ja gar nicht kapieren würde. Zweitens weil er ohnehin nicht schlafen kann. Es ist immer noch heiß, vor allem aber verfolgen ihn die Eindrücke der letzten Tage. Von der Hackenberg gibt es kein Lebenszeichen, Suchtrupps können nur eingeschränkt arbeiten, da das Feuer noch nicht gelöscht ist, obwohl auch ein Löschflugzeug im Einsatz ist. Was das Schicksal der Hackenberg angeht, muss man wohl vom Schlimmsten ausgehen. Die Adlige hatte zwar versucht, sich nichts anmerken zu lassen, aber sie war offenkundig ziemlich fertig, auch wenn sie und Jeanette Hackenberg wohl nicht die besten Freundinnen waren.

Andreas stellt sein Fahrrad vor dem Eingang des Discounters ab und geht zu Fuß um das Gebäude herum. Er lauscht. Tatsächlich, er hört was, da ist irgendjemand zugange. Ein Tier, denkt Andreas im ersten Moment, liest man ja immer öfter, dass sich irgendwelches Viehzeug in die Zivilisation traut. Immerhin, Bären gibt's schon mal nicht im Harz, die Gefahr dürfte sich also in Grenzen halten – andererseits: So ein Luchs ist vermutlich auch nicht ohne.

Andreas schleicht näher, dann knipst er seine Taschenlampe an und leuchtet die Gebäuderückseite ab. «Hallo? Ist da jemand?»

Rascheln, dann Stille. Ein Geräusch, wie wenn einer versucht, kein Geräusch zu machen, denkt Andreas und fragt sich, wo er das gelesen hat.

«Hallo?»

Stille.

Andreas tritt an einen großen orangefarbenen, oben offenen Absetzcontainer, der neben einer Laderampe steht, und leuchtet dahinter.

Nichts. Oder besser: niemand.

Jetzt fällt es ihm ein: Das Zitat ist aus einem Buch von John Irving.

Er blickt über den Containerrand und leuchtet hinein.

Er erschrickt, als er in einer Ecke eine Bewegung wahrnimmt. Aber es ist kein Tier. Tiere tragen keine T-Shirts.

«Finn? Bist du das?»

Finn wendet ihm das Gesicht zu und kneift die Augen zusammen, denn Andreas leuchtet ihm direkt ins Gesicht. «Kannst du mir mal erklären, wieso du mitten in der Nacht in einem Müllcontainer herumturnst?»

«Können Sie vielleicht mal das Licht ausknipsen?», mault Finn ihn an.

«Kannst *du* vielleicht mal da rauskommen?» Andreas lenkt den Lichtstrahl nach unten. Finn steht zwischen Mülltüten und Pappkartons und Lebensmitteln und Plastikfolie.

Er guckt mürrisch zu Andreas hoch. «Was machen Sie überhaupt hier?»

Andreas muss lachen. «Was *ich* hier mache? Ich wurde angerufen! Weil jemand verdächtige Geräusche gehört hat. Aber die Frage ist ja wohl viel eher: Was machst *du* hier?»

«Nur Mist hier drin», sagt Finn.

«Was? Wovon redest du?»

«Nur Mist im Container. Dachte, die schmeißen gutes Zeug weg.»

«Was hast du denn erwartet?»

«Keine Ahnung. Irgendwas Cooles.»

«Snickers oder was?»

«Zum Beispiel.»

«Mann, Finn! Das kannste vergessen. So was müssen die nicht wegschmeißen. Das hält sich doch Monate. Wenn sie was wegschmeißen, ist es das frische Zeug, das nicht mehr hübsch aussieht.»

Sie stehen unschlüssig da.

Andreas leuchtet das Innere des Containers ab. «Da hinten, der Blumenkohl, gib den mal her.»

Finn stapft durch den Müll und reicht ihm das Gemüse raus.

Andreas beleuchtet den Kohl. «Tadellos. Wenn man die Ecke wegschneidet.» Er legt ihn neben sich auf den Boden, dann blickt er wieder in den Container. «Und da, die Schale, gib die mal her.»

«Was für 'ne Schale?»

«Die Plastikschale da. Mit den Paprikas.»

Finn reicht sie ihm.

Andreas leuchtet die Schale an, während er sie dreht und wendet, dann reißt er die Folie auf und nimmt eine Paprika mit einer fauligen Stelle heraus. «Die anderen sind einwandfrei», murmelt er, wirft die faule Paprika in den Container und legt die Schale neben den Blumenkohl. Was soll's, denkt er. Noch mal können sie mich ja nicht suspendieren.

«Was wollen Sie denn mit dem Zeug?», fragt Finn.

Andreas ignoriert die Frage. «Was ist mit dem Kürbis da?»

Finn hebt ihn auf und verzieht das Gesicht. «Boah ey! Kotz! Voll faul!», ruft er und pfeffert den Kürbis in eine Ecke.

«Nicht so laut!», zischt Andreas ihn an. «Was ist das da?»

«Was? Wo?»

«Da vorn. Ist das ein Weißkohl? Gib mal her!»

Finn reicht den Kohlkopf aus dem Container.

Andreas zieht die angegammelte obere Blätterschicht ab. «Toll.»

«Wollen Sie das etwa klauen?», fragt Finn und grinst.

«Du hältst mal schön die Klappe. Was ist mit den Äpf...»

Eine hohe, hysterische Stimme durchschneidet die Nacht. «Wer ist da? Ich habe die Polizei gerufen! Die werden jeden Moment hier sein!»

Ach je, denkt Andreas, die Anruferin.

Er läuft auf das gegenüberliegende Haus zu und leuchtet die Fassade mit der Taschenlampe ab. Auf einem Balkon im zweiten Stock steht eine Frau. «Ich rufe die Polizei!», ruft sie erneut.

«Die ist schon da! Alles gut!»

«Sind Sie das, Herr Anton?»

«Ja.»

«Haben Sie den Einbrecher erwischt?»

Andreas zögert. «Nee, die waren schon weg. Sie können jetzt beruhigt ins Bett.»

«Aber ich hab doch Stimmen gehört.»

«Das … Das war ich … Hab mit mir selbst geredet.»

«Wissen Sie, ob das Feuer inzwischen gelöscht ist?»

«Nein, es brennt noch.»

«Schrecklich.»

«Ja», sagt Andreas und denkt: Noch schrecklicher ist das, was man finden wird, wenn das Feuer gelöscht ist.

In der Wohnung einen Stock höher geht Licht an. Die Balkontür wird geöffnet, ein Mann schaut heraus und ruft: «Was ist denn da los?»

«Nix», ruft Andreas. «Alles gut.»

Die Frau reckt ihren Kopf nach oben. «Da waren Einbrecher! Aber Herr Anton hat sie verjagt.»

«Ja!», ruft Andreas. «Danke für den Anruf. Gut, dass Sie so aufmerksam sind. Gute Nacht!»

Die Frau wünscht ebenfalls eine gute Nacht und verschwindet in der Wohnung. Der Mann im Stockwerk drüber bleibt auf dem Balkon stehen.

«Ihnen ebenfalls eine gute Nacht!», ruft Andreas, und der Mann zieht sich wortlos zurück.

Andreas geht zurück zum Container. Er hält Finn eine Hand hin. «Und du kommst jetzt da raus», flüstert er. «Und sei leise.»

Während Finn aus dem Stahlkasten klettert, schleicht sich ein Gedanke in Andreas' Kopf: Ich könnte den Jungen mit nach Hause nehmen und ihm aus den geklauten Sachen was Schönes kochen. Damit er sieht, dass man sich nicht nur von Tiefkühlkram und geklauten Schokoriegeln ernähren kann. Über ein bisschen Zugewandtheit würde sich der Kerl vielleicht freuen – auch wenn er es bestimmt nie im Leben zeigen würde. Ihm fehlt der Vater. Na ja … ob ausgerechnet er, Andreas, der Vollblutpapi, sich da ein Urteil anmaßen sollte, steht auf einem anderen Blatt. Er muss sich unbedingt mal wieder bei Sandra melden. Aber das hindert ihn ja nicht daran, Finn etwas Gutes zu tun.

Als der Junge vor ihm steht und sich die Hose abklopft, verwirft Andreas die Idee schon wieder. Am Ende kommt das irgendwie raus, und schon hätte er die nächste Schlagzeile produziert: *Neues vom Nazi-Polizisten: Suspendierter Beamter nimmt nachts minderjährigen Jungen mit nach Hause, um ihn mit geklautem Gemüse zu bekochen.*

ARIANE **UND** ANDREAS **BLICKEN IN ABGRÜNDE**

Andreas Anton wohnt ein wenig außerhalb. Am Jägerkopf 12. Der Ärmste, damit kann er sich wohl kaum identifizieren. Ariane musste seine nicht sonderlich vegetarierfreundliche Adresse bei Blutwurst-Birgit erfragen, nachdem sie es aus alter Gewohnheit vergebens auf dem Revier versucht hatte. Dort verrichtet zurzeit niemand Dienst, was angesichts des Phlegmas, das der Polizeihauptmeister gern an den Tag legt, wohl keinen großen Unterschied für Recht und Ordnung in Düsterode machen dürfte, vermutet Ariane. Trotzdem schade, sie hatte doch gehofft, die Suspendierung hätte sich inzwischen erledigt. Dass das nicht der Fall ist, macht den Besuch nicht leichter. Dringend notwendig ist er allemal. Sie muss endlich reinen Tisch mit dem Polizisten machen. Sich wegen des Fotos und des ganzen Schlamassels entschuldigen, den sie ihm eingebrockt hat.

Sie ist froh, mit dem Auto unterwegs zu sein, denn der Weg führt steil bergan durch ein ruhiges Wohnviertel mit riesigen eingewachsenen Gärten und Einfamilienhäusern, die Ariane keiner bestimmten Epoche zuordnen kann. Manche sehen recht neu aus, andere lassen noch Spuren ihrer DDR-Vergangenheit erkennen.

Die Straße liegt verlassen und regennass unter einem ausnahmsweise mal grauen Oberharzer Himmel. Ein heftiges Gewitter hat am frühen Morgen Abkühlung gebracht und – laut Antenne Brocken – die letzten Glutnester im Wald gelöscht. In der Zentrale von Harz-Touristik rechnen sie jetzt bei jedem Telefonklingeln mit der traurigen Gewissheit über den Verbleib ihrer Chefin. Die Anspannung lähmt das ganze Team.

Ariane ist einerseits froh, der deprimierenden Arbeitsatmosphäre entkommen zu sein, andererseits ist das, was sie vorhat, auch nicht viel besser als ein Zahnarztbesuch mit Wurzelbehandlung, aber sie muss es nun endlich hinter sich bringen.

Mit klopfendem Herzen hält sie Ausschau nach der 12, aber Hausnummern stehen in Düsterode anscheinend nicht hoch im Kurs. Insofern ist Ariane froh, als sie plötzlich Elkes unsympathische Partnerin erblickt, die böse Hexe, die gerade die Pforte eines stark verwilderten Gartens hinter sich schließt.

Ihre Aufmachung bringt Ariane zum Schmunzeln: Sie trägt einen lilafarbenen Regenmantel mit weißen Polka-Dots und hat zur Sicherheit noch einen quietschbunten Schirm über ihrem wirren grau melierten Haupthaar aufgespannt, obwohl kein Tropfen mehr vom Himmel fällt. Ariane bringt den Wagen neben der Frau zum Stehen und öffnet das Seitenfenster.

«Tschuldigung.»

Der ohnehin schon wenig einnehmende Blick der Düsteroderin verfinstert sich weiter, als sie Ariane erkennt. Wenigstens nähert sie sich vorsichtig und signalisiert damit annähernd so etwas wie Gesprächsbereitschaft. Wahrscheinlich reine Neugier. Mensch, wie hieß die Zille doch gleich?

Sie herrscht Ariane an: «Was machen Sie denn hier?»

Als Nächstes wird sie vermutlich einen Passierschein verlangen, denkt Ariane, aber sie setzt ein freundliches Lächeln auf.

«Ich suche die Nummer zwölf.»

«Zu wem wollen Sie?»

Ariane zögert kurz, bevor sie den Namen des Polizisten ausspricht.

Die böse Hexe wirft einen Blick in den Himmel, spannt den Schirm zu und deutet dann damit auf den Garten, den sie gerade verlassen hat.

«Andreas Anton? Na, der wohnt hier. Hat alles noch sein Vater gebaut, Heinrich-Otto Anton. Vorsitzender der Jägerschaft. Ein Teufelskerl war das. Das weiß doch jeder.»

«Also ich wusste es bis eben noch nicht. Vielen Dank.» Ariane will das Seitenfenster schließen, aber die Hexe blockiert den Spalt mit ihrem Schirm und kommt Arianes Hals mit der Spitze dabei bedrohlich nah. Blitzschnell geht das.

«Sagen Sie Anton Junior, dass er die alte Schreiber verhaften soll. Auf mich hört er ja nicht», sagt sie und fixiert Ariane mit seltsam glasigen Augen.

«Ich glaube, Herr Anton ist derzeit nicht im Dienst.»

«Wen interessiert das? Es geht um Leben und Tod. Tun Sie, was ich Ihnen sage. Mein Pendel lügt nicht.»

Im Kofferraum beginnt Woodie zu knurren. Ariane rückt ein Stück zur Seite, weg vom Schirm.

Komischerweise fällt ihr jetzt der Name der Frau wieder ein: Renate Rusalka. Genau, so heißt die. Aufgepasst, Ariane, Pendelnde sollen nicht ohne sein, die können auch Flüche aussprechen.

«Okay, verstanden. Ich rede mit ihm», sagt Ariane beschwichtigend.

«Tun Sie das. Ich behalte Sie im Auge», droht Renate Rusalka und geht.

Ariane sieht ihr nach, bis sie hinter einer Kurve verschwunden ist, dann holt sie den Hund aus dem Wagen und betritt die verwunschene Gartenwelt hinterm Anton'schen Jägerzaun, wo sie auf eine hocherfreute Frau Krause treffen.

Die Hunde toben fröhlich. Ariane und Andreas, gleichermaßen fasziniert von so viel ausufernder Lebensfreude, stehen schweigend auf einer halb vermoosten Terrasse aus Waschbeton und lassen Minute um Minute verstreichen.

Auf den zweiten Blick ist der Garten keinesfalls so verwildert, wie Ariane anfangs annahm, er ist bloß in weiten Teilen von einer äußerst artenreichen Wildhecke umfriedet. Statt Rasen gibt es eine Bergwiese, unterteilt in blühende Inseln und gemähte Flächen, die den idealen Hundespielplatz darstellen, dazu knorrige Bäume, Büsche und gepflegte Gemüsebeete, kurzum: ein Traum. Landleben, wie es sich Stadtmenschen in ihren dunkelsten Stunden ausmalen, wenn sie zwischen schwitzenden Leibern in der U-Bahn feststecken. Sogar das Rauschen eines nahen Baches ist zu hören, vielleicht trotzt die Vegetation deswegen so üppig der allgemeinen Trockenheit. Oder der Polizist hat einfach den grünen Daumen.

«Wow, das ist ja ein Paradies», sagt Ariane. «Dafür sollten Sie Eintritt nehmen.»

Andreas Anton – Arbeitslatzhose statt Uniform – stemmt die erdverkrusteten Pranken in die Hüften und strahlt. «Na ja», erwidert er mit schlecht gespielter Bescheidenheit. «Man tut, was man kann.»

«Ich wusste nicht, dass Sie gärtnern. Passt aber zu Ihnen.»

Anstatt zu antworten, greift der geschasste Waldorfbulle in

den Weidenkorb, der zu seinen Füßen steht, und entnimmt ihm ein Mairübchen. Mit einem Taschenmesser entfernt er den Strunk und schneidet dann eine großzügige Portion für Ariane ab.

«Probieren Sie mal. Eigene Ernte. Leicht süß und doch kräftig.»

Ariane greift nicht zu. Sie hasst Rüben. «Da ist ja noch Erde dran.»

Kopfschüttelnd zückt Andreas Anton abermals sein Messer und schält das Rübchen. Nun bekommt Ariane ein sauberes, schneeweißes Stück hingehalten, von dem sie aus Gründen der Höflichkeit tatsächlich vorsichtig abbeißt, während er in Windeseile den Rest verputzt.

Da stehen sie nun und machen Kaninchengeräusche. Andreas Anton glüht vor Stolz. Das steht ihm gut, richtig niedlich sieht er aus. Irgendetwas an ihm hat sie die ganze Zeit gemocht, das wird ihr jetzt klar. Umso verzwickter ist ihre Lage. Sie will ihm nicht den Tag verderben.

Ausreden, Ariane. Du bist einfach nur feige.

«Noch eins?», fragt Andreas Anton schließlich, was Ariane ihm als leichten Anflug von Sadismus auslegt, denn sie weiß, dass er weiß, dass sie seine Begeisterung für das gesunde Gemüse nicht wirklich teilt.

Sie lächelt. «Nein, danke.»

«Kommen Sie mit, ich zeig Ihnen was, das bestimmt auch Ihnen schmeckt.»

Sie überlassen die Hunde ihrem Spiel und umrunden das Haus. Der schmucklose Eckbungalow fällt in der üppigen Pracht des Gartens kaum auf.

Ariane nutzt den kurzen Weg, um den Rest des Rübchens im blassblauen Blütenmeer einer Hortensie zu versenken.

«Das habe ich gesehen», ruft Andreas Anton, ohne sich umzudrehen.

Netterweise darf sie sich gleich darauf dennoch an einem Strauß Walderdbeeren bedienen, die in einem Hochbeet an der Hauswand gedeihen. Der Geschmack ist so köstlich, dass Ariane gar nicht so schnell pflücken kann, wie sie die Früchte in sich reinstopfen möchte.

«Ein paar hätte ich dann gern noch für die Bowle, die ich heute ansetzen möchte», sagt Andreas Anton entgeistert und amüsiert zugleich, und Ariane reißt sich zusammen. An dieser Bowle wäre sie durchaus auch interessiert.

Sie betrachtet Andreas Anton eingehend. Er wirkt gelöst. Wenn es auf der Welt einen Ort gibt, an dem der Polizist in seiner eigenen Mitte ist, dann dürfte es sich um diesen Garten handeln. Ariane, die damit gerechnet hat, ihn niedergeschlagen und gedemütigt in irgendeinem Plattenbau vorzufinden (was für ein billiges Klischee), fällt es in diesem idyllischen Rahmen noch schwerer, den eigentlichen Grund ihres Kommens anzusprechen. Der Mann hat doch hier alles, was er braucht. Seine Suspendierung hat ihn offensichtlich nicht in Depressionen verfallen lassen – und es ist ja ohnehin nur noch eine Frage der Zeit, bis sie aufgehoben wird.

«Sind Sie eigentlich zufällig vorbeigekommen oder wollten Sie was von mir?», fragt Andreas Anton wie aufs Stichwort.

Ariane ignoriert die Frage. Reine Aufschieberitis. «Was kommt sonst noch rein in die Bowle?», will sie wissen. Will sie natürlich nicht wirklich wissen, aber sie schafft es einfach nicht, ihre Feigheit zu überwinden und endlich mit der Sprache rauszurücken.

«Holunderblüten, denke ich. Spritzer Zitrone. Vielleicht etwas Rosmarin. Frau Höft von Holten, ich hab Sie was gefragt.»

«Sind Sie traurig, dass Sie heute nicht im Dienst sind?» Langsam nähert sie sich dem Thema.

Er runzelt die Stirn. «Wieso? Sehe ich so aus?»

«Eben nicht!», ruft Ariane triumphierend. «Vielleicht sollten Sie einfach was ganz anderes machen.»

«Das lassen Sie mal schön meine Sorge sein. Ich bin zufällig gern Polizist. Nun aber raus mit der Sprache, Ariane. Irgendetwas ist doch mit Ihnen, das sehe ich Ihnen an. Wo drückt denn der Schuh?»

Ariane sucht nach den passenden Worten. Weil das dauert, futtert sie noch eine Handvoll der köstlichen Beeren, gutmütig beäugt von dem Mann, der mit Sicherheit nie ein Nazi war und dessen Ruf nun ihretwegen ruiniert ist. Dann fällt ihr die Rusalka wieder ein, und sie berichtet ausführlich von dem unheimlichen Aufeinandertreffen vor seiner Gartenpforte. Eine weitere willkommene Gelegenheit, um nicht zum Kern vordringen zu müssen.

Andreas Anton winkt ab. «Ach, die ist doch verrückt. Die hat mich nicht zum ersten Mal damit vollgequatscht. Mal soll Tom Wunderlich der Täter sein, jetzt hat sie plötzlich die Schreiber aufm Kieker, komplett irre, die Frau. Vergessen Sie's.»

«Und wenn sie recht hat?»

«Damit, dass Monika Schreiber eine Mädchenmörderin ist? Hören Sie doch auf, das ist lächerlich, die Gute ist fast achtzig. Eine liebenswürdige alte Dame, die mal Grundschullehrerin war und Kinder liebt.»

Ariane stutzt, als ihr bewusst wird, dass sie Monika Schreiber kennt, und zwar aus dem Ortsrat. Die Harzpachenfreundin, die so große Angst vor dem Aufstieg des Regenbogenfaschismus hat. Auch wenn sie aus einem Grund hier ist, der große Worte ihrerseits eher problematisch macht, da hört es bei ihr auf, sie kann nicht anders. Sie baut sich vor Andreas Anton auf: «Erstens wäre es schön, wenn Sie aufhören könnten, die Begriffe *irre* und *verrückt* zu gebrauchen, damit werten Sie systematisch Personen ab, die nicht der mentalen Norm entsprechen. Zweitens halte ich es für problematisch, davon auszugehen, dass Renate Rusalka automatisch falschliegt, nur weil sie ist, wer sie ist. Auch Frauen morden! Sie sollten der Sache nachgehen. Und drittens: Monika Schreiber ist keine liebenswürdige alte Dame.»

«Ist sie wohl. Und ich kenne sie schon etwas länger. Fast mein ganzes Leben, um genau zu sein. Bei ihr habe ich Lesen und Schreiben gelernt.»

«Aha. Verstehe. Dann haben Sie ihr vielleicht auch Ihre homophobe Einstellung zu verdanken, die Sie davon abhält, zum Telefon zu greifen und Ihren genderfluiden Nachwuchs in Hamburg anzurufen.»

Andreas Anton schnappt nach Luft, während ihm die Gesichtszüge zu einer verzweifelt zornigen Grimasse entgleisen. Ariane sieht, wie er um Fassung ringt, sein Versuch einer Erwiderung gerät zu einem trotzigen Gestammel.

Zugegeben, angesichts seiner schockierten Reaktion schämt sie sich ein wenig, aber gleichzeitig fühlt sie sich im Recht. Sebastian zu erwähnen, mag übergriffig sein (ja, war es mit Sicherheit, gib es zu, Ariane), aber es geht hier auch um ihre Art zu leben, die ständigen Angriffen ausgesetzt ist, obwohl sie doch niemanden bedroht, während sich alle immer bedroht fühlen. Unwillkürlich fühlt sie sich nicht nur Sebastian, sondern auch Elke verbunden. Als liebende Mutter versucht die wenigstens, sich auf die komplexe Identität ihres Kindes einzulassen.

Vielleicht sollte sie sich trotzdem entschuldigen. «Sorry», sagt sie leise.

Andreas Anton winkt ab.

Eine Weile stehen sie ein wenig ratlos beisammen. Schließlich pfeift sie nach Woodie. Es dauert lange, bis der Doodle angerannt kommt, nass und ausgepowert, Frau Krause im Schlepptau.

Froh über die Ablenkung streicheln sie die Hunde ausgiebig. Die scheinen zu merken, dass sie gebraucht werden, und schmiegen sich fest an ihre Menschen. Vielleicht wollen sie sich auch nur den Schlamm aus dem Fell reiben. Entweder haben die beiden einen Ausflug zum nahen Bach unternommen oder in einer Pfütze gebadet.

«Wissen Sie, was ich jetzt mache?», fragt der Polizist schließlich. Er klingt jetzt wieder einigermaßen souverän.

«Nein. Die Hunde abduschen?»

Er lacht. «Okay, kann ich machen. Und dann fahre ich rüber zu Frau Schreiber, um zu schauen, ob sie Hilfe benötigt. Wenn in Renates Pendelprophezeiung auch nur ein Körnchen Wahrheit mitschwingt, ist sie mit Sicherheit nicht Täterin, sondern Opfer. Das wäre nicht das erste Mal. Alleinstehende Seniorinnen sind ja generell ein gefundenes Fressen für Kriminelle, egal ob sie liebenswürdig sind oder homophob oder am Ende sogar beides. Habe ich mich da jetzt zu Ihrer Zufriedenheit ausgedrückt, Frau von Höft, äh, 'tschuldigung, Frau Höft von Holten?»

«Haben Sie. Und wissen Sie was, bleiben Sie doch endlich bei Ariane, dann nenne ich Sie der Einfachheit halber ab sofort Andreas», sagt Ariane.

«Einverstanden, Ariane. Dann will ich mal los.»

«Wissen Sie was, Andreas? Ich komme mit. Und versuchen Sie nicht, mich davon abzuhalten, Sie sind ja schließlich auch nur als Privatier am Start. Heute ermitteln wir also komplett auf Augenhöhe, toll. Ich wette, das wird ein Mordsspaß, und das ist genau das, was dieser trübe Tag jetzt braucht.»

Sie grinst ironisch, froh über die Gnadenfrist, die sie erhalten hat. Ihr Geständnis hat noch Zeit, jetzt ist erst mal Gefahr in Verzug.

Andreas will etwas erwidern, das sieht sie, überlegt es sich dann aber anders.

Aus Gründen der Tarnung nehmen sie Arianes Wagen. Andreas hat kein Problem damit, sich chauffieren zu lassen. Mit Arianes defensiver Fahrweise ist er dann allerdings nicht einverstanden, sondern weist sie in kurzen Abständen auf das geltende Tempolimit hin, das sie konsequent unterschreitet. Ariane lässt sich nicht hetzen. Die kurvenreichen Oberharzer Bergstraßen nötigen ihr Respekt ab, das ist nun mal so.

«Sie behindern den nachfolgenden Verkehr.»

«Da ist doch überhaupt kein Verkehr», sagt sie – und wird prompt von einem Sportwagen überholt, der wie ein Geschoss aus dem Nichts angeflogen kommt.

«Jetzt nicht mehr.»

«Der war eben noch nicht da.» Ariane schmollt, bis sie ihr Ziel erreichen.

Monika Schreiber lebt am anderen Ende des Ortes in einem ähnlichen Wohngebiet wie Andreas, in einem fast baugleichen Bungalow, nur dass ihrer von verdorrten Rasenflächen umgeben ist. In der Mitte des Grundstücks steht eine Fichte, die ihre besten Tage wohl schon hinter sich hat.

Was auch für Monika Schreiber gilt, wie sich zeigt, als die Haustür aufgeht und die Pensionärin mit schlurfenden Minischritten auf die Straße zusteuert, wo in diesem Augenblick ein Taxi vorfährt und hält.

«Ich glaube, da versucht gerade jemand zu fliehen», sagt Ariane trocken.

«Sehr witzig.»

Sie beobachten, wie der Taxifahrer, auch er bereits ein älteres Semester, aussteigt und den Wagen umrundet, um seiner Kundin die Tür aufzuhalten. Sie erteilt eine Anweisung, daraufhin eilt der Mann zum Haus.

Andreas begründet wortreich, aber schlüssig, warum es besser ist, wenn er zuerst allein mit Monika Schreiber redet. Ariane hat nichts dagegen. Ihre Zustimmung verdutzt ihn so, dass er einfach weiter erklärt.

«Wenn Sie nicht gleich in die Hufe kommen, entwischt die Frau Ihnen noch», sagt Ariane.

Andreas wirft ihr einen vernichtenden Blick zu und steigt aus. Im Kofferraum bellt Frau Krause kurz auf.

Während der Taxifahrer einen altmodischen Koffer und einen Transportkorb für Haustiere anschleppt und verlädt, sprechen Andreas und Monika Schreiber miteinander. Der Polizist macht dabei einen leicht unterwürfigen Eindruck, was die Pensionärin sichtlich zu schätzen weiß. Obwohl sie ihn anlächelt, liegt etwas Hartes in ihrem Blick. Ariane ist überzeugt, dass sie die Welt in Freund und Feind aufteilt und dass die Grenze dazwischen keine Grauzone ist.

Die Unterhaltung dauert nicht lange. Dann quält sich die Alte ins Taxi, wobei der Fahrer ihr unter die Arme greifen muss, und der Wagen braust davon.

Andreas kommt zurück, öffnet die Beifahrertür und erklärt: «Frau Schreiber hat Rücken, die Ärmste. Sie will mit Evchen trotzdem bis übermorgen ihre Schwester in Halle besuchen, aber sie hat mir gestattet, mich in Haus und Garten umzusehen. Ich schwöre, die Frau ist vollkommen ahnungslos. Hinterlegt ihren Haustürschlüssel unterm Blumenkasten. Und noch einen weiteren bei der Nachbarin.» Er schüttelt theatralisch den Kopf. «Kein Wunder, dass sich hier einer bedient hat.»

Wenig später toben die nimmermüden Hunde durch den Garten, während Ariane und Andreas den Keller des Bungalows erkunden wollen, der anscheinend einem verarmten eBay-Verkäufer als Warenquelle dient. Ariane lauscht der gefühlsduseligen Geschichte über den im Müll versinkenden Hehler nur mit halbem Ohr, weshalb sie auch nicht so ganz versteht, warum eine Tellermine darin vorkommt. Deutlich wird einmal mehr, dass in Andreas' Welt alle seine Schäfchen nur deswegen etwas Schlechtes tun, weil die feindliche Umgebung da draußen ihnen keine Alternative lässt.

«Und wissen Sie, was Frau Schreiber dann gemacht hat?», fragt Andreas abschließend und starrt Ariane in freudiger Erwartung einer falschen Antwort an.

«Sie hat ihm eine Sechs in Sozialverhalten gegeben?»

Er lacht. «Nein! Einen Fuffi hat sie ihm gegeben. Sehen Sie, so eine ist Frau Schreiber. Eine ganz Nette!»

Ariane macht eine hilflose Geste. Wie die meisten Menschen kann wahrscheinlich auch Frau Schreiber alles Mögliche sein: eine ganz Nette für die einen, eine harte Nuss für die anderen. Dass sie auch eine Mörderin ist, daran glaubt Ariane allerdings nicht. Mal sehen, was sie hier finden.

Die Luft im Keller ist muffig, das Gerümpel, Rückstände eines geordneten, längst erloschenen Lebens in einem untergegangenen Land, deprimiert sie ein wenig, weil es ihr die eigene Vergänglichkeit vor Augen führt. Der Mann, der hier einst an der Werkbank stand, schien immerhin zu wissen, wo er hingehört – und wo der Hammer hängt. Richtige Orientierung ist die halbe Miete. Sagt Katja. Ach Katja, die herzensgute, hundsgemeine Katja, die auch so vieles gleichzeitig ist, zurzeit allerdings vor allem verletzend. Und verletzt. Wie sollen sie das nur wieder hinbekommen?

Seufzend begutachtet Ariane die Mineraliensammlung, erkennt den von Andreas geretteten Amethyst und streicht mit der Fingerspitze sanft über einen herrlichen Malachit.

«Wussten Sie, dass die grüne Farbe durch Kupfer entsteht?», fragt sie gedankenverloren.

«Sie kennen sich mit Mineralien aus?»

«Nicht wirklich. Nur der Malachit sagt mir was, das ist nämlich mein Glücksstein. Ich besitze Ohrringe und eine Kette aus dem Familienerbe der von Holtens. Sehr schöner antiker Schmuck. Ein unerwartetes Geschenk von den Schwiegereltern zur Verlobung. Malachit sorgt angeblich für Harmonie in der Partnerschaft und verbessert die Fruchtbarkeit.»

«Hm, vielleicht hätten die Schwiegereltern da doch lieber auf einen *Schwiegersohn* setzen sollen», witzelt Andreas, rudert aber sofort zurück, als er Arianes gespielte Empörung für echt hält und wohl realisiert, was er da gerade gesagt hat. «Ich … ähm, ich entschuldige mich, Ariane. Das war unangemessen.»

Sie grinst. «Schon gut. Steilvorlage. Der Spruch war einfach so was von Ihre Kragenweite, darauf war ich gefasst. Sie haben ja eh noch einen gut, nachdem ich vorhin so unverschämt war.»

«Ach, was Sie nicht sagen!»

So könnten wir in einem fort weitermachen, denkt Ariane und ertappt sich bei der Erkenntnis, dass sie gern mit Andreas frotzelt. Die Bekanntschaft bringt irgendwie Schwung in ihren Alltag. Wann kommt sie sonst schon mal dazu, im Keller einer pensionierten Lehrerin einen Mörder zu jagen? Es ist aufregend, in die Abgründe fremder Leute zu schauen. Die eigenen werden ja doch auf Dauer langweilig. Apropos, das Foto, aber jetzt nicht.

«Und? Haben Sie irgendetwas Verdächtiges bemerkt?», fragt sie Andreas schließlich, als sie sieht, wie seine Miene sich schlagartig verändert, Stichwort: Polizeigesicht. Er starrt an die Werkzeugwand.

«Ich glaube ja», sagt er tonlos. «Der Schraubenzieher hing vorher woanders. Den muss jemand benutzt haben. Und falsch wieder aufgehängt.»

«Respekt. Ich hätte nicht gedacht, dass Ihr Gedächtnis so gut ist.»

«Logo, Sie denken ja auch, Sie sind ganz alleine schlau.»

Ariane schmunzelt. «Ha, ha. Aber was ist denn so bemerkenswert an einem falsch platzierten Schraubenzieher, wenn ich fragen darf?»

«Ich glaube nicht, dass es Frau Schreiber war. Die ist alles, bloß keine Heimwerkerin.»

«Dann müsste sie ja auch Frau Schrauber heißen», kalauert Ariane, doch Andreas hört ihr schon nicht mehr zu, sondern durchkämmt den Kellerraum jetzt akribisch, um herauszufinden, ob an irgendeiner verdächtigen Stelle geschraubt worden ist.

Ariane fühlt seine Anspannung – und teilt sie plötzlich.

Nach einer geraumen Weile ruft Andreas «Hier», hebt ein sehr altes Radio im Format einer kleinen Kommode vom Schwerlastregal und stellt es auf der Werkbank ab. «Dachte ich's mir doch. Die Rückwand ist nur locker eingehakt, die Schrauben fehlen. Das Ding war viel zu wenig eingestaubt.»

«Und jetzt?»

«Schauen wir da mal rein.»

Erwartungsvoll stecken sie die Köpfe zusammen. Bald darauf stehen sie vor einem Berg aus quietschbunten Overknee-Strümpfen im Manga-Stil sowie diversen Haarspangen, die ganz sicher nicht aus dem Schreiber'schen Haushalt stammen.

«Trophäen», murmelt Andreas. Der Abscheu in seiner Stimme könnte größer nicht sein. Andreas scheint um Worte zu ringen, Ariane schaut verständnislos. Da spricht er weiter: «Die Opfer von Magdeburg hatten alle so was an. Das weiß ich aus den Ermittlungsakten. Der Mörder war hier, Ariane. Das ist sein Versteck. Die verrückt… die Rusalka hatte recht … Na ja, fast.»

Ariane atmet schwer. *Die Bestie vom Elbufer* haben die Zeitungen den Täter genannt. Und der soll wirklich hier gewesen sein? Genau da, wo sie jetzt steht? Alles in ihr bäumt sich auf, wenn sie auch nur versucht, sich das vorzustellen. Der Keller scheint sich unter ihren Füßen zu drehen. Auch Andreas sieht aus, als säße er plötzlich in einer Achterbahn, in die er lieber nicht eingestiegen wäre. Er lässt sich auf einen von zwei ausrangierten Stühlen plumpsen. Sein Gesicht ist bleich.

«Wir müssen die Polizei rufen», sagt Ariane.

«Ich *bin* die Polizei.»

«Momentan sind Sie kaltgestellt, schon vergessen? Außerdem meine ich die richtige Polizei.»

Andreas strafft die Schultern. Die kleine Respektlosigkeit scheint ihn eher anzuspornen als zu schockieren. Mit einem Ruck steht er auf und verstaut die Beweisstücke wieder im Radio.

«Das hier ist jetzt mein Fall, Ariane. Ich werde die Sache zu Ende bringen und niemand sonst. Und Sie gehen bitte schnellstmöglich rauf und machen sich mit den Hunden unsichtbar, solange es noch geht. Ich werde den Mörder hier erwarten … Oder von mir aus auch die Mörderin, wenn Sie drauf bestehen.»

«Ich bestehe vor allem darauf, dass es *unser* Fall ist, nicht allein Ihrer. Ich will …»

«Schluss jetzt, das hier ist nichts mehr für Zivilisten. Der Täter ist hochgefährlich. Und im Gegensatz zu Ihnen habe ich eine Nahkampfausbildung genossen.»

«Da waren Sie aber auch noch dreißig Jahre jünger und vierzig Kilo leichter, stimmt's?», mault Ariane und obwohl sie damit

Bodyshaming betreibt und ihn zum x-ten Mal als Dilettanten hinstellt, bleibt Andreas ruhig.

«Das war sehr herabwürdigend. Sind Sie sicher, dass Sie den richtigen Job haben?», fragt er.

«Nein. Sie?»

«Nein. Aber wenn Sie mich jetzt bitte meine Arbeit machen lassen, habe ich vielleicht eine Chance, es rauszufinden.»

«Sie sind suspendiert.»

«Eben.» Andreas grinst. «Ich bin rein zufällig hier.»

Wenig später sitzt Ariane wieder im Auto. Der Gedanke, der Begegnung mit einem Mädchenmörder entgangen zu sein, hat etwas Beruhigendes, wie sie sich widerwillig eingesteht, gleichzeitig macht sie sich Sorgen um Andreas. Er ist so ein gutmütiger Kerl. Sie fragt sich, ob er wirklich weiß, worauf er sich da einlässt.

Abrupt greift sie zum Handy und versucht, die Nummer der zuständigen Mordkommission in Magdeburg zu ergoogeln. Noch bevor sie fündig wird, erscheint eine Nachricht von Andreas auf dem Display: «Denken Sie nicht mal daran! PHM Anton»

Gutmütig, aber gewitzt, der Gesetzeshüter, denkt Ariane und antwortet, weil ihr nichts Besseres einfällt, mit dem Heiligenschein-Emoji. Irgendwie versteht sie ihn: Er will vor seinen eigenen Leuten triumphieren, die ihn ständig hängen lassen und als Dorftrottel abstempeln, wenn er um Verstärkung bettelt. Klar, dass er nun ohne sie einen Coup landen will. Die Chance kann sie ihm nicht verbauen. Auch wenn sie Schiss hat.

Sie schaut auf die Uhr. Mist, schon sechs. Mit einem mulmigen Gefühl fährt sie weg, aber nur um die Hunde zu füttern und auszuführen. Eine gute Stunde später kommt sie mit den beiden zurück. Sie kann nicht anders. In der Hoffnung, dass der altmodische Schriftzug von Harz-Touristik ihren Kombi unverdächtig erscheinen lässt, parkt sie ein Stück entfernt auf der gegenüberliegenden Straßenseite und isst den Döner, den sie sich zuvor im Dorf gekauft hat.

Sie schreibt Andreas eine Nachricht: *Haben Sie Hunger?*

Nein. Sie?

Ariane schickt ein Foto von den Überbleibseln ihres Dinners und fragt: *Was machen Sie, wenn es Tage dauert?*

Wie Sie ja wissen, habe ich einiges zuzusetzen, lautet die Antwort, die Ariane kichern lässt.

Das haben Sie jetzt gesagt, tippt sie zurück, doch die Nachricht geht nicht raus. Stirnrunzelnd überprüft sie den Ladestand des Akkus – alles gut. Der Empfang ist hier draußen allerdings lausig, wie Ariane erst jetzt bemerkt. Das könnte zum Problem werden. Sollte sie in den Keller gehen und Andreas warnen oder bringt sie ihn damit erst recht in Gefahr? Die Frage überfordert sie irgendwie.

Voller Unbehagen lehnt Ariane sich zurück und starrt auf die menschenleere Straße. Es ist wirklich ein extrem ruhiges Viertel, nur vereinzelt lassen sich Leute in ihren Gärten blicken, um so unverdächtige Dinge zu tun wie den Müll rauszubringen oder zu rauchen. Sie werden vertrieben, als der Himmel sich verdunkelt und ein heftiger Regenschauer niederprasselt. Anschließend wird es nicht mehr richtig hell und hinter den Fenstern gehen die Lichter an.

Ariane wartet Stunde um Stunde, es geht schon auf Mitternacht zu. Sie kommt sich vor wie eine Variable in einer komplizierten Versuchsanordnung und ist dann, als das Experiment endlich auf den großen Knall zusteuert, so müde, dass sie völlig verschnarcht reagiert.

Zuerst beginnen die Hunde zu knurren. Dann rennt ein

Mann die Straße entlang. Obwohl seine Schritte federnd sind und er auch sonst sportlich wirkt, dreht er sich hektisch um und fällt hin, und erst dieser ungelenke Sturz macht Ariane bewusst, dass er kein Jogger ist, dass das hier überhaupt keine Gegend ist, in der gejoggt wird, schon gar nicht um diese Zeit.

Moment, wie viel Uhr ist es überhaupt?

Kurz vor fünf.

Es wird schon wieder hell.

So umständlich ihre Gedanken, so zielgerichtet ihr Handeln. Während der Mann sich aufrappelt und in einen halb dunklen Garten entkommt, schreitet Ariane zur Tat. Als hätte sie nie etwas anderes gemacht, holt sie Woodie (ohne Frau Krause) aus dem Kofferraum und setzt ihn mit dem kurzen, aber wirkmächtigen Klischee-Befehl «Fass» auf den Flüchtenden an. Der Goldendoodle, dereinst in der Hundeschule der Streber schlechthin, startet durch wie eine Rakete, denn er liebt es, Beute zu machen.

Sekunden später ist sein aufgeregtes Bellen zu hören.

«Anzeige», murmelt Ariane, wie sie es auf dem Hundeplatz gelernt hat, und läuft, plötzlich besorgt, so schnell es geht hinterher.

Sie ist heilfroh, ihren Hund unversehrt vorzufinden. Woodie hat den Fremden an eine Garagenwand gedrängt und hält ihn dort knurrend und mit gefletschten Zähnen in Schach. Der Doodle mag mit seinen blonden Zotteln und den Knopfaugen niedlich aussehen, aber das Gebiss ist durchaus eindrucksvoll. *Stellen und Verbellen*, hieß die Aufgabenstellung im Training, wenn Ariane sich richtig erinnert.

«Nehmen Sie das Vieh weg!», schreit der Mann.

Ariane hofft inständig, dass er kein Unbeteiligter ist. Dann kommen sie und ihr Hund in Teufels Küche.

Im nächsten Augenblick erscheint – keine Sekunde zu früh,

typisch – Andreas Anton auf der Bildfläche. Er hat eine blutende Platzwunde an der Stirn. Sein Blick verrät Ariane, dass ihre Einschätzung richtig war: Der Mann ist der Täter. Da der Zeitpunkt naht, an dem Ariane mit ihrem Latein am Ende ist, packt sie Woodie am Halsband, und der Polizist erledigt den Rest und erweckt durchaus den Anschein, als hätte er irgendwann in seinen vielen Dienstjahren schon einmal eine Verhaftung durchgeführt. Auf großen Widerstand stößt er nun allerdings auch nicht mehr.

Wieder am Tatort warten sie auf das Eintreffen der Mordkommission. Nachdem Andreas den inzwischen gefügigen Gefangenen im Heizungskeller von Frau Schreiber mit Kabelbinder fixiert hat, macht er einen Verbandskasten ausfindig und versorgt in aller Seelenruhe seine Verletzung.

Ariane, die trotz des ganzen Harzpachen-Theaters und zweier Berg-Leichen immer noch kein Blut sehen kann, bringt derweil Woodie zurück zu Frau Krause ins Auto. Der Hund ist sichtlich erschöpft. Und ich bin es auch, denkt Ariane. Mit einem Mal wird ihr klar: Ich habe da eben einem Mörder gegenübergestanden. Einem Kerl, der Mädchen missbraucht und getötet hat. Unmenschlich.

«Eigentlich müsste der Hund einen Orden bekommen», sagt Andreas, als sie anschließend gemeinsam auf den sperrmüllreifen Stühlen verschnaufen.

Ariane hebt die Brauen. «Diese Dressurnummer fanden Sie also nicht überflüssig?»

«Nein, die nicht. Die war sehr hilfreich. Im Ernst, Ariane …» Er sucht ihren Blick. «Tausend Dank. Sie hatten natürlich wieder mal recht, die Nahkampfausbildung liegt wirklich schon eine Weile zurück. Ich schulde Ihnen was.»

Jetzt oder nie, denkt Ariane.

Sie gibt sich einen Ruck und beichtet endlich die Sache mit dem Hitlergruß-Foto. Das heißt: Sie verrät sich selbst, nicht aber Katja. Denn inzwischen haben sie telefoniert, ihre Frau hat hoch und heilig geschworen, dass sie das vermaledeite Bild nach dem schrecklichen Streit nur an eine einzige Person, eine gemeinsame Freundin, weitergeleitet hat, und das auch nur, um zu demonstrieren, wo Ariane gelandet ist und warum sie dort ihrer Meinung nach auf keinen Fall ausharren sollte. Wann und wie das Unheil im Netz seinen Lauf nahm, bleibt also letztlich ein Rätsel. Sie schreckt einfach davor zurück, die eigene Frau anzuschwärzen, die ja zu Recht wütend auf sie ist.

Das überraschende Geständnis lässt Andreas quälend lange verstummen.

«Dafür könnte ich Sie anzeigen», sagt er dann.

«Könnten Sie. Aber die Polizeidienststelle ist nicht besetzt.»

Sie weiß nicht, warum sie ihm nicht verrät, dass sie das selbst schon längst getan hat. Irgendwie bringt sie diese kleine Information, die sie ja durchaus in einem besseren Licht erscheinen lassen würde, nicht über die Lippen. Weil sie sich damit nicht rausreden will. Oder hängt sie etwa an ihrem schlechten Ruf? Wahrscheinlich eher an ihren Frotzeleien, mit denen Andreas und sie den Grausamkeiten, denen sie ausgesetzt sind, die Stirn bieten. Manchmal hilft es tatsächlich, die Dinge ins Lächerliche zu ziehen.

Andreas verschränkt die Arme. Sein Gesicht ist schwer lesbar: Empört? Einfach nur übermüdet? Oder ist da etwa doch die Spur eines verschmitzten Lächelns zu erkennen?

Ja, eindeutig. Es wird breiter, als er weiterredet: «Also echt, Ariane. Ab sofort nenne ich Sie nur noch die Unadlige. Strafe muss sein! Zumal ich nach der Geschichte mit dem Malachit jetzt auch weiß, dass Sie bloß eine angeheiratete Von und Zu sind. Sie selbst haben überhaupt kein blaues Blut.»

«Hab ich ja auch nie behauptet.»

«Pah, wenn ich das gewusst hätte …»

«Dann was?»

«Dann hätte ich überhaupt nicht so eine Angst vor Ihnen gehabt.»

Ariane lacht. «Sie vor mir? Wohl eher ich vor Ihnen!»

«Wer hat denn Wilfried von der Leiter kommandiert, Sie oder ich?», fragt Andreas amüsiert. Die Erinnerung an das gemeinsame Verhör, das keins war, scheint ihm Vergnügen zu bereiten.

«Wer hat denn Blutwurst-Birgit zusammengebrüllt?», kontert Ariane.

Sie müssen beide lachen.

«Wir sind wohl ein ziemlich gutes Team, oder?», fragt Andreas, und Ariane nickt.

Doch die gelöste Stimmung zwischen ihnen hält nicht lange an. Sie werden wieder ernst, als Andreas endlich aussprechen kann, dass er den Mann im Heizungskeller seit Jahren kennt: Es ist der Sohn der Nachbarin, einer bettlägerigen Seniorin, und ebenfalls einstiger Schüler von Frau Schreiber, allerdings ein paar Jahrgänge tiefer. Andreas erinnert sich an einen unscheinbaren, verhuschten Typen, an einen Einzelgänger, nicht unfreundlich, aber sehr zurückgezogen. Ein Mensch ohne Macht, der sich den denkbar schrecklichsten Weg gesucht hat, um Macht auszuüben? So unerklärlich banal?

«Der Mistkerl ist eben direkt zum Versteck gegangen und hat seine dreckige Nase in die Sachen gesteckt», sagt Andreas und schüttelt angeekelt den Kopf. «Dabei dürfte jede Menge DNA angefallen sein.»

Ariane schweigt. Sie verspürt den körperlichen Drang, in den

Heizungskeller zu gehen und dem Täter eine reinzuhauen, wenigstens das. Vielleicht will sie auch zutreten, ein Tritt ins Gesicht, ja, das wäre noch besser, vielleicht auch mehr als einer, viele Tritte. In den Magen. Gegen den Kopf. Das Böse auslöschen, bis es sich nicht mehr regt, und zwar nie mehr. Sie steht auf.

«Ariane», sagt Andreas. «Tun Sie das nicht!»

«Warum nicht? Sie wollen es doch auch!»

Er nickt. «Aber wir dürfen nicht aufhören, an das zu glauben, woran wir glauben, nur weil es wehtut.»

«Und das wäre?»

«Du sollst nicht töten.»

Ariane spürt, wie die biblische Schwere dieser arg großen Worte sie buchstäblich niederdrückt. Sie setzt sich wieder hin.

Andreas zwinkert. «Außerdem sollten wir darauf achten, keine Spuren zu verfälschen.»

«Boah, das fällt aber wirklich verdammt schwer», sagt Ariane, worauf Andreas ihr wie zum Trost einen Bonbon anbietet, den sie lutscht, bis ein Sondereinsatzkommando mit großem Tamtam den Keller stürmt und Ariane zum ersten Mal in ihrem Leben direkt in den Lauf einer Schusswaffe blickt.

Eine seltsame Ruhe überkommt sie.

«Was war das eigentlich vorhin mit der Tellermine?», fragt sie, während sie vorsichtshalber beide Hände hebt.

«Das war ein Waffeleisen», raunt Andreas zurück.

«Oh. Na, da haben die lang ersehnten Fachkräfte hier aber großes Glück gehabt. So wie die alles kurz und klein trampeln. Ich dachte schon, gleich fliegen wir alle in die Luft.»

ANDREAS **IST EIN HELD – ABER ER FÜHLT SICH TROTZDEM BESCHISSEN**

Vom Nazitrottel zum Helden – faszinierend, wie schnell das gehen kann. Man muss nur einen seit Monaten gesuchten Mörder festnehmen.

Seit einer knappen Stunde sitzt Andreas in einem, wie es offiziell tatsächlich heißt, *interaktiven Streifenwagen* der Polizei, zu seinen Füßen liegt Frau Krause, schließlich hat sie lange genug ohne ihr Herrchen im fremden Auto ausgeharrt. «Hätte ich gewusst, was auf mich zukommt, hätte ich euren Mädchenmörder nicht gefasst», sagt Andreas, und die beiden Kriminalbeamten, die ihn löchern, ziehen die Augenbrauen hoch.

«Sollte ein Witz sein», murmelt er und: «Wann kann ich denn gehen? Ich bin müde, ich war nämlich die ganze Nacht wach. Und außerdem müsste ich mit Frau Krause mal pinkeln gehen.»

«Was?», fragen die beiden Beamten unisono und starren Andreas an.

Andreas zeigt auf den Schafpudel. «Mein Hund ... Meine Hündin.»

Die Beamten schauen erst sich und dann den Hund an.

«Meine Hündin heißt Frau Krause.»

«Wir sind bald durch», sagt der eine, der die ganze Zeit auf einem Laptop herumklappert. «Das wird aber nicht die letzte Befragung gewesen sein, das muss Ihnen klar sein.»

«Nehmen Sie's locker», sagt der andere und grinst. «Immerhin sind Sie jetzt ein Held.»

Andreas nickt. Die beiden tun ja nur ihre Pflicht. Sie sind freundlich, geradezu fröhlich, was verständlich ist, denn das hier ist eine große Sache, ein Riesending.

Andreas betastet seine Stirn. Es wird ein bisschen unangenehm, als es um die Frage geht, wie er sich die Verletzung zugezogen hat. Natürlich wäre es beeindruckender, wenn er facettenreich erzählen könnte, wie der mutmaßliche Mörder ihn hinterrücks angegriffen und wie er raubtiergleich mit dem Arschloch gerungen hat und sich erst nach hartem Kampf geschlagen geben musste.

So war es aber nicht, leider. Als Andreas sich auf den Eindringling stürzen wollte, ist er in dem schummrigen Kellerraum über irgendeine dämliche Kiste gestolpert und mit dem Kopf gegen die Kante der Werkbank geknallt. Dadurch konnte der Täter entkommen, aber glücklicherweise standen draußen Ariane und ihr Hund bereit.

Apropos: Was denn überhaupt die Rolle des anderen Zeugen sei, wollen die Beamten wissen.

«Zeu-*gin*», sagt Andreas. Und denkt: Gute Frage. Und fragt sich, was Ariane, die in einem zweiten Streifenwagen sitzt, wohl aussagt.

Andreas schnauft geräuschvoll. «Frau Höft von Holten hat mich bei den Ermittlungen unterstützt. Sie hat … Ich habe … Wir waren eigentlich einer anderen Sache auf der Spur.»

«Welche Ermittlungen? Was für eine andere Sache?»

«Ein … Diebstahl», sagt Andreas vage. «Nix Besonderes. Typischer Dorfkram.» Er beugt sich zu Frau Krause hinab und krault sie ein bisschen.

Es geht noch eine Weile weiter, dann darf er endlich gehen, soll aber unbedingt erreichbar bleiben.

«Sie sind jetzt ein Held», sagt einer der Beamten zum Abschied noch mal.

Erschöpft klettert Andreas aus dem Streifenwagen. Der andere Bus ist leer, die Seitentür steht offen. Wo Ariane wohl ist?

Er schaut auf sein Handy und findet eine Nachricht von ihr: *Wie ist es bei Ihnen gelaufen? Rufen Sie mich mal an?*

Mach ich, denkt Andreas. Später.

Er ist gerade in seinem Haus angekommen, als sein Handy vibriert. Am anderen Ende der Leitung ist ein hohes Tier aus dem Innenministerium, irgendein Referent. Man habe für Mittag eine Pressekonferenz angesetzt, sagt der Mann, und der Minister fände es gut, wenn Andreas dabei sein könnte. Nein, er wünscht es sogar.

Andreas fragt scheinheilig: «Sie wollen *mich* dabeihaben? Einen suspendierten Nazi-Bullen?»

«Nazi-Bulle? Was reden Sie da?»

«Na, kommen Sie! Das wissen Sie genau.»

«Die Suspendierung wird natürlich aufgehoben.»

«Ach so? Und warum?»

«Was meinen Sie?»

«Na ja, *warum* wird die Suspendierung aufgehoben?»

«Hm, na ja, das sollte eigentlich schon gestern passieren. Da gab es wohl eine Verzögerung ... äh ... Sie wissen ja, was bei uns los war. Also, die Frau, die das Foto gemacht hat, hat sich bei uns gemeldet.»

Andreas hebt die Brauen. «Hat sie das?», fragt er und denkt: Wieso hat Ariane das denn nicht erwähnt? Diese Frau ist ihm wirklich ein Rätsel.

«Ja, es war wohl ein Versehen, dass es ins Netz gelangt ist, also wird eine Strafverfolgung ziemlich schwierig. Wenn Sie sie anzeigen wollen, Moment, ich schau mal nach dem Namen, irgendwas mit von und zu ...»

Eine Tastatur klappert. Andreas beeilt sich, den Anrufer zu unterbrechen. «Vergessen Sie es. Ich will nicht Anzeige erstatten», sagt er bestimmt.

«Gut. Ist wahrscheinlich besser so. Lieber nicht noch mehr Staub aufwirbeln. War ja ohnehin alles nur ein großes … Missverständnis.»

«Missverständnis – hübsch gesagt. Es wäre erst gar nicht zu dem … *Missverständnis* gekommen, wenn mich mal jemand gefragt hätte.»

«Also bitte, die Pose, die Sie gezeigt haben, war ja wohl hoch verdächtig. Uns blieb doch gar keine andere Wahl.»

«Abgesehen von der Wahl, *mich* mal anzuhören.»

Der Referent wird ungeduldig. «Herr Anton, das ist doch jetzt Schnee von gestern. Wie gesagt, die Suspendierung wird aufgehoben.»

«Dann komme ich gerne. Wenn Sie mich auf der Pressekonferenz außerdem rehabilitieren.»

«Wie bitte?»

«Jawohl.»

«Hören Sie, wir können einen sehr großen Ermittlungserfolg bekannt geben. Einen Erfolg, an dem *Sie* einen entscheidenden Anteil haben. Da werden wir doch nicht über irgendwelche schlüpfrigen Fotos von Ihnen quatschen! Das eine hat mit dem anderen doch gar nichts zu tun. Das kapiert doch kein Mensch.»

«Schlüpfrige Fotos? Es gibt keine *schlüpfrigen* Fotos!»

«Sie wissen, was ich meine.»

«Dann ziehen Sie Ihre Show bitte alleine ab.»

«Ernsthaft?»

«Ernsthaft! Ich bin nämlich auch total müde. Ich gehe jetzt mit Frau Krause pinkeln und dann ins Bett.»

«Was!?»

«Frau Krause ist meine Hündin!», ruft Andreas und beendet den Anruf.

Später am Nachmittag. Andreas sitzt seit einer geschlagenen Stunde auf dem Terrassenstuhl und fummelt an seinem Handy herum. Öffnet die Kontaktliste und scrollt zur Nummer seines Sohns. Öffnet den Kontakt und schaut sich die gespeicherten Daten an: *Telefon privat, Telefon mobil, Mailadresse, Wohnadresse.* Schließt den Kontakt wieder. Surft auf ein paar Nachrichtenseiten. Die Pressekonferenz ist überall groß Thema. Er muss grinsen, als er liest, der Ermittlungserfolg sei vor allem einer Einzelleistung eines Beamten zu verdanken, der aber ungenannt bleiben wolle. Er fragt sich, wie lange es wohl dauert, bis die ersten Journalisten bei ihm auftauchen. Na ja, eine Schonfrist wird er haben – in der Pressekonferenz wurden kaum Details genannt. Keine Details zum Täter, keine Details zum Fundort der Trophäen. *Ermittlungstaktische Gründe, wir bitten um Verständnis.*

Nachdem er mit Frau Krause eine kurze Runde gedreht hatte, hatte er sich ins Bett geworfen und war sofort eingeschlafen. Nach zwei Stunden schreckte er aber schon wieder hoch, ein Albtraum hatte ihn geweckt. Er kämpfte mit dem Mörder im Schreiber'schen Keller, Ariane lag leblos und mit einer klaffenden Wunde am Kopf vor dem Regal mit den Mineralien, der Typ hatte einen Schraubenzieher in der Hand und holte aus und rammte ihn Andreas in den …

Da wachte er auf.

Jetzt öffnet er die Podcast-App – und schließt sie wieder. Öffnet die Wetter-App (aktuelle Temperatur 30 Grad, Höchstwert heute 32 Grad, nachts 19 Grad). Öffnet eine Patience-App und spielt drei Runden Solitaire (die er alle verliert), bricht die vierte ab und öffnet wieder die Kontaktliste. Schließt sie und scrollt durch die Fotogalerie. Öffnet die Corona-Warn-App, ach je, die hat er auch noch. Das waren noch Zeiten, als alle Angst vor *Risi-*

kobegegnungen hatten. Andreas muss lachen. Na, wenn die wüssten, denkt er. Geht auf keine Kuhhaut, was ich hier an Risikobegegnungen habe.

Er löscht die App und öffnet erneut den Kontakt von Sebastian. Er starrt auf den Eintrag, dann in den Garten, der matt in der Hitze liegt. Er hat schon wieder vergessen, wie Ariane die … sexuelle … Orientierung … seines Sohnes genannt hat. Irgendwas mit *gender*. Transgender? Nee, das ist was anderes. Oder?

Genderaffin?

Gendersexuell?

Er wird ihn jetzt endlich fragen. Und um Entschuldigung bitten. Für sein Schweigen. Für seine Ablehnung. Für sein ganzes … hinterwäldlerisches Verhalten. Kriegt er das hin? Er muss, es ist höchste Zeit.

Andreas fängt an, vor sich hin zu murmeln: «Hi, Sebastian … hm … Sebastian, grüß dich … Hallo, Sebastian, ich bin's, dein Vati … Dein Vater … Ich bin's, Papa … Basti! Wie geht's dir? … Na du, ich wollte mal horchen …»

Eine leise Stimme irritiert ihn. Wo kommt die her? Er schaut sich um und dann aufs Handydisplay. Ach du Schreck, er muss mit einem Finger auf die Nummer gekommen sein. So ein Mist!

Er hebt sein Telefon ans Ohr: «Hallo?»

«Hallo? Papa?»

«Oh! Äh, ja! Sebastian! Glück Auf!»

«Hallo.»

«Ähm. Stör ich?»

Leichtes Zögern. «Nö.»

«Ah, ja …»

«Was verschafft mir die Ehre?»

«Ja, also … Wir haben ja lange nichts voneinander gehört.»

Sebastian schweigt, aber Andreas kann förmlich hören, wie sein Sohn die Stirn runzelt.

«Du, ja, sag mal. Wie geht's dir denn?»

«Gut. Und dir?»

«Auch gut. Sehr gut.» Sein Vorhaben bricht in sich zusammen. Wie hat er sich das vorgestellt? Nach zwei Jahren Funkstille einfach anrufen und alles ist gut? Seine Gedanken rasen. Was sag ich nur?

Er stottert los: «Ich hab hier gerade ... na Mensch ... Hier gab's eine Mordserie, die hab ich aufgeklärt. Quasi. Mit einer ... ähm, Kollegin ... Sozusagen ... Hast du vielleicht von gehört.»

«Nee, hab ich nicht.»

Hat Sebastian einen leichten Hamburger Dialekt angenommen?

«So? Na ja, ist ja auch egal ...»

Was sag ich nur? Was sag ich nur?

In einer Art Übersprunghandlung fragt er: «Du, sag mal, du kennst dich doch mit Computern aus?»

Sebastian lacht spöttisch. Bescheuerte Frage, schon klar, als Experte für IT-Sicherheit ist Sebastian ja von Berufs wegen so was wie ein Hacker. Behauptet zumindest Elke, aber die hält ihren Sohn ja auch für ein Genie. Mütter halt. Aber vielleicht gar nicht schlecht, erst mal ein bisschen warmplaudern. Vielleicht wird Sebastian ja sogar neugierig, wenn er seinem Vater helfen kann? Vielleicht freut er sich?

«Ich hab hier eine Sache. Da bekommt jemand dauernd Drohmails. Beziehungsweise SMS. Oder WhatsApp. Alles Mögliche. Und dann gab's da so ein Foto. Also von mir. Also, ein Foto, auf dem *ich* zu sehen bin. Und es sieht so aus, als würde ich den Hitlergruß zeigen.»

Schweigen. Hat Sebastian aufgelegt?

«Hallo? Sebastian?»

«Ja, ich bin noch dran. Du sprachst von einem Foto, auf dem du den Hitlergruß zeigst.»

«Ja. Also, nein! Zeige ich natürlich nicht.» Andreas lacht gequält. «Ich mache eine Yogafigur.»

«Yoga.»

«Ja, den Tänzer. Man hält einen Arm nach vorn und hebt das andere Bein angeknickt hinten hoch. Aber der Ausschnitt ist so böswillig gewählt, dass es aussieht, als würde ich …» *Ach, Mist, irgendwie verheddere ich mich hier. Aber wie komme ich aus der Nummer raus?*

«Papa, was willst du?»

«Genau. Es geht nämlich um Folgendes. Ich frage mich …» Plötzlich fällt Andreas ein, dass jemand im Nachbargarten sein könnte. Er springt hoch, läuft ins Haus und schließt die Terrassentür.

Die Stimme senkt er trotzdem. «Also, ich frage mich, ob es möglich ist, herauszubekommen, wer das Foto gemacht hat? Nein, Moment, wer es gemacht hat, weiß ich, aber nicht, wie es an die Öffentlichkeit gelangt ist. Könntest *du* so was rauskriegen?»

Schweigen.

«Sebastian?»

«Ja?»

«Kannst du so was rauskriegen?»

«Deshalb rufst du an?»

«Ähm … na ja …» *Nein, eigentlich wollte ich mit dir reden. Dich um Verzeihung bitten. Einen Neuanfang versuchen. Aber ich hab's verbockt.*

«Wir haben zweieinhalb Jahre kein Wort gewechselt.»

«Ja, ich weiß, das ist doof … Aber du hättest dich ja auch mal …»

«Was hätte ich auch mal?»

«Hör zu, ich will nicht ...»

Erneut fällt Sebastian ihm ins Wort, seine Stimme ist scharf wie ein sechsteiliges handgeschmiedetes japanisches Messerset: «Schon klar, du willst nicht diskutieren. Schon gar nicht willst du wissen, wie's mir geht. Dem verrückten Arschficker-Sohn!»

Andreas hat das Gefühl, als habe man ihm mit voller Kraft in den Magen geboxt. Er schnappt nach Luft. «Sebastian ...»

«Schick mir das Foto.»

«Sebastian, also, *verrückt*, ich würde dich niemals als verrü...»

«Schick mir das Scheißfoto! Und schreib dazu, wo du es herhast!»

«Sebastian, hör zu ... Sebastian? ... Sebastian!»

Die Leitung ist tot.

Andreas' Hände zittern, als er das Telefon auf den Wohnzimmertisch legt. Ihm ist übel.

Dieses Wort, das Sebastian benutzt hat, geht ihm nicht aus dem Kopf. Denkt Sebastian wirklich, dass er, Andreas, ihn so sieht?

Ja, verdammt, was soll er denn sonst denken?

Ach, Scheiße, Andreas kapiert's einfach nicht. Und er will sich da auch gar nicht ... ja, was denn eigentlich? Reinfühlen? Reindenken?

Schlagartig wird ihm klar: Er, Andreas, hat genau deshalb zweieinhalb Jahre nicht mit seinem Sohn geredet. Und zwar ohne dass er wirklich etwas vermisst hätte. Im Verdrängen ist er ja doch ziemlich gut. Und er hat immer gedacht, Sebastian würde das genauso empfinden. Eben weil er seinen Vater kennt, diesen konservativen Knochen.

Andreas spürt Scham in sich aufsteigen.

Ihm fällt das Foto wieder ein. Kann ich das jetzt überhaupt noch schicken?, fragt er sich. Zweieinhalb Jahre Funkstille, und dann melde ich mich, weil ich technische Hilfe brauche.

Schließlich mailt er das Foto und schreibt dazu, wo er es herhat. Er legt das Handy weg, und um sich abzulenken, dreht er eine ausgedehnte Runde durch den Garten, zupft hier und da ein bisschen Unkraut, schöpft ein paar Gießkannen Wasser aus den Regentonnen, die nach den Gewittergüssen endlich wieder voll sind, und verteilt sie in den Blumenkübeln und Hochbeeten. Und hat ständig die Stimme seines Sohns im Ohr.

Danach fühlt er sich so schlapp, als hätte er vier Stunden Holz gehackt. Er schleppt sich ins Wohnzimmer, lässt sich auf die Couch fallen und schläft ein.

Als er wach wird, dämmert es bereits. Er fühlt sich immer noch wie gerädert, so eine Mörderjagd hinterlässt offenbar doch Spuren. Aber als er zu seinem Handy greift, ist er mit einem Schlag hellwach: eine Nachricht von Sebastian! *Check deine Mails. Bis in zweieinhalb Jahren.*

Nervös fährt er den Rechner hoch. Öffnet Sebastians Mail. Liest. Staunt. Liest weiter. Schüttelt den Kopf. Murmelt «Gibsjajarnich.» Liest die Mail ein zweites und ein drittes Mal.

Er überlegt, was er antworten soll. Schließlich tippt er: *Vielen Dank! Toll, wie du das alles so schnell herausbekommen hast.*

Er starrt auf den Bildschirm. *Toll, wie du das alles so schnell herausbekommen hast.* Das klingt wie: *Da hast du aber ein schönes Bild gemalt!* Er löscht den Satz. Stattdessen schreibt er: *Du hast mir sehr geholfen.*

Er zögert ein paar Sekunden, dann tippt er noch: *Es tut mir leid.*

Nein, das klingt bescheuert. Er hört die Stimme seines Sohns: Was tut dir denn eigentlich leid?

Er löscht die vier Wörter, und bevor ihm neue Zweifel kommen, klickt er auf Senden.

ARIANE IST KAUM ZU BREMSEN

Der Anblick der verschwenderischen Portionen, die im Eiscafé Venezia auch in Zeiten, in denen Zucker als das neue Rauchen gehandelt wird, noch serviert werden, lenkt Ariane an einen freien Tisch.

Sie bestellt ein Banana Split, weil da immerhin gesundes Obst im Spiel ist, ein beliebter Selbstbetrug ihrerseits, und bittet die Kellnerin um Wasser für Woodie. Es ist wieder heiß geworden, aber unter dem Sonnenschirm lässt es sich gut aushalten.

Wenig später erscheint Francesco, der Chef des Hauses, mit ihrer Bestellung.

«Allora», sagt er, als er den Teller abstellt. «Einmal Banana Split für unsere Contessa. Darf der Hund auch eine Kugel Vanille? Oder etwas Sahne? Er ist ja schließlich ein Superheld. Geht aufs Haus.»

«Nein, besser nicht, danke. Wasser reicht.» Sie lächelt.

Francescos Freundlichkeit überrascht sie kaum, denn sie reiht sich ein in eine Serie von Nettigkeiten, die Ariane widerfahren sind, seit die Geschichte ihres Coups sich wie das sprichwörtliche Lauffeuer im Dorf verbreitet hat – und das ganz ohne mediale Hilfe. Sie haben einen Killer gestoppt, das schindet Eindruck. Alle wissen, wer der geheimnisvolle Beamte ist, dessen *Einzelleistung* in der Pressekonferenz gelobt wurde. Alle wissen bis ins kleinste Detail genau, was Ariane getan hat und was Woodie. Und auf das magische Pendel von Renate Rusalka herrscht laut Elke derweil ein nie dagewesener Andrang. Vor dem Kiosk der beiden Frauen stehen die Leute täglich Schlange – und die meisten wollen keine Mettbrötchen kaufen, sondern einen Blick in die eigene Zukunft werfen.

Woodie trinkt gierig.

Ariane will sich ihrem Eisbecher widmen. Ohne sich vom Fleck zu rühren, schaut der Wirt ihr dabei zu.

Sein Blick lenkt ihre Aufmerksamkeit auf die Cocktailschirmchen, die in den Bananenhälften stecken, stolze vier an der Zahl, und sie sind nicht wie sonst pastellfarben, sondern im Design der Regenbogenflagge bedruckt. Na so was.

Ariane ist ein kleines bisschen gerührt. Da sie davon ausgeht, dass der Wirt für diesen symbolischen Akt zu Recht einen Begeisterungssturm erwartet, reckt sie beide Daumen in die Höhe.

Francesco strahlt, der Stolz auf die eigene Glanzleistung blitzt aus seinen Augen. «Pride Stripes», sagt er. «Hab ich aus dem Internet. Gut, oder?»

«Spitze», sagt Ariane.

«Und wir sind ja auch alle stolz. Auf dich und Woodie.»

«Danke.»

«Herzlich willkommen in Düsterode.» Sein Augenwinkel zuckt, als müsse er sich ein Zwinkern verkneifen.

«Vielen Dank. Ich bin ja durchaus schon eine Weile hier. Und ich würde ehrlich gesagt supergern mein Eis essen, bevor es schmilzt», sagt Ariane, die mit der überbordenden Freundlichkeit jetzt doch leicht überfordert ist, zumal sie so plötzlich kommt. Bislang war Francesco nämlich nicht gerade ihr Fan.

«Ja, natürlich, klar, klar. Ruf mich, wenn du noch was brauchst. Du bist eingeladen, Ariane.»

Er entfernt sich. Obwohl Francesco klein und eher schmächtig ist, verströmen seine Bewegungen das Selbstbewusstsein eines Ausdauersportlers, kein Wunder, so viel wie der hier immer umherflitzt.

Ariane blickt ihm nach, entfernt die Papierschirme und lässt sie in ihrer Handtasche verschwinden. Als Andenken. Wobei sie sich schon fragt, wieso die eher zufällige Begebenheit, dass sie an der Ergreifung eines Serienmörders beteiligt war, nun plötzlich die Akzeptanz für die Anliegen der LGBTQ+ Community fördert. Oder für sie als Person? Provokant gefragt: Sind schwule Mädchen okay, wenn sie Verbrecher zur Strecke bringen?

Egal, Pride-Schirmchen sind ihr lieber als blutige Perückenskalps, so viel steht fest, und das war mal eine echt nette und witzige Idee. Die Wege des Wandels sind manchmal unergründlich. Eins muss man den Düsterodern lassen: Verhaltensoriginell sind sie allemal. Harz-Style, sozusagen. Könnte sie sich dran gewöhnen.

Ariane löffelt ihr Banana Split. Der Geschmack echter Vanille ist immer eine kleine Offenbarung, und sie beschließt, sich zurückzulehnen und die Herzlichkeit, die ihr heute überall in Düsterode entgegenschlägt, einfach zu genießen.

Nach Feierabend trifft sie vor dem *Grünzeug* auf Lucy und berichtet von ihren positiven Erlebnissen mit den Alteingesessenen.

«Das nenne ich mal einen sozialen Aufstieg», sagt Lucy spöttisch.

Ariane fragt sich, auf wen ihre Häme zielt: auf die Einheimischen, die so schnell ihre Meinung geändert haben, oder doch eher auf Ariane selbst?

«Ja, ich weiß, es ist schon echt weird. Zumal jetzt alle nur noch über uns reden und darüber die arme Jeanette Hackenberg völlig vergessen. Und die anderen Toten.»

«Die Leute lieben halt Happy Ends. Ist das so verwerflich?»

Ariane zieht die Stirn kraus. «Verwerflich ist es jedenfalls, in dem Kontext von einem Happy End zu reden. Sind dir die Opfer völlig egal? Das waren fast noch Kinder!»

Ihr überheblicher Ton ist unbeabsichtigt, aber verfehlt seine Wirkung nicht.

«Boah, Ariane, kannst du ätzend sein, wenn du die Moralkeule schwingst», sagt Lucy.

«Ja, ich weiß, sorry, aber dafür bin ich doch hier. Und weißt du was? Ich werde die Toten von Düsterode auch nicht einfach so abhaken.»

Lucys Augen weiten sich. «Was soll das denn jetzt schon wieder heißen?»

«Andreas und ich haben gerade so einen Lauf. Das passt einfach perfekt mit uns, was phänomenal ist, weil es irgendwie auch überhaupt nicht passt. Verstehst du?»

«Nein.»

«Ich meine, wir sind ein richtig gutes Team. Wenn wir jetzt am Ball bleiben, klären wir die anderen mysteriösen Todesfälle auch noch auf. Mit links. Ich bin mir nämlich ganz sicher, dass da was faul ist.»

«Bist du das?», fragt Lucy gedehnt und entfernt den Keil, der die Eingangstür der Boutique tagsüber offen hält. Ladenschluss.

«Hundertprozentig. Und wer weiß, wahrscheinlich ist sogar das mit der Hackenberg kein Unfall gewesen. Da muss irgendwo ein Zusammenhang sein, den wir nicht sehen. Noch nicht.»

«Ihr könnt ja wieder die Rusalka und ihr Pendel bemühen», sagt Lucy trocken. «Euch macht sie vielleicht 'nen guten Preis, schließlich habt ihr ja ihr Geschäft angekurbelt.»

«Bloß nicht. Da müssen wir allein drauf kommen, und das werden wir auch. Du brauchst mich gar nicht so schräg von der Seite anzugucken, keine Bange, dein Mario ist raus. Ich weiß, dass er unschuldig ist. So fix und fertig wie der wegen der Chefin war. Am Boden zerstört. Vor allem zuletzt, als sie die Leiche gefunden haben. Ich glaube sogar, du hast recht. Eigentlich ist er ein ganz Lieber.»

Lucy antwortet nicht. Mit zackigen kleinen Bewegungen schließt sie ab und rückt den Fahrradständer neben dem Eingang zurecht. «Macht, was ihr wollt. Ich muss los», sagt sie abschließend und eilt davon, ohne Ariane noch mal anzusehen. Eigentlich hat sie ihr heute nicht ein einziges Mal richtig in die Augen geschaut. Schon seltsam, denkt Ariane, dass sie sich ihr noch vor Kurzem so nah gefühlt hat. Jetzt wirkt Lucy auf sie wie eine völlig fremde Person, keine Spur mehr von ihrem einnehmenden Wesen, ihrem Humor, ihrer Herzlichkeit. Seit dem Brocken-Abend ist das so. Hoffentlich ist sie nicht verletzt, weil Ariane nicht doch mehr von ihr wollte. Was ja nicht heißt, dass sie nicht trotzdem vielleicht Freundinnen sein könnten, obwohl sie so verschieden denken und so verschieden sind. Irgendwas verbindet sie, das spürt Ariane. Aber dass es Lucy ähnlich geht, danach sieht es ja leider nicht aus.

Nach dem Abendessen versucht Ariane, Andreas zu erreichen, um ihn für eine weitere gemeinsame Verbrecherjagd zu gewinnen, doch er geht nicht an sein Handy. Schade. Ariane vertrödelt ein bisschen Zeit, dann fasst sie sich ein Herz und wählt Katja an. Doch auch die kann oder will wieder mal nicht telefonieren und lässt die Mailbox anspringen. Es ist zum Verzweifeln. Ariane merkt, wie ihre Wut wegen der Foto-Sache mehr und mehr verraucht und sich Verzweiflung in ihr breitmacht. Diese Funkstille, auch wenn sie selbst eine Beziehungspause für eine gute Idee hielt, muss aufhören. Früher konnten sie doch auch über alles reden, sie konnten streiten und sich versöhnen, alles war so einfach. Und wenn es das mal nicht war, sind sie eben am Ball geblieben. Und jetzt? Nichts dergleichen. Als wäre ihre Liebe die Mühe nicht wert. Ja, sie weiß, sie ist auch nicht gerade gut darin, Beziehungsgespräche zu führen und vielleicht hat sie ja sogar als Erste dichtgemacht, schon vor Monaten in Hamburg, als die Unzufriedenheit sich immer mehr in sie hineingefressen hat, vielleicht war der Job hier eine Flucht vor all ihren Problemen, aber jetzt ist sie bereit, sich dem Ganzen zu stellen. Und nun ist es eindeutig Katja, die mauert. Es tut verdammt weh, geghostet zu werden. Was nützt es, wenn der Rest der Welt dich feiert, aber dein Lieblingsmensch den Daumen senkt?

Am nächsten Morgen hat sie frei und steckt trotz oder gerade wegen ihrer privaten Probleme voller Tatendrang. Sie muss einfach etwas tun. Doch als sie es in aller Frühe erneut bei Andreas probiert, geht er zwar ran, ist aber nur mit halbem Ohr bei der Sache. Er wirkt niedergeschlagen.

Kurz entschlossen schwingt Ariane sich aufs Rad, Woodie wie immer gut gelaunt an ihrer Seite. Sie hat auf ihre App geschaut: Quer durch den Wald führt ein Forstweg einmal über den Kleinen Kuckucksberg direkt zu Andreas' Haus. Genau da will sie hin. Vielleicht kann sie den Polizisten ja zu einem Brainstorming im eigenen Garten überreden, da taut er bestimmt auf. Bestenfalls hat er Bowle gemacht. Und Woodie ist sowieso immer bereit für neue Abenteuer an der Seite von Frau Krause.

Die Strecke ist traumhaft. Sie führt durch einen dichten Buchenwald, der bislang von den Verwerfungen der Klimakrise verschont geblieben ist und mit seinen einzelnen wie achtlos hingeworfenen Felsformationen einen so verwunschenen Eindruck macht, dass Ariane sich nicht wundern würde, Elfen und Trollen zu begegnen. Oder Ronja Räubertochter. Das Laub erstrahlt in einem flaumigen Grün.

Ariane radelt lustvoll. Ihr Sommerkleid, das sie aus einer Laune heraus angezogen hat, flattert im Fahrtwind, schon als Kind fuhr sie am liebsten im knallbunten Hängerchen und barfuß, bloß kein Helm, Schuhe auch nicht, Sinnlichkeit schlägt Sicherheit um Längen, das ist nun mal so. Bis es knallt.

Doch warum sollte es? Ariane fühlt sich sportlich fit wie lange nicht, anscheinend ist das Leben im Mittelgebirge gut für die Konstitution. Der Weg steigt kontinuierlich, aber sanft an, mit der Tretunterstützung kein Problem, zumal sie langsam fährt, um den Hund nicht zu überfordern. In der Frische des Morgens schafft Woodie den Weg ohne Weiteres.

Als sie den höchsten Punkt erreicht, steigt sie ab, um die Aussicht zu genießen. Leider bleibt der Blick auf die Schieferdächer von Düsterode im Blattwerk hängen, dafür entdeckt sie neben einer Bank eine entzückende Vogelstatue aus Stein. Dank Andreas erkennt sie bei näherem Hinsehen sogar, dass es sich um einen Kuckuck handelt – durchaus folgerichtig, sie befindet sich ja schließlich auf dem Kleinen Kuckucksberg.

Sie knipst ein Foto und will schon weiterradeln, da landet ein lebendiger Kuckuck auf seinem steinernen Artgenossen und starrt sie an. Was für ein unheimlicher Geselle. Ariane fröstelt. Gegen ihren Willen erliegt sie der fixen Idee, es müsse sich um dasselbe Tier handeln, das Andreas ihr neulich am Grauen Berg gezeigt hat, ja, sie meint sogar, ein Wiedererkennen in den gelb umrandeten Augen aufblitzen zu sehen. Ergibt das Sinn? Wie groß mag so ein Kuckucksrevier sein?

Egal, der Vogel nervt. Der ruft einfach nie! Sie klatscht in die Hände, und er flattert still davon.

«Arschloch», sagt Ariane, weil außer Woodie niemand da ist, der sie hören kann. «Komm, Süßer, wir wollen jetzt schnell zu Frau Krause.»

Woodie legt den Kopf schief – und dann geht es nur noch abwärts. Und wie!

Wie sich zeigt, ist diese Seite des Kleinen Kuckucksbergs steiler und steiniger als die gegenüberliegende. Und wirklich klein ist er auch nicht. Ariane hat Schwierigkeiten, mit den hochempfindlichen Scheibenbremsen klarzukommen, die beide vorn am Lenkrad bedient werden, was ungewohnt ist, sie kennt nur Räder mit Rücktritt. Die Rückfahrt vom Brocken war leicht zu meistern, eine zumeist moderat abfallende Asphaltstrecke ohne Hindernisse. Hier auf Schotter wird es sofort knifflig.

Im Gelände immer dosiert bremsen, hat Reifen-Paule gepredigt, ein passionierter Mountainbiker durch und durch. Der hat gut reden.

Ariane hat keine Angst, aber sie nimmt die Herausforderung ernst, ist hochkonzentriert bei der Sache. Bremst sie das Vorderrad zu stark, geht sie fast koppheister, bremst sie hinten, schlägt das E-Bike aus wie ein störrischer Gaul. Und dann sind da noch die Wurzeln und Steine, auf die sie achten muss. Jetzt ist sie doch froh, wenigstens feste Schuhe angezogen zu haben, auch wenn die einen gewissen Stilbruch darstellen.

Als Ariane gerade sicher ist, die Dinge unter Kontrolle zu haben, hört sie ein Knacken und spürt förmlich, wie unter ihrer linken Hand etwas reißt. Dann gibt die Vorderradbremse ihren Geist auf, Überlastung wahrscheinlich.

Na schön, fortan also doch nur noch hinten.

Oder doch besser schieben?

Noch während die Frage in ihrem Kopf Gestalt annimmt, verabschiedet sich auch die Hinterradbremse mit einem beunruhigenden Geräusch in den Ausstand.

Ariane kreischt auf. Um jetzt noch abzuspringen, ist sie viel zu schnell.

Neben ihr bellt Woodie freudig, er glaubt an ein Spiel, der fröhliche Kerl. Allerdings kann der Hund nur noch eine kleine Weile Schritt halten. Ariane bekommt Panik. Sie wird schneller und schneller. Doch noch Abspringen oder oben bleiben, was soll sie bloß machen? An den Rand lenken geht auch nicht, überall Felsen und hohe Kanten. Ariane schnauft, beißt sich auf die Lippe, als das Bike über eine Wurzel hüpft. Sie schmeckt Blut, versucht verzweifelt, sich auf den Weg zu konzentrieren, und schweift trotzdem ab, sieht sich stürzen und sterben. Sie weiß, jetzt ist es richtig gefährlich. Kuckucksrufe: null!

Zweige peitschen ihr ins Gesicht, je höher das Tempo, desto mehr verwandelt sich der Wald in einen grünen Tunnel, wie bei einem Videospiel verwischen die Details. Über Stock und Stein den Berg hinunterrasend, ist Ariane mit nichts anderem mehr beschäftigt, als am Leben zu bleiben.

Irgendwann beginnt sie, um Hilfe zu rufen.

Sie schreit nach Andreas, so laut sie kann, sein Garten dürfte inzwischen ganz in der Nähe liegen, immerhin besteht eine winzige Chance, dass der Polizist sich tatsächlich dort aufhält und sie hört. Auf zufällige Begegnungen baut sie weniger, da sie bislang auch niemanden getroffen hat. Kein Wunder, abseits der bekannten Routen zeigt sich der Harz zumeist ziemlich einsam – und es ist noch früh am Tag.

Mit einem Mal erhält sie Antwort.

Kein Zweifel: Andreas Anton brüllt ihren Namen.

«Hier!»

Und dann sieht sie ihn auch schon am Wegesrand stehen. Jubelnd saust Ariane auf ihn zu.

Aber was tun? Wenn sie ihn direkt ansteuert, stürzen sie hundertprozentig beide und brechen sich die Knochen.

Das hat natürlich auch Andreas kapiert, und der Mann hängt an seinem Leben. Anstatt sich ihr in den Weg zu stellen, passt er Ariane ab, greift beherzt nach dem Gepäckträger, rutscht aber ab. Das Rad verliert nur unwesentlich an Geschwindigkeit und schlingert stark. Kiesel prasseln gegen Arianes nackte Beine, während sie versucht, das Gleichgewicht zu halten.

Hinter sich hört sie Andreas laut fluchen. Dann brüllt er: «Rechts, rechts. Da vorne rechts!»

Tatsächlich taucht jetzt direkt vor ihr eine Weggabelung auf. Ariane biegt rechts ab, obwohl der Weg sich deutlich verjüngt.

Immerhin: Die neue Strecke führt nicht mehr ganz so steil bergab.

Schon wieder gellt Andreas' Stimme durch den Wald. «Jetzt links!»

Brüllen kann er, das muss sie ihm lassen.

Da, die nächste Gabelung.

Ariane fährt links.

Es geht steil bergauf – und die wilde Fahrt endet überraschend sanft und gänzlich unspektakulär.

Zitternd steigt Ariane ab und wartet auf Andreas, der alsbald flankiert von Woodie und Frau Krause angerannt kommt, das Gesicht hochrot und bei ihrem Anblick sichtlich erleichtert.

«Alles in Ordnung?», ruft er schon von Weitem.

«Etwas durch die Mangel gedreht», sagt Ariane, als er da ist, und fällt ihm voller Dankbarkeit um den Hals. «Sie sind ein Genie, das war ja mal eine sinnvolle Ansage. Da muss dieser verfluchte Kuckuck schon früher aufstehen.»

Andreas keucht und hält sie fest. «Keine Ahnung, wovon Sie reden. Aber ich bin froh, dass Ihnen nichts passiert ist.» Er drückt sie noch fester.

«Danke. Ich auch. Ich wollte übrigens zu Ihnen», sagt Ariane nach einer Weile.

Andreas bringt schon wieder ein Grinsen zustande. «Dann nehmen Sie beim nächsten Mal bitte wieder den Wagen. Als Schnarchnase hinterm Steuer leben Sie weniger gefährlich. Im Ernst: Was war denn das bitte für eine Kamikaze-Nummer? Noch dazu in so einem Kleidchen, geht's noch?»

Ariane grinst zurück und fragt gespielt empört: «Sie wissen schon, dass Sie sich auf ganz dünnem Eis bewegen, wenn Sie die Bekleidung einer Frau ungefragt kommentieren?»

«Häh? … So meine ich das doch gar nicht. Ob Sie Kleider oder Hosen tragen, ist natürlich Ihre Sache. Das ist ja heute eh alles … Aber so … ähm … so ungeschützt sollten Sie das Mountainbike lieber stehen lassen.»

«Das ist kein Mountainbike, sondern ein geländegängiges Tourenrad. Sagt Reifen-Paule. Und wieso Kamikaze? Was kann ich dafür, wenn beide Bremsen versagen?»

«Das stimmt natürlich», gibt Andreas zu und macht ein nachdenkliches Gesicht. «Ich glaube, Frau Kollegin, wir sollten uns das mal genauer ansehen.»

ANDREAS UND ARIANE WOLLEN EINEN DRACHEN AUFHALTEN – UND ERWEISEN SICH ALS ÜBERFLIEGER

«Darf ich mir noch ein Glas nehmen?», ruft Ariane von der Terrasse.

«Ja, klar!», antwortet Andreas, ohne den Blick von Arianes Fahrrad zu nehmen, das auf dem Rasen steht.

«Su! Per! Lecker!»

«Toll, freut mich», sagt er zerstreut und begutachtet das Vorderrad.

«Und da sind jetzt nur diese Hammer-Erdbeeren und Holunderblätter drin, ja?»

«Holunder*blüten*», sagt Andreas. «Und ein bisschen Limettensirup.»

«Sensationell!»

«Und Minze.» Er beugt sich zum Hinterrad.

Nach ein paar Sekunden ruft Ariane schon wieder was.

Andreas verdreht die Augen. «Was haben Sie gesagt?»

«Die Hunde! Gucken Sie mal.»

Andreas schaut zu den beiden Vierbeinern und muss lachen. Frau Krause liegt auf dem Rücken und windet sich hin und her, Woodie hängt über ihr; die Hunde gehen einander spielerisch an die Kehlen. Im nächsten Moment rappelt sich Frau Krause hoch und setzt dem davonhetzenden Woodie nach.

Ariane schlendert auf Andreas zu, in der Hand ein großes Glas mit der selbst gemachten Limonade. «Sie sollten einen Laden aufmachen.»

«Einen Laden?»

«Einen Erdbeer-Holunderblätter-Limettensirup-Minze-Limonaden-Laden.»

«Holunder*blüten*. Später vielleicht.»

«Was haben Sie denn? Sie gucken so ernst.»

Andreas blickt auf. Er muss sich die Hand vor die Augen halten, denn die Sonne blendet ihn. «Sie sind echt 'ne Wunderblume, wissen Sie das? Ist Ihnen klar, wie viel Glück Sie hatten? Sie könnten jetzt schwer verletzt sein. Oder sogar tot.»

«Das wäre schade, dann hätte ich diese wunderbare Limonade verpasst.»

Andreas schaut die Adlige kopfschüttelnd an. Sie wirkt völlig aufgedreht. Muss er sich Sorgen machen?

«Wahrscheinlich stehe ich noch unter Schock», sagt Ariane, kichert und trinkt ihr Glas aus. Dann geht sie neben Andreas in die Hocke und zeigt auf das E-Bike. «Sind Sie mit Ihrem kriminalistischen Sachverstand denn schon zu einem Ergebnis gekommen, Holmes?»

Andreas kratzt sich am Kopf. «Na ja, ich bin zwar kein Fahrradmechaniker, aber ich würde meinen Arsch verwetten, dass jemand an Ihren Bremsen herummanipuliert hat.» Er zeigt Ariane die Bremsleitungen des Vorder- und des Hinterrads. «Hier … und hier. Sehen Sie die sauberen Schnitte in der Plastikummantelung? Das ist kein Verschleiß. Da hat jemand nachgeholfen. Das sieht mir schwer nach einem Seitenschneider aus. Ich nehme an, die Bremskabel wurden nur angeschnitten. Die heftigen Bremsmanöver bei Ihrer Steilabfahrt reichten dann aus … Ratsch!»

«Ratsch», wiederholt Ariane und kichert erneut.

Andreas ist besorgt. Ob sie wirklich einen Schock hat?

Als das Kichern in ein anfallartiges Gelächter übergeht, packt er Ariane an der schmalen Schulter und sagt: «Mensch, jetzt reißen Sie sich zusammen! Das ist nicht witzig. Wir müssen uns ernsthaft unterhalten. Das hier ist ein ganz anderes Kaliber als irgendeine böswillige Mail oder ein Hasskommentar. Das ist ein

Anschlag auf Ihr Leben!» Er lässt sie los und macht eine hilflose Geste. «Was ist denn los mit Ihnen? Brauchen Sie vielleicht einen Arzt ... oder meinetwegen auch eine Ärztin?»

«Medizinische Hilfe?», schlägt Ariane vor.

Andreas nickt schwach. Wenigstens lacht sie jetzt nicht mehr, sondern schaut ihn ernst und mit weit aufgerissenen Augen an.

«Sie haben recht», sagt sie. «Das ist wirklich nicht witzig. Es ist furchtbar. Und ich bin gerade kurz davor durchzudrehen.»

«Was soll ich machen?»

«Nichts. Es wird schon. Lassen Sie uns reden. Genau deshalb wollte ich ja auch eigentlich zu Ihnen.»

Zehn Minuten später sitzen sie auf der Terrasse im Schatten, Ariane nippt an einer Tasse Passionsblumentee, auf dessen beruhigende Wirkung Andreas schwört. Die Hunde haben voneinander abgelassen und liegen hechelnd da, einer unterm Tisch, der andere in einer Ecke der Terrasse. Andreas tritt mit einem dampfenden Kaffee in der Hand durch die Terrassentür. Er hat Käsebrote geschmiert, aber Ariane will nichts essen. Ein weiteres Zeichen dafür, dass es ihr wirklich schlecht geht.

Er lässt sich in den Gartenstuhl fallen und schaut Ariane mitfühlend an. «Alles okay?»

Sie nickt.

Dann gehen sie die ganze Sache noch mal durch, lassen die Toten im Geiste an sich vorbeiparadieren: den vom eigenen Transporter überfahrenen Brockenhirsch-Benno, den die Klippe hinabgestürzten Tom Wunderlich und die grausam im Auto verbrannte Jeanette Hackenberg. Andreas nimmt unwillkürlich die Rolle des skeptischen Staatsanwalts ein, der überzeugt werden muss. Er fragt, Ariane antwortet.

Benno, Tom, Jeanette? Was haben die drei gemeinsam?

Sie schweigen, dann sagt Ariane: «Sie haben sich nicht dagegen gewehrt, dass sich die Welt weiterdreht. Im Gegenteil: Sie haben sogar mitgedreht! Genau wie ich. Und ich stehe ja jetzt wohl auch auf der Todesliste.»

Andreas verzieht das Gesicht. «Aber das ist doch kein Motiv für einen Mord. Außerdem wissen wir nicht das Geringste über die Weltanschauung von Hans Horn! Wie passt der da rein?»

«Hans Horn?»

«Der erste Tote. Wieso er?»

Wieder breitet sich Stille aus, wieder bricht Ariane das Schweigen. «Waren es denn wirklich Morde? Für alle Außenstehenden waren es doch Unfälle. Wäre ich heute umgekommen, hätte es verdächtige Spuren gegeben, aber bislang gibt es eben keine.»

«Worauf wollen Sie hinaus?»

«Gelegenheiten», murmelt Ariane leise. «Was, wenn es einfach gute Gelegenheiten waren?»

«Und allmählich gehen dem Täter die Gelegenheiten aus, oder was?»

«Ja, möglich. Da fühlt sich jemand anscheinend sehr in die Enge getrieben.»

«Nur wer?»

«Einer von den Harzpachen zum Beispiel? Halten Sie das für möglich?»

Andreas wiegt den Kopf. «Möglich schon. Andererseits: Ich kenne die alle.» Er muss lachen. «Die wollen doch nur spielen.»

In Gedanken geht Andreas die Harzpachen-Truppe durch. Auch Ariane legt die Stirn in Falten und grübelt. Dann keucht sie auf. Frau Krause hebt den Kopf, Woodie erhebt sich sogar, tapst zu seinem Frauchen und schnuppert.

«Was ist los?», fragt Andreas.

«Jetzt weiß ich es!», ruft Ariane.

«Was wissen Sie?»

«Hans Horn!»

«Was ist mit dem?»

«Der wurde verwechselt.»

«Wie bitte?»

«Ja! Er wurde das Opfer einer Verwechslung! Ich war mit Lucy auf dem Brocken. Auf der Rückfahrt sind wir diesem Heiko begegnet. Ich dachte im ersten Moment, ich sehe den Geist des toten Touristen. Ich schwöre, die beiden sehen sich auf eine seltsame Weise total ähnlich. Von Weitem! Der erste Tote war auch nur eine Gelegenheit. Und als geläuterter Harzpache passt Heiko sehr wohl in die Reihe. Bingo!»

Andreas runzelt die Stirn. «Ich fürchte, ich kann Ihnen nicht folgen.»

Ariane macht, was sie immer macht, wenn sie sehr aufgeregt ist, sie redet wie ein Wasserfall. Vom unerfüllten Kinderwunsch bis zum Gendersternchen ist alles dabei, es geht drunter und drüber, aber Andreas gelingt es, die entscheidenden Sätze aus der Wortflut herauszufischen.

«Wissen Sie noch, was ich im Schreiber-Keller zu Ihnen gesagt habe: Auch Frauen morden? Das stimmt. Also, es hat natürlich nicht bei Frau Schreiber gestimmt, aber hier und heute könnte es stimmen. Scheiße …» Sie schießt in die Höhe, läuft ein paar Schritte und kotzt auf einen Hortensienstrauch.

Als sie damit fertig ist, geht sie in die Küche, um sich den Mund auszuspülen. Zurück auf der Terrasse trinkt sie einen großen Schluck Tee und vertilgt in Windeseile ein Käsebrot. Dann stützt sie sich auf dem Tisch ab, beugt sich zu Andreas hinüber und sagt leise: «Liebe.»

Andreas hebt fragend beide Hände.

«Liebe. Liebe ist ein Mordmotiv! Stimmt's?»

«Und was für eins.»

«Wenn ich zusehen muss, wie der Mensch, den ich am meisten liebe, an der Welt, die ihn plötzlich nicht mehr super findet, zerbricht, wenn die Beziehung darunter leidet, und dann kommt da plötzlich aus dem Nichts so eine günstige Gelegenheit, Rache zu nehmen an dieser Welt, Rache aus Liebe, was mache ich dann wohl …?» Ihre Stimme überschlägt sich fast vor Eifer. «*Macht kaputt, was euch kaputt macht!* Kapiert?»

Andreas fühlt förmlich, wie er erbleicht. Mit klopfendem Herzen sagt er: «Heiko und Mario waren eine Weile die dicksten Freunde … Verdammt!»

Andreas zückt sein Handy, tippt darauf herum, hält es sich ans Ohr, wartet.

«Mailbox. Mist! Kommen Sie, wir müssen Heiko warnen!»

Sie laden die Hunde in Andreas' Privatauto – einen zehn Jahre alten, quietschgelben Renault Kangoo, den auch Woodie sofort als Teilzeit-Unterkunft akzeptiert – und machen sich auf den Weg.

«Wissen Sie denn, wo Heiko wohnt?», fragt Ariane.

Andreas verzieht den Mund und wirft ihr einen kurzen Blick zu. «Ich weiß alles.»

«Teufelskerl! Und woher wissen Sie, dass er zu Hause ist?»

«Das wiederum weiß ich nicht. Aber wenn Sie 'ne bessere Idee haben: Her damit.»

«Vielleicht ist er auf der Arbeit?»

«Er arbeitet nicht mehr. Er hat sich mit 58 frühpensionieren lassen.»

Andreas nimmt rasant eine Kurve. Im Kofferraum hört man es poltern, Woodie jault auf.

Ariane stützt sich am Armaturenbrett ab. «Können Sie nicht ein bisschen vorsichtiger fahren?»

«Vorsichtiger?»

«Geschmeidiger. Die Hunde könnten sich verletzen.»

«Frau Krause liegt.»

«Aber Woodie nicht.»

«Dann sagen Sie ihm, dass er sich hinlegen soll.»

Inzwischen sind sie aus dem Ort raus, und Andreas gibt ordentlich Gas. Ariane krallt sich am Sitz fest.

«Wieso wissen Sie eigentlich so viel über Lucy?», fragt er in einer lang gezogenen Doppelkurve.

«Was meinen Sie?»

«Na ja, was Sie da gesagt haben: Liebe, Rache und so weiter.» Er blickt kurz zu Ariane, muss sich aber gleich wieder auf die nächste Kurve konzentrieren. Die Adlige schaut stur geradeaus.

Nach ein paar Sekunden sagt sie vage: «Wir hatten uns doch eine Zeit lang immer mal getroffen. Und ich wohne bei ihr überm Laden.»

«So.» Sie passieren das Eingangsschild des Nachbarorts, Andreas steigt in die Eisen und nimmt die nächste Kurve auf der Ideallinie, bremst und biegt von der Hauptstraße ab.

Ariane murmelt etwas.

«Was haben Sie gesagt?»

«Wir hatten was», sagt sie, nur eine Nuance lauter.

«Was hatten Sie?», fragt er verständnislos.

«Wir hatten was.»

Die Erkenntnis sickert in seinen Verstand. «Sie hatten was?»

«Ja.»

«Meinen Sie damit …? Wollen Sie sagen …? Also … wollen Sie damit sagen, dass Sie was … miteinander hatten?» Andreas starrt sie von der Seite an.

Ariane nickt. «Schauen Sie auf die Straße.»

«Sie und Lucy hatten also was im Sinne von … ähm.»

«Herr Kommissar! Ich glaube, Sie wissen sehr genau, wovon ich rede. Also belassen wir es dabei. Zügeln Sie Ihre Fantasie, bevor Sie noch irgendwo gegen fahren!»

«Na, Sie sind mir eine …» Andreas ist heilfroh, dass sie inzwischen Heikos Haus erreicht haben. Eine Nebenstraße mit Einfamilienhäusern aus der Nachwendezeit. Er bremst scharf, parkt am Straßenrand, macht den Motor aus und schaut Ariane an. Die attraktive Ariane und die ebenso attraktive Lucy – das kann er sich ziemlich einfach vorstellen. Eine Frage liegt ihm auf der Zunge, nämlich die Frage, ob Mario davon weiß. Er öffnet den Mund, schließt ihn aber wieder.

Stattdessen öffnet er die Autotür. «Kommen Sie mit?», fragt er und steigt aus.

Mit schnellen Schritten durchqueren sie den Vorgarten und steigen drei Stufen zur Haustür hinauf. Andreas drückt die Klingel, und dann stehen sie schweigend da.

Der Ruf eines Kuckucks ertönt. Andreas schaut Ariane an und hebt den Zeigefinger. «Haben Sie gehört?»

«Nein», antwortet Ariane mit düsterer Miene.

Im nächsten Moment öffnet sich die Haustür. Eine Frau steht darin, etwa sechzig, Kurzhaarfrisur, langes, blaues Sommerkleid. Auf ihrem Gesicht erscheint zunächst ein Lächeln, aber im nächsten Moment erlischt es wieder.

«Andreas! Ist etwas passiert?»

«Hallo Kerstin! Nein, es ist nichts passiert. Aber ich müsste mal mit Heiko sprechen.»

«Der ist nicht da. Den habt ihr ganz knapp verpasst.»

«So? Wo ist er denn?»

«Er will nach Goslar.»

«Und was will er in Goslar?»

«Fliegen.»

«Fliegen?»

«Na, mit dem Drachen, so eine Art Gleitschirm, aber diese Dinger, in denen man nicht sitzt, sondern hängt.»

«In der Luft», sagt Andreas tonlos und schaut Ariane an.

«Ja, wo denn sonst? Das ging doch ewig nicht», sagt Kerstin und geht in den Plaudermodus: «Erst wegen der Hitze, dann wegen der Brände, dann wieder wegen der Hitze. Du weißt ja, was ich davon halte, aber Heiko ist nicht davon abzubringen. Frei wie ein Vogel, sagt er imm…»

«Wann ist er los?»

«Wann …» Sie sieht auf ihre Armbanduhr. «Vor 'ner Viertelstunde oder so? Zwanzig Minuten. Höchstens. Maximal fünfundzw…»

«Mist!»

«Was ist denn?»

«Nichts, Kerstin. Alles gut. Wenn Heiko sich meldet: Sag ihm bitte, er soll mich ganz dringend zurückrufen.»

Sie sind schon auf dem Weg zurück zum Auto.

«Aber was ist denn los?», ruft Kerstin noch mal.

«Nichts! Alles gut!» Er macht mit der rechten Hand die Telefonhörer-Geste. «Heiko soll mich anrufen! Und zwar unbedingt, bevor er startet!»

Die Hunde stehen erwartungsvoll im Kofferraum.

«Hinlegen!», ruft Andreas.

Frau Krause gehorcht, Woodie bleibt stehen.

Andreas macht eine Geste mit dem Daumen über die Schulter und sagt zu Ariane: «Ist das 'ne tolle Erziehung oder ist das 'ne tolle Erziehung?» Dann gibt er Gas.

Ariane lässt ihn damit durchkommen und antwortet mit einer Gegenfrage. «Wie lange brauchen wir?»

«Gute halbe Stunde.»

Sie fahren. Andreas findet noch ein Tütchen Erdnüsse im Wagen, das sie sich teilen. Als sie die ehemalige Zonengrenze passieren, die Schneise im Wald ist auch nach all den Jahren noch gut sichtbar, sagt Ariane: «Lucy wollte mich auch mal zum Drachenfliegen überreden. Kann sein, dass die im selben Verein sind.»

Andreas fährt der Schreck in die Glieder. «Sie haben recht! Auch das noch. Verdammt!»

Schweigend kurven sie ein paar Minuten über die Landstraße, dann fragt Ariane: «Dürfen Sie das überhaupt?»

«Darf ich was?»

«Dürfen Sie einfach woanders ermitteln?»

Andreas seufzt. «Ich berufe mich hier auf Paragraf 34 des Regionalbereichsbeamtengesetzes: Wenn ein Bewohner des Dienststellenbereichs des Regionalbereichsbeamten in einen anderen Dienststellenbereich übertritt und dort Gefahr im Verzug eintritt, so kann der Regionalbereichsbeamte ohne vorherige Antragstellung unverzüglich in den anderen Dienststellenbereich übertreten und ... ähm ... dort für Recht und Ordnung sorgen.»

«Echt? Das ist geregelt?»

«Nein. Das war ein Scherz. Aber ich sag Ihnen was, Ariane: Ob ich das darf oder nicht, ist mir im Moment scheißegal. Offiziell bin ich sowieso noch nicht wieder im Dienst.»

Andreas jagt den Renault über die B4 in Richtung Bad Harzburg, und seine Laune sinkt nicht nur wegen der Sorge um Heiko. Frustriert registriert er: Wo einst dichter Fichtenwald war, ist jetzt pure Ödnis. Alles tot.

Als hätte Ariane seine Gedanken gelesen, murmelt sie: «Hier sieht's aus. Das ist echt total deprimierend.»

Plötzlich ruft sie: «Oh! Was war das?»

Andreas bremst so stark, dass Woodie wieder das Gleichgewicht verliert. «Was ist passiert!?»

«Haben Sie den Wasserfall gesehen?»

Andreas beschleunigt wieder. «Mann, Sie haben mich erschreckt!»

«Haben Sie den gesehen? So was Schönes!»

«Schön ist, dass Sie sich immer über irgendetwas freuen können», sagt er ohne eine Spur Ironie.

«Tja, insgeheim bin ich eben wie mein Hund. Ein ganz sonniges Gemüt.»

Sie passieren Bad Harzburg und wechseln auf die B6. Aus den Augenwinkeln sieht Andreas, wie Ariane permanent nach links und rechts schaut, und er muss schmunzeln: Die Adlige wirkt wie ein Kind, das eine neue Welt entdeckt. Oder eben tatsächlich wie ein Goldendoodle. Nur mit roten Locken.

Ihm fällt die Sache mit den Droh-SMS und -WhatsApp ein. Jetzt ist zwar weiß Gott nicht die richtige Situation, aber wird es die überhaupt irgendwann geben?

Er will gerade etwas sagen, aber Ariane kommt ihm zuvor: «Wo kann man denn in Goslar Drachenfliegen?»

«Am Rammelsberg.»

«Haben Sie das schon mal gemacht?»

Andreas muss lachen. «Dreimal dürfen Sie raten.»

«Wieso? Haben Sie?»

«Man darf höchstens hundert Kilo schwer sein.» Er wirft Ariane einen schnellen Blick zu und sieht, dass sie ihn anlächelt.

«Und Sie sind wohl ein klein wenig schwerer?», fragt sie mit gespielter Unschuld.

«Sehr freundlich … Ich hab mal noch was ganz anderes.»

«Was?»

«Ja, es geht um die Drohungen, die Sie bekommen haben.»

«Erinnern Sie mich bloß nicht da dran.»

«Sebastian, also mein Sohn, ist doch Experte auf diesem Gebiet.»

«Auf dem Gebiet der Drohungen?», witzelt Ariane.

«Jetzt bleiben Sie bitte mal ernst. Das können Sie doch eigentlich ganz gut.»

«Sorry.»

«Ich habe meinem Sohn das Foto geschickt.»

«Welches Foto?»

«Das Foto von mir. Das Tänzer-Foto.»

Ariane schweigt.

«Ich wollte wissen, ob man rauskriegen kann, wie es sich verbreitet hat. *Wer* es verbreitet hat.»

Ariane schweigt immer noch.

«Er konnte es … wie nennt man das? Zurückverfolgen … Und … na ja … Es wurde offenbar von Ihrer Frau verbreitet.»

Ariane bleibt stumm.

«Ariane?»

«Ich weiß.»

«Sie wissen das?»

«Ja. Und es tut Katja auch total leid. Sie hat es nur einer einzigen Freundin geschickt und danach sofort gelöscht. Aber da war es schon zu spät.»

«Aha. So. Nun ja … Sebastian hat allerdings noch was anderes rausgekriegt.»

Ariane schweigt wieder.

«Einige dieser fiesen Drohungen und Beschimpfungen gegen Sie …» Er lässt den Satz in der Luft hängen.

«Ja? Was ist damit?»

«Die kamen auch von … von Ihrer Frau.»

«Wie bitte? Von Katja?» Ariane klingt völlig überrascht. Fassungslos wäre ein anderes Wort dafür. Aber statt zu explodieren, sackt sie in sich zusammen.

Andreas gibt ihr Zeit, die Nachricht zu verdauen. Inzwischen haben sie Goslar erreicht, er muss immer wieder bremsen und Gas geben, was die Fahrt noch weniger hundetauglich macht.

«Wie kriegt man so was denn eigentlich raus?», fragt Ariane schließlich matt.

«Keine Ahnung. Sebastian sagt immer: Im Internet verschwindet nichts. Also … er hat das oft gesagt. Früher. Als wir noch miteinander …» Er lässt das Satzende in der Luft hängen.

«Und das ist sicher? Dass Katja die Drohungen geschickt hat, meine ich.»

«Ich denke schon. Warum soll Sebastian irgendwas erfinden?»

«Wie konnte sie nur?», murmelt Ariane und beantwortet sich die Frage nach einer Weile gleich selbst: «Sie wollte halt unbedingt, dass ich wieder nach Hause komme. Da war ihr anscheinend jedes Mittel recht. Unfassbar. Wahrscheinlich waren die Mails von ihr, die mich am meisten erschreckt haben. Weil sie mich kennt.» Sie ballt die Hände zu Fäusten. Plötzlich schreit sie: «Verdammt! Verdammter Mist!»

Andreas schaut erschrocken zu ihr rüber.

«Entschuldigung», sagt sie leise.

«Schon gut.» Andreas denkt an das Auseinanderbrechen seiner eigenen Ehe. Beziehungen sind anstrengend. Vielleicht ist man allein wirklich besser dran.

Schweigend schrauben sie sich einige Minuten über Serpentinen den Rammelsberg rauf, dann sagt Andreas: «Hier links liegt der Landeplatz.»

Er biegt in die schmale Straße ein.

«Warum halten wir nicht?»

«Wollen Sie bis zum Startplatz joggen?»

«Da oben fliegen ja schon welche!», ruft Ariane, beugt sich weiter vor und verbiegt den Kopf auf der Suche nach den knallbunten Schirmen und Drachenschwingen, die ihre gemächlichen Bahnen ziehen wie Greifvögel auf der Suche nach Beute.

Nach kurzem Geruckel über den Forstweg steigt Andreas in die Eisen. Beide Hunde bellen laut.

«Schnauze!», ruft Andreas und springt aus dem Auto.

«Können wir die Hunde rauslassen?», ruft Ariane, aber Andreas läuft schon auf den Startplatz zu.

Etwa zehn Menschen, schätzt er, sind dort mit den Vorbereitungen für ihre Flugabenteuer beschäftigt. Andreas erkennt Daniel von der Bergwacht, der ihn ebenfalls bemerkt und ihm fröhlich zuwinkt.

Und dann sieht Andreas, was er gesucht hat. Ein gutes Stück hangabwärts steht Heiko, er ist offenbar startbereit, der Schirm, es ist kein Drachen, sondern ein moderner Paraglide, liegt sauber aufgefaltet hinter ihm auf dem Boden. Und direkt dahinter steht – Lucy!

«Heiko!», brüllt Andreas, aber der Wind bläst ihm ins Gesicht.

Andreas registriert, dass die beiden Hunde an ihm vorbeistürmen und eine wilde Jagd über die Wiese beginnen. Im nächsten Moment taucht auch Ariane neben ihm auf.

«Da vorn», sagt er. «Lucy! Und Heiko!»

Andreas setzt sich in Bewegung, brüllt erneut: «Heiko!» Und er sieht, dass nun auch Heiko losläuft.

«Heiko!», schreit Andreas. «Bleib stehen! Heiko!»

Heiko läuft weiter, der Schirm hebt sich, steigt steil in die Höhe, und jetzt dreht Lucy sich um und erblickt das ungleiche Duo, das auf sie zu rennt.

Entsetzt sieht Andreas, wie Heiko sich vom Boden löst, wie

ihn die Thermik in die Luft hebt. «Nein! Heiko!», ruft er ein letztes Mal und weiß, wie sinnlos es ist.

Dann steht er neben Lucy, die ernst dasteht und abwechselnd Heiko hinterherblickt und zu Andreas und Ariane schaut.

Andreas will etwas sagen, aber er bekommt kein Wort heraus. Nach Luft schnappend schaut er zu Heiko, der in die Höhe steigt und eine sanfte Kurve fliegt, jetzt blickt Heiko zum Startplatz und winkt kurz, dann fliegt er einen weiten Bogen.

Erstaunlich, wie schnell er klein und kleiner wird, denkt Andreas.

Auch Ariane ist außer Atem, aber sie kann immerhin noch sprechen. «Lucy! Was hast du getan?»

Andreas schaut Heiko hinterher und erwartet jeden Moment, dass er abstürzt, dass sich irgendwas löst, dass der Schirm kaputtgeht, was auch immer.

«Was macht ihr denn hier?», fragt Lucy. Sie steht völlig ruhig da.

«Wir wissen alles!», ruft Ariane.

«So?» Lucy schaut Ariane spöttisch an. «Ja, schon klar. Du weißt ja immer alles. Vor allem weißt du alles *besser.*»

«Heiko wird abstürzen, oder?», sagt Andreas.

Lucy blickt ihn lange mit ausdrucksloser Miene an, dann sagt sie: «Nein.»

«Nein?»

«Nein.»

Andreas schaut in den Himmel, aber er ist sich schon nicht mehr sicher, welcher von den bunten Punkten da oben eigentlich Heiko ist.

«Nein», sagt er. «Wieso nicht?»

Auch Lucy schaut nun in den Himmel. «Heiko hat festgestellt, dass mit seinem Schirm etwas nicht stimmt, also haben wir ihn ausgetauscht.»

Andreas kommt langsam wieder zu Atem und versucht zu verstehen, was Lucy da erzählt. Hat sie am Ende doch Gewissensbisse bekommen? Vielleicht wegen der Hackenberg.

Er erschrickt, als ein gellender Schrei ertönt, gleich danach noch einer und dann ein dritter.

Sie schauen nach links. Daniel ist gestartet und stößt Jubelrufe aus.

Andreas wendet sich wieder Lucy zu. «Benno hatte nicht so viel Glück.»

«Nein», sagt sie.

«Tom auch nicht.»

Lucy schweigt. Ihre Unterlippe zittert.

«Und Jeanette?»

«Sie wollte Mario anrufen, um zu fragen, ob die alte Harzstraße noch passierbar ist. Wegen des Feuers war ja die Bundesstraße gesperrt», sagt Lucy.

«Und?»

«Mario war auf dem Klo. Da bin ich rangegangen. Ich habe einfach ja gesagt. Sie hat sich bedankt.»

«Du hast sie direkt in die Flammen geschickt.»

Lucy schaut auf das Städtchen hinab. «Ich wollte das nicht.»

«Du wolltest das nicht? Lucy, ehrlich gesa…»

«Ich wollte das nicht!», sagt sie scharf. «Mir egal, ob du mir glaubst. Es tut mir leid, was passiert ist.»

«Eine Frau ist verbrannt. Ein Mann wurde von seinem Wagen zerquetscht. Zwei Leute sind zu Tode gestürzt – und du sagst, es tut dir leid?»

Sie schnaubt. «Tom, dieses Arschloch. Um den tut es mir überhaupt nicht leid. Geiler Bock. Dachte, ich würde ihn ranlassen. Schnelle Nummer mit der Frau des Typen, den er fertiggemacht hat in seiner beschissenen Sendung. Ein Wolf im Woke-Pelz.»

«Du hast ihn den Felsen hinuntergestoßen.»

«Was zu beweisen wäre.»

Andreas schaut zu Ariane, die nur dasteht und Lucy mit einer Mischung aus Wut und Trauer ansieht. Ihr grünes Kleid flattert im Wind.

«Und wieso Benno?», fragt er. «Verdammt, der hat doch nur gekocht.»

«Aber nicht gut», sagt Lucy und seufzt. «Und er hat Mario dastehen lassen wie den letzten Deppen. Alle haben Mario dastehen lassen wie den letzten Deppen. Aber das ist er nicht. Er ist immer noch Super-Mario, egal ob ihn alle scheiße finden oder peinlich oder was weiß ich!»

«Mann!» Ariane packt Lucy an den Schultern und schüttelt sie kurz und kräftig. «Aber das ist doch kein Grund, jemanden umzubringen!»

Obwohl das alles furchtbar ist, muss Andreas kurz schmunzeln. Hat Ariane tatsächlich gerade «Mann!» gesagt?

Lucy schweigt.

Andreas, dem es langsam zu bunt wird, herrscht Lucy an: «Lucy, wir reden hier über Menschen, die gestorben sind, weil sie das Pech hatten, im falschen Moment *deinen* Weg zu kreuzen.»

«Ts, da habt ihr euch ja schön was zurechtgesponnen.» Lucy lächelt verächtlich.

Andreas stöhnt auf, als ihm dämmert, dass sie keinesfalls bereit ist, ein Geständnis abzulegen. Da ihm schwant, wie dünn ihre Beweislage ist, versucht er es einmal mehr mit Lautstärke und Bluff.

«Pass auf. Wir wissen, dass du es warst. Und du weißt, dass wir es wissen. Ich werde dir die Spurensicherung auf den Hals hetzen, die hören nämlich neuerdings auf mich, und die werden Bennos Auto, Arianes Fahrrad und sämtliche Leichen so lange auf links drehen, bis sie deine DNA finden, und das werden sie. Für dich würde es vor Gericht deutlich besser laufen, wenn du auf der Stelle ein Geständnis ablegst.»

Lucy schweigt.

«Lucy, ich muss dich festnehmen.»

Ein wütender Ruf ertönt. «Ey!»

Andreas dreht sich um.

Ein Mann steht in fünfzig Metern Entfernung und gestikuliert. «Könnt ihr eure blöden Köter mal an die Leine nehmen? Die rennen uns hier dauernd zwischen den Beinen herum.»

Ariane pfeift, und sofort stürmt Woodie heran, Frau Krause folgt ihm auf der Pfote.

Ariane packt ihren Hund am Halsband. «Woodies Leine liegt im Auto.»

Frau Krause begrüßt Lucy freudig.

«Lucy», wiederholt Andreas. «Hast du mich gehört? Ich muss dich festnehmen.»

Lucy geht in die Hocke und streichelt den Schafpudel.

Andreas und Ariane schauen sich an.

Die Sonne scheint von einem blauen Himmel. Andreas schwitzt, aber zum ersten Mal seit Wochen ist ihm kalt.

ARIANE **UND** ANDREAS **KOMMEN IN FAHRT**

Tief im Wald pfeift die Lok. Sie pfeift auf ihre besondere Art, so wie nur eine Dampflok pfeifen kann, ein Pfiff mit Stolz und Seele, kein technisches Warnsignal.

Ariane weiß, dass der Zug, die letzte Brockenbahn des Tages, Elend passiert hat und jetzt bei Grauen mehrfach den Wanderweg kreuzt. Sie sieht die Menschen am Streckenrand vor sich, die innehalten, um zu winken – und es sind längst nicht nur Kinder, die das tun, alle hier lieben das Ungetüm aus Stahl. Sie kennt die schöne alte Steinbrücke, wo sich die Fotografierenden drängeln, und sie freut sich auf das Stampfen und Schnaufen bei der Einfahrt in den Bahnhof. Sie findet bloß, es ist zu früh. Sie ist noch nicht bereit einzusteigen. Am liebsten würde sie noch stundenlang einfach nur so dasitzen, auf einer Bank am Gleis 1, den nostalgischen Schriftzug *Düsterode* im Blick. Abschiedsschmerz ist ein bittersüßes Gefühl. Dabei hat sie ja fest vor, wiederzukommen. Düsterode und sie – das ist eine Liebesgeschichte, die gerade erst begonnen hat. Allerdings muss sie erst mal rausfinden, was mit ihrer alten Liebe passieren soll.

Woodie gähnt laut. So spät am Tag ist das größte Gedränge vorbei, weshalb Ariane ihrem Hund auch noch keinen Maulkorb angelegt hat, den er eigentlich schon hier auf dem Bahnsteig tragen müsste, da er nicht wie verlangt in ein *geeignetes Behältnis* passt. Was auch immer ein geeignetes Behältnis für einen Goldendoodle sein mag, Ariane hat es nicht zur Hand, einen Maulkorb ehrlicherweise ebenso wenig, aber mit ein bisschen Geschick müsste sich mit ihrem Halstuch etwas improvisieren lassen. Als sie gerade probiert, es in maulkorbähnlicher Form an Woodies Schnauze zu befestigen, ein Unterfangen, das der Goldendoodle mit einem extrem traurigen Blick über sich ergehen lässt, kreuzt Hannah auf. Die etwas hektische Düsteroderin betreibt den Kiosk im Bahnhofsgebäude und gehört zu all jenen, die neuerdings ihr Herz für Ariane entdeckt haben.

«Was soll das denn werden?», fragt sie.

Ariane erklärt es ihr.

Hannah winkt ab. «Lass das mal, heute ist Manni aufm Zug. Der kennt euch doch. Woodie ist ja quasi ein Begleithund, also braucht er auch keinen Maulkorb. Darf er ein Würstchen?»

Noch bevor Ariane verneinen kann, hält sie es ihm hin. Woodie schnappt zu. Nicht ohne Neid beobachtet Ariane, wie er sich dann in den Platz legt, die Leckerei zwischen seine Pfoten klemmt und genüsslich verspeist. Unter seinem Kinn hängt noch das Tuch, jetzt voller Sabber.

Ariane merkt, dass sie sich über das kleine Privileg freut, das ihr gerade so ganz nebenbei zuteilwird: Eine Regel, die für alle gilt, nur nicht für sie, weil sie jetzt jemand ist in Düsterode, zugegeben, das macht was mit ihr. Ein Zustand, an den sie sich leicht gewöhnen könnte. Leider. So in etwa muss sich Super-Mario tagein, tagaus gefühlt haben, als die Dinge für ihn noch liefen.

Ach, Mario.

Ach, Lucy.

Was für ein Super-GAU.

Gut, dass Lucy am Ende, allein mit Andreas auf dem Polizeirevier, noch gestanden hat. Der alte Bluffer. Sollte Pokerspieler werden, falls ihm die Arbeit als Waldorfbulle irgendwann doch nicht mehr gefällt – und er auch nichts mit Limonade machen will.

«Es stimmt also», sagt Hannah und deutet auf Arianes Koffer. «Du reist ab.»

Ariane nickt.

«Chrissy und Birgit haben dich mit deinem Gepäck gesehen und mich sofort angerufen. Und ich hab dann Andreas Anton angerufen, der den Manni angerufen hat, damit der dafür sorgt, dass der Zug in Elend ein bisschen bummelt.»

Ariane versteht die Welt nicht mehr. «Warum?»

«Damit Andreas sich verabschieden kann. Der war völlig geschockt. Der wusste ja von nichts, der hat Schiss, dass du nicht wiederkommst.»

«Klar komme ich wieder. Ich hab doch noch die Wohnung. Und hoffentlich auch noch einen Job.»

«Dann sag ihm das, er wird sich freuen … Ah, da kommt er auch schon, oder?»

Blinzelnd steht Hannah da. Sie muss sehr kurzsichtig sein, denn es ist unübersehbar, dass in dem Augenblick Andreas Anton in Gartensandalen und Bermudashorts das Gleis entlangläuft, an seiner Seite die wunderbare Frau Krause.

Woodie springt auf und bellt vor Freude.

Ariane bleibt sitzen.

«Sie ist noch hier», ruft Hannah.

«Das sehe ich», sagt Andreas und schnauft.

Nachdem Hannah sich mit einer überfallartigen Umarmung verabschiedet hat, sitzen Ariane und Andreas nebeneinander auf der Bank. Zu ihren Füßen kuscheln die Hunde, was angesichts der bevorstehenden Trennung dieses völlig verzottelten Traumpaars ein herzzerreißender Anblick ist.

Ariane spürt, wie ihr die Tränen kommen. Komisch, das ist jetzt genau der filmreife Abschied, den sie eigentlich bei ihrem Aufbruch in Hamburg erwartet hätte.

Das Maß ist voll, als Andreas ihr eine Tupperschale mit Walderdbeeren überreicht.

«Ein wenig Reiseproviant für Sie. Gerade frisch gepflückt.»

Ariane heult los.

«Na, aber … Sie werden doch nicht … Also, Ariane …»

«Das ist das Netteste, was jemals jemand für mich getan hat», schluchzt sie.

«Erdbeeren pflücken?» Andreas legt unbeholfen den Arm um ihre Schulter. «Nun bleiben Sie doch mal sachlich. Das ist ja nun wirklich nichts Besonderes. Die wachsen wie Unkraut.»

«Einen Zug anhalten.» Ariane schnieft. «Und statt Unkraut sollten Sie fortan lieber von Beikraut sprechen. Nebenbei bemerkt.»

Andreas reicht ihr ein Taschentuch. «Als Gierschpesto- und Brennnesseltee-Fan kann ich das ausnahmsweise mal sofort nachvollziehen. Ist abgespeichert.»

Ariane, die auf Geheiß von Katja im letzten Jahr diverse Brennnesselprodukte probieren musste, verzieht das Gesicht. «Igitt.»

«Na bitte, so gefallen Sie mir schon besser. Das ist die Ariane Höft von Holten, die ich kenne und schätze.»

«Danke schön.»

«Und die ich sehr ... nein, sogar vollumfänglich vermissen werde.» Er strahlt sie an, stolz auf die kleine Spitze. «Sie kommen doch hoffentlich wieder?»

Ariane schnäuzt sich ausgiebig. «Das möchte ich unbedingt, aber ich weiß nicht, was mit meinem Job wird. Die Wohnung habe ich natürlich noch, also sehen wir uns auf jeden Fall noch mal. Aber ob ich bleiben kann? Seit Lucys Verhaftung hat Mario sich krankgemeldet, keiner weiß, wo er steckt. Die Chefin ist tot, Wilfried spricht nur noch mit Püppi ... alles liegt irgendwie brach.»

Andreas tätschelt ihr den Rücken. «Nun mal nicht so negativ. Ich hab mich umgehört, Sie wissen ja, ich kenne meine Pappenheimer, also ich kann Ihnen versichern: Ihr Job ist nicht in Gefahr. Im Gegenteil, vielleicht steht sogar eine Beförderung an. Bei den Touristikern herrscht ja nun ein gewisser ... ähm, wie soll ich sagen, Führungskräftemangel.»

Ariane schluchzt wieder los. «Das ist so schrecklich.»

«Ja, ich weiß», sagt Andreas und tätschelt unermüdlich weiter. «Das ist alles ganz schön viel auf einmal. Ich bin doch auch noch völlig durcheinander. Hab mir 'ne Woche Urlaub genommen.»

Eine Weile hängen sie ihren Gedanken nach. Die Information, die Ariane eben von Andreas erhalten hat, sickert ganz allmählich in ihren Verstand ein. Freude keimt in ihr auf, dann beginnen die Gleise zu singen. Der Abschied naht.

«So. Jetzt muss ich erst mal meine Ehe zu Grabe tragen», sagt sie und steht auf.

Andreas guckt irritiert. «Wieso das denn?»

«Meine Frau hat mir Hassmails geschickt. Wenn das kein Trennungsgrund ist, weiß ich auch nicht.»

«Sehen Sie es doch mal so: Sie haben Mist gebaut, Ihre Frau hat Mist gebaut – die besten Voraussetzungen für Versöhnung und Neuanfang.»

«Sagt der geschiedene Dauersingle mit Hang zum Einsiedlertum.»

Das Stampfen der einfahrenden Lok übertönt Andreas' Antwort. Er ist ebenfalls aufgestanden. Frau Krause scheint sich mit dem Zug anlegen zu wollen und steigt in die Leine, wofür sie von Andreas den vernichtenden Blick erntet, der genauso gut Ariane hätte gelten können.

«Das war zwar ziemlich gemein von Ihrer Katja», sagt er, als die Hündin sich eingekriegt hat. «Aber gerade weil ich eine Scheidung hinter mir habe, weiß ich, wovon ich rede, und ich gebe Ihnen einen guten Rat: Falls Sie Ihre Frau noch lieben, werfen Sie die Ehe nicht weg. Sehen Sie es mal so: Wenn Liebe eine Walderdbeere ist, ist Scheidung das Mairübchen.»

Ariane muss lachen, so an den Haaren herbeigezogen ist der Vergleich. «Sie mögen doch Mairübchen», erinnert sie ihn.

«Sie aber nicht! Also fahren Sie nicht nach Hamburg, um Ihre Ehe zu beerdigen – fahren Sie hin, um sie zu retten.»

Der Zug steht mit geöffneten Türen da. Die Zahl der Reisenden, die um diese Zeit noch unterwegs sind, ist überschaubar. Ariane entdeckt Schaffner Manni, den sie nur flüchtig kennt, und winkt ihm zu. Manni tippt gegen seine Mütze. Mit erhobenen Fingern signalisiert er, wie viel Zeit ihnen noch bleibt: drei Minuten.

Ariane schnappt sich ihren Koffer und hat eine Idee. Anstatt Andreas zu umarmen, formt sie ihre Hand zur Pistole und setzt sie ihm auf die Brust.

«Na gut, aber nur unter einer Bedingung: Sie fahren mit!», ruft sie.

«Ich?»

«Ja, Sie. So wie Sie jetzt vor mir stehen. Und dann gehen Sie auf direktem Weg zu Sebastian, klingeln an seiner Tür und bringen das mit ihm in Ordnung.»

«Was soll ich in Ordnung bringen?»

«Alles. Und glauben Sie mir, als queeres Kind einer konservativen Mutter weiß auch ich, wovon ich rede. Wenn eine gelungene Eltern-Kind-Beziehung das Gierschpesto ist, ist Ihr Zerwürfnis mit Sebastian ein Mettbrötchen. Mit Zwiebeln!»

Andreas lacht gequält. «Aber ich habe doch überhaupt keine Sachen dabei. Keine Klamotten, keine Zahnbürste, kein Hundefutter … Nichts. Und ich bin völlig verschwitzt.»

«Kann man alles kaufen. Stellen Sie sich vor, bei uns im Westen gibt's sogar Deo. Na los, Andreas, springen Sie über Ihren Schatten. Sie haben doch Urlaub. Jetzt oder nie!»

Ariane steigt mit Woodie in den Zug. Frau Krause, die keine Lust hat zurückzubleiben, kläfft ihnen aufgeregt hinterher. Sanftmütig wie er ist, antwortet Woodie mit einem Winseln.

«Kommen Sie schon. Sonst lasse ich mich scheiden!»

Andreas lässt die Leine los und überlässt Frau Krause die Entscheidung. Die fackelt nicht lange. Der Riesensatz, der sie vom Bahnsteig in den Zug katapultiert, hat viel von einer Zirkusnummer.

«Also wirklich, Frau Krause», schimpft Andreas vergnügt und steigt nun ebenfalls ein, genau in dem Augenblick, als Mannis Pfeife gellt. «Jetzt müssen wir uns wohl ein Ticket nach Hamburg besorgen.»

Kurz darauf sitzen sie einander gegenüber, genießen den Ausblick auf die Abendstimmung im Harz und futtern Walderdbeeren aus Andreas' Gartenparadies.

«Gibt es eigentlich einen vernünftigen Grund, warum wir uns immer noch siezen?», fragt Andreas unvermittelt.

Ariane überlegt. «Ich wüsste keinen», sagt sie schließlich. «Aber Sie haben ja so einen Heidenrespekt vor meinem angeheirateten Adelstitel.»

Er schnappt nach Luft. «Ich? Das stimmt ü-ber-haupt nicht! Das ist eine Frechheit!»

Der Zug ruckelt über eine Landstraße. Die Menschen, die ihretwegen warten müssen, haben ihre Autos verlassen, um Fotos zu knipsen. Kinder winken ihnen zu. Ariane winkt zurück.

Andreas, der sie beobachtet hat, erzählt mit wehmütigem Blick, dass Sebastian als Kind oft neben der Schmalspurbahn hergelaufen ist, um den Passagieren zuzuwinken. Dann wird er ernst, als er ihr anvertraut, wie ihr letztes Gespräch eskaliert ist.

«Ich Trottel. Er muss sich total ausgenutzt gefühlt haben. Und dabei wollte ich doch eigentlich einen Schritt auf ihn zugehen.»

«Den gehen Sie, Pardon, den gehst du ja jetzt. Und was für einen. Nach der Nummer könnte ich allerdings verstehen, wenn er dir erst mal die Tür vor der Nase zuknallt. Was machst du dann?», fragt sie und mustert den derangierten Polizisten halb besorgt, halb spöttisch. «So ganz allein in der großen Stadt. Du kannst mich natürlich jederzeit anrufen.»

Andreas strahlt sie an. «Sehr liebenswürdig, aber das werde ich bestimmt nicht tun. Kümmere du dich lieber um deine Ehe. Frau Krause und ich kommen schon klar. Du weißt doch, Ariane: Beikraut vergeht nicht.»

Thomas Chatwin
Post für den Mörder

Ein Cornwall-Krimi

Daphne Penrose, Postbotin der Royal Mail

320 Seiten

In dem beschaulichen Küstenstädtchen Fowey an Cornwalls Südküste kennt jeder sie, und sie kennt jeden. Daphne liebt besonders die frühen Morgenstunden, wenn Fowey erwacht und sie mit ihrem Postfahrrad durch die kleinen Gässchen fährt. Eines Morgens allerdings wird die Ruhe gestört. Im Haus der Malerin Sandra McKallan scheinen sich merkwürdige Dinge ereignet zu haben, von der Bewohnerin fehlt jede Spur. Zur selben Zeit fischt Daphnes Mann Francis eine Leiche aus dem Hafen. Als zwei weitere Tote auftauchen, wird Daphne und Francis klar: Der zuständige Chief Inspector, frisch aus London nach Cornwall versetzt, kann diesen Fall alleine nicht lösen. Die beiden beginnen zu ermitteln. Und zwar mit ihren ganz eigenen Methoden. Denn niemand kennt Fowey so gut wie Daphne und Francis Penrose!

Weitere Informationen finden Sie unter **rowohlt.de**

Sophie Tammen

Harpunentod: Frau Scholles Gespür für Mord

Ein Amrum-Krimi

288 Seiten

Gabriele Scholle mag ihren Job als Sekretärin bei der Kriminalpolizei. Die gute Seele des Büros hat ein feines Gespür für Ungereimtheiten. Anstatt mit ihrem Mann vorzeitig in Rente zu gehen, reist Gaby mit ihrer Labradoodle-Hündin Dolores nach Amrum. Dort will sie sich die frische Nordseeluft um die Nase wehen lassen und zur Ruhe kommen. Doch schon kurz nach ihrer Ankunft wird beim abendlichen Strandspaziergang die Inselidylle empfindlich gestört: Ein Mann sitzt tot in einem Ruderboot. In seiner Brust steckt eine Harpune. Ist es dieselbe, die ihr Vermieter, Kapitän Behrendsen, bei der Museumsführung über Walfang in der Hand gehalten hatte? Gaby Scholle kann nicht anders: Sie tauscht Meeresbrise gegen Mordermittlung. Der Käpt'n wäre ein guter Partner bei den Recherchen. Dumm nur, dass er einer ihrer Hauptverdächtigen ist.

Amrum kann tödlich sein. Polizeisekretärin Frau Scholle und ihr Hund Dolores ermitteln.

Weitere Informationen finden Sie unter **rowohlt.de**